高桥映月

李筱琴——

著

中国出版集团

中译出版社

图书在版编目（CIP）数据

高桥映月 / 李筱琴著. -- 北京：中译出版社，
2025.5. -- ISBN 978-7-5001-8212-2

I. I267

中国国家版本馆 CIP 数据核字第 2025R7S573 号

高桥映月

GAOQIAO YINGYUE

出版发行：中译出版社
地　　址：北京市西城区新街口外大街 28 号普天德胜大厦主楼 4 层
电　　话：010-68002876
邮　　编：100088

责任编辑：张　旭　胡婧尔
营销编辑：李珊珊
装帧设计：末末美书
排　　版：北京竹页文化传媒有限公司

印　　刷：北京中科印刷有限公司
经　　销：新华书店
规　　格：710毫米×1000毫米　1/16
印　　张：22.5
字　　数：300 千字
版　　次：2025 年 5 月第 1 版
印　　次：2025 年 5 月第 1 次

ISBN 978-7-5001-8212-2　定价：68.00 元

中 译 出 版 社

序 言

郑旺盛

在这秋风为歌、秋叶为文的世界，想我故乡的紫云山，漫山遍野的槲树叶，必是金黄一片，如诗如画。它们盛大地绽放，于长空之下、大地之上，显得格外温馨、灿烂而美好。

我的故乡襄城大地，历史悠久，文化灿烂；古往今来，此地人文之荟萃，史书多有记载；岁月悠长，代有英才，绵绵不绝。

汉有李膺，明有李敏；古有周襄王，今有大襄城……

真可谓：人才辈出百代荣，文章千秋照古今。

看汝河之水奔流不息，观首山之势豪迈雄浑。这片古老厚重而不断焕发生机的土地，文风淳厚而繁荣。千百年来，孕育了一代代诗词作家。

正是这个秋天，来自故乡的一位叫李筱琴的作家，发来了她的散文集《高桥映月》，又一次真诚地邀我作序。

犹记得上次给筱琴的文集《麦香》作序，是在四年前。

而更多年前的一次书画展上，展出了一幅工笔兰花，微风中的兰花清馨雅致，作者是李筱琴。

"作画者定是位脱俗清雅的女子。"当有机会结识筱琴时，我心中赞叹：果然是画如其人，人如其画。

"画为心像，诗为心画。"筱琴是一位能文善画的女子，艺术中的文与画，早已在她心中相融相通了。读她的文，赏她的画："文中有画，画中有文"，别有味道，别有风景。艺术是相通的啊！

翻阅这部散文集，细细读之。

这是一部与作者的生命、生活息息相关的散文集子。在这本书里，筱琴写了她的故乡写意、日光倾城、时令流转和乡村麦事。可以说是她的血脉姻缘，心灵深处长久的追随，或者说是一种与生俱来的家国情怀。

她的散文《高桥映月》《青冢愁云》《汝河随思》《日光倾城》等，倾诉的是情真意切，不经意间蕴含着淡淡的清愁，融入的是诗的淡雅，也回望着历史的烟云，一览无余的幽幽静静的境界，或许这正是受诗文翰墨浸润的女子所特有的风姿情愫吧！

让我惊奇的是，那些熟视无睹的故乡小城，经由她的笔写来，竟是那样的唯美新奇。

如麦子、小草、小河、小树等在她笔下皆融入诗中，展现为一幅幅美丽的国画。其视觉之独特、语言之清新、结构之流畅，无不让人赞赏；她唯美的文笔韵味悠远、内涵丰富，显示出娴熟的文字驾驭能力和深厚的文化功底；无名的小草、潺潺的流水、静静沉睡的高桥映月、垂柳、槲树……在她的笔下如清风拂面、似露珠纯美。

品读她的散文如同欣赏一幅雅致的画作，文中的诗韵、情趣让人赏心悦目，给读者的心灵带来慰藉。

读她的散文如同品一杯上好的茗茶，淡淡的清香挥之不去。

她的散文集《高桥映月》，是她多年心血和感情的结晶。虽然并非篇篇都是可圈可点的精品佳作，但每一篇作品都融进了她对文学的虔诚、对生活的真诚、对生命的热爱，还有她穿越悠远历史的那份向往和敬畏之情，这是多么难能可贵的文学精神。

她的文字有灵性、有哲思，于平凡中见迤逦，于微小中显伟奇，自是心有慧根、文有悟性的善果。唯有尚未被世俗熏染的写作者，才能追求至纯的文字，让灵与魂，自在其中。

回望生命之路，多少人青春的记忆里，曾经因为热爱文学而追云逐月执着前行，曾经因为热爱文学而留存梦一样美好的求索，曾经因为热爱文学而燃烧人生的浪漫激情。

在这个金色的丰盈的秋天，我愿筱琴的散文集《高桥映月》，能成为她文学追寻之路上的一道亮丽而动人的风景。

秋云一片，落笔为文。生活乃诗，文学当歌。言为心声，倾情书写。

谨此为序。

2024 年 10 月 10 日于郑州

郑旺盛　中国作协会员，河南省直作协副主席，河南省报告文学学会常务副会长兼秘书长，《时代报告》杂志社常务副总编

目录

CONTENTS

02

日光倾城

03

时令流转

04

乡村麦事

01

故乡写意

高桥映月

襄城西十二里有一古桥，曰高桥。月上柳梢头时，便形成了襄城八大景之一的"高桥映月"。

我自幼爱月，有朋友说一袭黄裙及地的我像月。

月是天上的月，我是凡尘中人。

凡尘中的我就有许多心事。像李白一样低头思故乡，像东坡一样把酒问青天，唐诗宋词写不完我那一弯弯的闲愁。

秋天到了，大地说黄就黄，月亮说圆就圆。我喜欢看树，总觉得秋风是因为树而起来的。你看，树叶子被看羞涩了，轻轻地一摇，又一摇，就起风了，小小的，凉凉的，润润的。于是，一切那么远，一切又那么近，漫天遍野的诗句，飞起来像青鸟，落下来是黄叶。

高桥的映月之景，宛如一个神秘的谜团，让我这个女子苦苦思索了整整一个夏天。终于，在这个月上柳梢头的晚上，我带着丈夫，抱着女儿，前去古桥找月。

月色溶溶，映着碎石小径，河道弯弯。

我独自坐在桥上，双腿悠悠地荡着，月儿明亮亮的，就想大概我前世便是砌这古桥的一块石头，千百年来被那月光轻柔地照着，平静而柔恰。也许是一根椽子，外面该糟的地方都糟了，可唯一不变的，是我那颗执着于这片土地、这份月色的心。月亮净净的，诱惑着千般的心情万般的思绪。秋风乍起，从天边吹来，又向着天边吹去。有一缕香气幽幽袭来，在这冷冷的空气中，一朵不知名的花快意恩仇，猛烈地将个性张扬，俗亦高尚。

女儿在桥下的小石头上欢快地走着，那小小的脚步还略显蹒跚。风轻轻吹过，树影在她身上摇曳，她那小小的身影也随之拉长又缩短，缩短又拉长，宛如一个跳动的音符。看着她那活泼的模样，我不禁疑心她是一个精灵，上天恩赐的一个跳舞的精灵。

行前曾许诺讲一个故事，此刻我便和着风娓娓叙来：

既有桥，便有河；既有河，便有水，水中有芦苇。桥为高桥，河为马黄河。桥南为段庄，北边是吕庄。吕庄有一个姑娘叫月儿，月儿有什么心事只对段庄的亮说："亮，我娘要把我嫁人了。"

"月儿，你是神，在我心里敬着，我挣大钱娶你。"

月儿抽抽搭搭地嫁人了，丈夫却不是亮。

丈夫好赌，月儿劝他不听，无奈之下，月儿只能坐在高桥的柳树下，把那些劝夫改正的话编成曲儿，唱给天上的月亮听。那悠扬而又带着哀伤的曲调在空气中飘荡，乡邻们听了，无不掩面叹息，为月儿的命运感到惋惜。

赌场风水轮流转，丈夫输光了，把月儿押上，又输了。

赢家传话要娶月儿，月儿笑道："明儿正是黄道吉日，迎娶正合适。"

晚上，天狗把月吃了。马黄河里竟有一汪明月。月儿站在高桥的柳树下笑着说："乡亲们真傻呀，还敲锣打鼓地找月呢，我的月不就在水里吗？"说完，她便慢慢地朝着河里走去。一步一步走近月，河水惊起涟漪一圈一圈地荡去。最后，就平静如初了。

只有人们说："真怪！那一年天狗把月吃了整整七天。"而马黄河里这弯月竟整整映了七天，据老一辈说这叫伤月。从此，每每月上柳梢头时，这里便是襄城八大景之一的"高桥映月"。

我的故事讲完了，四周静静的，桥不语，河不语，月不语，夫亦不语。女儿伏在我的身上早已睡熟，脸上漾着笑。

　　此时的月亮变得很瘦很弱，刚才还是丰丰满满的，就像人生的起起落落。月亮似乎有一种神奇的魔力，它能够自如地调节自己的心情。弯月与满月交替出现，就如同我们的人生，有起有伏，有悲有喜。时光就在这月的阴晴圆缺中默默流走，宛如我们的年华在不知不觉中逝去。淡淡的月光洒在地上，满地思忆。

青冢愁云

襄城西北二十里有一青冢寺，这里有襄城八大景之一的"青冢愁云"。

驱车前往，见前有大殿，后亦大殿；左是厢房，右亦厢房。松柏森然，大殿上兽头热辣辣地眈视你，佛在冷眼凝视你，佛的神圣与庄严使我不敢说笑，亦不敢跳跃。恰恰一柱夕阳穿透云层照亮峰顶，一院灿然。院内有柳，柳必垂，悠闲地飘洒，使人感到有一种说不出的平和与亲近，境界幽幽。

于是我席地而坐，幻想着衣若飞云，眉若远山，清妙似仙子的王昭君就在我的身旁。我也幻化为一名汉代女子，不期而遇的惊喜浸润了我的心田。我们便是十二分的有缘，我们说话的是眼睛，说着唐诗宋词汉文章、侍琴写书画丹青。我们大啖生肉，笑驾烈马，趁着这夕阳未归。

如果将细腰纤纤的西施比作月亮，那自荐远嫁为了大汉和平的王昭君就是太阳。火辣辣如一轮火刺猬，粗硬尖锐的光，直直刺扎着、烤炙着，便有了"大漠孤烟直"的豪迈。宁胡阏氏获得了匈奴各部落的爱戴，一个农家小女子竟能做出这样悲壮的事情，千百年来无人能及她！

不知何时，头顶上的月亮已丰丰满满且晃动不已。云仍然在寺的上空缠缠绵绵。世上有了浣纱的西子，便有了泛舟的范蠡；有了羞花的杨玉环，便有了多情的唐明皇。倾国倾城的王嫱，你是否借此小憩？登顶远眺，读山、读水等他追来——青梅竹马的童年伙伴。望穿秋水，却遥遥无音。无奈将华丽的汉服换成了窄袖紧腰的胡服，迎亲队伍一路向北而驰，只将这未果的愁绪化为云彩，变成了低低回旋、久久徘徊的青冢愁云。

千百年来，寺还是寺，云还是云，只是这月下的夜晚是多么凄美苍茫。

夜风吹起，从天边吹来，向天边吹去，是回去的时候了，该收藏点儿什么？比如一缕月光、一片愁云、一段故事。未果，只是这漫天的愁云依依相随，已是多么凄美至极的事情呀！

汝河随思

我的家在汝河畔，每每站在阳台上看到那弯弯的汝河，心就会飞翔。

家乡的汝河，我用深情的心去崇拜你、疼爱你、感动你。心若多情善感，眼也顾盼生辉，那一刻我便美丽起来。一缕思绪会随河而下抑或溯流而上，如一只追逐落霞的孤鹜，剩下一色的长天春水。

遥想两千五百年前，一位在家辛苦劳作的妇人思念在外服役的夫君，在汝河的大堤上写下千古名诗《汝坟》：

> 遵彼汝坟，伐其条枚。
>
> 未见君子，惄如调饥。
>
> 遵彼汝坟，伐其条肄。
>
> 既见君子，不我遐弃，
>
> 鲂鱼赪尾，王室如毁。
>
> 虽则如毁，父母孔迩。

这首关于汝河的诗，几千年来殷殷唱响在耳旁。

我又听到"蒹葭苍苍，白露为霜，所谓伊人，在水一方……"我乘一叶小舟自桃花源起向西漂在汝河之上，西施、范蠡也在泛舟。桂棹兮兰桨，笑语满河床，我们擦舷而过，默默无声响。

河流在五里堡向南一弯，伴随着"孤出群峰首，熊熊元气间"的诗句，我们的华夏始祖黄帝站在首山之顶，是《庄子》载于襄城之野，七圣皆迷；还是《史记》载黄帝采铜铸鼎，鼎成乘青龙飞天而去，只留下空荡荡的首山逶迤涌动，起伏如美人黛。

河上有桥，老桥，因有汝河二桥，老桥这里便没有昔日的繁华，只有沉思。

草，我清楚地记得：哪一丛草下埋着疲惫，她厌倦了喧嚣的生活，她想飞；哪一丛草下藏着泪珠，伤心的痛思也只能对着河流；哪一丛草下躲着快乐，像风一样挥洒丹青。

草上有蝶，是"坐久不知香在室，推窗时有蝶飞来"的那只蝶吗？还是"最苦是，蝴蝶满园飞，无人扑"的那只蝶吗？它随着小舟一起南飞，停在紫云书院大明朝户部尚书李敏的身上。作为他的第二十一世传人，我在船上击桨叩首："首山苍苍，河水泱泱，先祖之风，山高水长。"

顺汝河一路漂流向西，河边有古城墙，高达十五米，宽六米，长三千米，气势恢宏宛如龙。开城之君——周襄王，此刻站在这重修的城墙上，惆怅于千秋之下，不知今日的风能否吹动你昔日的衣襟，不知你彼时彼刻的孤独是否超过我此时此刻的孤独。

古城墙上有藤，藤攀岩而上。这藤萦绕着生生不息的大地，多少荣辱悲欢，干戈玉帛，多少精彩与暗淡，而她仍然清新自强，深沉而飘逸，如新月，如飞扬的雪。藤似人，人亦似藤。

藤下有一些孩子，奔跑着、欢笑着下河玩耍。我也把浮躁的心绪沉入这清凌凌的水里，没有污浊，怦怦跳动，于是将我乘的一叶小舟缓缓泊下，淌过汝河的门槛，了无印痕。挽着女儿的手轻盈、温柔，归程的心坦坦荡荡，多么纯洁！

让春领舞

壬寅春，一帘花雨，十分春意，又见云烟柳影，又到花至春深，天清亦水明。

我伫立于首山之巅，观望风筝飞起飞落。风筝舞于彩云与大地之间，在清新的空气里，屏住呼吸，凝神静气，攥紧随风而起的衣襟，她们的灵魂迎风而舞。

此刻，我渴望抚一把古琴，迎风拨弦，弹碎沉闷带来的雾霭；我渴望击一面大鼓，穿越远古时空，用铿锵的鼓点击破各国夹击带来的烦人雨点。

一年四季，春已起舞。

你看，暖阳为灯光，雷声为音响，酥雨为幕布，欣欣然张开眼的世间万物是乐器、乐手和舞者。

春之舞是自由的。她的每一滴汗水都是因为热爱而挥洒的，就像播下的种子，大地、阳光、蓝天、雨露。她的每一个动作都是充满希望的，种子在生长，春在尽情地舞动着生命的活力，无拘无束。

春之舞是美丽的。哆来咪……滴答滴答……柳绿花红，春意正浓，朗朗世界，皆是自由飞舞的身影。在春天，有煮不完的新酒，捂不住的鸟鸣，掩不住的嫣红，洗不尽的尘念，舞不完的春风，旋入深春娇艳欲滴的怒放，沉醉在花海绰约的别致中。纵然没有观众，没有认可，可是谁又能否认，山间的野百合同样会有春天。

　　春之舞是感性的。就像一位诗人，文艺的春天到了，她飞舞出的一个又一个动作，都是笔下优雅的诗篇，是我情感的挥洒，是我热情的展现。我把春之舞看作是我画作的一部分，时而轻轻的，时而跳跃的，时而柔情的，时而奔放的……

　　春之舞是真实的。不必掩饰，不必矫揉造作，不必畏首畏尾。春舞蹈的时候，春就是春，不羡慕夏季热烈，不嫉妒秋果盈盈，不惊喜冬雪皑皑。无论是开心、难过、愤怒、伤怀，都尽情绽放。

　　让春领舞吧！声声春雷，是为春之舞吹响远征的号角。

　　让春领舞吧！缕缕春风，随之有了几许豪迈中的柔肠。

　　让春领舞吧！春把四季的思绪拉得绵长久远，她牵住上古青牛，驮来老庄哲学，她把夏之热烈、秋之收获和冬之苍茫所带来的所有伤痛与彷徨，静默成一个富有灵性的标志，附在古老的中华大地上，打造世界命运共同体。祖国的春天到了，中华民族有责任、有担当，春舞翩跹，春阳四射，霎时把地球照亮，也把人类前行的路，照得灿烂辉煌。

　　让春领舞吧……

天凉好个秋

七月流火，八月未央，九月授衣……长夏逝去，凉秋悄来。

秋天，像个素净温婉的女子，不动声色地穿过时光的缝隙，晕染了古老襄城的眉梢。

我登上紫云山之巅，遥望襄城大地，秋风飒飒，衣袂飘飘。

此时，霜叶似火，群山叠翠，人在山里，山在人中。秋风轻拂，落叶缤纷，有些落在心上的事情，你不说，山也懂。山不语，但能解千愁。山间的小溪便是山的心事，缓缓流淌，汇入汝河，遁入无形，流向远方。

一生很长，一生也很短，与其在意得失，不如来襄城采撷秋景片片……

（一）观秋野

原野田畴，秋意弥漫，一片生机勃勃的景象。豆荚悄然鼓起，玉米饱满充盈，花生隐身地下，秋天的美在于其成熟的韵味，生活的美在于收获的喜悦。猎猎的秋风中带着馨香，在层林尽染的风景里，邂逅秋日的灿烂时光。

田埂上，没人管的野菊花开得多么热闹，还有爱怎么长就怎么长的灌木丛和杂草之类的。一位老农在田埂上边踱步边悠闲地抽着烟，那双半眯的眼睛深情地望着玉米、高粱。春种秋收，如今丰收在望，看到这一地的金子，谁不心里乐开花呢?

(二) 撷秋叶

回首浮生,已近半百,我如一片树叶般存在。生性倔强,内心却懦弱,随风飘落,一念起,跨越万水千山;一念灭,秋风席卷而下。

其实,我们每个人都不过是一片小小的叶子,随着风的指引匆匆飘荡,从未有一个地方我们可以称之为永恒。然而,总会有那么一个地方,成为我们生命中的秋天,承载着我们最美好的回忆与感悟。

我,那个自幼倔强而又怀揣着无尽好奇的孩子,在时光的长河中渐渐长大。

小时候的我最喜欢秋天。每到秋风乍起,那一片片五彩斑斓的树叶便如蝴蝶般在空中翩翩起舞,飘落在地。我总是迫不及待地奔出家门,穿梭在林间小道上,欢快地捡拾着那些飘落的树叶。

我会小心翼翼地挑选出最漂亮的枫叶,那红得似火的叶片;也会捡起金黄的银杏叶,如同扇面般精致。我轻轻抚摸着叶片的纹理,仿佛能感受到大自然的心跳。

在一个深秋的午后,我又来到了那片熟悉的树林。阳光透过树叶的缝隙洒下,形成一片片光斑。

突然,我眼前一亮,发现了一棵高大的梧桐树,树上挂满了形状奇特的梧桐叶。我兴奋地站起身,想要爬上树去撷取那些叶子。

我爬到了一个可以够到树叶的地方,伸出手去,却怎么也够不着那片最心仪的叶子。

我索性放开手脚,顺着树干往上爬,就在我快要够到叶子的时间。咔嚓一声,树枝折了。我猝不及防地从树上摔了下来,右胳膊摔骨折了。同行的女孩吓得哭了起来,哭声引来了大人,把我送到医院,幸亏是小孩子,恢复得快，很快，我就又跳又蹦。

从那以后，我不再执着于撷取那些高高在上的树叶，学会了欣赏每一片叶子的独特之处，无论是在枝头随风摇曳的，还是静静地躺在地上的。我渐渐明白了，生命就像这树叶一样，有起有落，有绚烂的时刻，也有平淡的日子。

而每当秋风再次吹起，我总会想起小时候撷秋叶的那些日子，那些纯真的时光，那些关于生命的感悟，如同一片片珍贵的回忆，永远珍藏在我的心中。

（三）眺蒹葭

"蒹葭苍苍，白露为霜。所谓伊人，在水一方。"蒹葭即芦苇，芦苇是那种一见如故、相伴终生的植物朋友。

初识蒹葭，是在童年的苇子河畔。那时候，河里长满了茂密的芦苇，它们如绿色的海浪般此起彼伏，在微风中轻轻摇曳，仿佛在诉说着古老的故事。

外婆的娘家就在河对岸，逢年过节串亲戚，我都要穿过这片苇子河。河水潺潺流淌，芦苇沙沙作响。那独特的声音交织成一曲动人的乐章，伴随着我踏上每一次的探亲之旅。

娘家对外婆而言，那是她心中永远的牵挂。

后来，外婆随着儿女们离开了苇子河，住进了繁华的城市。可她的心中始终萦绕着那片芦苇，那份对故乡的眷恋。

时光流转，外婆已是耄耋之年。一天，她突然跟我说想去看看那片苇子河。一行人再次踏上了熟悉的路途，来到了苇子河边。外婆站在河边，望着那苍苍蒹葭，眼中闪烁着泪光。她缓缓蹲下身子，轻轻地抚摸着那枯黄的芦苇，仿佛在与多年前的自己对话。

"外婆，您在想什么呢？"我轻声问道。外婆缓缓抬起头，脸上露出一抹慈祥的笑容，说："孩子，外婆想起了我的爷爷、奶奶和父母兄弟姐妹，他们都去了，我也该去找他们了。"

说着，外婆站起身来，望着远方。我顺着她的目光望去，只见河面上波光粼粼，芦苇在微风中轻轻摆动。外婆的眼神中透着一种深深的眷恋和不舍。

从苇子河回来后不久，外婆就静静地离开了我们。但我知道，她的灵魂一定回到了那片苇子河，回到了她心中永远的故乡，与那片芦苇相伴。

岁月如斯，每个人心中所珍藏的念想各有不同，在我，山水和草木皆是，芦苇尤甚。人间万物，相见有缘，反之，陌路。

（四）将荆芍

紫云山上的荆芍籽熟了，一片紫花碧草间，仿佛被悄然唤醒了别样的生机与灵动。

扎着头巾的少女们，宛如灵动的仙子，三五结伴而来。她们弓着腰，俯着身，身姿婀娜却又无比专注地在草野中穿梭。

那一双双柔腻如凝脂的手，仿若有着神奇的魔力，轻盈地在草丛中舞动。她们轻轻采下，又细细地将着，不一会儿，手中便已满满当当，一把把荆芍籽在她们的掌心里闪烁着质朴而迷人的光泽。丁是，她们便撩起衣襟来兜，衣襟也随之盈盈起来，甘心乐意承载着她们辛勤劳作的喜悦与收获的满足。

在这静谧的时光里，少女们高声谈笑着："兰儿，你的新裙子是从哪里买的？"

"不给你说，保密！"兰儿笑道。

"看我不把你扔河里去，看你说不说……"一群女孩佯装生气。

"好姐姐，我说，我说……"兰儿求饶道。

她们的笑语如同明媚的阳光，洒落在这片草野之上。她们的声音清脆而欢快，与周围的花草树木相映成趣，仿佛奏响了一曲自然与生命的和谐乐章。

那笑容，是如此纯真而灿烂，没有一丝杂质，纯粹得如同这荆芍籽一般，散发着质朴而动人的魅力。

她们沉浸在捋荆芍的乐趣中，忘却了外界的喧嚣与纷扰。每一次的采捋，都是与自然的亲密接触；每一次的兜起衣襟，都是对劳动成果的珍视。这片草野，因为有了她们的存在，变得更加富有诗意和韵味。

岁月在她们的指尖悄然流淌，而她们在这捋荆芍的过程中，也渐渐长大，继而生儿育女，她们的女儿在未来的秋季也加入了捋荆芍的队伍。人类就是这样，生生不息。

当夕阳西下，余晖洒在她们的身上，她们带着满满的荆芍籽，互相喊着："喂！晓菊，咱回去吧！"在荆芍丛中看手机的晓菊赶紧站起来。

"哟呵呵！回去了……"众人清脆的声音回荡在山间，引起草丛中蛐蛐、蝈蝈的和鸣。

少女们带着满心的欢喜与满足，缓缓离去。那轻盈的背影，在草野的映衬下，显得格外美丽动人。

而那捋荆芍的画面，也永远地定格在了这片土地的记忆深处，成了永恒的美好回忆，等待着人们去细细品味，去感受那份来自自然与生命的质朴与纯粹。

（五）赏秋月

"月光浸水水浸天，一派空明互回荡。"

"转朱阁，低绮户，照无眠。"苏东坡的诗词仿佛就是写此时的光景：月光在亭台楼阁间流转，穿过雕花的窗棂，低低地照进来，照在我这个全无睡意的人身上。是的，皎洁明月光，曾照谁人窗。这轮经朝历代圆了又缺，缺了又圆，辗转千年又温柔千年的明月，今夜投进我的窗口，赴我之约，和我诉一段情话、一份相思、一片衷肠、一抹柔情……

记得儿时，在吃过中秋晚饭后，爷爷奶奶总在条几上摆上水果，当然月饼是少不了的。我们家的人就会悄悄地溜出去，仅剩爷爷奶奶在堂屋里烧上纸钱，点上香，念上几句，偶尔还会听到爷爷悄悄的哭声。

我来到窗前，月亮还没有升起。

我知道，爷爷又想起远在台湾生死未卜的二爷。

当年，正在地里犁地的爷爷被抓了壮丁。

"快快，你家老大被抓壮丁，正在村口集合，一会儿就抓走了。"消息传到家里，祖爷爷一听就喊住了二爷。

"走，救你大哥去。"二奶刚生了一个女孩，还在坐月子，我爷爷已经有了三个儿子。到了村口，庄上被抓的壮丁都用绳子绑着，拴在树上，祖爷爷就央求当官的，把我爷爷放了，一家子老小全靠爷爷干活养活。

"放了也行，你得再找个顶上，要不，我们完不成任务，上头怪罪起来，咱可得罪不起。"官兵摩挲着祖爷爷给的银圆道。

"老二顶上。"祖爷爷一句话。

就这样，体弱的二爷顶上，去了战场，给家里最后一封信是说，队伍坐船去台湾。以后再也没有消息。

两岸通信后，父亲多方打听，得到的信息都是他去台湾后，水土不服去世了。后来，二奶改嫁，叔父去台湾来回奔波寻找也没有找到二爷的坟墓。

二爷就成了爷爷心里的痛。

月亮，尤其是圆月，在中国人的眼里犹如"精神灵魂"，能抚慰心灵创伤，能够洗涤人们内心，也是思念故乡、祈盼团圆的载体。

赏中秋之月，自带万般情怀，自诉千种嗟叹。有道是："月到中秋分外明。"

与月相约，是为了心底那份怀念，那份相思，那份沉甸甸的牵挂；与月倾诉，是敞开心扉，倾吐衷肠，吐露自己的思想情感。没有月的天幕，浩渺深邃，迫不及待地期盼开始起飞，飞上了九重云霄，迎接最圆、最亮、最美、最牵动人心的月亮。

再次来到窗口，月亮升起来了。秋天的月呀！安静迷人，温文尔雅，独有一种洗尽铅华的归真自然，恰如一位世外的女子低眉温婉，简单质朴。

我多想在此时，掬水月在手，弄花香拂面，执光阴之笔，写岁月风霜，绘五味人生。

（六）沐秋雨

"高楼目尽欲黄昏，梧桐叶上萧萧雨。"

秋雨绵绵，清凉、飘逸、委婉。雨，是浪漫的化身，也是寂寞的伴侣。它犹如花开的声音，于无声处轻轻拨动心弦，安静而唯美。

天阴了，风来了，要下雨了。但奶奶不让说出"下雨"二字，害怕会撞着雨婆婆。于是，我静坐陋室，观看窗户上形成的水帘。欣赏院子里雨点落在地面，激起无数小水泡。前面屋顶上泛起朦胧的水汽。

时光荏苒，奶奶早已离世，只留雨声像一曲悠悠的泉音，冲去世事的烦嚣，让恬静的欢悦注入心灵。

秋雨淡淡，归雁成行。我坐拥密密的雨幕，沐浴着晨间的桂香。心染秋的雅致，捻一缕清浅的时光，守护心灵深处的一份静美。淡看尘间烟火，经历一路风雨。无论步履是沉重还是轻盈，我都感恩生活，感恩生命，感恩遇见的每一位贵人。

怀揣敬畏与感恩之心，我珍视所有的事情，包括这个秋天采撷的每一片秋景。

06

窗前

我经常站在窗前，凝望外面的树木、云朵和天空，一种莫名的冲动油然而生，仿佛自己能化为一只自由飞翔的小鸟或一朵随风飘荡的白云。

当别人好奇地询问时，我总是半开玩笑地回答："白日做梦吧！"但其实，在我的心中，每一次的凝视都是一种深深的怀念，怀念我那已去世的奶奶。奶奶活了九十八岁，无病而终，就像一颗曾经闪亮的星星慢慢隐入夜空。

回想起来，那些静默的时刻常常让我陷入沉思。比如那天，天空忽明忽暗，像是个受了委屈的孩子，不停地抽泣。风婆婆也随之而来，使得树叶像秋天的黄蝶一样纷纷飘落。在大树忧伤的恋歌声中，我想起了……

（一）那雨

"下……"一个"下"字刚出口，便被奶奶捂住了嘴巴。奶奶不让说，怕撞着雨婆婆。

于是，我们只能静静地坐着，观看雨水在窗户上形成水幕。院子里，雨点轻敲地面，激起无数小泡泡。它们仿佛在进行一场捉迷藏的游戏，不断地从这个地方消失，又从那个地方冒出来。屋顶上泛起一层朦胧的光泽，柔和的微风和轻淡的雾气把甜美而温馨的感觉带到你的身边，低声讲述着美丽的故事。

待到雨小一些，我瞒着家人溜出去，到大街上吆喝一声，会从各家的大门里跑出许多小人儿：换妮、文霞、文涛、爱贞等。小伙伴们一起忙手忙脚地追逐着从各家流出来的一条条溪流。

用稀泥修"坝"开渠，还跑到小溪的下游张开两脚拼成"一"字，阻挡着雨水的流动，稀乎乎的泥巴俏皮地从脚丫缝中钻出来，等雨水浸过脚背，猛地一松，看他们欢快地向下游流去。

雨声像一曲悠悠的泉音，冲去世事的烦嚣，让恬静的欢悦注入心灵。往事如烟，我痴痴地站在窗前，望着窗外的……

（二）那树

大年三十晚上熬福贵，比的是看谁睡得晚，谁就最有福气。大年初一抢福贵，比的是看谁起得早，并能第一个抱着院子里的椿树说："椿树王，椿树王，我长高来你长长。我长高了穿衣裳，你长长了做栋梁。"谁就是一年当中最有福气并且会长个子的孩子。

为了抢这个福气，我清晰地记得几十年前的大年初一，迷迷糊糊地被奶奶叫醒，然后披着奶奶的大棉衣来到院内大椿树旁，围着椿树先抱，然后左转三圈，右转三圈，同时，嘴里还必须念念有词："椿树王，椿树王，我长高来你长长。我长高了穿衣裳，你长长了做栋梁。"

这是我们过年的一个习俗。据说，小孩围着椿树转圈，能被赋予椿树王的灵魂，长得很高很壮。那时候，我不是很喜欢做这些神神忽忽的事情，奶奶看见了就会拿着笤帚疙瘩假装打我。我是不怕的，爷爷会为我求情："过年了，不能打孩子，要不这一年都会被别人欺负。"

转过圈圈，爷爷奶奶会在院子里铺一张桌子，上面摆着水果、点心，还有花生之类，有时年岁好的时候，还有肉。桌子下面是一瓶新开的酒和新撕开的烟，还有几张火纸。当鞭炮被点燃的那一刻，爷爷也会点燃火纸，这是要敬天，祭拜天地神灵。爷爷领着跪在前面，倒上一杯酒敬天，点上烟放在桌子上，然后我们一起磕头。爷爷会把尚未燃尽的火纸分发给我们，这便是"发纸"。我们把火纸放在床头、水缸旁、锅台边、车头前等地方，然后磕上一个头。

等这些个程序完毕，奶奶也煮好了饺子，端上热腾腾的一碗敬罢诸神，这才轮上我们。

后来因为家里盖房子，这棵椿树碍事被伐。现在村里的犄角旮旯或许能瞅见一棵。

因为椿树容易生蜇人的虫"蜇辣子"，更惹人生厌，所以椿树大量被砍伐。椿树的一生不算很长，大多数椿树的寿命在五十年以内，因为它贪长。这种树木生长迅速，可以在二十五年内达到十五米的高度。所以，才有人们神化椿树，希望椿树王显灵，庇护自己的孩子长得高高壮壮。

椿树王的故事，或许会在我们这一代人中继承，以后的年轻人也不会热衷于这些"迷信"。但我觉得人们对孩子殷切的爱不会改变。或许会有另外的神话，赋予另一种像椿树一样的生灵，由人们膜拜。

再次重温椿树下的美好祝愿："椿树王，椿树王，我长高来你长长。我长高了穿衣裳，你长长了做栋梁……"

（三）那夜

那年的下午，母亲常常让我拿着竹签子出去串树叶。一日，我去串树叶，和伙伴们在柿树上玩。结果一直玩到天黑，也没有捡到一片树叶。

于是悄悄地溜回家，藏在过屋床的下面。等吃晚饭时，家里人遍寻不到我。

开始我听到的是奶奶的喊声，后来是全家慌成一团的叫喊声。母亲动用了亲友乡邻的力量，分成几组，到处寻找。有的沿河边找，有的沿路边找，有的在池塘边打捞。总之，全家急得就像一锅炸开的粥。

我发现事情弄糟了，更不敢出来了，生怕挨打。后来，我听见奶奶伤心欲绝的痛哭声，自己也吓蒙了，赶紧走了出来。当时的场景我依然历历在目，奶奶看见我，一把搂住我，一边哭，一边"乖啊乖啊"叫个不停。我也搂住她死命地啼哭，姐姐妹妹也在旁边大声哭着。

当时我不知道外面在奔走相告"孩子已经找到了"的消息，只一会儿的工夫，门口就围满了人。

伯父已经快到县城了，想着我是独自一人去县城找叔父了。他们也很快赶回家。好久，奶奶才止住啼哭，一家人都恢复了平静。她赶紧又到厨房热饭给我吃，并额外煎了个鸡蛋。

事后，奶奶问我到底去了哪儿，我不敢说自己是因为没有捡到树叶怕挨骂而躲在床下，只是说自己想念已逝的父亲，不知不觉在床下面睡着了，并假装对家里纷乱的情形一概不知。

现在想起当时的情景，内心深处涌现出的是被亲人牵挂和疼爱的满满感动。

回忆似一杯浓浓的热咖啡，暖到你心窝；回忆似一杯淡淡的茶，让你回味；回忆似暴风雨后的彩虹，五颜六色，绚丽无比；回忆又似晚霞后的余光，那么让人怀念；又似弯弯的小路，让你成长。风儿不可能将这温馨的回忆给吹掉，雨儿不可能把这感人的旋律淹没，只有可爱的阳光将它照射，将它保存……

再一次站着，望着窗外的那树，那云，那天……

07

远去的吆喝声

我在家乡的小城里蜗居，已经度过了四十年的时光。

小城的西街翻修了，青石街道，白墙黛瓦。这时候，若有淅淅沥沥的细雨，缠缠绵绵地落着，氤氲的白雾朦胧天地，再打一把油纸伞走在石阶上，是诗一样的意境。

可是我一直认为这条街道里缺少点儿什么？细细地思量，应该是缺少了吆喝声。那悠长的吆喝余音，可以和着南边汝河潺潺的水声，叩开古巷最深处的门扉。

在我的记忆中，清晨，耳畔就会响起熟悉的吆喝声："磨剪子嘞——抢菜刀——磨刀——自锐！"

"五香——瓜子来买！"

"鲜——鱼——活鱼！"

"三角——炸焦——酥哩！"

"香烂——驴肉！"

"卖那破铜烂铁、烂瓜瓢、烂锅盆卖不得，烂破盖、烂袄子、烂棉花、烂衣裳卖不得，废书废报、烂瓶子卖不得。"

这些吆喝声此起彼伏，不绝于耳，形成一曲动人的乐章。

最让人难以忘怀的是南关河东街口的"哎——米酒汤圆——热哩"。

记忆中冬天的黄昏，总有一位老婆婆蹬着一辆掉了漆的旧三轮。车上有一口擦得锃亮的不锈钢大锅，盖得严严实实的锅盖却密封不了香气，诱人的江米甜酒和又大又圆又甜的汤圆，一个个在锅里溢出香味，勾得人心都醉了。

她轻轻掀开锅盖，一股醉人的香气随即逸散而出，从窗缝和门缝钻进了周围每户人家的屋内。这时，她会扬起嘹亮的嗓子，悠长地吆喝："哎——米酒汤圆——热哩！"那些平常看似平淡无奇的文字，在她的口中仿佛化作了一首动听的歌，余音绕梁，与那同样绵延不绝的米酒汤圆香味相映成趣，瞬间勾起了我的食欲。我会毫不犹豫地买上一碗，而老婆婆则会笑眯眯地注视着我狼吞虎咽着享用的样子，同时不断用勺子舀着热汤为我免费续碗，并温柔地提醒："慢点儿吃，小心烫着，多喝点儿热汤，天寒……"这样细声细语的关怀让人心里感到无比温暖。

那天下班，我看到她蹬着三轮车沿着河东街缓缓前行，在身后的小路上洒下醉人的米酒汤圆的香气和吆喝的乡音。前方是暖和的夕阳，橙黄的温暖的光照耀着，很美！我远远望着，她的背影似乎要融进远方的夕阳，像是驶进了童话。

我曾经无数次想要模仿她的吆喝声，担心时间的浪潮会冲淡我的回忆。

可是我不敢喊，也喊不出那样余音绵绵、气韵悠长的吆喝声。周末曾经和丈夫、女儿一起到紫云山最深处，站在最高的山顶上，明明已经把那些吆喝声深深地刻入心间，明明那唱歌般婉转的音调已经到了嘴边，但我依然吆喝不出来。

我不知道那些引车卖浆者是如何把几个生硬的发音串成吆喝声，也不知道他们是怀揣着怎样的热情和期待"唱"出他们的吆喝，我永远也不会知道。但我时常想起磨刀的老汉、卖黄酒的老王头、卖米酒汤圆的老婆婆，他们那悠长的、穿透岁月的、远去的吆喝声。

远去的吆喝声，如同那渐行渐远的岁月，虽然悄然消逝，但它们所留下的回响却永远萦绕在我的心头。

这是我居住的小城独特韵味的源泉，是居民们共同的记忆和情感纽带。我们应当珍惜这些声音遗产，使之得以传承和延续，成为连接过去与未来的桥梁，让人们在喧嚣的现代生活中，依然能够找到那份心灵的慰藉和归属感。

"磨剪子嘞——抢菜刀——磨刀——自锐！"犹响耳畔。

08

寻忆古寨

襄城县西南十余公里有座紫云山，山中有闻名中州的紫云书院，紫云书院东南一公里处有一古寨，曰胡家寨。

山寨东有焦赞、孟良二山，山顶有寨垣遗址。据传北宋时期，焦赞、孟良二人在山上歃血结盟，屯兵扛义旗，保护一方平安。两山之间有校军场，俗称跑马场。胡家寨（过去叫焦孟秘寨）是当时义军议事的场所。后来焦、孟弃寨携弟兄们跟随杨六郎镇守三关，成了宋代著名的民族英雄。元朝末年，一胡姓人家为躲避战乱，逃难至此定居下来，繁衍至今，后改称胡家寨。

古寨长五百多米，宽两百多米，占地一万两千多平方米。南北两个寨门，门顶拱券，高二点八米、宽二点五米。寨沟壁上，柿子树郁郁葱葱。

凝视这片古寨，满目皆是褐色、茶色、紫色的石头。它们静静地凝固着，仿佛只能用心灵去细细触摸。深藏闺中的胡家寨，早已习惯了清静与孤寂，的确是一片孕育幻想的土地。

北门旁，一棵千年紫桑，枝叶繁茂。春末桑葚累累，紫润如玛瑙，令人垂涎欲滴。小鸟在叶荫间欢快地歌唱，紫桑树不远处还有一棵大树，环抱十指不扣。它像一位看门的山神，肃穆地矗立着，面无表情地审视着每一个踏入寨中的过客。这棵树，植于1958年，承载着无数人的心血与期望。而今，其他树木已毁，唯有它仍在守望着护寨河。

千年桑树下，胡家寨有位老者说："纵观襄城，似一聚宝盆，东南西北皆有山岗，中间平坦，而以汝河为界，河南有矿藏，河北有米粮。胡家寨依虎爬山而建，吃水靠天，吃粮靠山。想当年，日本人烧炭，要伐我满山的槲树，你看那儿，胡老大一支土枪打死了五个日本人……那些粗壮的槲树，如今只剩树根，而眼前的槲树，都是近些年重新生长的。"我们凝望着古寨，仿佛穿越回那个浴血奋战、保家卫国的年代。如今，石头砌成的房子仍沾满岁月的征尘。

寨墙西北处有一棵皂角树，腹中已空，两人难合抱，高约三十米，树冠达五丈，形若华盖，荫遮数亩。据传本树是焦赞、孟良结盟时所栽，虽历经沧桑，却依旧屹立不倒，成为胡家寨的"活化石"。

皂角树和人类共存共生，是古时洗涤去污的佳品。如宋代方回的"何如觅皂角，浣濯暑服腻"，宋代舒岳祥的"种麦谁家妇，青裙皂角冠"，宋代诗人张耒的"畿县尘埃不可论，故山乔木尚能存。不缘去垢须青荚，自爱苍鳞百岁根"。这些诗句都生动而细腻地描绘了古人与皂角的紧密联系，以及皂角在他们生活中的重要地位。

在山寨的东南角，我们见到了一盘石磨。偌大的石磨静静地躺着，仿佛睡着了似的。看着古韵流淌的石磨，恍惚中仿佛听到了它吱吱呀呀磨谷子、碾玉米的声音。而我，仿佛化身为一名村姑，推动着石磨，推动着岁月的流转。雾气弥漫，模糊了我的视线，却让我的笑容更加灿烂。远处土墙上，一只蝴蝶悄然停留，而寨外，枪响声、呐喊声、决斗声交织成一片。这是千百年来，族人为争夺天泉而战？是为保卫满山槲树与日本人血战？还是为争夺姣好的女子，土匪间的决斗？这些防御用的墙垛，构成了一道独特的风景线。尤其是夕阳西下时，夕照映向墙垛，斑驳的光影，悠远的古韵，仿佛时光倒流，恍然间就把我带到了古代。

胡家寨是一个让人产生幻想的地方。站在这片土地上，我的想象就拉长又缩短，缩短又拉长，纵横古今的目光与先贤和山水相撞犹如星漫满山。满山的柿子红彤彤地挂满枝头，我甩掉高跟鞋，爬上柿树，轻轻摘下果实，慢慢品尝，快乐如风一般舞动。

正是晌午，小鸟掠过，成串的柿子缀起成熟的秋色。望远处，人潮如海，张皇不安的是街道，千年不变的是胡家寨。女儿稚嫩的童音恰恰响起："小鸟小鸟落落，请来这里坐坐。这里风景最美，绿树成荫，瓜果飘香……"

身在古寨，抬头仰望，寻找着传说中的往事，在呼吸间品味这个千年古寨的余韵。聆听千年的故事，体会千年的情感，脚步渐渐变得缓慢，仿佛静止了。每当目光投向胡家寨，心中总会涌起一丝好奇——不知寨外的世界如何？是否也有人如我一般，遥望着这片古老的回忆？这份好奇牵引着我的脚步，欲走还留，流连忘返。

古寨曾经历过战火的洗礼，岁月的风化，以及那些鲜为人知的苦难。而如今，胡家寨依然延续着、珍藏着那段遥远的历史。于是，在胡家寨这个褪色的遗址前，我浮想联翩。

09

秋天的华章

秋风儿轻轻走来，悄悄地把凉爽洒满大地，把收获种在心田。风儿充满芳香，在秋天的怀抱里，果实的醇香使人沉醉不知归路。我的思绪，随风飘向天、飘向地、飘向万物生灵……

秋天是清高的。宛若紫云书院里先贤李敏身上不染凡尘的一袭白衣，萧萧肃肃，爽朗清洁。

秋天是充满禅意的。望秋月，净得不染纤尘，照透人心。千江有水千江月，万里无云万里天。秋月是最能通禅的，那无边的虚空，一轮明月，照彻一切，无云亦无尘，岂不是佛的境界？秋虫声声，仿佛隔世的梵音。

秋天是惆怅的。恍如周襄王在古老城墙上的一声叹息。城墙下徐徐的汝河水，流过撒满落叶的河畔，轻柔而沉寂。

秋天是深沉的。灿如经过秋雨洗礼的首山，红石熠熠生辉。"金井梧桐秋叶黄，珠帘不卷夜来霜。"我喜爱落叶层叠的林间小路，喜欢听脚底树叶的沙沙声响，纯粹、热烈、悠远。落叶的静舞，是无需观众的优雅谢幕，是饱经风霜的淡定从容，是世间生灵的涅槃重生。

秋天是成熟的。观首山南边成片的红高粱，在天地之间挺直了脊梁，任尔东西南北风；我自又美又端庄，恰似聚集在天安门广场的华夏儿女，如战士般站成庄严的红色海洋。

秋天是唯美的。"留得枯荷听雨声",如轻纱,如薄雾。山朦胧,水朦胧,楼朦胧,树朦胧,鸟朦胧,人朦胧,雨中的秋天一切都朦胧着,迷离着,荡漾着……仿佛邈远的古老岁月,悠长的时光满是美景美情。

秋天是自由的。放眼望去,华夏大地上,自由的人们三三两两地漫步在田野间、小溪畔,欣赏着俯拾皆是的牵牛花。它们白紫相间,星星点点地绽放。虽然牵牛花不如菊花那般厚重,但我却钟爱它们,钟情于它们的别名——朝颜花。它们在平淡中透露出随性,无拘无束,不刻意为谁开放,也不刻意为谁停留。

秋天是璀璨的,如同我们华夏民族。这个称呼来自远古的人文始祖炎帝与黄帝,"冕服华章曰华,大国曰夏"。他们创建了华夏部落,后演变为华夏民族。这个民族创造了中国璀璨的历史,犹如这金秋的华章。

秋天是满含希望的。抬望眼,雁儿成群掠过,少了春日呢喃的热闹,默默无声地飞过湛蓝高远的天空。和我的祖国一样,充满警觉,不易停留。虽然世界风云变幻,困难重重,但她不曾停歇奋进的翅膀。"文明圣火,千古未绝者,唯我无双;和天地并存,与日月同光。"华夏儿女的命运和祖国紧紧连在一起,无论大陆、港澳台和世界各地的中华儿女,我们都是中国人。祖国的繁荣昌盛是我们每个中华儿女的心愿,每一个华夏儿女都应该为自己生在一个泱泱文明大国而感到自豪。

2024年是中华人民共和国成立七十五周年,七十五年的艰苦奋斗,七十五年的辉煌巨变。如今,我们的祖国就像一条腾飞的巨龙,以凌云之势向世界宣告中国的非凡成功。历史不会忘记那些用鲜血和生命铸造了新中国的共和国卫士,不会忘记用毕生心血带领中国繁荣昌盛的伟大领袖。从毛泽东到邓小平,再到习近平,从香港澳门回归到"一带一路"起航,这就是我们的祖国,一个日新月异、如日中天的祖国。

在这个美丽的秋天,我深情地为您歌唱。

10

静静的范家门

每当想起登封，耳边仿佛能听到曲剧《卷席筒》中小苍娃所唱的"登封小县"。

登封，这个历史悠久、文化底蕴深厚的小城，总是让人心驰神往。

虽然家乡与登封相隔并不遥远，但每次前往嵩山，我总是直奔少林寺，却从未有机会走近嵩山西北的范家门。站在嵩山上，远眺范家门的方向，她常常被烟岚环绕，仿佛披着一层神秘的面纱，让我难以窥见她真实的模样。

今天，随着奔流文学院的作家采风团队，在七月的阳光卜，找终十踏上了通往范家门的路。这里的每一山、每一水、每一草、每一木，都似乎浸润着古代帝王将相、文人隐士的气息，让人感受到一种深沉的历史底蕴。

（一）底蕴深厚的范家门

范家门，因姓而得名。

这个"范家"可是出身不凡！

你一定不会忘记，在漫长的岁月里，曾经有一片泛黄的往事。

大约公元 1052 年的某一天，范仲淹次子范纯仁一脉来登封时落户在中岳庙东的蛟河，后来迁到唐庄磨沟一带。

故而，范家门的范姓居民是北宋政治家、文学家范仲淹的后人！

后来，四面八方的人相继来到了范家门，这里远离战争，男耕女织，春种秋收，仿佛生活在世外桃源。也许这里的土地很适合生存，也许是范姓人最先来到这里，或者是"范"在这里成了大姓。总之，这就叫范家门，一直流传至今。

这里完好地保存了大量的范家门家族文化和历史遗迹，犹如一本打开的历史长卷，引领作家们走进那个时代，了解范仲淹、范纯仁等名人。

在这里，你可以听到范仲淹的"先天下之忧而忧，后天下之乐而乐"的豪言壮语；你可以感受到范纯仁的谦逊、勤俭、忠诚、为民的精神风貌；你可以领略到范家门的家族文化、家风家训的深厚底蕴，除此之外，范家门，还风光无限……

（二）饱经风霜之喊泉

一行人虽为作家，但多数蜗居小城，上班打卡，码字不易，每一个晨昏都充满艰辛，也许只有在这里吼上几嗓，才能给心中的情绪找一个出口。

作家群中有一女子，迎风而立，击水而喊，那委婉行腔，随风轻轻荡开，穿云破雾，回荡在层叠的远山。

若有月出，泉水一圈儿一圈儿荡漾，将水中那蓝月亮摇曳决碎。

这时，我们静坐在石壁青苔下，突然，看到有两只类似蜈蚣的小虫在打架，打得那么激烈，结果一只掉下来，我不免感叹一声："有什么过不去的，非要打架。"我们感叹着、观察着掉下来的那只多足小虫，姑且叫它蜈蚣吧！蜈蚣有那么多条腿，但并未嫌弃过腿多，公鸡只有两条腿，但也并未抱怨过腿少，甚至它站立时还喜欢一腿独立，美其名曰"金鸡独立"。

忽然一阵刺痛钻进心中，我立刻慌乱起来，用洪荒之力喊出"啊啊啊"，并浑身抖动，上下乱跳，我手臂以肉眼可见的速度红肿起来，原来有一只小虫爬到我的身上，慌得丈夫立刻掏出酒精喷了起来。

但我的这声大喊，使泉水喷涌而出，不见风花雪月，却饱经风霜。

（三）美丽壮观的来龙洞

来龙洞，全长一千二百九十八米，距今约有五点五亿年了。

据一老者说："咱村的杏花岭上有一石洞，老辈子人都知道，撵兔子撵到那里，兔子一钻进去，就跑没影儿了，里面洞太小，人钻不进去。有时，用些树叶杂草燃着往洞里熏烟，烟能从岭后冒出来。村两委赶紧组织人掏洞，就是这个溶洞。"

后来命名为"来龙洞"，因为周围有龙头、龙尾的地名，称为"来龙洞"，一个是洞内地貌弯曲盘旋，一个是与其地名呼应，正可谓恰如其分。

它的形成如同一部漫长而曲折的历史，多期多次的沉淀和积累，在洞内可以看到上下发育的多层溶洞，相互套叠，犹如岁月的痕迹，清晰而深邃。

溶洞内五彩斑斓，石笋、石钟乳、石幔等各种形态的岩石，千姿百态，美丽壮观。

人之影却诡变，在四面壁上，忽大忽小，忽长忽短，忽明忽暗。进入这个世界，窄小而冰凉，昏暗而幽静。无害人之煎熬，亦无被害之惶恐，怎一个静字了得。

（四）千年古树核桃王

沿着山间道路漫步约三百步，千年核桃树王赫然映入眼帘。

这棵古老的核桃树，仿佛是大自然的精灵。

在她的身旁，矗立着两个公示牌，上面详细记载着：核桃树，编号 A-0372，树高三十六米，树围二点八二米，树龄一千余年。

根据这个公示牌的设立日期进行推算，这棵核桃树迄今为止的树龄至少有一千零九十年，因此得名"千年核桃王"，名副其实。

在千年核桃树王下，我不经意发现石壁上的裂缝，裂缝斜斜歪歪下来，有分有合的图案，婆娑明暗，极像中国画中的一棵"勾皴染点擦"的古树，宽的地方恰恰又像一只乌鸦，正应了那句"古藤老树昏鸦，小桥流水人家"。

相由心生，有些物品，你看它像啥，越看越像啥。常看常新，越琢磨越有意思，超脱自然，人和自然就融为一体，在外人看来，你也是风景。

看山你就是山，观水你就是水，看人亦被人看。脚往哪里走，路就往哪里延伸。

（五）踏实安静的外婆桥

范家门的玻璃栈道，有一个很有深意的名字叫外婆桥。

"摇啊摇，摇啊摇，一摇摇到外婆桥。外婆夸我好宝宝，糖一包，果一包，吃完饼儿还有糕。宝宝吃不了，抱着往回跑！"

外婆，像一座桥，永远守护着故乡。我也好想像一个调皮的外孙女，倚靠在她踏实安静的怀抱里，做着童年美好且漫长的梦。

外婆桥，这座横跨杏花岭和凤凰岭大峡谷的玻璃桥，是河南跨度最大的桥梁。桥体总长度三百米，宽二点四米，垂直高度达到一百一十六米，如同一条巨龙腾云驾雾，将两个峡谷紧密相连。

站在桥上，一切都是透明的。俯视，巉岩峭壁，树木森森；仰视，浮云翻飞，令人眩晕。

脚下有万丈深渊，有陡壁峭崖，全部险景都袒露在你的眼帘，没有隐藏一丝危险，就看你有无勇闯险境的气魄。走过去，不要往下看，不能动摇你的意念；走过去，不要畏惧那些透明的危险。只要脚步稳健，只要心态平静，只要勇往直前，想着对岸秀美的风景，山花烂漫，会抚慰你的心灵，让你豁然、释怀。

（六）孤独美丽的杏花山

逛杏花山不必守规矩，走也可，坐也可，站也可，卧也可。

在山的半腰，我们竟然遇到一旧屋、一老者。

我惊奇地问："就你一个人住？住在这座山里，不觉得孤独吗？"

老者说："夜里十点之后，这里没有一个人，连一条狗都没有。"

"那你怎么还在这里住啊？"我不禁追问道。

"我就是一条老狗！"老者哈哈大笑。

我顿时一愣，旋即大笑起来。老者嘿嘿笑起来，沧桑的脸上露出仅剩的两颗残牙。

老人一生无儿无女，不愿去敬老院，独居山中。他已经和山融为一体。

好多人都在说自己孤独，可是说自己孤独的人并不孤独，真正的孤独者不言孤独，比如眼前的老者。

我见过义艺圈中有很多的郁郁寡欢者，也见过一些穿衣打扮留小辫儿、扎冲天绳的行动艺术家，似乎要把自己做成高处不胜寒的孤独者，这不是孤独。他们想成为六月的麦子，收获沉甸甸的希望，却成了徒有麦子外表的稗子。

同行的另一位男作家偷偷摸摸地从口袋中掏出两根烟，递给老者一根，自己燃一根。

他们深深地吸进一口，仰起头向天空吐出三口，轻轻袅袅如浮云摇到云端，祥云笼罩，在品尝之后，再观宇宙之大。

踏山归来，我们将两袖清风和一身花香捎回了郑州城里，夜色依然怡人，星光依旧灿烂，又一个幸福的夜如期而至。

在登封的土地上，我们不仅感受到了历史的厚重，也体验到了大自然的鬼斧神工。范家门的故事、喊泉的奇观、来龙洞的神秘、千年核桃王的壮观、外婆桥的温馨以及杏花山的孤独之美，都让我们的心灵得到了一次深刻的洗礼。这些美好的记忆将永远留在我们的心中，成为我们人生旅途中宝贵的财富。

11

白云生处有人家

在白云山，读起唐代大诗人杜牧写的"白云生处有人家"。观赏白云深深，云雾缭绕的山间美景。

感觉诗中这个"生"字，用得是多么妥切。让人观之一缕缕白云自山下凭空生起，如仙如幻，顷之，扩散到整个山间。让人闻到一股鲜活的气息，一股"活生生、生生不息"的烟火气。

有版本为"白云深处有人家"，总觉得不如"生"字入心，不如"生"字生动形象，平淡许多。

山谷里，高山夹岸；羊肠小道，直入云雾缭绕的山林。世世代代与土地打交道的山民，演绎着不息的生命力。只有在白云山的深山灵秀处才能升腾出这样绝色美妙的白云气象，呈现出这般迷人画卷。无论如何表述，这个美丽的白云山，都是让人心驰神往的。

一路上，遇到许多山里人家，有健谈的大巴车司机吕师傅、会隐身的清洁工张师傅、喊号子的轿夫们、卖雨衣的潘婆婆和捡橡子的吕大嫂等。

（一）健谈的大巴车司机吕师傅

游白云山使人心情舒畅，不单是神奇的景观，还在于它的经营理念，整个一百六十八平方公里的景区实行一票通，只要在景区门口购得门票，就可畅游各个景点；停车费一次缴纳，景区大巴车、观光车，随叫随停，随时上车，不论游玩几天，均可在景区内畅通，服务态度特别好。

在山门处，我们坐上白云山的大巴车。大巴车在群山之间奔跑着，一会儿穿过狭窄山道，一会儿掠过溪水畔，一会儿扎入密密的绿色丛林中。白云山从山门到缆车处有二十公里，三百多个拐弯，很考验司机的驾车技术。在车上碰到司机吕师傅，开车的师傅是严禁攀谈的，吕师傅的车是头天停在山上停车场，他这是坐车上山去开车的。他很健谈，谈起白云山头头是道，车厢成了一座移动的剧场。

他谈起自己能干的妻子和两个可爱的孩子，游客就笑问："吕师傅，吕大嫂现在在哪里？"吕师傅笑说："用你们文人雅士的话来说，就是只在此山中，云深不知处。"引起大家阵阵哄笑。

车内的乘客们在惬意舒适的状态中，一边欣赏车窗外画廊般的美景，一边聆听吕师傅对白云山的介绍，人生的良辰美景，莫过于此。

（二）会隐身的清洁工张师傅

行走到九龙瀑布处，碰到一名清洁工张师傅。他笑言自己是留侯张良后人，今年七十多岁，年龄大了，靠山吃山、靠水吃水，在白云山当清洁工快十年了。

他每天行走在山间，清理护栏外的垃圾，让游客在干净整洁的白云深处欣赏秀丽景色。每天早上从八时开始，张师傅一手拿着口袋，一手拿着特制的夹子，开始在工作区域内清理垃圾。我们同行半个小时的时间，他在悬崖边数次俯身，捡起悬在树枝上和枯草中的垃圾。

在一拐角处，游客要照相，他很快隐身躲在一块大山石后面，很自豪地说："这个我懂，把最美的风景留给游客。"

（三）喊号子的轿夫们

据白云山轿夫们介绍，白云山的轿子，来自四川的滑竿。最多的时候有几十乘，从业人员近百人；如今只剩下七乘，仅有十四名轿夫。究其原因，轿夫们认为主要是游客量减少，从而导致乘坐轿子的游客越来越少。

白云山的轿子和中原其他景点的轿子不同，很有趣。由于前面抬轿子的轿夫抬着客人，后面的视线多被挡住，须靠前面的轿夫传话告知路面情况。

如果前面的路很平直，前呼"大路一条线"，后应"摇摆扭几步"；前面有游客，前呼"大路向天"，后应"各走一边"；路遇障碍物，前呼"天上鹅儿飞"，后应"地下一大堆"；下坡时，前呼"遛遛坡"，后应"慢慢梭"。一报一答，见啥说啥，轿夫振奋精神。抬轿号子简短明了，言语诙谐风趣。

两个人，一乘竿，挑起百十来斤的客人，抬着游客在山林小路中环绕，轿竿跟着节奏上下摇摆起来。轿椅随着摆动"嘎吱嘎吱"地响着，和竹林里的风声，潺潺的流水声混成一首动听的背景乐。

轿夫们偶尔还会解说导游词中没有的风景，关键是对待客人细心周到，上坡、下坡、缓坡、拐弯、高低不平各有不同的行话，堪称行走的人工智能词典。

轿夫介绍，因为连接景区和山下村庄的是陡峭悬崖，他们每天只能沿山道翻越大山上下班。为了赶在第一批游客到达景区时出轿，他们通常在凌晨五点多起床，做饭、吃饭，还要将午饭带到山上吃，午饭一般是自带的方便面。

轿夫们把轿子抬起与放下，是日常中两个最为熟稔的动作，于他们而言，抬起的是一个家，放下的则是一切不如意。

（四）卖雨衣的潘婆婆

天上，下起了零星小雨。我们坐在广场中间的千年核桃树下避雨，有山有水有森林，雨中漫步白云山，如置身绿野仙踪的森林童话。

这时从西边的山坡上走来一位头戴遮阳帽，手持一个大袋子的老婆婆。婆婆很热情地和我们打着招呼，说："下雨了，捎个雨衣吧！我这个雨衣是好的，我不卖孬东西，有的雨衣一扯就烂了，你看，这雨衣质量好着哩！"

交谈中得知婆婆姓潘，年轻时从洛阳郊区那边远嫁到这深山老林中。丈夫年轻时从事养蜂业务，祖上三代身居大山，主要经济来源是养蜂和采药。女主人很是健谈，说是自家养有一百多箱蜂，她是刚将蜂群放到山坡上才回来的。说她家的蜂很聪明，上午放出去它们会沿着以往走惯的山路，不用主人招呼吃饱了一直飞回来。我们问了一下养蜂的收入，女主人告诉我们，好的年景能收入个十几万元。她说她家酿的是最纯正的山野蜂蜜，山里大片大片的野菊花开得好着哩！

潘婆婆告诉我们，她家儿子现在不在山里，外出搞工程去了。现在都搬迁至洛阳市了，只留下她自己守着空空的大院子。

"那你为啥不跟儿子去洛阳城里享福去？"又过来一批游客，见潘婆婆要走，我赶紧又追问了一句。

"在城里圈着看不见天，有啥好？哪有咱山里自在，不去！"潘婆婆的话丢在风里、雨里……

（五）捡橡子的吕大嫂

在这片被青山温柔环抱的天地间，橡树以其独有的姿态，成为这个季节最耀眼的风景。它们挺拔的躯干上长满枝丫，锯齿状的叶片茂盛而繁密，宛如一把把巨大的绿伞，为人们撑起一片片荫凉。

橡子，那红棕色、形似陀螺的果实，不仅是大自然的杰作，更是我们餐桌上的美味之源。据记载，人们食用橡子的历史至少可以追溯到公元前六百多年。"秋深橡子熟，散落榛芜冈，伛偻黄发媪，拾之践晨霜。移时始盈掬，尽日方满筐，几曝复几蒸，用作三冬粮。"唐代诗人皮日休的《橡媪叹》便生动地描绘了当时人们采集橡子、制作粮食的艰辛与不易。

成熟的橡子会自然脱落，散布在树下。若是遇见刮风下雨，橡子便落满一地。这个季节，山里的松鼠也拼命地储藏橡子，依靠这种美味的果实，它们可以度过整个漫长而又寒冷的冬天。为了从松鼠口里夺食，人们不约而同地扑向山林捡橡子，那是制作橡子凉粉的原材料。

我们走进一片原始森林，那是绿色的氧吧，深吸一口会感觉肺叶立时被过滤了。

这时林中传来了欢声笑语，旋即从原始森林里钻出几位妇女。领头的是一个健硕的穿红衣服的女人，后面跟着三个年龄相仿的妇女。她们背着或扛着麻袋，里面装得鼓鼓囊囊的，看起来像橡子。

我就大声地喊："你们捡的是橡子吗？"

"是呀！你们要带点儿吗？"说话间四人已到跟前，一攀谈，带头的原来是吕大嫂，就是"只在此山中，云深不知处"的大巴车司机吕师傅的妻子。

人生何处不相逢。

吕大嫂详细介绍了制作橡子凉粉的全过程：细心地剥去外壳，用古老的石臼缓缓捣碎，去除杂质，再用山泉水浸泡。在时间的作用下，橡子与山泉水中的矿物质会发生奇妙的化学反应，橡子中的苦涩味便慢慢释放出来。随后，用过浆布过滤、沉淀，在大铁锅中烧开，将橡子糊静置在树荫下七八个小时，便慢慢凝固成一盆咖啡色的凉粉，那是时间沉淀的味道，是山林的馈赠。橡子凉粉，不似豆类和谷物凉粉的绵软，它有着独特的清香与爽滑，更添几分涩涩的、筋道的口感。因橡子的质朴，它不需要繁复的调料，将凉粉切成条状，加上蒜丁、酸水，淋上辣椒油，再撒上一把葱花，看着就直流口水，吃上一口，满口生香。

可惜，我还是没学会怎么做，只好给吕大嫂留下联系方式，以后邮寄，才能品尝橡子凉粉这一美食。

在和吕大嫂谈笑间，我笑着说起吕师傅"只在此山中，云深不知处"的话，引起其他妇人大笑，吕大嫂扭头捂嘴也偷笑起来。让我想起舒婷的《致橡树》：

> 你有你的铜枝铁干，
> 像刀，像剑，也像戟；
> 我有我红硕的花朵，
> 像沉重的叹息，
> 又像英勇的火炬。
> 我们分担寒潮、风雷、霹雳；
> 我们共享雾霭、流岚、虹霓。
> 仿佛永远分离，
> 却又终身相依。
> 这才是伟大的爱情，
> 坚贞就在这里：
> 爱——
> 不仅爱你伟岸的身躯，
> 也爱你坚持的位置，
> 足下的土地。

这是白云深处的人家，这是白云山深处的世外桃源。

我曾经欣赏过范曾的画作，只见一老者、一孩童、一山峦、一古松，便把那句"只在此山中，云深不知处"的意境完美地勾勒出来。

深山，行人，孩童，淡淡流岚风，寥寥雾林气，一花一草，一树一叶，便是一世界。云雾苍茫，所以孩童望不到天，看不清路，正如隔着逝去的时光，想望也望不到前方的路。这寸禅意的光阴，这段凄迷的岁月，又该如何收藏？

　　经年之后，当童年不再，回首轻叩，那云深处藏了多少年轻的岁月。

　　一页页，一行行，都是如今回不去的年少过往。

　　再读起这句诗，只觉得再也寻不回当年的云深似海，只是时光不再。那拂过的印着诗文的泛黄纸张，承载了多少欢情薄凉。

　　让人不能在这里久留，久留会舍不得离去。

　　白云山，我会再来的。

12

昭昭青日

　　麦收季节，恰逢我生病在家，听八十岁老母亲唱《陈三两爬堂》的戏曲，就陪母亲去叶县县衙看看，让老人家在真正的县衙里亲身感受一下"陈三两迈步向宫廷"的滋味。

　　叶县县衙不算太大，一路转下来也没花太多工夫。

　　但别小看这个地方，可谓是"麻雀虽小五脏俱全"，有办公区、生活区、学习区。办公区里还分听审区、会审区，生活区中有居所、伙房、后花园！

　　县衙里有几个地方令我印象深刻。

　　县衙大门上方有一道黑漆大匾，上书"叶县县署"四个字，是叶氏后裔叶选平所书。匾额下方书有楹联"天听民听天视民视，人溺己溺人饥己饥"，意在警示主政官员要严以律己、光明磊落，为官一任造福一方。

　　由大门进入，两侧是古代三班衙役值班及更夫居住的场所——班房。若有百姓击鼓鸣冤，在此值班的衙役就要问明情况，回禀知县酌情办理。

　　紧接大门的那个门叫仪门，它面阔三间，中门平时关闭，每逢新皇帝登基、国家庆典、新官到任时方可打开。仪门的设置取"有仪可象"之意，不仅提醒主政者要为民做表率，也为县衙增添几分威严。

　　县衙仪门，也就是第二道门外，东西各有一庙。东为萧曹庙，供奉两位西汉名相萧何、曹参。庙不高不大，让两位宰相挤在一起办公，不知当时是否有办公室不能超标的概念。

继续前行就是大堂。位于大堂前中甬道的这块"御制戒石铭",正面书"公生明"三个大字,出自《荀子·不苟》:"公生明,偏生暗。"意在警示为官者,凡事应以公正的态度去处理,这样才能得出正确的结论。

古代县衙建筑基本是大同小异,然而在叶县县衙的大堂前,我们却可看到有一座狭长的棚式建筑与其相连,这便是卷棚。卷棚本源于宫殿、庙宇中拜殿的建筑形式,用于官署衙门就成了居官者身份地位的象征。明清时叶县知县多享受同知(正五品)待遇,值得一提的是,叶县县衙还是我国现存县衙中唯一有卷棚的。在卷棚的柱子上,我们还可看到"得一官不荣,失一官不辱,勿说一官无用,地方全靠一官;吃百姓之饭,穿百姓之衣,莫道百姓可欺,自己也是百姓"以及"山色壮金银,惟以不贪为宝;江流环铁石,居然众志成城"的楹联,深刻地表达出上至朝廷、下至百姓对为官者的殷切期望。这里面有个典故出自《左传》:"宋人或得玉,献诸子罕。子罕弗受……子罕曰:'我以不贪为宝,尔以玉为宝,若以与我,皆丧宝也……'"意思是如果我把宝收下了,你也失去了宝,我也失去了宝。作为高级别官衙的标准,卷棚是身份和地位的象征,也是为官者引以为荣的资本。在县衙悬挂这样的楹联就是提醒官员,不管官做得有多高,也要严于律己,亲民爱民。

卷棚下有跪石一方,经过六百多年的摩擦和风雨侵蚀,长方形跪石上已呈现了明显的凹痕,可以想象到几百年以来,有多少人跪在这块石头上,或接受惩罚或含冤受屈。恍惚间,我似乎也无力地跪在这块石头上,向明镜高悬的青天大老爷诉说着我的冤屈,抬起头,就看到青天大老爷坐在太师椅上,前面黑漆色的公案上摆放着一方官印、惊堂木和令签。后面是"海水涨潮日出图",它象征着知县清正廉明的政治形象。大堂有楹联"我如卖法脑涂地,尔敢欺心头有天",在它的两侧,还有楹联"丹毫一点,乃吾民利害攸关,须念悖出必将悖入;白日三竿,即尔室公私毕照,莫谓知显不在知微",配以大堂两侧的"水火无情棍""肃静""回避"牌和兵器架等物品,使大堂更显得庄严肃穆。

等一众游人离开，整个大堂只剩下我和母亲，我鼓励母亲大声唱《陈三两爬堂》。第一遍母亲声音很小，录第二遍时，母亲声音明显大了许多。"陈三两迈步上宫廷，举目抬头看分明，衙门好比阎罗殿，大堂好比剥皮厅，可怜我青楼苦命女，今日落入虎口中，放大胆我把公堂上，问我一言应一声……"

八十岁的老母亲认真地唱着，苍老的声音，悲怆的戏文，飘荡在古老的叶县县衙。

此情此景让我想起了1991年，我和同学吴世丽第一次来叶县。

晚饭后，听世丽的父亲（当时任城关镇中心校校长）讲叶县县衙的历史掌故。他像讲课一样，从元明清一直讲到1991年的夏天。绵绵久久的故事就像这大堂前的青砖一样在黑夜里延展，我至今还清晰地记得。

大概是怀揣作家梦、喜欢写作的缘故，我对带点儿历史年代的东西有一种说不出的兴趣，特别喜欢听别人"侃"一些典籍掌故之类的知识。而叶县本身就是一个有着丰厚历史底蕴的地方，更让人想去深层了解，也许就是在那一刻，我喜欢上了叶县这座城。

可惜，第二年，这位德高望重的五十四岁老校长遭人陷害，受处分丢去职位。对于一位兢兢业业在教育上深耕一辈子的知识分子来说，临退休蒙受不白之冤，心里憋屈之下半年后得了肝癌，随即去世。

今天又一次来到叶县县衙，斯人已去，高高矮矮的砖墙似乎在提醒着我，让我用一种敬畏的心态来看待这个地方。

穿过大堂后，紧接着的是宅门。它是大堂通往二堂、三堂的屏障，而并非我们通常所说的住宅之门。进入宅门，东西厢房分别为会文馆和会武馆，是知县接待外来文武官员的场所。

二堂面阔五间，正中檐柱上有楹联"养天地正气，法古今完人"，意为弘扬人间正义，学习古今德操完备之人。用于激励署内公务人员不断进取，提高道德修养。

二堂中间三间为穿堂，东西梢间各辟一室，东为幕厅，为知县与其幕僚、师爷进行案件会审的场所；西为招书房，是文书人员对六科房呈送给知县的文件进行审阅、把关的场所。

进入第三进院落，便可看到一副醒目而特殊的楹联"今古今古今今古，古今古今古古今"，今就是古，古就是今，它以有限的两个字的变化，开启人们无限的回想空间，着实是令人三思。三堂，又名知县廨，其东二间为知县办公及公务间暂时休息的场所，西三间为审理涉密案件及"花案"的场所。三堂的东西厢房，则是与知县近身的幕僚、师爷们的办公场所。

三堂偏门出去，向左拐，给我印象很深的是虚受堂和思补斋。虚受堂是当县丞受到上级嘉奖后进行虚心总结并自查不足的地方，思补斋则是县丞反思自己工作中的缺点并且想办法补足提升的地方。

我想，古人尚且有常思己过的传统和戒骄戒躁的风尚，我辈处在日新月异的现代社会，更应不断地自省提升。

还有一个地方就是大仙祠，它供奉的是守印的狐仙。与其说它是一个祠堂，倒不如说是又一个提醒之所，可以让为官者常常将所受之权放在心上，将职责放在心上，敬畏印信和权力，兢兢业业地干活，这样才不至于失去官印。

最后一个地方就是书房。书房设在虚受堂附近的角落处，大概是这里清静，远离厅堂的喧嚣，可以专心读书学习。

我和母亲匆匆结束了半日游，走向出口，看到旁边有一个偏门，没有高高的门槛，路比较平坦。我就想拉着母亲从偏门出去。这时等候在入口处的丈夫看到了，立刻大喊："走正门出来，不要走偏门，偏门是犯人走的地方。"

我一惊，抬头看看高高的正门台阶，小心地搀扶着母亲从正门出来。

扭头看到门口的那面申冤的击堂大鼓，想去奋力击打它，丈夫看到说："你不去击鼓？"

不了，在我心里，已经击过了。我想，苍天有眼，若干年后会给我一个公正的答复。

仰头看，朗朗青天。

13

石·炊烟·风吹过

听闻，雷洞村是一个望得见山、看得见水、记得住乡愁的世外桃源，可以赏"田园美景"、游"青山绿水"、寻"快乐老家"、忆"游子乡愁"，恰逢鲁山县作协叶主席一行到襄城采风，于是就一起去雷洞村。

（一）石

雷洞村满眼都是石，石是采自首山的红石。

首山的红石仿佛是大地的血脉，在岁月的长河中静静流淌。每一块石头都有着自己独特的纹理和形状，有的像沉睡的巨兽，有的像灵动的飞鸟，有的则像凝固的波涛。它们相互依偎，相互支撑，构成了雷洞村独特的地貌。

沿着蜿蜒的小径漫步，脚下的石头发出清脆的声响，仿佛在诉说着过去的故事。路边的石墙上，爬满了翠绿的藤蔓，仿佛是大自然为石头披上的绿色外衣。这些藤蔓在风中摇曳着，像是在向我们招手，欢迎我们的到来。

突然，眼前出现了一座古老的石桥，桥身由红石砌成，横跨在一条清澈的小溪上。溪水潺潺流淌，发出悦耳的声音，仿佛是大自然演奏的乐章。桥上的石板已经被岁月磨得光滑如镜，仿佛是时光的印记。站在桥上，俯瞰着小溪两岸的景色，心中不禁涌起一股莫名的感动。这一刻，仿佛时间已经静止，我们仿佛置身于一个古老的世界中，感受到了大自然的神奇和美丽。

在石桥的下边，有几块平整的红石，村庄的女子用来洗衣、淘菜，棒槌浆洗衣服的声音平平仄仄，响在柳荫下。丈夫早早牵牛拉耙下地干活，婆婆端着针线筐在房前屋后做针线活，缝缝补补串起来就是生活。

（二）炊烟

我们远远地看到天空中飘来一缕炊烟。

同行的叶主席说，有炊烟就有人家，有人家的小村就有故事。果然，沿着炊烟的方向走去，我们看到了几座古朴的石屋。石屋周围是一片茂密的树林，树林中不时传来鸟儿的鸣叫声。

走进村庄，一股浓浓的烟火气息扑面而来。家家户户的烟囱中都冒着缕缕青烟，那是村民们在烹饪食物的过程中产生的。这些炊烟在空中交织在一起，形成了一幅美丽的画卷。村庄中的房屋都是用石头砌成的，屋顶上覆盖着重蓝色的瓦片，显得古朴而典雅。这些房屋虽然历经岁月的洗礼，但依然屹立不倒，仿佛是村庄的守护者。

在村庄中，我们遇到了一位白发苍苍的老人。老人坐在门口的石凳上，静静地看着我们。他的脸上布满了皱纹，是岁月刻下的印记。老人看到我们后，微笑着向我们打招呼，并用一口地道的河南方言和我们交谈。从老人的口中，我们了解到了雷洞村的历史和文化。原来，雷洞村已经有几百年的历史了，后来由于交通不便，逐渐衰落了。但是，村民们依然坚守着这里，传承着这里的文化和传统。

（三）风吹过

"风吹过"是一家民宿的名字。但现在，除了"风吹过"这个名字外，所有的痕迹，都让一种叫时间的东西湮没了。

我们沿着一条小路走进了"风吹过"民宿，眼前的景象让我们感到有些失望。民宿的房屋已经破旧不堪，墙壁上布满了裂缝，屋顶上的瓦片也已经掉落了不少。院子里长满了杂草，仿佛是被时间遗忘的角落。

但是，当我们走进民宿的房间时，却被眼前的景象所震撼。房间中的布置非常简单，但是却充满了温馨的气息。床上铺着干净的床单，桌子上摆放着几盆鲜花，窗户上挂着白色的窗帘，仿佛是一个世外桃源。从窗户望出去，可以看到远处的红石和炊烟，仿佛是一幅美丽的画卷。

我们坐在院子里的石凳上，静静地看着天空中的星星。微风轻轻吹过，带来了一丝凉意，仿佛是大自然在为我们讲述着一个又一个故事。在这个寂静的夜晚，我们仿佛与大自然融为一体，感受到了生命的真谛和意义。

我们和村民们一起聊天，了解了他们的生活和故事。从村民们的口中，我们得知了他们对雷洞村的热爱和坚守。他们虽然生活在这个偏远的小山村中，但是却有着自己的梦想和追求。他们希望能够通过自己的努力，让雷洞村重新焕发生机和活力。

"采菊东篱下，悠然见南山。"雷洞村宁静而美丽。这里没有城市的喧嚣和繁华，只有大自然的宁静和美丽。这里的人们就像是那采菊的隐士一般，过着简单而幸福的生活。他们用自己的双手和智慧，创造了属于自己的美好生活。

"绿树村边合，青山郭外斜。"雷洞村充满了生机和活力。这里的每一块石头都有着自己的故事，每一缕炊烟都有着自己的情感。这里的人们就像是那绿树青山一般，与大自然融为一体，共同创造了一个美丽的世界。

"空山新雨后，天气晚来秋。"雷洞村清新而自然。这里的空气非常清新，没有一丝污染。这里的景色非常美丽，没有一丝雕琢。这里的人们就像是空山新雨一般，淳朴而自然，用自己的心灵感受着大自然的美丽和神奇。

在离开雷洞村的时候，我们回头看了一眼这个美丽的小山村。

红石、炊烟、吹过的风，这些景象仿佛已经深深地印在了我们的脑海中。

世界很小很小，只是一座村庄，牵着又一座村庄。一处花木掩映的房子，一群和草木一样葳蕤生长的儿女，便是一个乡村女子的整个世界，足以在其中安放下一生的光阴。

14

鹁鸽吴印记

鹁鸽吴村，一个充满故事的古村，有一条南北走向的大浪河，恰似灵动的丝带，蜿蜒于丘陵沟壑之间，奔腾而下。当它行至村子的西南方向时，一座山崖如利剑般陡然矗立，恰似大自然精心布下的天然屏障，使得小河不得不折身东流。

（一）石崖

据明代嘉靖三十一年《鲁山县志》记载："鹁鸽崖在县北十里，达老河（今大浪河）之畔，崖常有鹁鸽巢雏，故以名。"

这座山崖绵延约三百米，高度逾二十米，宛如一座古老的城堡，静静地诉说着岁月的沧桑。崖上的景象宛如一幅生机盎然的画卷。

古木葱茏，那些树木犹如一把把巨大的绿色伞盖，为整个山崖撑起一片浓郁的绿荫，赋予其无尽的生机。

怪石嶙峋，它们的形态千奇百怪，仿佛是大自然用无形的刻刀精心雕琢而成。有的宛如展翅欲飞的雄鹰，似乎下一刻就要搏击长空；有的恰似蹲守的猛虎，威风凛凛，虎视眈眈；还有的仿若沉思的哲人，沉浸在对宇宙奥秘的思索之中。每一块石头都像是一部无言的史书，默默诉说着往昔岁月的故事。

峭壁陡立，犹如刀削斧劈一般，其上布满无数状如拳大的洞穴，这无疑是大自然鬼斧神工的杰作。

其中，鹁鸽崖更是充满神秘色彩。那神秘的鹁鸽洞传说乃是仙人放鸽居住之所，至今仍留存着传说中仙人曾使用过的石桌、石凳等遗迹。这些遗迹宛如历史的见证者，静静地伫立在那里，目睹着岁月的变迁与历史的沧桑更迭。

（二）鸽子

一群鸽子从我们头顶掠过，发出即兴的"咕咕"声，转而消失在天际，如飞舞的精灵，留下一连串省略号般的遐想。

鹁鸽，又称勃菇、鸽子，善飞之鸟。其形小巧，其性机警，全身银灰色，翼上、尾端有黑色横斑，头及胸部具紫绿色，闪闪发光。鸽子是一个和睦相处的庞大家族。夏天，它们分对儿在岩缝或崖苔窟窿中育雏；冬天，便成群结队地住进山洞——夜间，如果有人悄悄地进洞，点着一堆火亮，这成群的野鸽，便会没头没脑地扑向火堆……

春秋时期的《越绝书》曾载："蜀有苍鸽，状如春花。"相传楚汉相争时，刘邦就靠一只鸽子躲过项羽的追击而获救。隋唐时，人们就已经用鸽子通信了。《开元天宝遗事》中记载："张九龄少年时，家养群鸽，每与亲知书信往来，只以书系鸽足上，依所教之处飞往投之，九龄目为飞奴，时人无不爱讶。"宋代诗人梅尧臣在《野鸽》一诗中咏道："一日偶出群，盘空恣嬉游。谁借风铃响，朝夕声不休。"范成大也有"已被两人惊梦断，谁家风鸽斗鸣铃"的诗句。

因飞鸽所传多为"平安之书"，鸽子也被赋予了"和平祥和"之寓意。这是一种朴素的鸟，朴素得像你多年的邻居。

一年四季鸽子总是穿一件素色衣服和人亲近。它喜欢生活在开阔地带，在稀疏的树荫中，在房前屋后，在山崖上，在洞穴里，你常看到它们的身影。

这是一种亲人的鸟，是一种吉祥的鸟。

在田间劳作，你忙你的"草盛豆苗稀"，它啄它的小虫藏草里。如果你走得再近一点儿，它就转过身去，背朝着你，像个怕生的孩子。

鸽子是一种追逐阳光的鸟。几乎每天早晨、黄昏，在每一个固定的时间内，都能听到一群鸽子发出的深沉叫声。

偶尔，有几只站在南面的屋顶上，长时间远远地观望，它那双圆溜溜的潮湿的眼睛反射出阳光、河流和树影。那双眼睛见证了村庄里无数老人的过世、无数年轻人的离开。那眼神像我这样的凡人无法辨识其中的悲喜。

它是见识过人间的大悲和大喜的。它的叫声是混合着疼痛和欢乐的叫声，总结为一句话，它叫着"咕，咕，咕咕——"，听起来仿佛在说："空，空，空空——"

鹁鸪吴这块风水宝地仿佛被具有灵性的鹁鸪相中，它们成群结队地栖息于此，构成了山崖上一道独特而迷人的风景。

随着时光的流转，在那苍茫的山崖之上，数百只鹁鸪共处。它们时而在空中盘旋飞舞，身姿矫健，如同灵动的舞者；时而停歇在崖壁之上，整个画面壮观而和谐，故而此地被世称为鹁鸪崖。

鹁鸪崖的自然景观与崖顶绵延十里的桃花园相互映衬，宛如天作之合，共同构成了鲁山县古八大景之一，宛如一颗璀璨的明珠镶嵌在这片土地之上。

每一只鸽子都像是一个故事的开篇，它们在空中翩翩起舞，宛如自由的灵魂在天际翱翔。那清脆的鸣叫声似乎在倾诉着无尽的思念之情，仿佛是远方游子对故乡的深情呼唤。

鸽子的归巢，总能给人们带来温暖而慰藉的力量，仿佛在轻声诉说着，无论外界的世界如何艰难险阻，家始终是那最为温暖的港湾。

鸽子宛如大地上的灵动音符，在阳光的照耀下闪耀着光芒，恰似大自然馈赠的珠宝，奏响了生活的美妙乐章。

（三）石磨

在山寨的东南角，我们见到了一盘石磨。

偌大的石磨静静地躺着，仿佛睡着了似的。看着古韵流淌的石磨，恍惚中仿佛听到了它"吱吱呀呀"磨谷子、碾玉米的声音。

而我，仿佛化身为一名村姑，推动着这石磨，推动着岁月的流转。雾气弥漫，模糊了我的视线，却让我的笑容更加灿烂。

远处土墙上，一只蝴蝶悄然停留，而寨外，枪响声、呐喊声、决斗声交织成一片。

这是千百年来，族人是为争夺天泉而战？还是为保卫家园与强盗血战？这些防御用的墙垛，构成了一道独特的风景线，尤其是夕阳西下时，夕照映向墙垛，斑驳的光影，悠远的古韵，仿佛时光倒流，恍然间就把我带到了古代。

（四）石凳

在村子正中央，零散摆放着一些石凳，石凳的正前方有一戏台。

戏台上，生旦净末丑各个角色粉墨登场，正在演绎着一场场饱含沧桑岁月的人间大戏。戏台的下方，石凳上坐的村民为生之喜悦而欢呼雀跃，为死之悲痛而黯然神伤。

演员们唱出的哭腔，声声入耳，直抵人心，仿佛是在击打着人们内心深处最柔软的部分。

鹁鸽吴村的村民们坐在石凳上观看。当看到《白蛇传》中"恨上来骂法海不如禽兽，你害得俺一无有亲哪，二还无有故，无亲无故孤苦伶仃，哪里奔投"时，会义愤填膺，这是因为戏曲中的正义之声触动了他们内心深处对公正的渴望，也可能是对自身行为的一种反思；当听到《七品芝麻官》"当官不为民作主，不如回家卖红薯"时，人们能够感受到那扑面而来的正义之气，这反映出民众对清正廉洁、为民服务的官员的期待；当《陈三两爬堂》中"大堂上我不把旁人骂，骂一声忘恩负义的李凤鸣，你才是李门忤逆子，你才是有辱祖先败门庭"时，人们被那激昂的唱腔所打动，这是因为其中蕴含的忠义情感引发了人们内心的共鸣；当听到《泪洒相思地》中"我为他被逼跳入西湖内，我为他幽幽死去又还阳，我为他有家有舍不得归，我为他无脸再见爹和娘，我为他变卖衣饰作路费，我为他抛头露面背井离乡，我为他沿途受尽跋涉苦，我为他举目无亲多凄凉"时，人们不禁潸然泪下，这是因为这段唱词深刻地描绘出了爱情中的痛苦与无奈，触动了人们内心深处的情感之弦。

这些观众们能够深深地"入戏"，沉浸在戏曲所营造的情感世界之中，又能够豁达地"出戏"，一把抹去沟壑纵横的老脸上的眼泪，长叹一声说："唉，说书的嘴，唱戏的腿，都是假的。"但一回头，他们又对不爱看戏的年轻人说："说书唱戏教育人哩。"

与看戏相比较，听戏则显得更为随意自在。听戏不需要任何成本，即便你不想刻意去听，那唱腔也会如微风般从某一处悠悠飘来，不知不觉间就会让你沉醉其中，就像春雨滋润万物一样，悄然无声却又有着强大的感染力，最终让你对戏曲痴迷不已。

听得多了，渐渐就会领悟到，戏里所唱的其实就是人生百态。生活中的酸甜苦辣涩，在戏曲中都能找到对应的影子。

在鹁鸽吴村，听戏是一件极为寻常的事情，年老的、年轻的和还没有成年的，几乎人人都会听上几段豫剧。

在村子大舞台前的石凳上，常常坐着一位老者，他自称能够独自唱一出戏，当我随声说道："那唱一段，亮亮宝，中不中？"他却连连摆手，说道："不中，不中！老了，唱不上去了！"老者回忆说，小时候他也不会唱，是跟着母亲去山西走亲戚时，被亲戚家人逼着唱一段豫剧，不唱不中！他难为得当时哭着喊着："唉——呀——"山西亲戚说："你们听，这就是豫剧。"

老者咧着没牙的嘴，挠了挠头笑着说："我就喜欢没事时哼两句，哼完心里可美。"

年少之时看戏，多半是为了凑热闹，然而随着年龄的增长和阅历的增加，如今听到的不仅仅是戏，而是生活的写照，某一个唱段，没准就是在唱看戏的人自己的故事。这表明戏曲与生活之间有着千丝万缕的联系，戏曲源于生活，又反映生活，最终回归到对生活的启示与教育之中。

（五）野菊花

秋天，是野菊花的盛季，宛如它们的花样年华。这些野菊花就像一群活泼可爱的孩子，它们爱在哪里生长就在哪里生长，爱怎么长就怎么长。它们在草地上眨巴着眼睛，充满了生机与灵动。

它们的性格略显孤傲，却又热衷于成群结队地嬉戏玩耍。它们撑着艳艳的黄、白、紫、蓝色的小脸庞，东一朵、西一朵地散布着，仿佛是在悠闲地闲逛，寻找着属于自己的那份快乐。

每当我遇见这些野菊花，总会不由自主地向它们行注目礼。它们的生长环境极为多样：或扎根于石缝之中，在那狭小的空间里顽强地绽放；或生长在背阴的墙脚处，默默地承受着阳光稀少的环境；或生长在一截断墙上，在残垣断壁间展现出生命的不屈；又或生长在一个小山崖上，在悬崖峭壁上彰显出生命的坚韧。

无论生长在何处，它们都能绽放出属于自己的独特美丽。它们的存在总会在我内心深处引起一阵小小的震动，让我深刻地认识到，生命的丰饶其实就蕴含在生命本身之中，与其他外在因素并无太多关联。

特别是在鹁鸪崖上，野菊花开得最为烂漫。它们毫无顾忌地展示着自己的美丽，仿佛是在向整个世界宣告自己的存在。秋风仅仅吹拂了两下，它们就像是事先商量好了似的，齐刷刷地冒了出来，一簇簇、一丛丛、一片片，汇聚成一片五彩斑斓的海洋，那绚丽的色彩和蓬勃的生机让人心醉神迷。

野菊花在这种艰苦环境中依然能够绽放美丽的特性，正是生命坚韧不拔的体现。它们不在乎生长环境的优劣，只专注于自身生命的绽放，这种精神值得我们人类学习与借鉴。

秋来菊花开，在鹁鸪崖的缭绕中学一学古人，且看崖上菊花开，心神宁静，亦可缓缓而归。

（六）皂角树

鹁鸪吴村生长着五棵皂角树。

最大的一棵皂角树，它的树身很粗，树冠很大，不知栽于何年。或唐或宋，我想是宋代吧！因为宋代是一个让文化人神往的年代，经过了唐代一整个漫长的土壤发酵与拔节生长，文化的大树已经可以在宋代氤氲出浓郁的气息，像鹁鸪吴村里所拥有的这五棵老皂角树，笼盖四野，散发清香。

儿时读鲁迅先生的《从百草园到三味书屋》，先生于文中回味童年之乐："不必说碧绿的菜畦，光滑的石井栏，高大的皂荚树，紫红的桑葚……"文中提及的皂荚树，即为今日要介绍的神奇植物——皂角树。提及皂角，人们率先想到的便是洗发、洗衣。

皂角树乃是我国历史源远流长的乡土树种，隶属于豆科皂角属。古老的皂角树，其生命仿若一季花开，芬芳之时，却已暗藏枯萎之兆，花开花谢乃其必然宿命。即便无风霜之肆虐，亦会遭虫蛀之害。这恰似人生，充满诸多不确定性与挑战。

在文学作品里，我们可从中略窥得古、近代民众生活于充满皂角香与皂角细末的世界的情形。诸如宋代方回的"何如觅皂角，浣濯暑服腻"，宋代舒岳祥的"种麦谁家妇，青裙皂角冠"，宋代诗人张耒的"畿县尘埃不可论，故山乔木尚能存。不缘去垢须青荚，自爱苍鳞百岁根。"这些诗句皆生动且细腻地刻画了古人与皂角的紧密关联，以及皂角在古人生活中的重要意义。

皂角树喜光且稍耐阴，喜温暖湿润的气候与肥沃土壤，亦能耐寒冷与干旱，对土壤要求并不严苛。其常生长于路旁、家中、沟旁、宅旁等地。这种适应性强、易于存活的特性，使其成为一种实用、质朴且顽强的植物。独生于中国的皂角树，似乎也承继了部分中华民族的精神特质。它质朴，也能为人们带来必要的洁净；它接地气，也成为人们生活中不可或缺的部分。

皂角树成为村民崇敬的树神，每逢佳节，村民便前往祭拜，祈求出入平安、风调雨顺、五谷丰登、国泰民安。皂角树成为村民祈福消灾的精神寄托，此背后体现出村民对自然的敬畏之心以及对美好生活的向往之情。

（七）石宅

黄昏的夕光，照亮了鹁鸪吴村石巷不规则的石墙面，凹凸的光影，把熙攘的人群折叠成一幕幕幻影。在道路两旁流连，仿佛置身流光溢彩的画中。

风从大浪河轻轻而来，吹动了千年的文化积淀，吹拂着这里的古建筑。俄国著名剧作家果戈理说："当诗歌和传说都缄默的时候，只有建筑在说话。"这里的石寨奇异独特，红石灰顶，色彩典雅。是啊，建筑里埋藏着时间密码，一石一瓦，都藏着故事典籍，都演绎着一个古村的传说与曾经的风华。

身在鹁鸪吴，抬头仰望，寻找着传说中的往事，在呼吸间品味这个千年古寨的余韵。聆听千年的故事，体会千年的情感，脚步渐渐变得缓慢，仿佛静止了。

同行的叶主席缓缓开口说道："看哪，那座最为宏伟的石宅古院。据乡间传闻，这里可是出了一位功勋卓著之人呢。"在那遥远的过去，这位名人的母亲在这宅院里只是一位妾室，地位低下且卑微。大夫人极为跋扈，常常肆意欺凌他的母亲，使得他母亲受尽了委屈，而他也因为母亲，遭受了诸多磨难。

大夫人对他动辄打骂，他的生活朝不保夕，常常吃了上顿没下顿。

在孩子七岁那年，正值天寒地冻、大雪纷飞之时，大夫人愈发变本加厉，竟然狠心地将这母子二人撵出家门，让他们在冰天雪地中自生自灭。母子俩孤苦伶仃，只能一路乞讨前往外地。所幸天无绝人之路，他们乞讨到一百多里之外的小村时，遇到了好心人收留。孩子自此改名换姓，后来参军入伍，凭借自身的努力与才华，在军中闯出了一片天地。

中华人民共和国成立之后，村子里他儿时的玩伴前往京城找寻他。他热情地招待了玩伴，好酒好菜，一应俱全。然而，当谈及故乡时，他却说："我只认现在的家乡为祖籍，对于鹁鸪吴，我从未知晓，与它更是没有丝毫瓜葛。"其中所蕴含的情感极为复杂，或许既有对童年痛苦回忆的回避，想要彻底摆脱那段不堪回首的过去；又有对新生活的坚定认同，在新的环境中找到了自己的价值和归属。

但不管怎样，这段往事就像一道深深的痕迹，永远刻在了岁月的长河之中，让人不禁感叹命运的无常与人性的复杂。

曾几何时，这里汇聚了先祖世界、后世历史的名流巨擘。大河上下，波涛喧腾。多少条积淀了历史雄奇的河流在此荟萃，多少次的战争在两岸打响。河沙淹没的不仅是一条声名煊赫的大河，更是一段又一段厚重的历史。一层又一层的漫漫黄沙之下，掩埋了多少古物风情？这片土地承载着太多的历史记忆，每一寸土地都似乎有着说不完的故事。这些故事是历史的沉淀，也是文化的瑰宝，等待着人们去挖掘、去传承。

有山，有水，有花，有飞鸟。有山的地方，就有着骨子里的硬气，那是一种坚韧不拔、屹立不倒的精神象征；有水的地方，就有着智慧圆融，水的灵动与包容恰似智慧的表现；有花的地方，就有着爱与温暖，花朵的绽放如同爱的传递；有鸟的地方，就有着诗与远方，鸟儿的飞翔仿佛是对自由和远方的追求。山水无尽，花木有情。

这，就是鹁鸪吴，一个充满了历史韵味和人文情怀的地方。

返程时，徐徐转身，回眸凝望鹁鸪吴，心中总会涌起一丝好奇——不知寨外的世界如何？是否也有人如我一般，遥望着这片古老的回忆？这份沉思牵引着我的脚步，欲走还留，流连忘返。

15

飞翔的汝河

八百里伏牛山，由西向东，气势磅礴，在黄淮平原西缘处昂首回头，崛起了一座独立的山体，名为"首山"。在首山北麓，一带碧水曲折东去，如慈母般拥抱着这片丰腴的土地。这条美丽的河流，就是《诗经·汝坟》中吟唱的汝河。

在汝河温柔的臂弯中，有一座近两千三百年的古县——襄城，国家湿地公园就在这里。

汝河湿地公园规划总面积八百九十六点六七公顷，湿地面积五百三十三点八六公顷，湿地率为百分之五十九点五四，是我国候鸟迁徙的重要地点。

每年，数以万计的候鸟犹如一个个舞者，它们或飞翔在汝河上空，或潜在汝水中，或漂浮在河面上，在湿地上空舞出"落霞与孤鹜齐飞，秋水共长天一色"的绝美景象。襄城人的日月晨昏也已紧紧和这个"天然氧吧"连在了一起，这里俨然是一个人与自然和谐共生的乐园。

汝河湿地公园负责人介绍说："这里能看到白鹭、绿头水鸭、鸳鸯等近几年大量在这里安家的重点保护水鸟。这里有维管束植物四百九十三种，其中包括国家二级重点保护植物的野大豆。此外，还有金雕、青头潜鸭、鸿雁、大天鹅、鸳鸯、白腰杓鹬等重点保护鸟类二百一十一种。它们是环境质量的监测指标，是襄城县生态修复成果的最直接体现。"

于是，我们走在湿地公园的路上，首先发现几只聒噪的白头鹎在树梢下活动，一大群灰椋鸟在宽阔的草地上寻找早餐，忽然又群飞而起，落到银杏树上。一只乌鸦尖叫一声，从银杏树枝头飞到那茂密的树林中去了。

我们往二桥走去，一群棕头鸦雀在荒草中蹦来蹦去，两只白鸽从柳丛中探出脑袋，一只麻雀也飞过来凑热闹。天上有两只像燕子的鸟不紧不慢地飞过。

宽阔的水面，一对赤膀鸭夫妇相伴游荡，其貌不扬是它低调的特征。

灰喜鹊在公园很常见，这只躲藏在树叶中偷吃果子，还有什么鸟儿能比喜鹊更讨人欢喜？喜鹊也是很爱吵闹的呀，很多时候，人还躺在床上温习梦中的事儿，它们却一声两声地嘎嘎叫嚷起来。可它们是喜鹊，你非但不生气，反而会开心一笑，这是喜事来到了。

汝河湿地公园的桥边有大片芦苇丛，一条长长的木栈道穿行而过，两边的苇丛和树上不时飞落小小的鸟影。

鸟鸣呈单音，音色纤细的，是特别罕见的白鹡鸰。它们在芦苇丛中找食，波浪式地前进飞行，与麻雀有着相似的羽毛。一只白鹡鸰落在芦苇丛中，不仔细辨识，很难发现它。

一只白骨顶也短暂露头。一对鸳鸯从苇丛穿出来落在栈道边缘，见有人来，又一头扎进苇丛不见了。

几只珠颈斑鸠飞飞落落，一只黑尾蜡嘴雀飞上柳梢最高处。绿头鸭在此扎堆。一只黑黑的鸭子突然从草丛中被惊起来，飞到不远的苇丛中，貌似普通的斑嘴鸭。

黑水鸡不仅在水中游，也到苇丛中的草地找食。在苇丛远离栈道的一侧，发现一只黑不溜秋的小䴙䴘，湿地常见留鸟，小小的身体，呆萌的表情，著名的游泳、潜水高手，常栖于水草丛生的水域，食物以小鱼、虾为主。

在苇丛湿地东侧，最惊艳的是一群山椒鸟。五只黄色的雌鸟伴着一只艳红的雄鸟从灌木丛飞出来，到草地上挑开落叶找食，见有人来，又迅速隐身于茂密的灌木丛。它们是喜欢幽静的鸟儿。

我的眼睛应接不暇，不知道要看哪种鸟？湿地管理员说："鸟太多了，根本看不过来，我们重点观察几种吧！"

（一）白鹭

我静坐在湖岸边，偶见一对白鹭从远天飞来，优雅地舞蹈，俯身而下，翱翔于水面，竟在不远处的湖岸边轻盈地落停了，迈着碎步，像个悠闲的散步者，一前一后，相互追逐，时而低回，时而高飞，时而比翼双飞，像一对深爱的恋人，仿佛在演绎着童话里的爱情故事……一对洁白的仙灵与滟滟水波交相辉映，仿佛用羽翼、天姿和曼舞绘出一幅灵动的湖上风光，瞬间照亮了眼前的世界。忽然，一阵带有思念气味的风，迎面扑来，白鹭们展开有力的翅膀飞向蓝天……

中国古代《毛诗·周颂》中有"振鹭于飞，于彼西雍"来形容白鹭的气势不凡。

不过，白鹭终究不是神仙，一生也得为食奔忙。俗语"人为财死，鸟为食亡"，说的就是人与鸟的宿命。

白鹭主要以各种小型鱼类为食，也吃虾、蟹、蝌蚪和水生昆虫。人类的一日之食，充分利用火，烧、煎、煮、炸，匠心独具。白鹭没那么多讲究，只是果腹而已。白鹭不与人同，毫无聚富敛财之心机。一旦温饱，则万事大吉。或与情侣相守于树梢；或约友二三只，游于农田；或听风声而起，与一群鹭姐鹭妹跳起"广场舞"。

秋色走向夕阳黄昏，白鹭在这里或蕴藉婉约，或奔放豪迈，或明媚静雅，或翕张雪羽……伴着暮色，忙碌者成群啄食，孤独者独自徘徊，戏演"水上芭蕾"，有的静立，有的嬉戏，有的滑翔，有的昂起曲颈，翩翩起舞，似陶醉在自己美妙的倒影中，把这人间天堂抹上耀眼的白色，给萧瑟的原野和斑斓的季节增添了无限的生机与活力，宛如吹进了一股融融春风。

（二）黑水鸡

在河堤上，传来"一、二、三、四……"稚嫩的数数声，走近一看，是一位年轻的母亲带着孩子在数河里游的黑水鸡。

"我数到三十二只了，妈妈，那边又游过来一群。"孩子惊奇地喊道。

管理员告诉我，在这条河上，有几百只黑水鸡。

黑水鸡的额甲鲜红色，端部圆形。头、颈及上背灰黑色；下身灰黑色，向后逐渐变浅；羽端微缀白色，两肋具有白色条纹；尾下覆羽中央黑色，两侧白色。虹膜红色，喙黄绿色，脚绿色。

它们栖息于水域附近的芦苇丛和有挺水植物的淡水湿地，善游泳和潜水，能仅将鼻孔露出水面进行呼吸而将整个身体潜藏于水下；在陆地或水中尾常上翘，不善飞。

黑水鸡虽为鸟类，却不善飞，起飞前会在水边助跑很长一段距离，它助跑起飞的场景非常有意思，像轻功水上漂，漂着漂着它就飞起来了，不过也飞不了多远。

潜水则是它的拿手好戏，受惊吓时，它会选择潜到水底，用爪抓住水草，可以在水中保持好一会儿。

黑水鸡在它的天地里，自由自在，一会儿飞翔、一会儿潜水，在岸边数数的孩子，怎么能数得清？

李叔同曾有诗回忆儿时嬉戏："高枝啼鸟，小川游鱼，曾把闲情托。"就把这句诗送给这位孩子吧！

（三）白鹳

在家乡，百姓对鹳和鹤难以确切区分，故而将白鹳唤作长颈鹤。白鹳食谱宽泛，连死鱼死虾亦会食用，于是又被称为"饿老鹳"。家乡俗语有云"烂鱼鳅都有饿老鹳来啄"，此语足见白鹳对食物并无优劣之择。

且白鹳性喜静立，远远观之，仿若木桩，乡人遂又称其为"青桩"。

白鹳多栖息于河流、湖泊、水塘及水渠岸边，还有树木稀疏之地的沼泽，以及远离居民点且岸边有树木的水稻田区域。

白鹳于繁殖期成对活动，其余时节则常结群而行。尤其是在迁徙之际，常聚集成数十乃至上百只的庞大族群。觅食之时，常成双成对或成小群在水边、草地与沼泽之上漫步，步伐轻盈矫健，且行且啄食。休憩之际，或单腿或双腿立于水边沙滩或草地之上，脖颈缩成S形。

有时，它们亦喜在栖息地上空盘旋飞翔。其于地上起飞之时，需先在地面奔跑一段距离，且奋力扇动双翅，待获取一定上升之力后方能起飞，恰似那"大鹏一日同风起，扶摇直上九万里"前的蓄力之举。

（四）鱼鹰

"呵噫——呵噫——"先是风中传来呼喝声，继而芦苇荡中现出几个站在水面上的人影。

仔细看，那人影是站在约莫两米长的小船上。小船由两条并排的船舱组成，中间用木条连接。船体呈月牙形，两头微微翘起。行船时，左右脚各踏进一个船舱，远远看去，就像是穿着两只巨大的鞋子在水面行走。

一群鱼鹰围绕在小船周边，时而扑棱着翅膀在水面快速滑行，时而猛地扎进水中，时而钻出河面激起一阵水花。

这个美丽的画面发生在汝河湿地的最东段，襄城县丁营乡崔庄村。

此刻，祖传五代驯养鱼鹰的崔大汉在捕鱼。

没有人说得清崔庄村驯养鱼鹰捕鱼是何时、由何人开始。崔大汉一家祖传五代驯养鱼鹰捕鱼，已经有上百年历史。他十三岁起跟着父亲学，今年七十一岁，仍在河面上漂着。

崔大汉驯养鱼鹰捕鱼的技艺，被襄城县评定为非物质文化遗产。他说，现在坚持放鹰，主要是为了让祖上传下来的手艺不失传。"儿子学会了，孙子干不干我就不管了，那是下一辈的事。"

崔庄村有十多人会放鹰，但现在还在河面上漂着的，就只有崔大汉一人了。他说："沿着河，上下游各十里地都有放鹰的，再远就没有了，说起来也是一奇。"

如今放鹰时，崔大汉会和邻近村庄的几个伙计搭班子，几个人先配合着在河中三面下网，再放出鱼鹰捕鱼。

鱼鹰又称鸬鹚，是湿地数量不多的水鸟。它们水中捕鱼，树上栖息。鸬鹚不像许多浮游水面的野鸭一样在尾部有油脂腺，不能给羽毛涂油，因此羽毛不防水，只好晾晒。为了适应潜水捕鱼的职业生涯，它们在进化中让羽毛变得透水性强，可以减少浮力，从而在水中行动自如。

嘴长而尖，尾短，耳覆羽棕的颜色偏蓝，下身为红褐色，耳后有一块白斑。雌鸟上身羽毛较雄鸟稍淡，多蓝色，少绿色。常于水边石头或树枝上停栖，飞行迅速，或直接扎入水中捕鱼为食。

飞行时，只看见如闪电般划过的蓝色身影，瞬间便消失不见，耳畔只留下哨声般的尖锐鸣叫声。

鱼鹰是快速、准确的捕食专家。它天生有一种快速俯冲的绝技，捕食时它喜欢停在水边的枝条、苇秆、树桩、石头等上面，静静地低头注视水面，一旦发现鱼鳞银光一闪，它立即夹紧双翼，身体像子弹似的插入水中，嘴会像钳子一样张开，紧紧地夹住猎物，随后回到原处对其反复拍击直至其死亡，整个捕食过程不过几秒钟。

汝河处处水草丰泽，云影天光，恬淡安宁，鱼鹰停在芦苇最柔软的花絮里，花絮一下子被它点染成色彩丰富的锦绣。那锦绣，整体呈浅蓝绿色，因为艳丽而倍显光辉。我好想打一声口哨，向它致以最诚挚的问候，而它却撇下我，一声不响地射向了连绵起伏的芦荡。

芦荡里有游荡的小船和抽着烟斗、眯着眼假寐的崔大汉。

（五）苍鹭

如果你在汝河畔，偶尔会看到一群苍鹭。它们是一群高傲的鸟，不轻易让人看到。

苍鹭雄鸟头顶中央和颈是白色，头顶两侧和枕部是黑色，上体自背至尾上覆羽苍灰色，尾羽暗灰色，两肩有长尖而下垂的苍灰色羽毛，羽端分散，呈白色或近白色。胸腹白色，前胸两侧各有一大块紫黑色斑，两侧微缀苍灰色。

它们成对或成小群活动，迁徙期间和冬季则集成大群。常单独涉于浅水处，或长时间在水边站立不动，晚上多成群栖息于高大的树上。颈常曲缩于两肩之间，并常以一脚站立，另一脚缩于腹下，站立可达数小时之久而不动。飞行时两翼鼓动缓慢，颈缩成 Z 字形，两脚向后伸直，远远地拖于尾后。苍鹭捕食时，总站在河岸或水塘里，眼睛直视水面，身体一动不动地等待过往的鱼群，很少主动觅食，因此被称为"长脖老等"。

（六）戴胜鸟

在故乡那片广袤的麦地之中，时常有一种鸟儿在空中飞翔穿梭，灵动的身影宛如一幅美丽的画卷。

哥哥站在麦地边，指着那只鸟儿，眼中闪烁着欣喜的光芒，轻声告诉我："你看，戴胜鸟，瞧！它的头冠，就像皇冠，尊贵而独特。"从那一刻起，戴胜鸟美丽的模样便深深烙印在我的脑海里，成为我心中一段难以忘怀的记忆。

汝河水面上有鸟掠过，头戴羽冠，飞行姿势轻盈而张扬，让我一眼就认出是戴胜鸟。戴胜鸟是汝河湿地中比较常见的鸟，在唐朝诗人白居易《春村》

中写到"二月村园暖，桑间戴胜飞"，戴胜那忽上忽下宛如蝴蝶般的飞行方式确实容易引人注意。

戴胜鸟，它有着一顶神奇的冠子，张合自如，仿佛是它与世界交流的秘密通道。当周围有警情出现时，它的冠羽会立刻如箭般立起，瞬间进入了警戒状态。而当它展翅起飞后，它的冠子又会缓缓松懈下来，仿佛向人们展示着它的神秘与灵动，令人叹为观止。

每年谷雨前后，那咕咕的叫声便会在耳边响起，仿佛是大自然演奏的一曲美妙乐章，清脆而悠扬，仿佛在诉说着远古的故事，又仿佛在向人们宣告着春天的到来。

咕咕声中，戴胜鸟在汝河湿地的上空飞翔。它们时而盘旋，时而俯冲，优美的身姿在天空中划过一道道美丽的弧线。它们就像是天空中的精灵，自由自在地翱翔在天地之间，不受任何束缚。

在汝河湿地，戴胜鸟是一道独特的风景线。它们在湿地的草丛中觅食，寻找着属于自己的食物。它们独特的外形和行为，常常会吸引人们的目光。孩子们会在湿地边奔跑嬉戏，看着戴胜鸟在头顶飞过，眼中充满了好奇和向往。老人们则会坐在湿地边的石凳上，静静地看着戴胜鸟，仿佛在回忆着自己的过去。

湿地负责人说："对比五年前，湿地公园内维管植物由四百二十二种增加至五百零九种，增加了一百一十三种；鸟类种数达到一百二十一种，增加了三十种。新增加鸟类有火斑鸠、噪鹃、白胸苦恶鸟、长嘴剑鸻、须浮鸥、红脚隼等。每年四月至五月，白鹭、牛背鹭、黑水鸡等夏候鸟开始飞抵北汝河国家湿地公园，在此栖息繁殖；十月底至十一月初，绿翅鸭、普通秋沙鸭、骨顶鸡、红嘴鸥、普通鵟等冬候鸟开始飞抵北汝河国家湿地公园，在此停歇过境。届时，百鸟鸣唱，鸢飞鱼跃，将是分外和谐的山河图景。"

"孟春之月鸿雁北，孟秋之月鸿雁来。"年复一年，无数小精灵南来北往，都在这里交会，有欢喜，有悲伤，会遇到新的朋友，也有直接触摸它们的死亡，点点滴滴，记录下来，已是我生命中难以抹去的印记。

"云中谁寄锦书来？"当然是鸟类。鸟类并不想感知人类的悲欢，可人类却对鸟儿充满了好奇。

可鸟儿从哪里来，到哪里去，无人知晓。

让我们一起保护鸟类吧！《史记·孔子世家》提到"覆巢毁卵，则凤凰不翔"的保护鸟类思想。我们常说"莫打三春鸟"，我国劳动人民对于鸟类的认识和爱护自古以来就有着传统。鸟类是大自然的组成部分，是一种宝贵资源。保护鸟类对维护自然生态平衡，对科研、教育、文化、经济等方面都具有重要意义。

16

紫了桑葚

"日染麦黄桑葚黑，雨润蚕肥桑叶稀。农家四月人倍忙，夜夜灯明闻晓鸡。"如今，又到了桑葚成熟的季节，不由得想起村南那一棵大桑葚树。于是，和丈夫专程回去，探访载着我童年生活的桑葚树。

远远望到紫桑葚了，一串串地挂满树枝。

桑葚果实虽小，却早在几千年前就已经普遍被人类食用。

在古人眼里，桑葚是与小麦一起作为主要作物种植的，"小麦绕村苗郁郁，柔桑满陌椹累累。"陆游的《闲咏》描写的止是这样的景象。被称为"中国古代农业百科全书"的《齐民要术》，里面也记载了桑葚可以保存用作食物："椹熟时，多收，曝干之，凶年粟少，可以当食……今自河以北，大家收百石，少者尚数十斛。"

桑葚既可食用，又可入药。中医认为桑葚味甘酸、性微寒，入心、肝、肾经，为滋补强壮、养心益智之佳果。在家乡，桑葚除了鲜食，还可用来晾制果干，甚至捣碎放入坛罐中加糖密封，酿成桑葚酒。

看树下，地上落的是熟透的桑葚。深紫色的污渍，斑斑点点。虽然看起来凌乱，但我仍喜欢那潦草的涂鸦，有一种紫色的高贵。那里面有山脉的走向，有河流的蜿蜒，有悠闲的云朵。有翩翩起舞的蝴蝶，在清风暖阳艳花的四月轻盈舒展，有荡在眼角的笑容仿佛昨日还是枝头的豆蔻。

我站在一个小土堆上，脚下有点儿腻滑，上面也落满了桑葚，且被碾碎，汁水涂抹了黏黏一层。我直起身，虽然循着枝叶间的空隙，可是摘起来仍很难，整个身体都被桑葚碰到了。枝叶太密，相互交织，基本没有可直上直下的位置。并且有桑葚簌簌掉落的感觉，虽然不是很重，可掉落到脖颈里、粘连到头皮上，却有清晰的感觉，软软的、有点儿微凉。呼唤丈夫，轻轻地把掉落到脖颈里的桑葚捡出来，放在小篮里。

我的上下左右前后都是串串紫得发黑的大粒桑葚。我轻轻地伸出手，摘一粒，结果周围的都簌簌地掉落了，于是我脚下就溅起了丰收的青烟和岁月的迷雾。我便五指撮拢，三粒、五粒地捋了。有的几乎手指刚一碰到就掉落，如果力度稍一大，便破了，汁液便染在指间和掌上。我看那满树桑葚，仿佛是满天密雨——紫色的雨，你见过吗？但是它们却不掉落，总给人快要扑面敲窗的感觉；像风铃，在风中一起斜斜地摆出一个弧度，向着芳草萋萋的河中之洲示意。

黄昏，朦胧淡雅的晚岚氤氲着四处景物，绿叶、紫色桑葚、青苍天空，浑融一起。

我摘满一握，便俯身，好在丈夫在下面两手合拢接着，我就看见往事，看见模糊，看见纯粹，看见了甜味……

十几年前，女儿还小，扎着小辫，十分可爱。小小的女儿爬上去，藏在浓荫间向高处的枝条上攀摘。当时我没惊动她，而她在林荫间自若地舒展手臂。茂密的绿叶间，我不知道，多年后，女儿还会想起她那次采摘吗？她还会记得那个夏天吗？我已经忘了那是哪一年了，不知现在女儿在他乡在别处又摘食过几次桑葚？她正在哪里听风看雨？风吹，云散，但是这棵桑葚年年结，年年落。有什么远去了，有什么留下来——是真的留下来了吗？

想起女儿，就急忙给她打个电话，是匆忙的回话："桑葚？不吃！千万别寄，没人吃！"电话挂断。

我叹了口气，现在粮食丰盈，谁还缺这个。

我小的时候，春日无穷尽，爬树吃桑葚到掌灯时分才想起回家。"殷红莫问何因染"，母亲一看就知道是怎么一回事儿，于是一边怜爱地摸着我的"戏剧脸"，一边嗔怪道："洗洗吧！手跟鸡爪子似的，明天还要上学呢！"虽然家长吵着打着不让爬树，但是树上的果子太有吸引力了。因为那个时候农村贫穷，没有稀罕物可以吃，因此还是会有不少孩子"铤而走险"，而我就是其中一个。那时候我爬树的速度很快，三下五除二就可以到达树顶。

　　爬上去后，骑在粗壮的树干上，就开始疯狂地往嘴里丢桑葚。那时候根本就没有卫生的概念，吃到嘴巴红红的，紫紫的，黑黑的。"翩彼飞鸮，集于泮林，食我桑黮，怀我好音。"古人说，吃了桑葚，人的心情会变得美好和善，就连鸟儿的声音都会变得更好听，也会感怀于人们的仁爱之心。从古至今，桑葚便寄托着人们美好的心愿。

　　自己吃过了，就往树下丢，下面还有许多翘首以待的小孩子。

　　那些比较贫穷的日子，因为有了桑葚，竟给我们这些农家的孩子增添了无穷的快乐。那丝丝酸甜的味道，永远刻在了心底。

　　回忆着、采摘着，丈夫直喊"够了，不用摘了"。哪里摘得完？那树梢上还有密密的、一串一串的，像是天上的星星。它最终是要风来收的，融入雨水，沉入大地，等待明年又一轮绽放和丰收。哦，那时我在哪里，我还在这棵树下吗？

　　几个孩子拿着手机欢笑着从身边飞过，对满树的桑葚熟视无睹。再没有哪家孩子去爬大树摘桑葚了。现在人人富裕，家家幸福，物质丰满，孩子们再也不需要爬上爬下地摘桑葚了。

　　抬眼望，天蓝蓝，树青青，有鸟掠过。暖风吹来，祖国富强，山河壮美，国泰民安。

　　紫了桑葚。

17

汝水虹桥

襄城，古称氾邑。山清水秀，有八大景，其一曰"汝水虹桥"。

辛自修有诗赞曰："天息遥遥一水通，石城南下度飞虹。"

造桥的时间不详，约筑于元末明初。

造桥的人物不详，传说是位女子。

和着秋风，我听到了一个关于汝水虹桥的美丽传说。

还是这伏牛山，还是这汝河水。家乡的风景如旧，只是当年啸歌酣放的公子虹桥，如今一身戎装，眉间聚满征尘，功成名就，荣归故里了。

谁能想象，他曾是氾城最纨绔的王孙。虹桥大公子，在众人之中，便似珠玉在瓦砾之间，顷刻俘虏一众目光。他一双俊目，凝睇之间风情横生。他有最亲切的笑容，顾盼当中春意怡荡。当他练武时，英姿勃发；而他写文时，又有如黛柔情。

这样的男子，却在某日清晨凌空而去，古老的氾城再也寻不到虹桥公子的风姿。他从了军，一走，便是二十年。等到周遭花鸟树木从茂盛到枯萎，初夏一路演变成深秋，这二十年，风雨沧桑。

他穿越了秦时明月汉时关，握剑而还。虹桥公子变成虹桥将军的故事，高简瑰奇，成为氾城人茶余饭后玄远冷峻的传说。

而这二十年，许多爱慕他的心也自浓渐淡，比如汝水。

二十年前，年方二八的汝水姑娘，那一低头的温柔，恰似水莲花不胜凉风的娇羞。温柔的月光下，汝水的脸明媚到了极致，竟生生将一河的莲花比得黯然失色！虹桥公子登上渡河的小舟，险些跌倒，瞬间晕头转向，只吐得肝肠寸断。一碗浓浓的香粥端在面前，虹桥公子喝下后，一腔愁绪万般空虚刚刚熨帖，放一颗心在虹桥公子身上的是操舟女子——汝水。自此，虹桥公子只坐汝水姑娘撑的船。

汝水无兄姊，跟着父亲在汝河的风浪里蓬勃生长。

适值中秋，恰逢月满小舟。汝水偎在虹桥身旁，任由小舟横游。兼葭倚玉树，水鸟掠水飞，笑语满河床，那是汝水生命中最盛大的春天。

汝水交出了夹杂风沙的妩媚，想换取虹桥公子的不离不弃，执手相对，挽手相随，烟波浩渺处行走，去看江南柳，去赏满河春。她怅惘地等待着。

然，战争，顶着盔甲，铜头铁额，模样狰狞。如一夜寒风，烧了大半个山河。

第二日，虹桥公子就翩然远去，从军去了沙场。古来征战几人回？汝水不甘心，在虹桥府前盘桓逗留。守门的家丁说："公子不会回来了。"打更的守夜人说："公子不会回来了。"卖化的老妇说："公子不会回来了。"年迈的管家说："公子不会回来了。"病重的老父亲说："公子不会回来了。"洞悉世情的老妇，殷殷劝道："乱世之中，你等不到他！"

"等不到！"三字似剑，刺伤汝水守望的心。

氾城的老幼都见证了汝水的凄绝。

早知如此，当初何以绽放？然而谁又能制止那灿若繁星的绽放？有人渴望如男儿般叱咤一生，汝水不肯，她只愿意做温柔的女儿本色，为他造桥，为他祈福。

她弃舟上岸，自此，汝河少了操舟的汝水姑娘。谁都不知道她去了哪里。

十年后，来了一些工匠，采了首山红石，"叮叮当当"地造桥。桥成，方便了两岸百姓，再不用坐船过河，走在桥上犹如平地，桥叫"汝水虹桥"。

汝水虹桥的传说传遍四野。荣归故里的虹桥将军也听到了这个传奇。

二十年戎马生涯，功成名就的虹桥将军，忽然就被打动了。

忽然虹桥将军想去见见汝水虹桥，找找这位汝水姑娘，以慰平生。

汝河里已没有一舟。虹桥将军想起那年，作别伊人，豪气冲天，不顾而去，只为一个男儿宏伟的志愿。他依稀记得，杏黄色的裙裾怎样涨满他的眼帘，鬓角乌黑，容颜娇美，还有那一碗香粥，如今汝水姑娘不知哪里去了。

一干青春貌美的女子，旖旎飘然而来，红妆浅黛眉，眼波流慧，顾盼生姿。

桥头一溜烟排着算命摊子，口舌灿如莲花，说着谁也不知道的将来。见虹桥将军虽两鬓斑白却气宇轩昂，个个声调拔高："知过去未来，卜富贵贫穷。"他一笑了之。他的一生，容貌自天，富贵在己，过山过水过生过死，怎会把这些雕虫小技放在眼里。他只在桥上徘徊，找为他造桥的汝水姑娘。

若她是农妇，他将赠之以谷菽；若她是织女，他将奉之以机杼；若她还是船女，他将操之以舟桨。琴瑟友之，钟鼓乐之。

谁能猜到，桥头那个粗布褴褛，天天帮人掐算姻缘的算命婆子，竟是汝水。汝水凄惨地笑了，我能遮住我的憔悴，却遮不住我的伤悲。

汝水的心，如河边乱草，是离人方寸，已然乱了。她早已认出了虹桥将军，却不敢上前相认。二十年日日思忖他过桥时的样子，今看他优雅惆怅地走在红石桥上，再无晕船的苦楚，汝水知足了。

深秋的风有些寒冷，刮在汝水脸上有些生疼。她抹干脸上的泪，仰起头看看天。

天空是有生命的，那些阳光，那些星辰，它们日复一日地升起和沉没。流水同样有生命，它们亦偶尔柔情，偶尔将包裹的一切狠狠撕碎。

听罢这个传说，桥不语，水不语，我却哽咽吟道："世间风雪行遍，几树残烟。西北高楼，日暮酒杯淡饭，一半一半。桐间露落，柳下风来，曾与美人船上别。岁月无情，人归何处，恨无消息到今朝，回忆里的人，莫要去见。"

见了，美好没了，回忆也没了，制造更多遗憾的偏偏是美好，莫非遗憾也是这世界的美好？

　　浮生万物，所有重逢皆不如初见。见故人喜不自是，那要看是怎样的故人。一个人在变得铁石心肠前，定是付出过全部的温柔与热忱，只是从未被善待。即便事过境迁，形同陌路，也难免还要关注。哪怕只是出于好奇，其实恩怨情仇并未释然，只是无所期待，不在当今。

　　月色通古今。当年陆游、唐婉在沈园相遇，此间相望不相闻，看见对方时心思全乱，陷入回忆。曾有的诅咒，曾有的幸灾乐祸，皆已化作无言的酸楚，转过身去扑簌簌潸然泪下。

　　汝水感叹年华不再，即使回去，春天也已过去。这样多好，只留下汝水虹桥，千百年来过日过月过风过雨。

18

令武秋风

中州古城襄城西南三四公里的地方，有座景色秀丽的小山，曰"令武"。一位将领在两千多年前的秋天于此殉国，将军的忠烈与秋季山中美景糅合起来，使襄城八大景之一的"令武秋风"成为本县千古以来动人心弦的景致。

如果说春秋时期国与国交战，讲究"堂堂之阵，正正之旗"，以击溃战为主，而不将对方赶尽杀绝，还保留有贵族风范的话，那么到了战国时期，各国交战以毁灭性的"歼灭战"为主，进行屠戮和破坏，则毫无底线可言了。

这不，一场大规模征战又在预谋和筹划中。公元前301年，楚国已经打探到秦国正在紧张地准备兵马，目标是楚国，理由竟然是"楚虽三户，亡秦必楚"。是啊，楚国国力强盛，疆域辽阔，是当时唯一能与秦国抗衡的国家。也正因为如此，楚国是秦国千方百计进行遏制、围攻、削弱的首要目标，而韩、魏等国也准备在秦国行动的时候分一杯羹。

军事重镇里暗流涌动，处在一场战争就要爆发的前夜！

此刻，楚怀王宫殿，碧玉觞、金足樽、琥珀酒、翡翠盘，食如画、酒如泉，舞台上，灯光璀璨，古琴泠泠，钟声叮咚。大殿四周装饰着倒铃般的花朵，花萼洁白，骨瓷样泛出半透明的光泽，花瓣顶端是一圈深浅不一的淡紫色，似染似天成。

楚怀王眼睛盯住台上，南后郑袖一抹倩影顺着灯光徐徐转出，时而微抬皓腕，时而轻舒秀手，手中彩绸转得眼花缭乱，玉袖生风。灵动的红艳背影，犹如雨打红荷，点点打在他的心间，直至蔓延到他的呼吸中。

昏暗的戏台下，摇曳的灯光中尤可见一对冷眸，傲似寒冬的独梅，景缺嘴角看似无却有的微勾。

景缺告曰："秦，虎狼之国，不可信，只可战！"

"大王，北秦现日益强大，早有一统天下之心，以楚一家之力，尚不可与之抗衡，况楚国泰民安，大王英明，还是不战为好呀！"令尹子兰看到楚怀王出神凝视郑袖的表情，小心翼翼地回答道。

"楚国就像一把锋利的宝剑！我们只有挥舞手中的宝剑，才能不受外强的欺凌！看，这是剑南！"景缺指了指地图。他双眸犹如烈火，一路摧枯拉朽，直焚烧到人的心底。

"剑南？"令尹子兰问。

郑袖如飘摇的羽翎，微卷的青丝散落在身后犹如宣纸上泼墨浸染，清颜白裙飘逸，若仙若灵般悠扬而去。楚怀王看着那身影淡然一笑，指了指地图说道："剑南！景缺、子兰你们看看，剑南靠近哪里？"

"北靠秦，南靠我大楚，西靠巴蜀。"景缺回答。

"不过，巴蜀一向是两头倒，以往巴蜀就趁楚庄王北上中原，南下掠夺吾之巫郡。楚北上逐鹿中原，必先灭巴蜀！"楚怀王右手狠狠地砸在地图上。

"臣愿领军饮马黄河，击破敌国！"景缺行礼，庄重地说。

"臣愿领军饮马黄河，击破敌国！"所有将领都跪下坚定不移地说。

"饮马黄河，击破六国。自吾大楚国开国之后，唯先庄王三年不飞，一飞冲天，三年不鸣，一鸣惊人，首创饮马黄河，问鼎中原，后代子孙却再也难出楚国一步。如今，北有强秦，南有新崛起的吴越，可吾楚之地四面受敌。"楚怀王伤感地说着。

"臣誓死保卫国家，保卫大王！"景缺带领众大臣铿锵有力地回答。

祭祀台上，景缺一袭戎装勃然英姿，如琼枝一树，漆黑不见底的眼眸，如一潭深水淹得人无处喘息。他俯视下面将要随他出征的将士，拔出佩剑，在自己手掌上划过："将士们，剑在人在，剑亡人亡！"

"剑在人在，剑亡人亡！"下面将士吼出雷暴般的响声。

秦国联合齐、韩、魏、吴等国军队分路进攻楚国，当时主攻的方向就是襄城令武山。令武山居紫云山区中央，背依紫云山最高峰紫云峰，北向东去汝水之臂湾。山体为北陡南缓，山上多为疏林、草地。山虽不高，但风景宜人。冬暖夏凉，气候适宜。襄城以南就是水流湍急的汝河，渡过汝河就进入了楚境深处。

景缺率领楚国的将士死守襄城地区。

战斗打响，一道道军令在紧急下传。

秦军如蝼蚁般涌向战场，楚国军队顽强抵抗着，楚军打退了一波又一波的进攻。

景缺将军在远方挥舞着剑，仿佛在用鲜血画画一般，那青松般挺立的身躯是楚国人的希望。

楚国战车传来隆隆的响声，神臂弩手准备妥当。当秦国战车进入战场时，战局陷入了一片混乱。马惨烈的嘶叫声阵阵传来，大量的战车混乱地交织在一起。楚国战车上的神臂弩在景缺的命令下来了一次齐射，那标枪大的箭雨射入秦国战车阵中，秦国的战车阵更加混乱，大量的士兵被踩死。

秦军士气陷入了低谷。

秦军的大帐中，统帅华阳君心情郁闷到了极点。他召集诸将密议下一步的行动。此刻军帐被四下耀眼的火把灼烧着，散发出压抑的气息。各国将领默默无声。

齐国将领打破寂静说道："一支军队要发挥强大的战斗力，必须要有一种凝聚力，也就是要有灵魂。景缺爱国爱民爱士兵，他就是楚国士兵的灵魂，景缺打造了楚国不败的神话。只要杀了景缺，楚国军队就完了。"

华阳君一震，厉声道："派谁杀？怎么杀？"

齐国将领上前一步说:"尊贵的华阳君,您怎么忘了数年前为大秦先武王保驾的勇士孟贲,他不是有一手好剑法吗?"

华阳君如醍醐灌顶:"哦! 我怎么忘了神臂弩手孟贲?"

于是,一场计谋在刀光剑影、金戈铁马的战场上诞生了。

翌日,太阳正当头顶,以秦为首的联军奔腾而来,楚国这边也早早地排好阵列。景缺临危不惧,果断地让亲兵卫队也加入战场。

"将士们,杀! 生擒楚将景缺封公,杀一人封侯。"秦国华阳君举剑咆哮。而他驾驶的马车率先冲向了景缺的战车。

"将军小心!"景缺听见声音已经迟了,从秦国华阳君的战车中突然跃出孟贲弯弓急射,一支箭"嗖"的一声射向景缺。景缺看着胸口的箭,黑红的血已经流出来了,后面所有的欢呼都瞬间停下了,他们都看着景缺,看着景缺胸口的那枚毒箭。

也许上天也不忍看到这样的惨事发生。九月的令武山,阴霾的天空下起了片片白雪。所有的士兵都停顿下来,望着天空,仿佛天空在哭泣。不过短暂的停顿后,双方又杀声一片。华阳君的战车和神臂弩手孟贲早已被愤怒的楚军踩成碎片。华阳君狼狈脱身。

景缺像一座雕像站在战车上,天空的雪越飘越大。他望着上天:难道上天真要亡我? 就在这时,一名传令兵报告,右翼发现大量的秦国军队。景缺回头望着,发现后面也出现了一股联军,而且人数更多。景缺下令:令菰将军的右翼,迅速阻挡,其他将士继续全线压进,必须等楚国援军到来。

夕阳西下,一场恶战。

秦国是以军功授爵的国家——制订了二十等军功爵,"能得甲首一者,赏爵一级、益田一顷、益宅九亩",将士以斩杀敌人头颅的数目,作为邀赏的依据。楚军知道秦军的残暴,两军之间的杀戮与反抗愈加激烈,枪戟斧钺、刀光剑影、血流成河、伏尸满城。

风越刮越紧,雪越下越大,天气越来越冷。猛烈的北风卷着飞雪向楚军将士们迎面扑来，他们只是挥舞着刀剑戈矛。在秦军的四面合围下，楚军增援部队无法通过，军队的给养也断了来源。

天空的雪并没有停，似乎在哭诉着。景缺痛苦地下达了全军迅速向后撤，不得恋战的命令。

"降者免死！"呼啸追击的秦国军队大喊。

楚军大帐中，身负重伤的景缺艰难地穿上沉重的盔甲，在随从的拥护下走出了大帐。

"你就是华阳君芈戎吧？"景缺洪亮的声音响起。

"正是，景大将军，本公子一直很仰慕您，今日终于能相见了！"秦国华阳君也大喊。

"哈哈，哈哈，没想到缺今日终于此地！"景缺大笑。

"公子，本将知道今日是过不去了，我军粮草早断，本将前来以死谢罪。只求保我两万将士性命！"景缺的声音降下去了。

"哈哈哈！龙飞凤舞九天外，天涯何处是神州，本公子答应将军。君子一言，驷马难追。不过，你家楚王是一个目光短浅、缺乏主见之辈，处事不明的糊涂虫。任用亲信令尹子兰、上官大夫靳尚，宠爱南后郑袖，排斥左徒屈原，使国事日非。国势由盛转衰，每况愈下。秦王常念您景缺大将军。今天，我劝你归顺了吧！只要你归顺秦国，毒箭的解药立刻给你！"华阳君大喊。

景缺挥剑向华阳君怒道："华阳君，你的名字为芈戎吧！你和楚国的君王是一个'芈'姓。你的姐姐芈八子作为和亲公主从楚国嫁给了秦惠文王，你芈戎也跟随姐姐去秦国发展。秦军对自己母国的国土襄城进行围攻，并且使用了如此不光明的手段。真是有辱你公子的英名。当为天下人笑！"

景缺又面向楚国都城高声道："想我景氏是楚国景氏、昭氏、屈氏三大家族之一。我景缺被任命为楚国北方的边将，守卫着边防重镇襄城。如今，天灭楚军，我决不苟言偷生。"景缺留恋地看了一眼天空，举手挥剑，只见寒光一闪，高大的身躯轰然倒下。一瞬间，那双凝望着天空的眼睛，却终究没有闭上。楚国一代战将就倒在了襄城这块土地上。

华阳君违背诺言，凶残地展开了对楚军的屠杀。时至今日，后人再游览令武山，仍觉阴风森然，那是以景缺为首的楚军不灭的英魂。

屈原奉旨带军赶到襄城，已于事无补。夕阳西下，残阳如血。秋风乍起，古木萧瑟，如泣如诉，令人心生悲凉。屈原感于战事惨烈，在祭祀时，写下了千古名句《国殇》：

> 操吴戈兮被犀甲，车错毂兮短兵接。
>
> 旌蔽日兮敌若云，矢交坠兮士争先。
>
> 凌余阵兮躐余行，左骖殪兮右刃伤。
>
> ……
>
> 身既死兮神以灵，魂魄毅兮为鬼雄！

之后，景缺遗骸葬于令武山之东麓。其墓旁建有祠庙，周围遍植松柏。每值秋风乍起，青草飒飒作响，松柏呜咽有声。游人行至将军祠，往往驻足凭吊，为楚将军景缺的冲天浩气，抑或是为楚军将士齐颂《国殇》的壮美回声。"令武秋风"也因此得名。

如今秋分已至，令武秋风正烈。

19

春天，去看一条河

春天来了，风儿挟带着儒雅的气息，飘逸而灵动。

在这美好的季节里，我想做的事有很多很多，为那些老作坊、小人物、无名花、山坡上的牛羊和世间百态写篇小说，陪母亲看场电影，去紫云山上写生，待在画室画精美的国画，陪孩子们去云雾缭绕的山顶吼上几声……

但我最想的是去看一条河，一条家乡的小河。

坐在河边，凝视着河水，畅想河中每滴水珠的命运。从天上落到地下，辗转进入涧溪、河流，历经坎坷回归大海，这段旅程比一个人一生走过的路更艰难。我们常常感叹，人生有很多坎坷和磨难，想来最多也就是一滴水的命运吧！想到这里，你就会笑。

来吧！小城的人们，畅吸春天的气息，共同坐在春天的河边儿，和自己娓娓谈心，接受一次春水的洗礼。

河水静静地流淌着，如岁月可歌。我顺着河道，慢慢地往前走。

两岸已冒出一些密实的草，偶见淡蓝色的小花，互相依偎着，仿佛在倾诉些什么。远处依依的柳枝垂在水面上，在风中起舞，珊珊可爱，河水在林间缓缓地流着。我观察着静谧的河水，眺望着两岸的树影，不禁想起阿尔卑斯山口路牌上的一句话："慢慢走，欣赏啊！"

我继续前行，在一个拐弯处，河水变得稍显湍急起来，一次次撞上石岸。

我也向前奔跑着，耳边回荡着河道与水相击的声响。河流永不停息地与两岸碰撞，坚韧的河道被打磨得溜光平滑，在拐弯处刻下一条条痕迹。

我努力跟随着河面上的一片叶子，一路奔跑着向前追赶，却还是追不上河流的速度。在急促的呼吸声和沙沙而过的风声中，那片叶子静默地驶向水天相接的地方。我的思绪也变得悠长，仿佛看到了孔子在岸边低吟："逝者如斯夫，不舍昼夜。"时光是一条永不停息的河流，即使我们努力追赶，也挽不回它的逝去。那么，我们有什么理由虚度光阴呢？

此刻，阳光跳过云朵懒洋洋地洒在河面上。河面变得宽阔起来，微风吹拂着河堤上的青草，一群羊正悠闲地吃着草，享受着蓝天白云的柔软。我则享受着阳光的沐浴，聆听着风里传来的消息。

这条满载着希望与幸福的河流，在日日夜夜地流动着、流动着……

然而她不甘平庸，她要向前奔跑，像焕发生机的古城那样要往前冲，要进入淮河，要汇入浩瀚的黄海。于是，河水的力量终于爆发了，就在堤坝间、拐弯处，无数条水花翻滚着一同涌下。刹那间，河水沸腾，如玉四溅，蒙蒙的雾气悠悠升起，下面却是涌大的巨浪与继续前仆后继的猛龙，前面是高高的岩石，她们冲击；是巍巍的峭壁，她们冲击；是茫茫的旷野，她们冲击；是深深的沟壑，她们还要冲击！只有这样，她们才能跃入淮河，才能跃入大海，才能汇入无垠的大洋；只有这样，她们才能拥有壮烈的气魄！最后被广阔的大洋拥入怀中，最终归于平静。在浩瀚的海面上，她的心灵才真正得到解放。

我们每个人又何尝不是一条河流呢？

生活本该这样，时而清幽雅静，时而心宁气闲，时而激情澎湃，又归于平静。满心欢喜时，红袖笑颜，云淡风轻，蜂绕绿蕙，小桥流水有人家；满身惆怅时，青衫泪湿，烟伴残阳，芳菲歇去，杏园憔悴杜鹃啼。

不管日子是欢喜还是惆怅，春天来了，我们去看一条河吧！她的名字叫汝河。

20
渡口

　　弯弯的小河环绕在县城的东、南、西三面，两岸的人要想来往都要靠船只摆渡，要摆渡就有渡口。河是汝河，渡口是河东街渡口。在茫茫山水间，渡口是一个充满诗意的地方。

　　在河东街渡口，多年来全靠一船摆渡来来往往的人，撑船的是李大爷。如今，李大爷年事已高，他的孙子河生替他撑船。

　　河生今天心情很不好，昨晚跟父母说，不想撑船了，想去城南矿上打工，可爷爷非让他在家替他撑船。这个渡口，两岸过往的人不多，却是个古渡口。这不，一天过去了，连篙杆都没有摸热火，能挣几个钱呢？

　　女人在河边洗衣服，套着游泳圈的小孩在河里戏水，男人在河里洗澡，不知谁家饲养的鸭子悠游河上。岸边，一只蟋蟀独自抒情，众多虫子表演合奏。河水从船底流过的汩汩声，船篙敲打着船舷发出的嘭嘭声，一抹晚霞荡去了一群孩子的吵闹声。在这个夜晚，不知河岸将有多少落花随水飘零，将有多少柔情随水而去……灯火阑珊路，一片幽梦。沉睡的村庄辗转一个梦，依然那么甜蜜。天上闪耀着的星群，一阵微风开始轻诉起白昼无尽的思恋……河生不由得暗暗叹口气——该收船啰！

　　这时岸边有人喊："喂，河生，城南矿上招工，只要一个。你快收船吧！晚了就轮不到你了。"

"哎！知道了！"河生不由得精神一振，盼了这么长时间，城南矿上终于招工了。他轻快地拿过篙杆，把船头一拨，但他仍没有忘记像爷爷一样拖长声音喊一声："收——船——啰！"那声音也总是消失在苍茫的夜色中，随着水波向四周荡去，无声无息。这么晚了，不会再有人坐船了。平时，河生总是感觉这一声多余，而今天这一声喊叫，他感到全身有说不出的舒畅。城南矿上每月有六七千块钱的工资等着他哩。

这时，岸边却传来一阵叽叽喳喳的说话声和嘻嘻哈哈的笑声。"哎——船——哩！"这是一个女孩子甜甜的声音，同时传来阵阵脚儿在浅水里嬉戏的拍打声。

"早不来，晚不来，刚说收船，又来了。"河生恼怒地拨过船头，狠狠地划着篙杆。

不等船停稳，几个女孩便哗哗地蹚水，嘻嘻哈哈地往船上跳。河生定眼一瞧，哟！是五里堡渡口溪生的妹妹和她的同伴，今儿打扮得像明星般漂亮。

河生呆呆地看她们。她们也转眼看河生。

清凌凌的河水、树影和农家小院、不知名植物的清凉、野花的芬芳，美丽的姑娘在船上说笑着、打闹着。船轻巧地驶向水中央，突然听到对岸的锣鼓声，她们立刻激动起来，拍打着船舷，七嘴八舌地说："糟了，戏开始了，河生，你快点儿吧！"

"快不了，河里抽沙子，把下面抽的都是暗流。"忽然，船一阵摇晃，一下子失去平衡，河水咕咚咕咚往里流，她们就连连发出尖叫声。河生是撑船的好手，只见他手撑竹篙，左右两下，船很快就平稳下来。

河生向女孩们发出警告："坐稳啊，不准乱动，掉水里我可不管啊！"

她们对他哼鼻子瞪眼，仍旧手拉着手，把脚伸到水里"浪打浪"。

"你操的啥心？你想淹死俺！"

河生沉不住气，变了脸色说："谁让你们乱动，淹死了俺也不负责！"

"淹死了，变鬼都要找你！"

"哟！你要找河生呀！"虽然说溜了嘴巴，但她们却咯咯地笑起来。她们知道，船是不会翻的。但当船猛地一簸，她们却惊叫着抱紧了船帮，互相抓扯着，骂道："这夯撑船的。"却又忘不了在惊叫中发出那特有的笑声。小船又承载着欢歌笑语渐渐远去，水面上只留下一道淡淡的水痕……

船一靠岸，女孩们争先恐后朝下跳，溅着水花往河岸上跑。河生望着她们的背影，不禁喊道："嗨——"

忽地溪生妹妹嘻嘻一笑，闪着一双俏皮的眼睛："嗨啥子，生怕人家白坐你的船吗？"

河生红了脸："不，不，我是说，你们——还回来不？"

"哎哟！不回来？睡寥田地（河南方言，野外的意思）吗？"

"戏散场，我们都要回来。你还在这等着，不准收船哟！"

"河生，回来我们见不着你的船，一定饶不了你！"

一群窈窕的身影说着笑着消失在渐渐变浓了的暮色里。"哎！我还——"河生张了张嘴，却再也说不出话来，不觉叹了口气。这些女孩子真是鬼灵精怪，等她们吧！记得戏台上有副对联这样写着"看戏早点儿来，大文章全凭起首；须看完了去，好结果只在后头"，她们一定会看到戏散场才回来。只是矿上招工的事，会泡汤吗？

不知什么时候，一弯新月从汝河的下游升起来。河对岸，到处灯光闪闪，像星河坠落地面一样，十分招人眼。河生憧憬着，此刻的戏台上，蟒袍金甲，凤冠霞帔，水袖扫拂，甲片粼粼，一台神秘色彩耀人眼目、轻歌慢啭的好戏正在上演，台上的锣鼓依然热烈，演员也依然亢奋。一位削肩纤腰的女子，正穿着薄如轻纱的白衣素裙，慢慢地在台上踱来踱去，字正腔圆地唱道："渡口边，断桥晚。过尽千帆，倚遍了栏杆。喧嚣散，意阑珊。缘分等待，几世的无奈。锦瑟弦，你回眼。一笔朱砂，只为你轻点。寥寥孤鸿，浮生如梦，不求虚名颂。三尺青锋，满江血红，怎得红颜梦……"台下立刻响起了一片叫好声。

此时河东街渡口，五里堡渡口溪生的船漂荡着过来。溪生大声说："河生，矿上招工,你怎么不去呀?"

"你去了?"河生猛地站起来,船左右摇晃了起来。

"去了,已经招上了。好悬! 就招一个,明个就上班……"

溪生是什么时候走的? 河生不知道。月光照着坐在船头的河生身上,他一动不动。月光下,他在想什么呢?

21

又是一年柿子红

我的家乡土地贫瘠，但柿树却能在这里扎根生长，开花结果，并且成林成园，且成一景。

柿树，食这里的泥土成长，饮这里的雨露长大。扎根在荒瘠的黄土里，该绿时绿，该红时红，该开花时开花，该结果时结果。不管天翻地覆，不管风霜雨雪，只要生命在，就要活着，并且活出高耸、活出挺拔。

据《尔雅》记载，柿树有七德："一寿，二多阴，三无鸟窠，四无虫蛀，五霜叶窠玩，六嘉实可啖，七落叶肥大可以临书。"

柿树着实是个宝。小时候，手不慎被划伤了，立即从柿树上采几片叶子捣烂，可疗伤止血。谁若患肺病，咳血不止，采摘柿叶，进行炮制，煎服效果甚好。感冒咳嗽，久治不愈，将柿霜刮下来，食用几次便可治愈。为了治疗咳嗽，还有人将柿蒂和橘子皮一起熬制服用。有人呕吐，直接熬制柿蒂汤服用，皆有疗效。它不仅养人，还兼管医病。

一方水土养一方人，一园柿树育一村人。不管环境多么恶劣，都要长大；不管条件多么艰苦，都要成才。虽然贫瘠，但精神的骨架依然挺拔；虽然丑陋，但魂魄的堤岸始终牢坚。如香山居士所写的"离离原上草，一岁一枯荣。野火烧不尽，春风吹又生"，用在柿树的身上，再合适不过了。

记得有首《咏柿子》道："不论平地与高崖，崇山峻岭把根扎……惟待秋尽寒风起，枝头红柿傲百花。"满树火红火红的柿子，像红宝石，像红灯笼，有的独坠枝头，有的成双成对，也有的三个一群五个一伙，抱成团，扎成堆，红红相衬，红红叠加。时间就像一只看不见的手，在挥动画笔，为柿子上色，最终描绘出一幅乡村秋日绚丽的风景画——真可谓"万灯灿灿山前挂，别样秋光入画屏"。

（一）柿园趣事

我轻轻抚摸着粗糙的树干，上面仿佛还留存着时光的痕迹。小时候，我常常和小伙伴们在这里嬉戏玩耍，爬上树去摘熟透的柿子，甜甜的滋味至今仍留在我的味蕾记忆中。那些年的欢声笑语仿佛还在耳边回荡，让我的心中充满了无尽的温暖。

每当秋风乍起，柿叶渐渐染上金黄，熟透的柿子像一盏盏小灯笼挂满枝头，红彤彤的煞是可爱。我和小伙伴们便迫不及待地相约来到柿园。

我们像一群欢快的小鸟，叽叽喳喳地冲进柿园。满树的柿子仿佛在向我们招手，诱惑着我们去采摘。我身手敏捷地爬上一棵粗壮的柿子树，坐在树杈上，小心翼翼地伸手去够最大最红的柿子。指尖刚一碰到，柿子便"噗通"一声掉了下去，幸好下面有小伙伴机灵地接住，不然就摔得稀巴烂了。我们一边摘一边吃，甜甜的柿子汁在嘴里四溢，那滋味别提多美妙了。

有时候，我们也会玩"柿子大战"。小伙伴们分成两队，各自捡起地上的柿子当作"武器"，朝着对方扔去。柿子在半空中划过一道道弧线，砸在身上虽然有些疼，但大家却笑得前仰后合，欢乐的笑声在柿园里回荡。

有一次，我不小心从树上摔了下来，膝盖磕破了皮，疼得眼泪直在眼眶里打转。小伙伴们赶紧围过来，有的给我吹伤口，有的找来树叶给我包扎，还不停地安慰我。那一刻，我感受到了浓浓的友情，心里暖暖的。

傍晚时分，夕阳的余晖洒在柿园里，给柿子树披上了一层金色的外衣。

我们带着满满的收获，恋恋不舍地离开柿园。回家的路上，我们还在兴致勃勃地谈论着今天的趣事，快乐一直伴随着我们。

现在想来，柿园趣事不仅仅是一些简单的玩乐，更是我人生中宝贵的财富。它让我懂得了友情的珍贵，让我感受到了生活的美好与快乐。即使岁月流转，那些美好的回忆也永远不会褪色，它们会一直留在我的心底，成为我生命中最璀璨的星辰。

（二）柿园守望

秋天的柿园是热闹的。一只只小麻雀在枝头跳跃欢唱，仿佛在为丰收的景象而欢呼雀跃。

偶尔还能看到几只蝴蝶在花丛中翩翩起舞，为这片宁静的柿园增添一抹灵动的色彩。勤劳的果农们穿梭在柿树间，小心翼翼地采摘着成熟的柿子，脸上洋溢着丰收的喜悦。他们的辛勤付出换来了满树的硕果累累，也换来了一家人的幸福生活。

在柿园角落里，有几冢土坟，我们称它为"老妮子坟"。

我的老家宋李郭村，由三个以姓氏为名的小村组成。其中小郭庄姓氏最为繁杂，从我记事起只剩郭先生一人坚守在村中的学校教书。

作为郭姓唯一后人的郭先生一直在村小任教，岁月流转，已然整整四十多个春秋。他曾有妻有子女，却无奈儿女相继离世，妻子也随之而去，家中只剩他形单影只。

我们村盛产四瓣柿子，那"双楼宋的苹果、鲁堂的梨、宋李郭的柿子是四瓣的"俗语，便是对我村柿子品质的绝佳赞誉。村上孩子们的名字也都与柿树紧密相连，诸如：柿叶、柿红、柿根等，郭先生的女儿便叫柿红。

谁能想到，柿红竟是一名地下党。那片繁茂的柿林，竟成了地下党秘密的联络点。为了保护这片珍贵的阵地，柿红英勇牺牲，被郭先生偷偷埋在柿园之中。

临牺牲前，她向父亲道出了接头暗号：买点儿柿子，全要四瓣的。

父亲牢记着女儿的嘱托。

某一天，当一名女同志说出暗语："买点儿柿子，全要四瓣的。"

"要多少？"

"五斤。"那一刻，泪水瞬间模糊了郭先生的双眼。他仿佛看到了女儿柿红，亭亭玉立的身影正沐浴在阳光之下。

从那以后，郭先生便住进了柿园，风里来雨里去，再也不曾归家。有一年过大年时，几个人拉一车大白菜，半爿猪肉，几捆粉条和若干大葱等年货，来柿园给郭老师拜年。郭老师站在院门正中，几个人一字排开向他鞠躬。领头的人个子不高，微胖，五十来岁。她握住郭老师的手说："您是我们的革命老父亲！"说得郭老师热泪盈眶。她就是当年的女同志。

那名女同志认了郭先生做干爹，时常来到柿园看望他。郭先生守望着柿园，守望着女儿曾经战斗过的地方，守望着那段无法忘却的岁月。后来，郭先生去世，众人就遵遗嘱葬在柿园女儿的身旁。老家的人不知道柿红烈士的英雄事迹，只遵族规，把没有结婚就去世的女孩的坟统称为"老妮子坟"。

岁月的风在柿园里轻轻吹过，带走了许多过往，却带不走心中那份深沉的思念与坚守。他们的故事蕴藏在柿园角落小小的墓碑里，如同那四瓣的柿子，在时光的长河中散发着独特的芬芳，成为宋李郭村永远的记忆，也成为人们心中一份永恒的感动与敬仰。

（三）老鸹叨儿

我漫步在柿园之中，感受着独特的氛围。秋风轻轻拂过，带来了阵阵柿香，香气浓郁而醇厚，让人陶醉其中。抬头望去，红彤彤的柿子在微风中轻轻摇曳，仿佛在向我招手，邀请我品尝它们的美味。

我忍不住摘下一个，轻轻剥开柿子薄薄的外皮，露出里面橙黄的果肉，咬上一口，甜蜜的汁液在口中瞬间散开，满满的都是幸福的味道。但是，我却总是忘不了四十年前的"老鸹叨儿"柿子。

说起"老鸹叨儿"，那是一种让人不禁思绪飘远的奇特景象。重阳节过后，成千上万只俗称"寒鸦"的鸟儿，从西北的山西省黑压压地飞来，落到家乡的柿子树上，啄食成熟或准成熟的柿子。待它们飞走后，树上的柿子留下了许多千疮百孔的痕迹，那些被啄伤的柿子结了痂，就成了"老鸹叨儿"。这些柿子果肉虽少，但柿皮凝结的果胶让口感柔韧、甘甜如饴、津津有味。

我上小学三年级时，每次都特地从柿园穿过。不是因为路近，是因为偶尔会在柿树下捡到"老鸹叨儿"被风吹下的柿子。你难以想象，当时从地上、草丛中捡起口感柔韧、甘甜如饴的柿子，心里是多么的激动。

一日，我正走在路上，啪的一声，从树上掉下来一个柿子。我急忙捡起，塞到嘴里。啪啪的又几声，又掉下来一个又一个的柿子。今天运气太好了，我喜滋滋地边捡边吃，一抬头，吓得撒腿就跑。原来，我的数学老师正倚在树干上夹柿子。想想刚才吃的柿子，哪里还敢回头，祈祷着老师别认出贪吃的我。时间过去四十多年，老师早已不在人世，可我总觉得欠他几个柿子，并且其中一个还是人间美味的"老鸹叨儿"。

（四）溇柿子

有时候就有一种感觉，我是柿树，柿树是我。虽然四季无雨，但也要硬生生地长出嫩绿嫩绿的叶子；虽然干旱难耐，但还要顽强地长出鲜红鲜红的柿子，如此往复着。可生在农家小院内，可长在沟畔坡塄上，可生在长江以南，可长在淮河以北。不像橘，生南方长北方而不同。不用施肥，不用浇水，只要一息尚存，就要执拗地活着，给干旱的村落装点一丝绿意、一点柿红。

一棵棵柿子树茂密而盛大，枝枝丫丫交错在一起，阳光从树叶的空隙间洒下斑驳的影子，树影婆娑，如闪耀的五彩光环。盛夏时节的柿园，更是鸟儿的天堂，鸟儿栖息在碗口粗的树枝上，欢快地跳跃着；蝉叫声声，此起彼伏；蜜蜂嘤嘤嗡嗡，萦绕其间；蝴蝶来回穿梭，流连其中。柿园里既无潮湿之气，也无酷日之晒，一阵微风倏忽而过，凉意习习，舒适惬意。

初秋时节，柿子果半熟，满树的果实压得树枝低头弯腰。每逢这个季节，母亲会带我和妹妹到园子里来，叫我爬上去摘一篮子半黄带青的柿子，回家拿热水烫了，再用棉被捂几天，就可以吃了，那叫漤柿。

有时"漤柿"也叫"懒柿"。所谓懒柿，也就是脆柿子。懒柿"懒"的方式，就是把不熟的柿子，放在温水里浸泡。其实也就是温水脱涩的办法。通常，三两天就"懒"成了。快的，一天一夜，涩味全无，且清脆可口。

但在我们家，懒柿之"懒"，并没有这样讲究。摘下柿子，放在村里池塘底下的泥糊子里，同样也是个"懒"。当然，这样制作懒柿，时间上要长一些，不能急。据年纪大的老辈人说，没有十天半月，是不能吃的。

如果把吃掉一个懒柿子比作读一篇优美的散文，那么这里不算是高潮。当你吃第三口、第四口时，你会吃到柿子中的软籽，在略显软糯的果肉中格外的香脆。不间断的一个又一个惊喜，多年以后，让人依旧回味。

时至今日，我头脑中仍突然冒出个问题：青涩的味道经过巧手的处理竟能转变本性。有时就构思一个画面：一个青花坛，一双纤纤细手，一瓢清水，略带年轮的桌子上摆放着几个青柿子，屋外的石墙脚下怒放着几株野菊花。

时间好像静止了一样，只有一个背影。好像一转身，一个微笑，"接着，这是给你的漤柿子。"这个背影是你的曾祖母、祖母、外婆，也许是母亲，也或许是你自己。岁月的年轮一代一代地往下转。

而漤柿虽不如透熟的红柿好吃，但满树的柿子果总得逐步分批收获，不能等到全熟。那个年代没有现在的储存手段，除了漤柿外，还有烘柿或晒成柿饼。吃柿子，还有个柿饼子的花样。

制作柿饼子，就是把涩的柿子，去皮，晾晒（去水分）。等到外面有一层糖霜，颜色变成红褐色时，收起来，码在坛子里，密闭。等上十天半月，柿子上出现一层白霜时，即可食用。总之，变着法儿吃。

家乡的柿园，承载着我太多的童年回忆，是我心中永远的乐园。它是我心灵的寄托，是我对家乡深深的眷恋。

22

浮戏山寻雪：天下第一雪花洞

冬日的阳光洒在嵩山北麓的巩义市新中镇浮戏山，恍若给这片土地披上了一层银白的纱。

中国地质科学院岩溶地质研究所朱学稳教授（也是中国溶洞协会会长）题词的"天下第一雪花洞"就静静地坐落于浮戏山的金龟探月峰之下，宛如一位沉睡几十万年的冰雪美人。

我和友人踏上前往雪花洞的路途。只见山上泉石倾斜欲坠，流水清泉如同玉带坏绕山石左右。

恰逢晨起，霞光四溢、浩荡渺远的水面，周围的山峰在烟霞缭绕之下，只能露出山端。随着烟霞的移动，群峰就好似众鸟拂水而栖，才知古人诚不欺我，为此山取名"浮戏山"的真正含义。据《山海经》和《汜水县志》的记载，此地曾属于汜水县。

我们踏着湿漉漉的台阶，一步步走向地心。洞内常年恒温15℃左右，冬暖夏凉，令人称奇。听朋友介绍洞中有洞，洞洞相连，自然形成了三个大厅和一个雪花长廊，即迎宾、通天和洞天福地厅，洞中布满大面积奇特的钟乳石和岩溶学上特殊类型的雪花石。感叹此雪花洞真是神仙居住的地方。

心里不由想起元朝马致远的《寿阳曲·江天暮雪》："天将暮，雪乱舞，半梅花半飘柳絮。江上晚来堪画处，钓鱼人一蓑归去。"不知此雪花洞中的雪花同自然界乱舞的雪花相比，它更如何？

我们一边感叹大自然的神工鬼斧，一边来到了雪花洞的第一大厅——迎宾厅。

雪花洞是大自然的艺术美。如果你没有到过，那你可能无法想象它到底有多美。

洞里时而开阔，时而窄狭，琳琅满目的钟乳石，千姿百态，形象万千。

自下而上生长的石笋，与自上而下生长的石钟乳，在经过长达二三十万年的时空交错后，最终形成了厅内"擎天玉柱"的壮丽景观。

驻足细看，藏在帷幕后方的迎宾佛，也是石笋幻化而成，笑眯眯地仿佛在说："欢迎光临。"

接着，我们来到了雪花洞的第二大厅通天厅。此厅长五十五米，宽三十五米，高四十六米，可谓一处宽敞舒服的所在。

抬眼仰望，此厅的顶部有一个天窗。这是雪花洞的原始洞口，因此得名"通天厅"。说起这个原始洞口，不得不说雪花洞曲折的发现过程。

那是1963年的冬天，岁暮天寒，朔风凛冽，河南巩义市新中镇老庙村的沈少卿着手建新房，他在挖地基时挖出了一个小窟窿，结果填了三间房的建筑废料也没把这个窟窿填满。这个填不满的小窟窿引起村民的极大好奇。

1964年冬，沈少卿和村民用绳子拴住一只鸡放了下去，两个小时后把鸡拉上来，鸡依然活蹦乱跳。这个"安全试验"做完后，在场的众人决定下去探险。第一次探险，总共两人下洞。他们把借来的绳子系在腰上，手提马灯，还带上了镰刀。两人下洞之后靠着马灯的光，摸索了方圆五十米，唯一的感觉就是洞很大。第二次有五人下洞，人人手提马灯，带着镰刀，果真让他们发现了一片奇景——洞壁上长出了"雪花"。只见白色针状、芝状的石花牢牢地吸附在洞壁上，就好似数以万计的朵朵雪花在洞壁上盛开，让人仿佛置身于雪的国度，真真切切地体会了一番什么是"千里冰封，万里雪飘"。

出洞之后，沈少卿等人把洞中所见告诉了乡邻。大家一听，洞里长"雪花",这一定是天神赐福,就起名"雪花洞"。

在这个神仙洞里,钟乳石像被漫长的岁月和淙淙的流水施了魔法,象形景观目不暇接,悬天石瀑洋洋洒洒,银须飘逸的老寿星正与洞主雪花观音隔空攀谈,还有顶上两个透明的石螺号,定是哪个贪玩的仙童遗落于此,到处充满了童话般的色彩。

与第二、第三大厅相连接的,是一条长达一百七十三米的"雪花长廊"。

步入其中,恍如置身于水晶仙境。这世界无奇不有:石头会开花,已属罕见;但是在雪花洞里,石头不单会开花还会结果,更是令人惊叹不已。

朵朵石花开得"红橙黄绿",片片鹅毛搅得"满天梨花"。石雪花、石葡萄、石珊瑚等次第丛生,更有洞中的镇洞之宝——一条断断续续、盘曲在石壁上的蛇骨化石。模拟复原长度达一点五米。在此之前,在世界上已开发的溶洞中尚未发现过动物化石,蛇骨化石的发现,填补了世界溶岩学上的一项空白。

雪花洞中大部分景观由钟乳石构成,主要依靠水分中的矿物质不断积淀而来。表面上潮湿润滑,说明它们仍在生长。据研究,钟乳石的生长速度为一百年一厘米,虽缓慢,却生生不息。

面对此景,我们"老夫聊发少年狂",禁不住抓把积雪投向更深的山谷,然后高喊:"唷! 呵呵……"引得四周传来阵阵回响。

最后一个大厅,名曰"洞天福地",取自道家"三十六洞天,七十二福地"的说法。

只见厅中竖有刻字模糊的石碑,传说是我国历史上的道教鼻祖——太上老君到此一游,被洞内的"碧莲玉笋"美景所吸引。正乐不思蜀间,玉皇大帝召他回宫,他恋恋不舍又不能违拗,便举起龙头拐杖,在石碑上写出四个歪歪扭扭的大字后飘然而去。

此碑便有了灵气,拍打有声。经地质专家鉴定为音乐石,人们俗称为吉祥石或好运石。同行的朋友们都争先恐后地去拍打好运石,相信万物有灵,一定会给众生带来吉祥。

在"洞天福地"厅里，你会不自觉地想起苏轼"横看成岭侧成峰"的诗句，无论从哪个角度看去，都能自成一篇图画故事。

我看到大厅的上方，有石桌、石凳等。恍惚间，我和同行幻化成两位神仙在对饮。"绿蚁新醅酒，红泥小火炉。晚来天欲雪，能饮一杯无？"石桌之上，摆放着新酿葡萄美酒，石桌旁边，那飘飘洒洒的雪花白了我们的头，加上冬日温暖的情怀，这是何等的洒脱且富有诗意啊！

山河远阔，溶岩秘境，这是原始的世界，这是大自然最动听的召唤，这是大自然的神来之笔。

千姿百态的钟乳石、自带十五摄氏度的中央空调，隔绝洞外三十九摄氏度的高温和零下十五摄氏度低温的酷寒，恰似一座地下琉璃宫殿。几十万年来演绎着生命的轮回与澎湃，诚邀各位来雪花洞，来地心，赴一场无与伦比的喀斯特洞穴盛宴。

23

难忘师恩

又是一年教师节。在这个特殊的日子里，我的老师们如璀璨星辰般闪耀在记忆的天空。那些与老师相处的点点滴滴，如同细腻的丝线，编织成了一幅幅温暖而珍贵的画卷。每每回想起来，都能让内心涌起无尽的感慨与怀念。

我的老师们，他们有着各自独特的外貌和性格，却相同地都用无尽的爱与关怀，陪伴着我走过青涩的年少时光。

（一）"老扁"老师

犹记得教我们政治课的老师，他的课堂总是充满了别样的趣味。

在春日微醺的时光里，同学们偶尔会抵挡不住困倦的侵袭，趴在桌子上。吕老师看着一个个低垂的脑袋，语重心长地说道："同学们，可别趴在桌子上睡呀。你们瞧，我的头就是上学时这样趴着睡，时间长了就扁了。"当我们抬起头看到他那长长的、扁扁的头时，自然而然地就给他起了个亲切的绰号"老扁"。从此，我们就"老扁"长、"老扁"短地称呼他。他也不恼，习惯性地推推高度近视镜，摇摇头，该干吗干吗。直到有一天，学校附近的马黄河里发大水，他奋不顾身跳下水，救上来一个落水的学生。在表彰大会上，我们才记起他是吕老师。

那时候的我们，调皮而天真，全然不知老师听到这样的称呼，会有多少的无奈与包容。

每念尊师记忆深，温和施教用情真。讲堂简陋多呵护，学子启蒙有耐心。致谢老师！

（二）"鱼泡泡"老师

还有那位胖胖的戴眼镜的教生物的老师，不知为何被我们暗地里叫作"鱼泡泡"老师。后来想起来，是女生们下课时，玩一个吹泡泡的游戏。

"吹，吹，吹泡泡，吹了一个大泡泡。吹，吹，吹泡泡，吹了一个小泡泡……"正好教生物的余老师走过来说："多大的人呀，还跟小孩儿一样！上课去！"

"鱼泡泡，同学们，以后咱就喊他鱼泡泡老师吧！"一名同学的奇思妙想引起其他同学的一呼百应。从此以后，我们就多了一位胖胖的"鱼泡泡"老师。

（三）"摩尔"老师

教我们化学的老师则被唤作"摩尔"。

初三开学，我们增添了一门化学课，老师严肃地告诉我们："我姓陈，你们的师兄师姐都叫我摩尔，希望你们不要这样称呼我。"然而，我们这些调皮的孩子哪里能忍住，很快就喊起了他的绰号"摩尔"。

有一次，老师正在黑板上板书化学方程式，突然被校长喊走，让大家先预习。就在他离开教室的那一刻，教室里立刻变得喧闹起来，有人甚至跑到操场去看飞机。谢班长急忙喊道："快点儿！进教室，摩尔来了！"可老先生耳朵极其灵敏，还是听到了这个爱称。尽管他的腿没有谢班长长，但还是迅速赶了回来。谢班长就这样被勒令站在了教室门口。

老师大步流星地走到讲台前，威严地转过身来，本以为会迎来全班同学的起立敬礼，然而却发现班长不在。停顿了五秒钟，一个微弱的声音从角落里传来："班长被你罚站在门外了。"老先生无奈地笑了笑，随即代替班长大声喊道："起立！"又大声说："坐下！"那堂课，我们班的学生前所未有的安静和认真，谢班长在门外也一定听到了他此生难忘的一节课。

（四）"陈大牙"老师

教语文的老师则得了个"陈大牙"的称呼。

陈老师很瘦，像秋日高粱地独立的高粱秆，在消瘦的脸上，有两颗突出的龅牙。同学们都喊他"陈大牙"。他跟我是同村邻居，对我一直关怀备至。

有段时间，我因为偷偷看《红楼梦》《射雕英雄传》《平凡的世界》等书，把学习耽误了，成绩从级段前五降到了第十七，陈老师没收了我珍贵的书，并且到我妈那里告了我的状。

所以，周末我一到家，母亲就生气地对我大吼大叫。

母亲是一位民小教师，一生特别敬畏文字，写了字的废纸，不会轻易扔掉，一张一张地展平、保存起来，生怕弄污。但凡写了字的纸，都要先拿给我们看，再做处理。母亲总是不厌其烦地叮嘱我："要发奋读书，将来要握笔杆子。"

父亲早逝，家中全靠母亲一人照顾操持，很是辛苦。她认为所有课外书都是闲书，会耽误学习。她把她认为的闲书通通没收，悄悄藏在家中各个不起眼的角落。甚至连报纸她也觉得不读最好。她把我成绩下降归罪于看了闲书。

母亲一提学习成绩，再提早逝的父亲，更加以哭诉她生活的种种不容易，一套下来比暴打我一顿还让我难受。于是，在那个大雪纷飞的周末的晚上，我摸黑冒雪又去学校学习，一路上屡次掉进雪坑，艰难地爬起来继续往学校赶去，屡次三番地悄悄骂给母亲告状的"陈大牙"……

如今回想起来，心中满是愧疚与自责。那些曾经的不尊重，如今看来是多么的幼稚无知。但，我的学习成绩再也没有退步过。

在初三快中考时，陈老师看同学们都学得接近崩溃边缘，就在操场边的杨树下，绘声绘色地讲了三节课的《红楼梦》。没有花里胡哨的课件，仅凭陈老师一人空手站在杨树墩上讲。这一刻，我们都觉得"陈大牙"突出的大牙也是熠熠生辉。

陈老师退休后，我去看他。提起这些往事，我说："今天，献给您一句诗，'摇落深知宋玉悲，风流儒雅亦吾师'。"

他哈哈大笑道："早忘了，只记着你的聪明伶俐。"

十三四岁的年纪，正是淘气调皮的时候，老师们面对我们的种种行径，想必是既无奈又心疼吧！他们没有严厉的斥责，有的只是无尽的爱与包容，那深沉的爱就如同温暖的阳光，默默地照耀着我们成长。

（五）"索拉"老师

刚升入初中，我便邂逅了刚从平顶山师范毕业的年轻老师。她带着青春的气息，满怀热情地走进了我们的音乐课堂。

还记得她教我们的歌曲：《亚洲雄风》激昂的旋律，仿佛让我们感受到了亚洲大地的磅礴气势；而《十七岁的雨季》充满青春活力的曲调，又让我们仿佛回到了那段青涩美好的岁月。我们都喊她"索拉"老师。

"索拉"老师有一头乌黑的头发。她时常扎着一个俏皮的小辫，灵动的模样让人忍不住心生喜爱。课堂上，她总是充满激情地歌唱，美妙的歌声仿佛有着神奇的魔力，能一下子把我们带入音乐的世界中。

最让我难忘的是有一次傍晚，我在校园外的麦田地里读书。

老师站在麦田地里，用手当喇叭大声喊道："大哥，回来吃饭了！"夕阳的余晖洒在她的身上，勾勒出一幅岁月静好的画面。那一刻，时光仿佛都静止了，只有温暖的阳光、老师灿烂的笑容及动听的呼唤声，印在我的脑海里。

"脱俗心追朵朵鲜，扶荷照影水云边。"老师用音乐给我们传递着一种情感，一种对生活的热爱，一种对美好的向往。她让我们在音乐的世界里找到了自信，感受到了快乐。她的课堂总是充满了欢声笑语，那些美好的时光成了我初中记忆中璀璨的明珠。

（六）"成晒"老师

在大家还为几何学习伤透脑筋的时候，我的几何成绩格外优秀，这一切都归功于教我们几何的"成晒"老师。老师本叫成山，但学生们都随口叫他"成晒"老师。

每当上几何课，"成晒"老师独特的上课前奏总会让我印象深刻。不是上课铃叫醒我们，而是老师那一声"上课"，那声音仿佛有着神奇的魔力，能惊天地、泣鬼神。每每我们还沉浸在各种思绪中时，陡然响起，吓我们一大跳，那些还在美梦中遨游的同学更是会瞬间惊醒。但正是这种别样的前奏，让我们一开始听几何课就格外精神抖擞，仿佛全身的细胞都被激活了。

老师上课最让我难忘的是，他总是能巧妙地给我们举身边的例子。记得有一次讲等边三角形，他在讲台上绘声绘色地描述着，突然话锋一转，指着窗外的杨树上的老鸹窝说："看，那棵树上的老鸹窝就是一个等边三角形。"同学们顿时哄堂大笑，在这欢快的笑声中，我们不仅听懂了等边三角形的定义和特征，而且这个知识点深深地刻在了我们的脑海里，怎么也忘不掉。

更厉害的是，老师的粉笔头砸得特别准。课堂上偶尔有同学走神或者调皮捣蛋，老师一个眼神扫过去，若是那个同学还不知悔改，他便会轻轻扬起手中的粉笔，"嗖"的一下，粉笔头准确无误地砸在那个同学的课桌上，精准的程度让人惊叹不已。而被砸的同学先是一愣，随后便满脸通红地坐直了身子，再也不敢走神。

还有布置作业时的情形也别具一格。只见老师双手撑在讲台上，漫不经心地扫视着四周，嘴角微微裂开，露出一抹难以捉摸的笑容。"今天的作业是……"他故意拖长语调，全班同学的心几乎都提到了嗓子眼，大家都特别希望作业少点儿，所以都眼巴巴地盯着老师。突然，老师的声音戛然而止，本以为没有作业了，同学们都松了一口气。可就在这时，老师语调一转，看了一眼四周，露出了意味深长的笑容，悠悠地说："把本节课的知识点抄三遍。"说完，带着一抹神秘的笑容离开了教室。留下我们在教室里面面相觑，无奈地拿起笔，开始认真抄写那些知识点。

解惑答疑情满腔，雏鹰添翼助翱翔。一支粉笔青丝染，两袖清风美誉扬！致谢老师！

（七）"和尚"老师

我的语文老师毕业于河大，那是一所充满学术底蕴与文化气息的高等学府。而我，何其有幸，成为他教的第一届学生。

他的语文课总是充满了乐趣与启发。我自诩小作文写得不错，偶尔还会偷偷写点儿小说、散文和诗歌。我清楚地记得，我写了一篇小说《麦香》，自己都没太当回事，却被老师发现了。他眼中闪烁着惊喜的光芒，鼓励我继续写下去。在他的帮助下，我的小说竟然发表在湖北《望江文学》杂志上，那是我发表的第一篇小说啊！那一刻的喜悦与激动，至今仍深深地印在我的脑海里。

然而，命运似乎总是喜欢开玩笑。一场突如其来的车祸，夺走了老师的妻子和女儿。那之后，他仿佛一下子苍老了许多，原本充满活力与激情的眼神变得黯淡无光。他心灰意冷，最终做出了一个让所有人都震惊的决定——出家当和尚。

我不知道我的和尚老师在那寂静的寺庙中经历了怎样的心路历程，但我能想象，失去挚爱的痛苦是多么难以承受。他选择了这样一种方式，或许是为了寻找内心的宁静与解脱。后来听说他得了癌症，年仅四十岁就离开了这个世界。

"饮其流者怀其源，学其成时念吾师。"老师的离去，仿佛带走了我生命中一抹璀璨的光芒。每当夜深人静，我总会想起他，想起他曾经给予我的教诲与影响。

（八）"long long ago" 老师

当时，我们的小学是不曾学习英语的，初一才初次与这门奇妙的语言邂逅。

而刚从师范学校毕业的孙老师，教我们学英语。

在我心中，孙老师宛如女神般的存在。刚上课，她就用优美的声音给我们读英语："long long ago，很久很久以前……"我听不懂，但记住了这位"long long ago"老师。

犹记得当时她和我们这些学生挤在破旧的宿舍里。那是一个由破庙改造成的大通铺宿舍，条件极为简陋。然而，就是在这样的环境中，她却毫无怨言地陪伴着我们。

曾有那么惊险的一夜，有寺后李村的坏人在后墙上用铁锨挖洞，企图爬到女生宿舍偷东西。幸运的是，孙老师恰好与我们同住。当危险来临时，我们大声呼喊，老师们齐心协力将坏人抓住。那一夜，她就像是我们的守护天使，给予我们无尽的安全感。

多年后，当我怀揣着感恩之心去看望孙老师时，却看到了令人心酸的一幕。曾经风华绝代的美人，如今已患上了阿尔茨海默病，呆呆地坐在沙发上，一句话也不说。

"鹤发银丝映日月，丹心热血沃新花。"我问老师是否还记得我，她却反复问我:"上课铃响了吗?"那一声声的询问敲打着我的心,让我感受到岁月的无情与沧桑。

"令公桃李满天下,何用堂前更种花。"天地间最大的人情,在父母与子女以及老师与学生之间尤为明显。当我们痛切地意识到这种情失去后,往往已经错过了许多可以弥补的机会。

"采得百花成蜜后,为谁辛苦为谁甜。""遍地蕙兰思化雨,满园桃李谢春风。"借教师节这个特殊的日子,回忆我的老师们,感激与致敬我的老师们!

24

风雨中的岳寨村

襄城县城向西北十里，穿过十里铺镇，有一条向北的乡间公路。驱车一路向北，穿过商庄、春李、田顿到凤鸣岗西侧，悠悠流淌的马黄河西岸，静谧地坐落着一个温馨祥和的村庄——岳寨村。这座村庄规模虽不算宏大，却聚居着一千多位勤劳善良的村民。他们在此繁衍生息，用自己的智慧与汗水，精心书写着属于岳寨村独有的生活篇章，每一笔每一画都勾勒出岁月的痕迹与生活的画卷。

岳寨村的历史长河源远流长，可追溯至明朝初年。彼时，岳姓人家在此肇基立业，始建村落，最初命名为"岳家庄"。河南人一说祖先，就是山西洪洞县，小小的洪洞县竟成了河南人思祖的故乡。实际上，华夏百分之九十五的姓氏都来自河南，即黄河流域。岳姓也是纯正的河南姓氏。

秋雨绵绵，秋风瑟瑟。当我们怀着敬畏之心踏入岳寨村中央时，一座庄严肃穆的建筑赫然映入眼帘，此乃重修于清朝年间的岳氏宗祠。这座宗祠承载着岳氏家族数百年的荣耀与传承，宛如一座坚固的精神堡垒，历经岁月的重重洗礼，依然傲然屹立，见证着家族的兴衰变迁。

步入宗祠内部，仿佛踏入了时光隧道，瞬间回到了那个久远而又充满故事的年代。祠堂之中，供奉着宋代著名民族英雄岳飞的塑像。岳飞，这位家喻户晓的英雄人物，以其精忠报国的崇高气节和英勇无畏的卓越军事才能，成了中华民族精神宝库中一颗耀眼的星辰，激励着一代又一代中华儿女。他的塑像栩栩如生，气宇轩昂，目光坚毅而深邃，仿佛正穿越时空，凝视着后世子孙，源源不断地传递着那份不屈不挠、忠诚爱国的强大精神力量，令每一位瞻仰者都为之动容。

在祠堂的一隅，有一座独具特色的古石碑静静矗立着。这通石碑高一点五米、宽零点六米，虽历经风雨的无情侵蚀和岁月的漫长磨砺，但碑上的文字依然清晰可辨。右上行刻着"重修岳忠武王祠碑记"，那苍劲有力、入木三分的字体，仿佛在娓娓诉说着往昔岁月里的点点滴滴，每一个笔画都承载着历史的记忆。碑文中详细记述了岳寨村的历史渊源："……岳霖之子岳珂八代子孙景春公、景秋公，由明初汤阴迁襄，遂为迁襄始祖，卜居城北凤岗之右，迄今四百余年……"落款为"大清同治十一年岁次壬申小阳月上浣合族仝立石"。

细细研读这段碑文，我们仿佛能看到一段波澜壮阔、跨越时空的迁徙之旅。岳霖，作为岳飞的第三个儿子，自幼深受父亲的熏陶与教诲，继承了父亲的英勇果敢与睿智聪慧。而岳霖的儿子岳珂，同样在家族的传承与发展中扮演着举足轻重的角色。岳珂下传至第八代子孙，便是岳景春和岳景秋兄弟二人。在明朝初年那个风云变幻、局势动荡的时代，为了寻求更为安稳、宁静的生活环境，岳景春、岳景秋兄弟二人毅然决然地告别了岳飞的故里汤阴县，踏上了充满未知与挑战的旅程。他们一路披荆斩棘，风餐露宿，最终来到了这片钟灵毓秀的土地。这里的山水风光如诗如画，风土人情淳朴厚重，深深吸引了兄弟二人，于是他们决定在此落地生根，开创新的生活。

从此，岳氏家族在这片土地上开枝散叶，逐渐发展壮大。岳家庄也在岁月的长河中历经风雨，慢慢成长为一个充满生机与活力的村落。

时光如白驹过隙，转瞬即逝，转眼间来到了清同治年间。彼时的社会局势动荡不安，战乱频繁，百姓生活于水深火热之中，苦不堪言。为了躲避战乱的纷扰，保护村民的生命财产安全，岳家庄的村民们团结一心，众志成城，做出了一个意义深远的重大决定——围村筑寨。于是，全村男女老少纷纷响应，有钱出钱，有力出力，全身心地投入到紧张而又艰苦的筑寨工程之中。他们用勤劳的双手，不辞辛劳地搬运石块、泥土，一砖一瓦、一抔一土，精心堆砌起心中那道坚不可摧的安全防线。经过无数个日夜的不懈努力，大寨终于巍然屹立。这座大寨不仅坚固无比，坚如磐石，更是凝聚了岳家庄村民的集体智慧与辛勤汗水，成了他们团结一心、共克时艰的历史见证。大寨筑成后，村民们为其取名为"岳寨"。随着时间的悄然流逝，岳寨的名字逐渐广为人知，而原岳家庄的村名则在岁月的流转中渐渐淡化。岳寨之名就这样一脉相承地沿袭了下来，成了这个村庄崭新而又独特的标识。

每当风雨来临，岳寨村便仿佛一位历经沧桑的智者，静静地伫立在风雨之中，默默承受着大自然的洗礼。那古老的岳氏宗祠在风雨中显得更加庄严肃穆，仿佛一位坚守阵地的战士，守护着家族的荣耀与传承。那通古石碑和红石刻也在风雨中历经考验，它们身上的每一道痕迹、每一处印记，都仿佛是岁月刻下的密码，诉说着过去的故事。村民们则会纷纷聚集在宗祠内，点燃香火，默默祈祷，希望家族的神灵能够保佑他们在风雨中平安无恙。他们深知，只有团结一心，共同面对风雨的挑战，才能让岳寨村在历史的长河中继续屹立不倒。

在风雨的洗礼下，岳寨村的一草一木、一砖一瓦都仿佛被赋予了生命。那被风雨冲刷得更加光滑的石板路，仿佛是岁月留下的足迹，见证着村庄的兴衰变迁；那在风雨中摇曳的古老树木，仿佛是村庄的守护者，默默地为村民们遮风挡雨；那在风雨中依然屹立不倒的寨墙，仿佛是村民们坚强意志的象征，承载着他们对生活的热爱和对未来的希望。

风雨中的岳寨村，是一幅充满历史韵味和文化底蕴的画卷。它让我们感受到了中华民族坚韧不拔的精神力量，也让我们明白了传承和弘扬优秀传统文化的重要性。在这个瞬息万变的时代，岳寨村依然保持着那份宁静与祥和，那份对历史的敬畏和对生活的热爱。它就像一颗璀璨的明珠，在风雨中依然散发着耀眼的光芒，吸引着人们的目光，让人们在喧嚣的世界中找到一片宁静的港湾。

如今，岳寨村在时代的浪潮中奋勇前行，不断发展进步，既完好地保留着传统的文化特色与历史风貌，又积极展现出新时代的蓬勃朝气与崭新气象。古老的岳氏宗祠依然是村民们心中不可替代的精神寄托。每逢重要节日，人们都会怀着虔诚之心来到这里，缅怀先辈的丰功伟绩，传承家族的优秀文化，让家族的精神在岁月的长河中得以延续和弘扬。而那通古石碑和红石刻，宛如两位无声却又伟大的历史见证者，静静地伫立在那里，日复一日，年复一年，向每一个来到岳寨村的人娓娓诉说着过去的故事，让人们在感受历史的沧桑变迁与厚重底蕴的同时，也更加懂得珍惜当下来之不易的美好生活。

25

汝河滩上放鹰人

一条河，从远古流出。

汝水，在甲骨文中，亦称女水。先秦著作《山海经》也把汝水称为"女水"，属淮河流域。

千百年来，汝水滔滔而下，造就了一方物产丰茂的沃土。

在河边行走，时常会与吟咏此地生活的古诗相遇，这些质朴的句子古意汤汤，像鱼儿一样不期然地跳入眼帘，不知道会让人生出多少浓得化不开的情感。

《诗经·汝坟》："遵彼汝坟，伐其条枚。未见君子，惄如调饥。遵彼汝坟，伐其条肄……"

唐代欧阳詹《汝州行》诗曰："湛湛清流九曲湾，浮沉澈底似拖蓝。扁舟一叶无人系，风动横移向碧滩。"从这些美丽的诗句中，我们不难想象出，汝河两岸，沃野百里、山川秀丽，牛羊成群、白鹭纷飞，让人恍惚间进入陶渊明笔下的世外桃源。

我们走在初冬的汝河，阳光灿烂而温暖。初冬的风清冽狡黠，有一搭没一搭地往你衣袖里、裤腿里灌。

干枯的芦苇在风里摇曳，沙沙地低声吟唱着古老的歌谣。

在汝河畔，野花依旧开着，野菊花、益母草花、野棉花、拉拉蓬花等，丛丛簇簇，意与寒风争荣。于花间往返，不禁汗颜；人半生瑟缩，终不如一丛花恣情肆意。

"呵噫——呵噫——"我们听到远处传来几声悠扬而有力的呼喊声。

声音先是在风中若有似无地传来，紧接着，芦苇荡里缓缓浮现出几个立于水面之上的身影，仔细看去，那身影竟是站在大概两米长的小船上。

小船由两条并排的船舱巧妙构成，中间以坚韧的木条紧密相连。那是一只双体船，船身呈优美的月牙形状，两头微微上翘，仿佛在向天空致敬。

这是七十岁的放鹰人崔大汉和儿子崔党委，带着家里饲养的十三只鱼鹰来到汝河边，开始一天的捕鱼作业。

崔大汉是襄城丁营乡崔庄村人，家传鱼鹰捕鱼技艺，到儿子崔党委这一辈已是五代。

只见崔大汉拿起长篙，用力一撑，小船便缓缓离开岸边。鱼鹰们在小船周围欢快地游弋着。一天的工作要开始了，崔大汉一边撑着船，一边观察着河面情况。他熟悉这条河的每一处深浅，每一个弯道，就像熟悉自己手掌上的纹路一样。

当船来到芦苇丛时，崔大汉停了下来。他深呼一口气，然后大声"呵噫——呵噫——"呼喊着，不时用手中的长篙有节奏地敲击着水面，这是放鹰的信号。鱼鹰们听到呼喊声和敲击声后，立刻变得兴奋起来。

鱼鹰们展开翅膀扑棱棱地飞向河面的各个方向。有的鱼鹰飞得比较远，在河面上盘旋了一圈后发现目标，便立刻收拢翅膀，猛地扎入水中，水面上只留下一圈圈的涟漪。不一会儿，就钻出了水面，叼着一条不小的鱼。也有的鱼鹰入水后并没有马上捕到鱼，它们在水里停留了一会儿，然后又浮出水面，抖了抖身上的水珠，再次寻找目标。

崔大汉并不着急，因为他知道鱼鹰捕鱼需要耐心和运气。

在放鹰捕鱼的间隙，我问崔大汉："崔师傅，您养了多少只鱼鹰？"

崔大汉一边麻利地收鱼一边回答："在俺小的时候，家里驯养过二三十只鱼鹰。放一次鹰，呵呵！那场面真是热闹。现在不行了，上了年纪，身体也不如以前，只剩下这七只鱼鹰陪伴着。俺这些鹰都是俺家一代代繁育饲养出来的，它们比儿女还亲。"说着老汉的目光投向河中。

"鱼鹰跟人一样也有优劣之分，驯养之前要先选好，其中是有讲究的，要注重外观、长相，跟相媳妇儿一样。"崔大汉笑着说。我们也跟着笑了起来。

优良鱼鹰的外观标准是"头大、脖子粗、嘴粗"。不过呢，长相只是基本的标准，具体还要看是否听话，捕鱼能力是否强。

"你看！这只鱼鹰独自捕到了二十多斤重的鱼呢！"崔大汉指了指脚边一只体形健壮的鱼鹰，眼里透露出满满的骄傲。他用宠溺的眼神望着鱼鹰，还顺势在鱼鹰的脑袋上抚摸了一下，仿佛是和自己的孩子说话。刚从水里出来的鱼鹰，羽毛上挂着晶莹的水珠，在阳光的照耀下，乌黑之中泛着墨绿色，油光发亮，仿佛是一件珍贵的艺术品。

中午时分，太阳高悬在空中。崔老汉把船撑到河边的一棵大树下。他拿出自己带的方便面，还有牛肉，坐在船边开始吃午饭。我们打趣道："崔师傅，伙食不错！"崔大汉笑道："以前跟祖父下河吃的杂面土烙，后米跟父亲下河吃馒头，现在日子好得真是不敢想象……"话匣子一打开，我们天南海北地聊了起来。鱼鹰们也在船边休息，有的在梳理自己的羽毛，有的在闭目养神。吃完午饭，崔老汉并没有休息太久，他又开始了下午的捕鱼生活。

下午的河面似乎更加平静，阳光洒在水面上波光粼粼。鱼鹰们继续在河中穿梭，崔大汉的吆喝声和长篙的敲击声在河面上回荡。偶尔会有路过的村民，他们会停下来和崔大汉聊上几句，问问今年捕鱼的收获如何，或者回忆一下过去鱼鹰捕鱼的盛景。

"冬季，鱼大，笨拙，正是放鹰的最好时机。"崔大汉说道。

没有人能确切地说清楚，崔庄村的驯养鱼鹰捕鱼是从何时、由何人开始的。

崔大汉家祖传五代，驯养鱼鹰捕鱼，已经有上百年的历史了。他从十三岁起就跟着父亲学习，如今七十岁仍然在河面上忙碌着。

原来庄里人人会放鹰，如今还在河面上坚守的就只剩下崔大汉一人了。

傍晚，落日的余晖将整个崔庄村染成金黄色。崔大汉用长篙把鱼鹰吆喝上岸，然后把船拉到岸边。今天的收获虽然不是很多，但是他的脸上仍然洋溢着满足的笑容。他把捕到的鱼分给庄上的老少爷们，这是几百年的老传统，大家分享着鱼鹰捕鱼带来的快乐。

崔大汉说："不在鱼多少，而在心。"

"咱们汝河里鱼少，不像南方水多鱼大，现在放一次鱼鹰，能捕到四十斤鱼就很满足了。"因为今天实实在在过了一把鱼鹰捕鱼的瘾，崔大汉脸上露出了满足的笑容。

"咱有农活的时候就干活，没农活的时候就放鹰。我别的不喜好，就好放鹰，一辈子都割舍不下，玩鹰玩了一辈子，老祖宗传下来的手艺不能失传。"崔大汉驯养鱼鹰捕鱼的技艺已被襄城县评定为非物质文化遗产。

"现在还能吼住儿子，跟自己放鹰，孙子不干，我也管不住了，那是下一代的事。"他无奈地说。他希望儿子、孙子能够将这一门技艺传承下去，让更多人了解和喜爱这门古老的技艺。

但是，崔老汉的儿子掌握了驯养鱼鹰捕鱼的一整套本领，冬天的时候和他一起下河，过完年就外出打工了。"在河里挣不到钱，他不打工能怎么办呢。"崔大汉无奈地说，眼里透露出一丝淡淡的忧伤。

随着夜晚的降临，崔庄村渐渐安静下来，只有河边鱼鹰的低鸣声和河水流动的声音，仿佛在诉说着这个古老村庄关于鱼鹰捕鱼百年传承的故事。

崔老汉坐在自家的院子，脑海里浮现出自己一生鱼鹰捕鱼的点点滴滴。

鱼鹰们在河中捕鱼，它们是河流生态的一部分。而崔大汉与他的鱼鹰还有河流建立起了一种特殊的联系，这种联系经历了百年的风雨，已经从一个细胞开始，从一滴血开始，在他的身体内不显山不露水地滋生潜行。它匍匐到每处柔软肌肤，贯穿每一根血管，透过每一块骨头。

沉思中崔大汉进入梦乡。在他的梦里，儿子带着孙子，孙子带着重孙子在河里学习鱼鹰捕鱼的技艺，上百只的鱼鹰在河面上穿梭飞翔，"呵唷——呵唷"的吆喝声夹杂着长篙的敲打声，热闹非凡，一条条大鱼装满了上百条的双体船……

26

泪洒相思地

王大春四十刚出头，已是南方一家上市公司的老总，堪称事业有成。最近却终日烦闷，啥事都懒得干。只有紊乱的心思，心慌的恐惧，虚空的阴影，无聊的苦楚，孤独的悲凉，惆怅的心绪，这心神不宁的状态煎熬着他、憔悴着他。

直到有一天，他路过南方影剧院，听到豫剧《泪洒相思地》的唱腔。那一声声优美的唱腔直抵他内心深处，更有某处唱腔带有温润的沉重，零落于那些回忆的光阴里。那些戏词开在故乡古韵悠长的土地上，月儿含情，风儿露凝。天涯海角，王大春知道他想家了，父母都去世多年，老家再无亲人。但他始终怀念一个人，怀念一折豫剧《泪洒相思地》。

二十年前在古城小镇，他二十来岁，风华正茂，而邻家小妹张娟儿是古城豫剧团的演员，当时她扮演《泪洒相思地》中的王怜娟。张娟儿嗓音甜美，收放自如，唱腔有时如小桥流水，有时若激流奔放。尤其是唱到十八个"我为他……"时台上哭，台下掉泪，四周抽噎一片。

> 我为他有家有舍不能归；
>
> 我为他无脸再见爹和娘；
>
> 我为他变卖衣饰作路费；

我为他抛头露面背井离乡；

　　……

　　豫剧滋润着中原的四季，浸润着中原的每寸土地。她激越高昂却也平易近人，委婉秀美而牵人心魄。唱戏的倾情、倾心、倾魂，听戏的动情、动心、动魄。他们是在畅游自己的精神家园，美丽如斯，引力如斯者能有几何？

　　回想起二十年的往事，王大春嘴角含起笑。回乡去，见见张娟儿，再去听听那魂牵梦绕的《泪洒相思地》。

　　踏上古城，王大春想好好看看久违的小城。婉拒了几个热情无比的出租车司机，他决定在街上走走。

　　王大春一路上欣赏着小城的变化。他的家乡情结一下敏感起来，他的耳朵突然敏锐地捕捉到小城某处好像正在唱戏，而且是豫剧。豫剧这个词语一跳出，他身上冷落和压抑多年，已近麻木的某处神经炽热而微疼地颤了一下。

　　小城人静，而豫剧的声音越来越大，越来越清晰。"婆母娘且息怒站在路口……"这是豫剧《大祭桩》选段，然后，又听到：

　　我恨他忘恩负义心肠狠；

　　我恨他喜新厌旧绝人伦；

　　我恨他有人养来无人训；

　　我恨他官宦子弟禽兽心。

　　……

　　王大春浑身上下一激灵，这不是张娟儿的声音吗？

　　是的！是张娟儿在唱《泪洒相思地》。王大春连走带跑循着声音找娟儿呀！娟儿，这么多年你仍然在唱着《泪洒相思地》，我要为古城豫剧团投资，打响豫剧名片，捧红张娟儿这个名角！

这些年，王大春身处行色匆匆、锋芒毕露的职场"白骨精"女孩的包围当中，却仍然神往那个恬静秀美的娟儿。而且时间愈久，情愈切，他越来越懊悔当初的选择。

在老城绿荫如盖的十字路口，搭着一个灵棚。

一位五十多岁的中年男人因突发心脏病去世。灵棚四周围着一些人。鞭炮和烧纸的味道远远弥漫过来，唱戏的声音就是从这里传出的。

王大春站在一棵大树下，果然看到张娟儿在唱。

跟二十年前青涩的邻家小妹相比，她现在丰润成熟而沉静大方，把《泪洒相思地》唱得也更加纯熟。"千般错，万般错，爹爹你忍一忍，望爹爹你怜念咱是骨肉亲，生母早死去……"王大春顿时想起自己母亲去世后，父亲与继母死活不同意他和娟儿的婚事，才逼得自己离开了家乡，离开了娟儿，离开了自己魂牵梦绕的相思地。悲伤的情绪从心底涌上来，泪水就盈满了眼眶。

这时有人起哄："不听这个，唱个有味的！"

接着另一个女孩儿唱起流行歌曲，并伴以单调而无美感的扭摆，且把节奏唱到快得令人喘不过气来，吹唢呐的和打鼓的则不时插一句或荤或油腔滑调的应和。现场的年轻人甚至还有孩子们就跟着尖叫起哄，然后又上来了两个女孩，表演舞蹈，身体像蛇一样摇摆扭动……整个过程张娟儿一直坐在旁边浅笑着，见怪不怪地看着，大口大口地喝着黑乎乎的劣质茶水。

一会儿，听到又有人喊着："哭灵了，哭灵了！"

只见略加装扮的张娟儿披麻戴孝往棺前扑通一跪："爹爹呀！女儿来看你了，叫一声亲爹，你咋走得这么早，千般喊万般呼，爹呀爹呀……"声音悲痛欲绝，王大春有点儿恍惚。

他们一直闹到下午四点，主家起棺才结束。

刚才跳舞衣着暴露的女孩给围观的人群发名片。名片上醒目地印着"红白民事礼仪服务有限公司总经理张娟儿"。名片上印着她是襄城县著名豫剧表演艺术家，获过什么奖。下面是他们的服务范围：红白喜事，开业庆典，专业哭丧队，出租水晶棺等一条龙服务，应有尽有。

大春向周围探询："张娟儿不是咱县剧团的主演吗？"围观的人说："豫剧团散了后，张娟儿就单干了。喏！那个是她的丈夫，就是那个秃头的男人，有两个孩子，大的学习赖，退学早，会敲梆了……"

响器班的人被执事者请去吃饭，主家把一大沓的钞票放在张娟儿手上。饭后，张娟儿大声地吆喝着丈夫和身边的人，好像是一会儿要赶往另一个地方，明天一早还有演出，要大家都麻利点儿。不知还说了什么，那些人忽然笑了起来。王大春才意识到早已曲终人散，现场只剩下他一个观众。张娟儿还在大声地和丈夫、众人说着什么，头都没抬。

是该走了。王大春拎起沉甸甸的行李，突然觉得长途奔波的困意袭了上来，身体变得虚弱不堪，泪水却恣意流淌！

就这样在街上走着走着，随手拦了一辆出租车，用嘶哑的声音说："去新郑机场。"

在他心里，古城的街道阒无人迹。

27

秋了咏叹

　　"秋来吟更苦，半咽半随风。"立秋的脚步刚过，我的家乡便有一种独特的秋之精灵开始在林间奏响美妙的乐章，它名为"秋了"。

　　"秋了"，其学名"蟪蛄"。蟪蛄的幼虫身长大约一厘米，待其经历变态发育，能够振翅高飞之时，体长一般可达两厘米左右。在不同的地域，它有着各种各样的别称。有些地方唤它为"秋蝉""寒蝉"，也有的地方称之为"牛虻鼻子"，还有些地方俗称"药胡子"或者"夜胡子"。它正是庄子在《逍遥游》里提到的"朝菌不知晦朔，蟪蛄不知春秋"中的"蟪蛄"，隶属于蝉类一族。然而，它的体型相较于常见的蝉要小上一圈，恰似大自然精心雕琢而成的精致艺术品，小巧玲珑，独具韵味。

　　在中国古代文化的长河之中，"秋了"一直被赋予着独特而深邃的寓意。虞世南在他的诗作《蝉》里写道："垂緌饮清露，流响出疏桐。居高声自远，非是藉秋风。"诗人借秋蝉那清越的鸣叫声，巧妙地传达出自身高洁清远的志向与情怀。而曹植的《蝉赋》则更为生动地刻画了蝉的一生："唯夫蝉之清素兮，潜厥类乎太阴。在盛阳之仲夏兮，始游豫乎芳林。实澹泊而寡欲兮，独怡乐而长吟。声皦皦而弥厉兮，似贞士之介心。"在这里，秋蝉成了一种人格的象征，以蝉喻人，淋漓尽致地彰显出品德高尚之人的特质。

　　清晨，当第一缕阳光轻柔地洒落在树叶之上，"秋了"便开启了它的吟唱之旅。那鸣声清脆而又婉转，宛如秋天的使者，带着使命般诉说着季节的更替。它的歌声不同于夏日蝉鸣的热烈激昂，反而蕴含着一丝淡淡的忧伤，恰似在幽幽地感叹时光的悄然流逝。这或许是因为它深知自己的生命如同这秋日一般，短暂而又即将走向消逝，所以每一声鸣叫都像是对生命的一种眷恋与不舍。

午后的树林里，"秋了"的歌声愈发清晰。它们三五成群地栖息于枝头，鸣声此起彼伏，恰似一场盛大而又独特的音乐会。那声音在林间悠悠回荡，仿若大自然奏响的最为美妙的旋律，令人沉醉其中，不能自拔。这时候的"秋了"，仿佛是在尽情享受着生命中的每一刻，用歌声向世界展示着自己的存在。

随着秋天的脚步不断深入，"秋了"的歌声逐渐变得微弱起来。这微弱的歌声，就像是它为秋天的离去而奏响的悲歌，是在用最后的力量向这个即将逝去的季节告别。此时的"秋了"，或许已经感受到生命的尽头即将来临，它的歌声里充满了对生命的敬畏和对时光无情流逝的无奈。

在这秋意渐浓的当下，蝉鸣已然成为一种对往昔岁月的深切怀念，以及对生命无常的深沉感叹。它们以生命最后的力量纵情歌唱，这不得不让我们深思生命的意义与价值所在。

蝉的一生，大部分时光都是住黑暗的地下默默等待。它们如同一位位坚毅的隐士，在黑暗中坚守，只为了在短暂的夏日里能够破茧而出，绽放出最为绚烂的光芒。古人云："蝉蜕于浊秽，以浮游尘埃之外。"这短短几个字，却精准地概括了蝉的一生。它们的生命虽然短暂得如同一颗流星划过夜空，然而却无比精彩。它们竭尽全力去歌唱，那是对生命的热爱与赞美；它们奋力去飞翔，那是对自由的向往与追求；它们用心去感受这个世界的美好，那是对世间万物的敬畏与感恩。

正如老庄所言："子非鱼，焉知鱼之乐？"我们似乎也可以这样发问："子非蝉，焉知蝉之苦？"寒蝉鸣，世人往往简单地理解为寒蝉开始鸣叫。实则不然，其真正的含义背后隐藏着颇为悲凉的真相。当秋风渐起，寒意渐浓之时，蝉敏锐地感受到了寒冷与死亡的逼近，所以它的鸣叫格外凄惨。每一只蝉在土里潜伏的时间至少需要三年到七年，有些甚至长达十五年、二十年之久，历经漫长的等待，才有机会破土而出，爬上地面，然后挣脱茧壳的重重束缚，羽化成蝉。然而，它们能够享受光明与自由的时光却不足八十天。

寒，本就蕴含着悲凉之意，它是秋意之中更深沉的秋意，为这世间增添了无尽的诗意。柳永笔下的"寒蝉凄切，对长亭晚，骤雨初歇"，更是将这种悲悲切切的意境渲染得淋漓尽致，让人真切地感受到一种由外而内的寒意。那不仅仅是身体上的寒冷，更是心灵深处对生命短暂与无常的悲叹。

秋空辽阔而悠远，最终，"秋了"停止了歌唱，一切都变得如此清凉寂静。而我们，也在这充满寒意的蝉鸣声中，深刻地感受到秋天的诗意，体悟到了生命的轮回。就如同那"蒹葭苍苍，白露为霜"的意境一般，秋与生命的轮回仿佛在这一刻达到了一种微妙的和谐。这是一种对自然的敬畏，也是对生命的尊重。

秋意渐浓，秋意渐浓啊……

28

紫苏流年

三年前，初春，阳光斜映，透过斑驳的枝叶，洒在小径上，跟在我漫步小路的脚步后。

不经意间，一抹淡淡的浅紫色映入我的眼帘。是紫苏的幼苗，它静静地生长在路边杂草间，散发着淡淡的清香。

我缓缓走近它，蹲下身子，轻轻地抚摸着它娇嫩的叶片，细腻的质感，仿若丝绸般的柔软，让我心生喜爱。

我忍不住凑近闻了闻它的香气，那是一种清新而又独特的味道，带着一丝淡淡的草药味，却又不失芬芳。

紫苏有好多个名字，白苏、青苏、赤苏……还有一个很诗意的名字为"荏苒"。荏苒二字，皆是草字头，就注定了它与植物有关。紫苏生长旺盛，生命周期正好是一年，于是，古人便用"荏苒"形容时光飞逝，岁月短暂。《红楼梦》湘云的诗句里有一句话："秋光荏苒休辜负，相对原宜惜寸阴。"湘云笔下的"荏苒"即紫苏。

因为喜欢"荏苒"，我便小心翼翼地用铲子挖了几株，栽在学校的中药苗圃里，小心呵护，浇水松土。当春信悄然隐匿在绵绵细雨之间，悄然生长的苏子幼苗也顺应时节，焕发出勃勃生机，约莫十天半月的时光，它们便惊艳了岁月，温柔了时光。一株株幼苗麻利地生长，圆形的叶子已经盖住了中药苗圃中其他的中药幼苗如益母草、薄荷、艾草、半夏、丹参、白及等。

工作之余，我倚在窗前，看窗外中药苗圃的紫苏生长。虽然她们的长势无法与田地里的紫苏媲美，但那紫色与绿色交错相间的模样，足以让学校的春天变得美丽而温馨。孩子们在老师的带领下，热热闹闹地观察着、叽叽喳喳地探讨着，小心翼翼地伸出小手触摸着。我看着紫苏，看着孩子们，想着心事，光阴就这样慢慢地散开。其中的滋味，院中的紫苏懂得，一如我懂它一样，在荏苒的光阴中相依相伴。

书架上琳琅满目的儿童读物和诗词歌赋整齐排列，浓郁的书香盈满整个屋子。我手中轻轻捧着一本《唐宋诗词选》，沉浸在古典诗词的美妙世界中。目光停留在南宋诗人章甫的《紫苏》一诗上："吾家大江南，生长惯卑湿。早衰坐辛勤，寒气得相袭。每愁春夏交，两脚难行立。贫穷医药少，未易办芝术。人言常食饮，蔬茹不可忽。紫苏品之中，功具神农述。"诗人以其精湛的笔触，将紫苏的药用价值阐述得淋漓尽致。

追溯历史，西汉枚乘的《七发》中，吴客向楚太子描述的"鲜鲤之鲙，秋黄之苏"，仿佛一幅精美的画卷在眼前徐徐展开。鲙，即鲜嫩的鱼片；苏，便是那散发着独特香气的紫苏。将秋天金黄的紫苏叶与生切的鲤鱼片巧妙搭配，一同食用，这种极致的饮食之美，令人心驰神往。那紫苏的独特芬芳，与鲤鱼的鲜美相互交融，仿佛在舌尖上演绎着一场美妙绝伦的舞蹈。这种搭配之法，不仅是一种味觉上的享受，更是一种源远流长的文化传承。

让我们一同品味紫苏的美味，感受它所蕴含的独特文化魅力吧！记起宋末元初诗人汪元量的诗句"海棠花下生青杞，石竹丛边出紫苏"，这诗句仿佛带着我们穿越时空，忆旧谈古。紫苏，这片时光的叶子，从千万年之前悠悠走来，或许曾承受过春秋战国的金戈铁蹄，也可能见证了东坡放翁的雕章缋句。它历经春生、夏长、秋收、冬藏，不眷恋往日的繁华三千，也不期盼明年的灯火万家，却在端午节前后，悄然走进了人们的心田。

端阳重午，天地之气交融，暑湿的前奏悄然奏响。都说紫苏播种一次，便能年复一年地收获，且能帮助人们祛湿开胃。因此，有的人家将它视为生生不息的香草，或栽种于田间地头，或培植于花盆之中。它不染媚俗，却能芬芳他人。还有的人家把紫苏当作美味佳肴，或凉拌，或煮食，或腌制，尽其所用。紫苏煎黄瓜，便是一道夏天的美食，将苏叶的清香与黄瓜的鲜嫩完美搭配，口感清新，令人回味无穷，这或许就是所谓的"物物相生"之道吧。

古代的人们以紫苏叶为原料制作紫苏茶，唤作"紫苏熟水"。南宋末年建州人陈元靓在《事林广记》中曾记载："仁宗敕翰林定熟水，以紫苏为上，沉香次之，麦门冬又次之。"这足以见得紫苏在古代人们心中的地位之高。

而我，也常常会采摘几片紫苏叶，泡上一杯紫苏茶，静静地品味着那淡淡的茶香与紫苏的清香，让自己的心灵在这宁静的氛围中得到片刻的安宁。就想，如有头戴斗笠身佩剑的古人行路匆忙，在路边简易茅屋下的茶摊上，高喊一声："小二，一大碗紫苏水。"一碗淡淡的茶香中，夹杂着紫苏的清香，仿佛是一首悠扬的乐曲，在舌尖上跳跃着。行路人饮完，大踏步向前走去，那该是多么美好的画面。

我曾一度想把"紫苏"作为我的笔名，却在查阅资料后得知，网上笔名紫苏的大作家甚多，无奈之下，只好忍痛割爱，退而求其次，观中药册圃的薄荷不起眼且众多，遂取笔名"薄荷"。但每看到紫苏，我还是忍不住会闻闻她的香气，采摘几片她的叶片，仿佛这样就能拉近我与她之间的距离。

紫苏，其生长荣枯，仿佛承载着时光的轮回。冬天到了，一粒粒饱满的籽实，仿若穿越了漫长的岁月。彼时，它们或许静卧在久远的《诗经》篇章之中，在漫长而寒冷的冬日里，默默承受着冰雕雪蚀的磨砺；又仿佛浸润在散发着沉香气息的《本草纲目》里，在来年早春的微风中，悄声诉说着岁月的故事。

这小小的种子自然落在泥土里，它始终怀揣着一颗向阳而生的平常心。来年只要一场春雨，它便能顽强地生发。从最初的一两株，到不经意间蔓延成一大片。

因为身体原因，工作变动，我调离了那个偏于小城角落的小而精致的学校。听闻，中药苗圃已全毁，改种青菜，我不禁感叹。回想着紫苏，回想着我站在学校的活动场地，聆听孩子们童真童趣的声音，看国旗在微风中摇曳，看杨树舒展着枝叶，看紫苏叶随风轻舞，看梧桐叶渐渐染上金黄。正如人与人之间的缘分，遇之尽兴，散则随缘，从心出发的那份真意，无可替代，才是世间最珍贵的情感。

荏苒时节的更迭，总是悄无声息。

一抹独特的紫色，一缕淡淡的清香，温柔着自己，亦温柔着时光。

29

紫云山下的画家村

一片榭林，一黛远山，一池秋水，几痕小雨，数点飞鸟，紫云山便有了淡淡的秋意。

于是，我背起画板到紫云山下的画家村——黄柳村写生，笔墨纸砚和清瘦的画板成了我诉说情感的地方。

在黄柳村，我尽情地描绘着这里的一切。云、水、山、涟漪，烟、亭、莲、书院，皆入我画。

也许是秋已尽，冬将临吧！画家村一片安静，静得让我也放轻了脚步。毕竟初来乍到，生怕惊扰了这一片祥和。这里，有青砖瓦房，古藤缠绕着老树，小巷深处是寻常人家。

黄柳村现居有十几位画家，年龄跨度颇大。其中，黄克民老师已八十多岁高龄，而年龄最小的画家仅仅四岁。

我与黄克民、黄挺意先生相识，至今已有二十余载。在画案之旁，我们常常谈论绘画之事。

黄克民老师退休前为教师。黄挺意老师出身于农民世家，早年以磨豆腐、生豆芽维持生计。后来，因豆芽生意不景气而关停，便一心在黄土地上辛勤劳作，以养活全家老小。

两位先生话语寥寥，不善言辞，却为人厚道。他们不仅是河南省美协会员、河南省工笔花鸟画协会会员，还担任襄城县美术家协会理事。

起初，他们二人在家中义务教授村里的几个孩子绘画。后来，村里专门提供场所，让他们教导村民学画。在他们的教导下，辛秀金、黄宏延、黄伟杰、黄静斋等相继成长为省级会员，原本平凡的小山村也因此有了独特的灵气，逐渐成为远近闻名的画家村。

画家村的画家们虽身为地道的农民，但在他们的绘画作品中，却不见农民画的痕迹，反而是文人画的格调尽显。他们对中国传统写意花鸟画的内涵有着深刻的理解与认知，作品中潜藏着一种难以言喻却可感知的美。画家们运用多种彩色、水墨语言的"修辞"手段，在笔墨表达上精心经营笔、墨、色、点、线之间的关系，从而使笔意与墨韵相得益彰。

漫步至村委会，墙上挂着画家村村民的画作。

黄克民老师的《梅花图》，笔墨技艺精纯。画面中的梅花整体取势独立连贯，富有 S 字意态，章法布局平稳，一气呵成。

辛秀金老师的兼工带写荷花图，将意境融入笔端，彰显出其扎实的绘画技法，荷秆上栖息的小鸟栩栩如生，为画面增添了韵味、动感和神韵，其造诣深邃且予人美感。

仔细观看黄挺意老师的画，让人几乎陷入了一种幻境：芦苇的呼吸、小鸟的足迹、阳光的流动和穿过生命旷野的风雨……这些构成了心灵世界的光芒和色彩，在昭示着生命的哲理和速度，在传递着生长中的快乐和隐秘。

时光仿佛在此刻突然慢了下来，如同无声岁月中的隐者，与世无争。土坯墙上斑驳的痕迹，尽显素朴无华。置身于此，我有一种穿越历史的感觉。

我曾游历过诸多画家村，它们大多凭借返璞归真的景色、清幽宁静之美，吸引画家前来写生。然而，像黄柳村这样村民成为画家，且所作皆为文人画的情况，却是我首次得见。整个村庄毫无商业化的痕迹，若不是村口那块用篆书题写的"画家村"牌子，它与其他小山村并无二致。

此时，紫云山的阳光洒落在古村之上，画家村的村民画家们，有的上山劳作，有的在村里静静作画。

老街、古树、旧屋，共同营造出一种淡雅的意境。

喜爱这种意境并真正想画上几笔中国画的人们，不妨来到这里，暂时将心灵栖息于此，放空自己的心情，感受尘世之外的宁静与美好。

30

紫云山写生随思

我喜欢在紫云山写生。这里山是山，云是云，溪是溪。乡野人家，独享一方桃红李白，水墨丹青。一个镢头，一把锄，一袭蓑衣，一方斗笠。牛羊在云烟里，篱笆在悬崖上，种豆栽花，自在安逸。空山野岸，一人独来；槲林竹丛，一人独往，只把禅心放逐白云。

画云，画水，画山，画涟漪；画烟，画亭，画莲，画书院。紫云山流水间，你是那笔灵动；春意里，你是那抹桃红……几笔，描出你澄澈的眼，像莲；浅落，绘下你淡粉的唇，像烟。且将你的眉眼安放在心间，如初见那般静好。

蘸墨，画一笔秋，小池、残荷、乱石、秋雨、荷上一点朱砂，萧瑟中便有了一点暖意。浓墨写骨，淡墨写意。浓淡之间，一片留白。留白是一门生活的艺术，绘画中有"计黑当白"，音乐有弦外之音，戏曲中有虚拟动作，诗文有意在言外，佛陀有拈花一笑。人生不能挤得太满，当于无字处看书，于无声处听音，于无画处观景，于无心处参禅。意蕴更显深远，生命更加鲜活。人生贵在留白，能留白和会留白，是胸襟，是气度，是智慧，是境界，也是一种生命从容、淡然的生活方式。

在紫云山写生，我最喜欢登高望远。"会当凌绝顶，一览众山小"，满目秋色，尽收眼底。斜阳、烟岚、远山、秋水、飞鸟，构成一幅绝美的画卷。那意境，那超越了俗世凡尘的深远与绝美，只一个词可以形容——沉醉。沉醉残阳，沉醉红槲，沉醉烟岚，沉醉秋水，沉醉过客。醉人的秋！沉醉了日，沉醉了月，沉醉了山水，沉醉了烟岚。秋醉了风，风醉了山，山醉了水，水醉了残阳，残阳醉了荒草，荒草又醉了雏菊。无边落木，衰草斜阳。微风一过，漫山遍野都是火焰，都是槲叶燃烧的激情和唯美的诗篇。

秋天的紫云山，是含蓄的，温柔的。如一个成熟知性的淑女，心灵经历了春之妖娆，夏之风华。经过人生的风雨雷电，跌宕起伏的磨砺，磨去了棱角，提升了涵养。内外兼修，渐渐有了内涵，变得通透了，温润了，去掉了烟火之气，如玉般晶莹剔透起来。学会往心内寻找幸福，寻找美丽。那种美丽，是由内往外长出来的，宛如岁月的沉香，格外细腻，分外耐品。南山与秋色，气势两相高。没有了娇气，去掉了霸气，是心如止水的灵动，有千帆过尽的从容，有生死看破的洒脱，有本来无一物的淡然。

我喜欢紫云山上秋的清远，喜欢秋的深美。喜欢看夕阳西下时的紫云书院、辞君亭、望月亭、棂星门等，喜欢这种雄浑、苍凉，喜欢这种英雄豪气。或许，每个人的身体里，都流淌着一种叫壮烈的血；骨子里，都有一种不屈的东西，傲立于天地之间。这是一种血性，与生俱来。

半个月亮爬上米，看到月亮，回想起小时候的一件往事。每年的十月，漫山遍野的荆芍籽熟了，爷爷会领着我一起上山采荆芍籽。等我们采完荆芍籽，却迷路了，直到天黑，也没有找到来时的路。四周一片漆黑，远方也看不到一点点的光，看不到光就意味着，看不到走出去的希望。

我想到山上露着绿眼的狼，碗口粗的蟒蛇，吸血的蝙蝠，各种千奇百怪的野兽……

"我害怕，我们不会真的被狼吃掉吧！"我想哭。

爷爷笑了笑，拍拍我的肩膀："别怕，我在前面探路，你跟着我，我们一会儿就走出去了。"

爷爷说着，在身旁的槲树上做个记号，可是走了半天，我们又转到这棵槲树旁。

我哭起来，爷爷说："别怕，这是咱们紫云李氏自家的山，老祖宗会保佑咱们的，会有办法的。"

爷爷说着话，抬起头，激动地说："小娃，快看！月亮升起来了。"

我顺着爷爷说的方向望去，黑乎乎的，什么也看不到。

爷爷说："我看得真真切切，前面就是月亮。你个子低，看不到。我们对着月亮的方向走，就走出大山了。"

我心头的恐惧瞬间淡化。

爷爷随手把我肩上采的一小袋荆芍籽也扛在自己肩上。

就这样，爷爷在前面走，我在后面跟，黑乎乎的森林里，只听见俩人走路的脚步声。

"月亮走，我也走，我给月亮赶牲口……"一向沉默寡言的爷爷竟唱起了山歌。我也跟着唱了起来。

月亮走，我也走，

我给月亮赶牲口，

一赶赶到马莲口。

马莲口大黑狗，

赶着月亮走牲口，

一藏藏在家里头……

不知道又走了多久，我又累又饿，但走在前面的爷爷像是有使不完的劲儿。我看着爷爷的身影，咬咬牙硬着头皮继续往前走，终于看到了月亮。

在一片树梢间，半轮月光明亮亮地斜照着，月亮正在慢慢升起，顿觉眼前一片豁然……

今天背着画架站在紫云山观景台上，我突然明白，当年爷爷根本没有看到月亮。但是爷爷心里有一轮明月，在这轮明月的指引下，我们向着光明走去。

经年之后，当童年不再，回首轻叩，感谢先祖李敏，感谢爷爷。

这时候头顶已经升起了月亮，明晃晃地照着，我的心也明亮起来。

不论长短、无关荣辱、不管胜败，看淡生死，放下一切，接受上天的安排。

于是，背起画板，拿起笔，跟着月光向山下走，人生过半，我还有很长的一段路要走。

月亮走，我也走，

我给月亮赶牲口……

31

源自三国的小李庄竹马舞

地处中原文化发祥地的襄城县，其村庄的名字大都很古老，但宋李郭村的名字是最年轻的。村子原叫小李庄，其居民多是明朝户部尚书、太子少保、恭靖公李敏的后人。

几百年来此处的竹马舞一直叫小李庄竹马舞，自二十世纪六七十年代，本村才以宋李郭三姓氏组合，成立宋李郭大队后改为宋李郭村竹马舞，但制作、传承、演艺竹马舞的仍以小李庄的村民为主。

（一）小李庄竹马舞的起源

小李庄的竹马舞起源，目前尚无定论，但根据此舞的阵法、内容、形式和紫云李氏族人的口口相传，大致推断出起源于公元一百四十六年左右的东汉时期，发展于公元二百二十年左右的三国时期，距今约有两千年的历史，它是不可多得的三国戏剧舞蹈的活化石。

有的研究者把竹马的起源定在新石器晚期到西汉这一大范围的时间框架内。战国时的《墨子·耕柱》中提到："大国之攻小国，譬犹童子之为马也。童子之为马，足用而劳。"之后这种游戏就广为人知了。甚至早在晋朝就有文献记载。西晋张华在《博物志》中提到："小儿五岁曰鸠车之戏，七岁曰竹马之戏。"

有史料说明，竹马是贵族儿童与小伙伴们童年日常生活的重要组成部分，是美好童年的承载物。

到了唐代，竹马之戏也成为诗歌中常见的意象，如李贺《唐儿歌》云："竹马梢梢摇绿尾，银鸾睒光踏半臂。东家娇娘求对值，浓笑书空作唐字。"白居易在《赠楚州郭使君》中高歌："笑看儿童骑竹马，醉携宾客上仙舟。"

两宋时期，竹马不仅是宋诗中的常客，也成为宋词中的"宠儿"。陆放翁喜欢看村童玩耍，其《观村童戏溪上》云："雨余溪水掠堤平，闲看村童谢晚晴。竹马踉蹡冲淖去，纸鸢跋扈挟风鸣。"

这一时期的竹马成为娱人的民间表演，使用主体仍为儿童，但已经不仅是儿童的游戏，成为节庆盛典上娱人的游戏舞蹈。竹马制作也由抽象简易向具体繁复转化。汉唐时期的竹马仅有一根竹竿，两宋时期的竹马更像一匹马。该阶段的竹马有先用竹篾制作轮廓，再用纸糊成的简易马头。这种马头除了有马耳、马鬃、马眼、马鼻、马嘴之外，还装饰有辔头、缰绳和铃铛，十分形象。除了马头外，两宋时期的竹马也有简单的马身和马腿，儿童跨在竹竿上，手中挥舞着竹枝或树枝做的马鞭，颇似真马。

自二十世纪八十年代以来，随着非物质文化遗产保护运动在我国的广泛开展，竹马（竹马戏、竹马舞、竹马灯、高跷竹马等）被列入四级非物质文化遗产代表性项目名录中，属于"传统舞蹈"门类。

目前，竹马作为传统舞蹈类非物质文化遗产，广泛分布于汉族地区，是元宵社火表演的重要组成部分，往往与旱船等一起表演，是民间喜闻乐见的传统舞蹈表演形式。近年来随着我国非遗保护工作的开展，诸多地方的竹马以"某地＋竹马"的命名方式被列入县、市、省、国家级四级非物质文化遗产代表性项目名录之中。其中，江苏省高淳区竹马（东坝大马灯）、江苏省邳州市竹马（邳州跑竹马）、江苏省溧阳市竹马（蒋塘马灯舞）及浙江省淳安县竹马（淳安竹马）4 项入选国家级非遗代表性项目名录，入选省级非遗的有44项，入选县、市级非遗的则更多。小李庄的竹马舞被认定为襄城县非物质文化遗产。

（二）小李庄竹马舞的道具制作

小李庄竹马舞的道具是一代代传承下来的。在我的记忆里，族爷爷李天意是这方面的行家，是庄里公认的最灵巧的手。在他之前，是他的父母扎竹马。始于简单的纸塑竹马面具，逐渐演变为有马头、马身和马尾的全塑竹马壳，一直保存至今。"竹马"共分三部分，即马头、马前身和马后身。马头可以活动，颈至头为一部分，颈内置一竹竿，表演者用手握住竹竿，将马头上下抖动如真马。马前身长约二公尺，中空，人能在其中站立，两边有带，可挂身上，表演时骑手将马的前身和后身拴在腰间。竹篾上用黑、白、红、黄布或纸特制成罩罩住，马身下部从竹壳边沿四周钉上尺许宽、与上部同色的布，即成黑、白、红、黄色马。马颈部挂着一串铜铃，表演时晃动马头，铜铃咣咣作响。马尾巴是用麻经染成黑色，固定在马后部的。我当时跟着天意爷爷用彩纸糊竹马，撮彩花，也许最初的美术爱好就是在这里萌芽的。

自我记事起，看到的竹马有红、枣红、黑、白四种颜色，分别是刘备、关羽、张飞、赵云的坐骑。黑马张飞的扮演者披黑盔黑甲，四杆护背旗上各绣一对黑虎；白马赵云的扮演者披白盔白甲，四杆护背旗上各绣一对银龙；红马刘备的扮演者披红盔红甲，四杆护背旗上各绣一对蛟龙；枣红马关羽的扮演者披枣红盔枣红甲，四杆护背旗上各绣一对云虎。

我查史料得知护背旗也称靠旗。这种旗子呈三角形，旗上用各种彩线绣着龙虎云月猛禽纹饰，每面旗上附有一条彩色飘带。武将登台时，会做出一个亮相动作，护背旗也随着他的动作摇曳起来，显得威风凛凛，往往会赢得台下一片喝彩声。

武将背负护背旗的数量对应着武将的地位和身份：元帅是八杆，先锋是五杆，偏将、副将是四杆。吕布、关羽等顶级武将的舞台形象也是插八杆护背旗，以凸显其身份，一般武将则只能插四杆护背旗。

但小李庄竹马舞的三国二十四员名将演员均插四杆护背旗，不知是图省事，还是有其他渊源，年代久远，不得而知。旗手和马童全是戏曲舞台上短打武生的装束。

（三）小李庄竹马舞的阵法

小李庄的竹马舞，以其独特的"跑"为特色，从头至尾贯穿着"跑"动的节奏，在跑中见阵，阵法千变，一人不乱，各阵在衔接上环环相扣，阵容棱角分明。前后排列、交叉穿插有条不紊，每匹马之间的距离始终相等。以头马为中心，马与人配合密切，在奔跑中展现出多样化的阵势和情境，它的三大特点主要体现在"跑出姿态、跑出阵形、跑出气势"：一是着重于腿上功夫，在于跑步要踏得稳，马头要晃得活，充分展示出战马奔腾、龙腾虎跃、疾步如风、慢如静水；二是速度与动作造型的多样化，几匹马几个人的跑阵就能呈现出"三五步走遍天下，七八人百万雄兵"的壮阔气势；三是表演者要始终精神抖擞，切忌松懈应付。

竹马舞表现形式主要包括喝马起跑、催马小跑、放马轻跑、纵马快跑、鞭马疾跑、勒马倒跑、吁马停跑等动作。

跑场阵法是由叔叔李建福整理并年年教授庄上的弟子们，他的儿子李二标、李现标都是跑竹马的好手。二旭扮演刘备，福亭扮演张飞，广献扮演关羽，勇敢扮演赵子龙，哥哥李献中扮演过关羽。听奶奶讲，父亲李运兴小时候因为身形矫健、动作麻利经常扮演勒马的黄忠，叔父李福正因为五官周正、皮肤白皙经常扮演赵子龙。

据史料记载，宋代周密著《武林旧事》卷二《舞队》中提到："大小全棚傀儡：查查鬼……男女竹马……其品甚伙，不可悉数。首饰衣装，相矜侈靡，珠翠锦绮，眩耀华丽，如傀儡、杵歌、竹马之类，多至十余队。"可见，玩竹马的人群由原先的多为男童扩展到女童，不仅队伍庞大，且颇有"男女平等"

的感觉。但小李庄的女子是不可以演竹马舞的。我、换妮、爱贞、会菊和会霞等一群女孩子，就趁中午、晚上没人时偷偷地套上竹马跑马阵，一些常见的阵法和唱腔也演得像模像样，如被发现就会挨骂，但还是禁不住竹马舞的诱惑。

竹马舞以"跑图"作为舞蹈文化表征的主要形式。"图"即民间舞蹈专业术语中带有图案形状的队形，称之为"场图"，而"跑"则体现了"图"显现的方式，是从"点"到"线"到"面"再到"体"的一种"流动图像"。这个"流动图像"是带有审美符码、文化图式和情感知觉的一种"文化形象"的图像释义。

这些场图蕴含着传统历史记忆的符码，带着三国时期排兵布阵的影子，也称为"阵图"。据老人们回忆，小李庄竹马舞的动作及其队形变化，在清末民初时，演出者可跑一百单八阵。因年久失传，二十世纪八十年代末就只能跑十三种阵法，即"跑圆场""二龙出水阵""龙门阵""起门阵""迷魂阵""连环阵""埋伏阵""葫芦阵""剪刀阵""麦穗阵""四门阵""五门阵""八卦阵"等。

"跑圆场"，即圆形图式，是竹马舞跑阵中的过渡性图形，出现在开场准备的走场，或场图间更换的走场，再或是表演收尾的走场。"跑圆场"的"图式"情感知觉，蕴含着人类对"方""圆"相对性的情感认知变化，以及对"天—地—人三才"宇宙观的不断深化认知。

"跑圆场"中基础图式"圆"，从视觉表象来看，似乎是一个大"点"，又似乎是一个小"圆"，在古人"天圆地方"的古朴认知观念中，却是一种中国传统文化的"宇宙图式"。古人把这种"宇宙图式"泛化为一种对"福禄"的期盼。"跑圆场"时，在头马刘备扮演者的带领下，其他竹马通过缓慢的舞步跑圆场。姿态轻松自如，如信马由缰，最后老黄忠的扮演者翻筋斗进场，勒住头马，五马并列亮相，马童各随主将之后。

跑"二龙出水"时，竹马分两路同时上场，气势威武雄壮，犹如誓师出征。

跑"剪刀阵"时，由头马带跑，全体从台左上场，按线路跑出阵势，最后四角均有人。因为此阵势像剪子一样，所以叫作"剪子阵"。

跑"四门阵"时，队形穿插，演员要跑到指定位置，不能跑近路，要不会撞着。四队竹马走的队形是穿插着小跑步，先跑圆场，接着头马刘备的扮演者拐弯从关羽的扮演者后边穿插过去，转一圈，然后关羽的扮演者从张飞的扮演者后边穿插过去转一圈，张飞的扮演者又从赵云扮演者的后边穿插过去转一圈，以此类推。我哥哥李献中给我讲此阵法时说，他闭上眼就能把常见的阵法在心里跑一遍。

跑"五门阵"（又称"四门加一登"）时，全体人员从台右后上场，分别在四个角绕出四个圈，然后中间由头马刘备的扮演者和马童加出一个小圈，最后从台右后下场。

"八卦阵"是最常见的阵法，两路同时上场，以对称线路，跑八个门，站八个角，成八卦阵式。

各种阵势的连接不是一成不变的，可以自由选择，穿插连接，节奏也从缓慢渐渐加快。

在舞姿上，小李庄跑竹马艺术主要取决于跑的功夫，"阵法千变，一人不乱"，阵容要棱角分明，前后距离不能有大有小，舞姿要求稳、晃、变、快。稳：舞者上身平稳，不能耸肩，不前倾后仰。马身要稳，马后身忌上下晃动。跑起来目视前方，舞步扎实，平稳大方，潇洒自如，头骑颇具大将风度。晃：舞者站在竹马里，双手捧竹马上下晃动，一步一晃，马童双手执旗，向左右摆动，一步一摆。三者动起来，节奏协调而又统一。变：各种阵法自由转换，根据场地大小，时开时合，阵法衔接自然，不露痕迹。阵法的变化，全看头马领队和挥动小旗的指挥技能。小旗的舞动，也是和乐队联系的手段。有时演出正在兴起时，小旗一挥，大鼓一响，千军万马立刻回归原位。快：舞队拉过阵势就入场，先跑单出马，此时舞步较缓（竹马舞表演人数多、场面大、很少在舞台上演出）。摆成阵势后，小旗一扬，逐渐加快。舞者两腿屈膝，马身低卧，驰骋如飞，气势恢弘。

竹马舞的表演空间场主要分为"踩街"和"摞场"两个"空间场"。"空间场"属于"氛围"媒介形态，与"主体人"和"关联物"一同构成表演媒介的三要素。竹马舞表演"空间场"的"意义规则"延续了"古舞"符码，在历史的演变中不断叠加时代文化精神，赋予了不同于"古舞"的文化意义。可以说，它是在不断的越"域"时空中延续着特定群体的文化情感言说。

（四）小李庄竹马舞的表演内容

全国各地跑竹马所反映的历史故事种类繁多，不尽相同，常见的剧目有《宋太祖千里送京娘》《三打祝家庄》《昭君出塞》《状元游街》《萧太后狩猎》等。

襄城县十里铺镇小李庄的竹马舞表演内容来自三国故事。

三国时期以马背武功取得天下，对"马"的情感因素是非常深厚的。而作为艺术创作的生活来源的"马"，自然成为民众创作素材之源。更重要的一层因素在于，三国桃园三结义、五虎上将、二十四名将等为"马"进入艺术创作之阀，提供了丰厚的情节发展和故事叙说的土壤。"马"元素的运用来自"马舞"形式的植入。

犹记得，跑完阵法后的勒马少年扮演黄忠，一连翻三个筋斗进场，然后劈叉跃起，一个漂亮的勒马动作，顺手就勒住头马的马缰绳，头马立刻顺从地立地站下，其他马立排从不同方位向头马并齐站好，马头一下一下地，就像真马在喘气。这时黄忠的扮演者就开始唱："逮住马来，站河坡，叫声侄子你听着，你的父王我的哥，你不该把你父王的胡子薅下一半多……"

有时诸葛亮的扮演者也勒马，但是大家一般是不喜欢他出场的，因为儒家打扮摇着羽扇的诸葛亮不像黄忠，不会翻着筋头进场。诸葛亮的扮演者合着二胡的节拍，缓缓进场勒住马后唱："为江山我也曾南征北战，为江山我也曾六出祁山。为江山借荆州立下文卷，为江山气死了周瑜少年郎。为江山我也曾草船借箭，为江山把亮的心血劳干……"

勒马的唱完后，头马刘备的扮演者唱："望不见卧龙岗上诸葛亮，望不见我二弟关云长。望不见我三弟翼德将，关兴张苞在哪厢？"

关羽的扮演者道："挂印封金谢曹蛮，遥望千里路途还。赤兔马日夜行千里，单人独骑出五关。英雄胆，定江山，船行就到黄河边。（唱）保定了二皇嫂历尽艰险，为找兄千里迢迢跋山涉水昼行夜宿斩将过关。我弟兄徐州曾失散，身困曹营想桃园。闻得三弟把古城占，挂印封金上雕鞍。人在马上心似箭，盼只盼弟兄相会重振旗鼓庆团圆。"

赵云的扮演者唱："俺主公刘皇叔，当世英雄。斩黄巾抚中原，民皆称颂。倚荆州访名士，决策隆中……"

观众会喊："张三沫，来一段！张三沫，来一段！"张三沫即张飞，至于为什么喊张飞为张三沫，大概是张飞性格粗鲁，在桃园三结义中又排行老三。扮演张飞的一般都挑身材魁梧憨头憨脑的少年扮演，大都不会唱戏，逼得无奈就喊一声："我乃燕人张翼德也，谁敢与我决一死战？"这也是口口相传张飞的一句保留词。大家也不是为听这句词，实际是为了逗逗乐，烘托热闹的气氛。

听李敏第十八世侄孙李官印，也就是我本冢曾祖父讲，小李庄竹马社红火时，有二十四名将，即"一吕二赵三典韦，四关五马六张飞，黄许孙太两夏侯，二张徐庞甘周魏，神枪张绣与文颜，虽勇无奈命太悲。三国二十四名将，打末邓艾与姜维。"

可以想象二十四名将，加上马童、旗手、乐队、高跷队、灯笼队等，那是多大的排场。

表演者扮成三国二十四名将，通常脸着彩妆，身着古戏服，扮成历史人物，腰上挂着用竹篾和纸、布扎制的"马"，手持各种道具，如马鞭、刀枪剑戟或棍棒，根据角色演唱戏唱段，以表情、姿态、唱腔和念白展现剧情和人物性格。表演者按照古战场阵法变化，"骑"在"马"上，舞姿激昂豪放，动作生动逼真，步伐矫健有力，阵型变化严谨，时而缓慢，时而急促，仿佛再现了中原民众的淳朴民风。

弟弟李国献是灯笼队打灯笼的儿童。二十世纪小李庄竹马舞灯笼队的灯笼都是彩纸糊成的，里面点上蜡烛，风一吹蜡烛倒下，就把灯笼燃着了，其他举灯笼的少年就慌张起来，手一滑，引得所有的灯笼都着了火。一时，火光一片，引来社火照事的一阵责骂声。后来，换成马灯，此事才不再发生。

（五）小李庄竹马舞的音乐

李敏第二十世侄孙，即我的大伯父李兴，是竹马舞的乐队指挥，指挥旗一挥，锣鼓喧天，千军万马立刻出动。大哥李中堂经常打锣镲，当时竹马舞的伴奏乐器就在我家屋里存放。小李庄人人都会敲鼓打镲。由此可见，竹马舞在该地的流传是具有一定历史文化传承的。

竹马舞的"踩街"表演空间场和"构成"表演舞队层，主要由灯笼队、旗队、表演队和伴奏队等几部分构成。队前由一对长号和旗队开道，紧跟着大鼓、大镲、小镲、铙、锣等乐队伴奏，在锣鼓敲打声中，表演队排列有序地边行进边舞动。

小李庄的"竹马"音乐跟其他地方不同，大鼓、锣镲和二胡是主要乐器，为跑竹马伴奏的乐器有大鼓、钹、铙、锣、云锣和胡板等。

1988年，我曾看到小李庄竹马舞的原始大鼓曲谱，就是简单的"××○××○×○×○××○……"读出来是："咚咚锵，咚咚锵，咚锵，咚锵，咚咚锵……"锣鼓点的图谱是：○×○｜○×○｜○×○×｜○×○｜□□××｜□×□｜……在这里○读"咣"，×读"嚓"，□读"哐"。读起来是："咣嚓咣，咣嚓咣，咣嚓咣嚓，咣嚓咣，哐哐嚓嚓，哐嚓哐……"

长号只在出发时才吹，一个村庄撂场表演结束，照事的旗子一挥，长号嘟嘟吹起，接着大鼓擂响，竹马舞队员各就各位，有条不紊地进入"踩街"表演形式，奔向下一个村庄。

马跑得快时，音乐速度与力度也增加，反之亦然。司鼓在乐队与表演者之间扮演着联系纽带的角色，相当于现代的音乐指挥。

整体音乐伴奏高亢激昂明快紧凑，在走圆场、阵法和唱戏时，伴奏的主要是二胡。当时的二胡师傅是我的姑父张砖头，他是十里铺镇月庙村的一位民间二胡发烧友，拉二胡一直拉到九十多岁，无病而终。他坐在场边，需要紧跟头马舞步的快慢，掌握演奏的节奏。演奏中要展现出战马奔驰、跳跃、勒马、唤马等各种声音技巧。根据表演套路的起始和结束变换曲牌。开场和结尾的演奏火爆热烈，中间节奏则婉转起伏。

有些地方的竹马舞用唢呐演奏，而小李庄竹马舞的伴奏乐器中没有唢呐，二胡的地位最重要。通过音乐将艺人的情感和舞蹈的激情表达出来，推动跑竹马舞蹈达到高潮，为跑竹马舞蹈的表演增添更多臻美的元素。

（六）庄上其他的民俗节目

在元宵节演出时，高跷拉死驴、小车旱船等热闹的节目都会加入进来。

拉死驴又叫拉犟驴，是后来又加上的走高跷民间表演节目，这个节目需三个人扮演。当时村上的国战扮的是拉驴的婆家接亲者，国领男扮女装演出嫁闺女，广献背个大包袱扮演在后面赶驴送亲的娘家兄弟。驴带串铃，毛驴撒欢、蹦跳等形式既表现毛驴的倔犟调皮，又突出毛驴的可爱。婆家接亲者的插科打诨，出嫁闺女的乐观风趣，赶驴的机智幽默都表现得淋漓尽致、惊险万分。特别是表演毛驴惊了和驴踢人一段，通过拉、骑、推、掀、拍、打、抽等舞蹈动作，以及毛驴的小跑、慢走、卧倒、狂奔、撩蹶等活泼生动的生活细节，特别惊奇的是这些表演都是在高跷上进行的，难度系数很大。拉死驴的锣鼓点欢快流畅，既烘托了气氛，又增强了演出效果。

同时还加入了小车旱船，小朵婶扮相俊俏、唱腔优美，扮演坐花船的新娘，大嫂子翠枝扮演丫鬟。跑旱船时，国占扮演的艄公引船，在前头带路，做出各种各样的划船动作，而小朵婶在花船内快速碎步走，这样能使船身保持平稳状态前进，犹如在水面上漂动的船那样，颇为形象地塑造出水面行船的情景。

舞蹈动作有：解绳、翻篙、推篙、滚身、搓步、十字步单手摇、双手摇、逆水划、顺水划、十字步等。舞艺出彩者舞蹈动作配合默契，舞姿流畅曼妙，丫鬟姿态灵活，或夸张滑稽。整个表演，从解缆开始，历经几次险情，表演动作丰富多变，起承转合紧凑自然，仿若置身波涛汹涌的大江大河之中。

（七）小李庄竹马舞的传承

我认真研究了紫云李氏族谱，又详细询问了母亲、哥哥等族人。发现历经两千多年的小李庄竹马舞得以一代代地传承和发展，是紫云李氏家族倾全族之力所为。

其中有一个人起到了非常重要的作用，即明朝的户部尚书李敏。元代末期，李世祖字仲和，即李敏的曾祖父，自山东冠县李氏望族一人来到襄城为吏，在县城北小李庄（当时的庄名不知，也许没有村庄，只是一片荒地）定居，娶妻生克政、克义二子，克政生李昂、李福、李谨三子，克义生一子永昌，在我家族谱中自永昌下无记载，只记载福祖、昂祖的后代子孙。李昂生七子，李福生四子，此为紫云李氏家族十一门，一门寿、二门海、三门敏、四门启……李敏排行第三，弟李傲在县城经营杂货铺，生意兴隆，后子孙居住在杂货铺，逐渐在西街安家落户。在知识青年大下乡的年代，西街的紫云李氏根青、根有、根发和他爷爷、父母等一大家子就下放到原籍小李庄，说明小李庄是紫云李氏的根。大部分后代随李敏在紫云书院读书，为了管理书院及种地供养，后在紫云书院下逐渐形成李庄村。李敏叔叔李谨成年后返回山东冠县守祖茔。成化初年，李敏任山东道监察御史，曾多次拜谒山东冠邑李家先茔，并建享堂三间，购五十亩为墓田，额以"李氏祖茔"。因叔父李谨一脉回山东老家守祖茔，

146

山东河南两地兄弟子侄之间往来频繁，李谨子孙也送回紫云书院读书。

查阅资料就会发现，小李庄竹马舞和山东省冠县桑阿镇大花园头村"活头竹马名天下"的活头竹马舞一脉相承，颇有渊源。不知是李谨把竹马舞带到山东冠县，还是他的子孙把竹马舞带到小李庄，抑或者把两地竹马舞同化了，无从考据。

小李庄的竹马舞就这样在历史的长河中，在紫云李氏家族的代代相传中演绎下去。

紫云李氏家族（因紫云书院，后人称我的家族为紫云李氏），人丁兴旺。据家谱记载，李敏侄重孙李继业，六世侄孙李来章等。七世侄孙从字辈有：从尧、从舜、从禹、从汤等。八世侄孙梦字辈有：梦麟、梦燕、梦吕、梦墨、梦嵩、梦岳、梦星、梦学、梦德、梦材、梦继、梦竹、梦连等。九世侄孙宗字辈有：耀宗、辉宗、才宗、武宗、文宗、名宗、越宗等。

在嘉庆二年统计时，仅十世侄孙科字辈已达三百零八人：荣科、捷科、会科、玉科、加科、君科、恩科、明科、超科、兴科、重科、发科等。

大家可以想象，在明朝至今几百年的历代春节，紫云李氏子孙无论在家耕田、在书院读书，或是在外经商糊口，春节时又齐归小李庄，杀猪宰羊，放鞭鸣炮，敲锣打鼓，身体强壮的小辈们扮演三国二十四名将，祈福迎祥，过罢正月十六，又各回天南海北，那将是怎样的盛况！

小时候，听曾祖父李明义讲，解放前去城里表演，主家会送一斗粮食、一篮窝窝头、一盒果子等。后来，因为历史原因，竹马舞停了，直到二十世纪八十年代初，在叔父李福正的鼓励和资金的支持下，庄里才又买响器置道具，重新把竹马舞跑起来，年年元宵节去各村里演出、到县里参加比赛，并年年得一等奖，有奖金和锦旗，又把竹马舞活起来。

据悉，李敏第二十一世侄孙李献中、第二十二世侄孙李文正、李学等，正在筹划竹马舞，想把小李庄竹马舞恢复到三国二十四名将的鼎盛时期——这个过程是曲折和艰难的。我们期待彰显三国文化的独特的竹马舞重焕光彩。

"闻听三国事，每欲到许昌。"许昌这座城市，见证了中国历史的三国时代，也给这片土地留下了"忠、义、包容敬贤、以人为本"的好种子，一代又一代有雄心抱负的许昌人，一代又一代地演绎着三国故事，就像小李庄的三国文化竹马舞。

　　小李庄竹马舞是紫云李氏家族的文化传承，表现出的"吉祥"之景不仅是农耕社会民众对幸福美满的期盼之景，也是当下社会民众对人生在世的期盼之象。吉祥文化在中华传统文化中的层次虽然不高，但非常普及，面广量大，成为一种全民性的文化，它成为人际之间的祝福、祈愿和希望。

02

日光倾城

01

日光倾城

红了樱桃，绿了芭蕉，日光倾城，岁月刚刚好。

——题记

特殊学校放暑假了，院子里真安静，没有学生活泼爱动的身影，只剩下教研室和装备站的工作人员。

这个院内似乎少了什么，多了什么。

少了吵闹，多了安宁。我是爱极了这样的安宁。站在院内，看到石榴树、桃树上有几只不知名的鸟停在上面，时不时地跳跃嬉戏，显得那么轻盈灵动。

蝉儿了了，似乎不满夏日的烦躁；绿肥红瘦，诉说着另一番天地的盎然。

日光似被撞碎了的装满水的玻璃瓶，一倾而下，洒满了整个大地，一切悄无声息，独留一个金色的院子。

在这样的日光下，一切都显得刚好。这一年来所经历的欢喜悲戚都被冲淡，冲淡，渐渐变得模糊并久远。这样温和的光阴，适合观赏一些生命里温暖的过往。翻动纸张，淡墨生香。

眼前尽是一片白色的花海，而日光下的栀子花开得正灿，偶有暖风吹过，托着零落的花瓣，上下翻飞。素白萦绕在脑海里，附着迷人的清香，沁人心脾，一瞬间便恍惚如隔年。

中午过后，浅暖的日光铺满校园，红色的教学楼似涂上了一层金色的光晕。这好似一个梦，一个安静的梦，一个没有夏日喧嚣的梦。我把脚步放得很轻很轻，生怕打碎了这个华丽的梦。校园幽静，两旁的花草显然比中午表现得更有精神。

　　夕阳西下，岁月似乎安静得刚好。知了已没有正午的吵闹，橘黄的晚霞染红了半边天，夏日繁华的恋曲亦悄然停息。景在一片斜阳里，人在一片斜阳外，余晖满城静静守望着。

　　起风了，我回到办公室趴在窗台上。看着河堤上来来往往的行人，抑或是一身素白的某个女子，抑或是一位活泼可爱的孩童。我就这样静静地趴着，似乎在等一场能减少烦躁的雨，也或许是等一个未完的约定。

　　当脸颊还残留着栀子花的余香，当落日的温度又恰到好处时，淡暖色又涂满了整个世界，日光又是倾城。

　　愿在以后的某个岁月里，我还能记得这个夏天。日光倾城，岁月刚刚好。

02

做一名幸福的文人

这个世界上，有一种人，他们与众不同，以至于你可以从锦衣华服、浓妆艳抹、花枝招展、争奇斗艳的各色美丽中一眼认出他们。他们是文人。

"气质美如兰，才华馥比仙。"文化的沉淀使貌不惊人的他们散发出了浓浓的超凡脱俗的书卷气。

男人若有诗书藏于心，便消除了各种粗俗之气，自信从容、不卑不亢；女人若有诗书藏于心，便增加了静雅之气，清澈灵秀、落落大方。

作家亦舒说过："真正有气质的淑女，从不炫耀她所拥有的一切，她不告诉人她读过什么书？去过什么地方？有多少件衣服？买过什么珠宝？因为她没有自卑感。"她骄傲地活着。

我认同唐诗中所说的一种生活态度："寂寂寥寥扬子居，年年岁岁一床书。独有南山桂花发，飞来飞去袭人裾。"我是一名普通的文学爱好者，荣幸地被朋友们冠以"文人"的雅称。我为此感到自豪，也因此感到幸福。

我最为敬仰的先贤有屈原、陶渊明、李白、杜甫、苏轼和辛弃疾等一众文人。我认为他们提供了文人诗意人生的六种范式，为我们构建了永远的精神家园。

屈子是文人中绝无仅有的烈士。"亦余心之所善兮，虽九死其犹未悔。"屈原就是这样一个烈士，不畏强暴。"青云衣兮白霓裳，举长矢兮射天狼。"屈原就是这样一个勇士，斗志昂扬。泱泱诗海平平仄仄的源头是离骚，屈原的每一首诗都是一粒饱满的种子，播进土壤就会长出一棵大树、一茎绿荷、一株灵芝、一朵兰花，带着他襟袖间两千年前遥远的芬芳。

陶渊明是文人中最著名的隐士。他证明了朴素乃至贫困的日常生活可以具有浓郁的诗意。品读陶渊明，让我读到了高洁的精神。正是这不平凡的高洁，让你如翩然出水的清荷，出淤泥而不染；亦如墙角的数枝梅，凌寒独自开，留得清气满乾坤。

李白是文人中独来独往的浪漫豪士。他用行为与诗歌鼓舞我们在人生境界上追求崇高而拒绝庸俗，在思想上追求自由解放而拒绝作茧自缚。

杜甫是文人中最典型的大儒。他是儒家"人皆可以为尧舜"这个命题的真正践行者，是我们提升人格境界的精神导师。让我明白，高洁不是冷淡，不是逃避，真正高洁的精神要敢于承担自己内心中的责任，情系国家，心怀百姓。

苏轼是文人中最为名副其实的居士。他以宽广的胸怀和审美情趣去拥抱生活，还以坚韧旷达的人生态度引导我们在风雨人生中实现诗意生存。

辛弃疾是文人中少见的英武大侠。他挥剑可击敌寇，提笔能写诗词。他用英风豪气鼓舞我们追求刚健而杜绝萎靡。

这几位文人，遭遇和行迹各不相同，但他们都以高远的人生追求超越了所处的实际处境，他们的诗歌都蕴含着风韵的精神力量。孔子说："诗可以兴。"

静静地品读屈原、陶渊明、李白、杜甫、苏轼和辛弃疾的作品，一定能使我们从浑浑噩噩的昏沉心境中幡然醒悟，一定会使我们从紫陌红尘的庸俗环境中猛然挣脱，从而朝着诗意生存的方向大步迈进。而诗意生存正是人生的最高境界，是真正的幸福人生。

作为文人，可以在此类阅读中独占先机。我们向别人传播人生观，分享幸福感，就会在讲解、切磋的过程中增进自己的理解，从而实现双赢。

作为文人，你读天，天给予你高远；你读地，地给予你厚重。书为我们构筑了一个丰饶的精神世界，它就像生命中的一缕光，让我们不至于在黑暗中迷茫。一个女人的花容月貌，会被岁月带走，绚烂的青春，也会随着时间流逝。一生都不褪色的，唯有那永不凋谢的芬芳气质。

欣赏一个人，始于颜值，陷于才华。而真正文人，挥剑可击敌寇，提笔能写诗词。书中自有天地，文章能通乾坤。时光流逝，岁月不言，生命一天天在书香的濡染中，会变得愈加醇厚耐品，一种灵魂的香味，自然就会生发出来，飘逸四散。

所以在当今社会中，真正感受到幸福的人舍我其谁？

岁月深处的温暖记忆

　　1991年的秋，暑气尚未全然消散，我还沉浸在上学的时光里。那时的我，恰是十六岁的青葱年纪，犹如一朵含苞待放的花，怀揣着懵懂与纯真。病重的母亲让我去一趟登封市大冶镇找父亲生前的战友王浩志伯父。这个地方于我而言，是一个遥远而又充满未知的地方。

　　从襄城县小李庄出发，我辗转来到郑州，而后又踏上前往登封市的路途。当我抵达县城的时候，天色已被暮色悄然浸染，宛如一块深蓝的绸缎逐渐被墨色晕染开来。

　　浩志伯父在大冶镇的电厂工作。电厂离县城有三十多公里的距离，仿若一条无形的纽带，将我与那未知的地方连接起来。同坐一辆车的是两位中年妇女，她们的面容上带着岁月的痕迹，却也透着质朴的善意。其中一位妇女轻声说道："我们一起找辆三轮车去大冶镇吧。正好我们也回那儿，我家就在电厂后面呢。"话语里满是归家的急切。

　　恰在此时，一辆绿色敞篷的三轮车缓缓驶来。车夫是一位憨厚的师傅。当我们问及价格时，他说每人三块钱。天色已晚，夜晚的行程似乎带着几分冒险的意味，车夫师傅大概觉得钱少了有些为难，摇了摇头表示不拉。我们有些焦急，在这个陌生的县城，夜晚的来临让不安在心中悄悄蔓延。然而，经过一番商量，车夫师傅还是动了恻隐之心，每人掏两块车钱，答应了我们的请求。

我们坐上了被俗称为"绿蚂蚱"的三轮车，夜晚九点多的时候，三轮车缓缓启动，向着大冶镇的方向驶去。

路崎岖不平，三轮车在上面颠簸着前行，就像一艘在波涛汹涌的大海上航行的小船。每一次颠簸，我都感觉自己仿佛要被甩到路两边的沟里。我的心提到了嗓子眼儿，双手死死地拉住三轮车的车身，指节都因为用力而泛白僵硬。

三十多公里的山路，在黑暗中显得格外漫长，仿佛是一条没有尽头的时光隧道。

终于，深夜十二点左右，三轮车在登封电厂的门口停了下来。

当时没有手机这样便捷的通信工具，我只能走向大门处的师傅，声音带着一丝疲惫与期待："师傅，我从平顶山老家来，找伯父王浩志，他在电厂焊接班工作。"师傅看了我一眼，眼神里有一丝疑惑，却还是热心地帮忙寻找。经过了漫长的寻找，伯父急匆匆地赶来了。他一看到我，眼里满是惊喜与疼惜，大声喊道："你这孩子，怎么一个人跑到这里来了。你妈妈呢？"

我眼眶泛红，向伯父哭诉着家里糟糕的情况："伯，我妈晚上站在凳子上逮鸡，凳子突然倒了，妈妈摔着腿，扳坏了腰，不能走路了。别人说巩义有神奇的药膏，贴贴就好。我妈就让我来找您，想让您带我去巩义买膏药。"

伯父听着，眼眶里泛起了泪花。他一边抹着眼泪，一边招呼着其他人："这是我战友的孩子，大老远跑来不容易，快给她做饭，再安排个住处。"

那一夜，我在疲惫中沉沉睡去，仿佛被温暖的潮水包围。

等第二天我一觉睡到自然醒的时候，阳光透过窗户洒在脸上，暖暖的。我发现伯父已经把膏药买回来了，他静静地坐在床前，就像一个默默守护的天使，无声地为我解决了难题。

伯父带我到大冶镇附近转转。当走到昨天来时的路时，伯父告诉我，这正是登封著名的十八盘，一段曲折凶险的山路。伯父的脸上带着些许后怕的神情，他说："孩子啊，你可知你遇见好人了，我真是后怕啊。如果昨晚那两个妇女有一点儿歹心，把你卖到大山里，你这一辈子就毁了啊；或者昨晚上三轮车要是翻到山沟里，你这条小命可就没了。想想就觉得可怕。"

第三天，仿佛是命运的安排，电厂有一辆车要去平顶山，正好顺路。伯父对司机千叮咛万嘱咐，那关切的神情就像对待自己最珍贵的宝贝："一定要把这孩子送到家门口啊。"上午十点左右，电厂的车把我放在我家路口。我怀着满心的欢喜，脚步轻快地步行到家了。

母亲贴上膏药后，病痛就像被阳光驱散的乌云，减轻了许多。

后来，伯父买到膏药后又回来了两趟。在他的帮助和神奇膏药的作用下，经过半年多的治疗，母亲恢复如初。

时光匆匆，这件事已经过去了三十四年。每当回忆起这段经历，就如同昨日刚刚发生一般。那些画面在脑海中清晰如昨，伯父的关爱、陌生人的善意、母亲的康复，都成了岁月深处最温暖的记忆，如同夜空中闪烁的繁星，永远照亮着我心中那片柔软的角落。

04

光华之下

"像城头飘来的歌，像枝头栖息的鸟儿，我们迟早都会消失，唯有善与爱才能永恒。"余秋雨说。

毕淑敏说："优等的心，不必华丽，但必须坚固。"

我们需要的便是那华丽之下的朴实，勤勤恳恳地填充内心，做一位有涵养、有雅量的人。做一位温润如玉的女子，举手投足间的光芒如萤如豆，汇集起来也是万丈光芒，令人心旷神怡。就如那在古老庄严的巴黎圣母院的钟声中跳跃的卡西莫多，纵然外表如魔鬼般恐怖，远不如外表如太阳神般俊美的弗比斯，但他心中的善与美却让人禁不住为其驻足叹息。即使没有名声，即使有凶恶的外表，即使受到千千万万人的诅咒和谩骂，他依然美得令人心碎，他的内心依然丰富而高贵。

步入繁忙的现代社会，人们对外表美趋之若鹜，烦躁不安的灵魂时时刻刻追求所谓的面子，却失去了对知识的汲取、对内涵的养成、对真理的追求、对本质不断探求的赤子之心，殊不知华而不实的外表远不如丰盈富足的内心。

这不由得让我想起一个故事。有一次盖达尔旅行时，有一个小学生认出了他，抢着替他提皮箱，见皮箱十分破旧，便说："先生是大名鼎鼎的盖达尔，为什么用的皮箱却这么随便呢？太不协调了。"

"不协调吗？如果皮箱是大名鼎鼎的，而我却是随随便便，那岂不是更糟？"盖达尔笑着说。听了这话，小学生看着盖达尔笑了。

滚滚红尘，无尽诱惑，世界之大，无奇不有，然而在这妖娆绚丽的光华之下，却多是金玉其外，败絮其中。

一个视书如命的女子，即使身处珠光宝气的世界也不会沦落；一个愚蠢无知的国王，即使穿着最华丽的袍子，也不会受到人们的敬重和歌颂；一个满腹诗书、才高八斗、大名鼎鼎的伟人，即使拿的是破皮箱也不会使自己的才华蒙上灰尘。

我们在这万丈红尘之中，应该追求真实的光华。别让无知的浮云遮蔽双眼，在光华之下寻找真实的人生，探索真实的世界，保持上天赋予我们的一份纯真以及一颗永不褪色的赤子之心。

光华之下，美丽如斯。

05

她如烟花般美丽

华灯初上，白雪辉映；长街迢迢，烟花炀炀。

无数烟花直指天空，粲然绽放。时而金菊怒放、牡丹盛开，时而彩蝶翩跹、巨龙腾飞，时而火树烂漫、虹彩狂舞。瞬息万变的烟花，曼妙地展开她一张张浅黄、银白、翠绿、淡紫、青蓝、粉红的笑脸，花瓣如雨，美不胜收。

曾以为烟花是刹那芳华，不过徒惹哀伤。记得一句词是"长街长，烟花繁，你挑灯回看，谁将烟焚散，散了纵横的牵绊"。看那满天的绚烂色彩，温暖，即逝。一生若能像烟花一样，直上广袤的苍穹，倾尽生命绽放，便可了无遗憾。

沉思中，我突然想起了我县唯一的纯文学期刊——《紫云山》，她不正像这烟花一般美丽！这几年我县文坛新人辈出，激情飞扬地创作出了大量的文学作品，获得了一系列奖项。《紫云山》杂志也以崭新的面貌出现在全国文学杂志界的面前。她像漫天飞扬的烟花，璀璨而迷离。

《小说天地》中的作品以清新质朴的乡土气息、舒缓婉转的抒情笔调、隽永含蓄的韵味，反映了襄城的群众生活、风土人情和时代风云。渗透着浓厚的民族化色彩，加上朴素的文字、细节的提炼、人物心态的刻画和时代气氛的渲染，引起了广大读者的注目。她显出了大气、从容和沉静——现代的文学之魂得以醋畅地呈现，丰赡的艺术境界得以显现。襄城小说如绽开的烟花，盛开了又迅速不见的美，会令人的想象力迅猛生长，有夺人心魄的美丽。

《散苑撷英》栏目是寻梦者与梦的互动，是人与自然知遇后的顿悟与情绪放纵。舞蹈的火焰和燃烧的爱，带着深红色的灼热，让作家完成了一次生命的再造和内心世界的重构。《散苑撷英》中的散文看上去就像是一束飞溅的烟花，那不是简单的乡村物语，而是一个人的记忆在时光暗河边溅起的浪花。

《汝河诗韵》栏目，仿佛与汝河沿岸的油菜花签订了某种契约，并从这些司空见惯的大地表情中，找回了自己或忧伤或唯美的话语专利，迈着浅浅的步调在襄城漫步抒怀。它，是唐朝的一株柳，摇荡在古风河畔；它，是宋时的一阕词，斜倚于雕栏玉砌中；它，是元时的一首曲，回响在天山草原间。我们期待着《汝河诗韵》如烟花般绽开，落下。一瞬间的美丽，一瞬间的光彩。那一刻，整个世界都属于它，整个世界随着它的绽放而光芒万丈。

我喜欢《校园清风》里那些闪耀着青春与梦想的诗句，美好如朝霞。我等待着这些学生文学的披风，仿佛天上炫彩的烟花，拂过汝河畔那些泛青的杨柳。

《艺苑奇葩》挥毫泼墨书满腔豪情壮志，起舞弄影摄身边百态生活。镜头旋转时，每一个倩影都入心灵之窗；墨韵流淌处，每一处留白都含婉转诗情。他们书人生之感，绘生活之美，展未来之盛，使襄城艺术的定格自然、和谐、唯美。

如烟花般美丽的《紫云山》，尽管它尚未登临高雅的殿堂，尚不为更多先入为主的目光所认同，但是，我们相信这个春天。因为在任何情况下，春天都不会漠视一棵小草的新绿。

春天是流动的、传播的、蔓延的。襄城文学的传承后继有人，这些后续力量都潜藏着光明和纯洁的种子。如同在春天的怀抱里，每一棵小树都有生长的资格，每一朵小花都有怒放的权利，每一只小鸟都有歌唱的自由。正因如此，大地才显示出旺盛的生命力，春天才让人拥有无限希望与信心。

绘一幅丹青，品一缕香茗。在夜深人静时，捧读《紫云山》，春天已与您携手出发，向着我们生命中更美丽的风景前行，一如这漫天的烟花。

06

生命的反思所

绝大多数人都没有进过看守所，但是人的好奇心总是有的。看守所和监狱，究竟是什么样的？是不是每天坐在牢房里，等着看守民警一天三顿地把饭送上，然后无趣地聊天、审问、忏悔、度日如年。或者像电影《江姐》中渣滓洞一样阴森，或者像传说中的集中营一样可怕……这个长期以来神秘而威严的场所，到底是什么样的？它的管理者究竟是什么样的人群？难道这个群体与其他警种的警察有很大不同吗？难道这里的警察面孔很严肃呆板，甚至狰狞可怕吗？

我曾经那么地遐想，在走进看守所之前。

七月流火，在这个炎热的夏天，我随文联、作协、摄影家协会等社会各界人士一起来到了襄城县看守所，进到号房里，直接近距离观察管教民警并进行访谈。

经过严格的层层检查，把手机和背包放在大门口，然后我们步入看守所的大门，环顾四周，密密麻麻的是高压电网，戒备森严。

走进大门后，第一个进入的就是医务室。犯罪嫌疑人在入所时都会接受体检，入所后也有医生随时待命，处理紧急情况，严防意外的发生。除了对在押人员身体健康的照顾外，心理上的疏导也十分重要。在押人员往往在刚进入看守所后情绪波动大，拒绝进入监室，拒绝吃饭，抗拒提讯。这就需要警察一方面晓之以理，为他指明上诉的途径，维护他的合法权益；另一方面，动之以情，只要有空就陪在押人员谈心。在警察的管教下，很多在押人员平静了心态，顺利度过了看押的波动期。

韩所长拿了一些制作冰糕的小棍说："在押人员需要工作，其中一项是拣小棍，把不合格的小棍拣出来。这个工作一点儿也不累。"

在二楼的监控室，有两名警察正在看监控。站在监控前，看守所的角角落落、一草一木都看得清清楚楚。监管警察说："我们每天的工作很单调，上、下午领犯罪嫌疑人室外活动一小时，到吃饭的时候去送饭，再就是给他们开开教育讲座，和他们谈谈心。剩下的时间就是一直盯着监控录像了，生怕一个不留神出点儿什么岔子。"俗话说看守所里无小事，任何细小的问题如果处置不当都会造成重大的工作事故。所以从事看守工作的民警几乎每天都像在火药桶上一样，如坐针毡，如履薄冰，不辱使命地工作着。

走在二楼长长的走廊上，看到在押犯人规规矩矩地坐在号铺上看普法教育的视频。在他们当中，最小的才十几岁，花一样的年华身处此地，我不禁感慨万分。狭小的四面墙和广阔的大千世界是不能相比的，这是一个"不能惹也不能躲的世界"，一切都变得极度的现实，并且成功和失败有天壤之别。

韩所长一步步地走在用铁条焊成的天井上面，看他走得那么熟练、轻巧，我忍不住上去试试。小心踏上去，立刻感到害怕，硌脚，赶紧就下来了。于是我就想，选择或者被选择了监管警察这份职业的人实在是艰难得很。我在境界上是无法与他们比较的，因为我注重生命本身存在的意义，画自己想画的画，写自己想写的文章，办自己想办的事情。一个人，如果几年、几十年甚至一辈子，都与即将执行死刑的人，或者即将被判刑的人待在一起，都与这两种极端情绪的人相伴；每天每时每刻，都与形形色色的人打交道，杀人放火的、偷盗抢劫的、贪污受贿的、装神弄鬼的；甚至每分每秒，都与各种非正常心态的人较劲儿，想想都叫人后怕。

想到这里，我就特佩服看守所的警察。一个人，如果不是喜欢这份职业，如果不认为它有社会意义，如果不是别无选择，如果没有亲人或朋友的支持等因素，又怎能在这种呕心耗神的地方坚持下来呢？

所以，能坚持在看守所工作的人本身就体现出一种能力，一种超常的耐受力，一种选择上的勇敢。为了国家的安宁，为了社会的和谐，为了法律的神圣，为了正义的伸张，他（她）们一次又一次地舍自我为事业、舍小家为大家。"几度风雨几度春秋，风霜雪雨搏激流，历尽苦难痴心不改，少年壮志不言愁，金色盾牌热血铸就！"这无疑就是中国式的警察，无疑就是看守警察的心声与写照啊！

我一边感慨着一边穿过长长的走廊，来到后院。抬起头看看天，阳光正好，我生平第一次感受到，阳光原来是有味道、有知觉的。见院子里还有看守警察养的猪、种的青菜等。不知是谁还种了两棵凤仙花，此刻正是凤仙花开花的季节，红红的花正在绽放，远远望去就好像有许多漂亮的蝴蝶停留在枝头。我想：一个或是一群本来不坏的人，在看守所中如何忍受灵魂的煎熬、思想的斗争，在是不是应该变坏这个不算问题的问题上辗转反侧时，突然就看到了窗外的青青碧草和红火的凤仙花，于是就重新思索生命的价值和活着的意义。

因心造境，画画不辍

——画家黄克民、黄挺意先生素描

余天生沉静之性、无暇之情。喜阅诗词画赋，乐丹青，好古董文玩。和二三画友舞文弄墨，殊为可乐也。

在一个草长莺飞的季节，我与画家黄克民、黄挺意先生认识，至今有二十个年头了。

两位先生话语不多，不善辞令，人很厚道，是地道的农民。两位黄先生现为河南省美协会员，河南省工笔花鸟画协会会员，襄城县美术家协会理事。

因为年龄差距和我对两位黄先生画风和人品的敬仰，就一直尊称他们为老师。

书画者，寂寞之道也。甘于寂寞，不逐浮名物欲，孜孜寄情于书画之间，或可有成。

两位黄老师自幼酷爱书画艺术，几十年笔耕探寻，几十载砚边沉思修炼，几十年不断求索，几十年创作实践。他们的作品师承传统，中得心源，画风师古而不拘泥。两位老师画艺娴熟，作品刚柔并济，严谨精细又富于神韵。经三十多年的创作实践，近年来作品愈显厚重深远。他们运用绘画语言的同时，把画技推向一个较为完善的境地。这是画家才情和智慧的融合，是他们画风独特的成功之处。

我一直沉迷于紫云山的阳光和色彩。阳光这自然的源头和被我如此崇尚的色彩，我一直想着其中的奥妙和关联，及其彰显的生命过程和动人心魄的音韵。我知道：色彩丹青见，阳光精神引，变而能通神。

我想，如果一个画家的心地和天空一直荫翳不开，见山见水，虚与遮掩，如布残墨，世态朦胧而不识晨昏，将如何体悟人生的舒放状态和色彩呢？其实这关乎一个画家心灵的方向和深度。

而黄克民老师让我看见了梅花与阳光。

黄克民老师主画写意梅花，也画牡丹和其他的花鸟。先生精纯的笔墨技艺，画面整体取势独立连贯，极富表现 S 字之意态，章法布局平稳，一气呵成。画家笔下的梅花，用色浓淡相宜，厚重不落俗套，层次交错清楚，疏密搭配合理，枝干用枯墨行笔苍老有力，笔墨娴熟老练，虚静中求淡雅，营造了一个悠然恬淡、神韵飘逸的画中境界。

黄挺意老师笔下用书法功力画写意竹子、菊花、兰花的淡然，把意境融到笔下，彰显出他扎实的绘画技法，形成了色墨交融的水墨意趣，蕴含着匠心独具和深厚功底。枝干栖小鸟栩栩如生，使画面更有韵味，增添了画面的动感和神韵，造诣幽邃而又予人美感。

近几年，黄挺意老师又新创画法，仔细观看他的画，让人儿乎陷入了一种幻境：芦苇的呼吸、小鸟的足迹、阳光的流动和穿过生命旷野的风雨……这些构成了心灵世界的光芒和色彩，在昭示着生命的哲理和速度，在传递着生长中的快乐和隐秘。那大片活跃的光经过大自然中的一草一木一花一叶传递过来，那种快乐和流动让我心跳，那种灿烂和活力让我看到了在大地上不断扩大的生命影像。

两位黄老师居住在紫云山下，条件艰苦。黄克民老师是一位退休老教师，黄挺意老师祖辈是农民，早年以磨豆腐、生豆芽为生。后来听说卖豆芽生意不好，就关了生意，只在黄土地上带月荷锄，养活一家老小。虽然都身居农村，但在两位黄老师的绘画中，却没有农民画的痕迹，体现的是文人画的格调，彰显了他们对中国传统写意花鸟画内涵的真正理解和认识，潜含着"不可见"

而可感的"美",画家用多种彩色、水墨语言的"修辞"方式,在笔墨表达上,对于笔、墨、色、点、线关系的综合经营,则笔墨齐显,互为生发。

黄挺意老师笔下的竹子、芭蕉、小鸟更为一绝,用书法的线和侧锋,画出了竹子君子之风,墨色浓淡相宜。层次交错合理融到笔下,融到他的画中,形成了色墨交融的意趣,虚静中求淡雅,虚静中求实,营造了一个悠然恬淡、神韵飘逸的画面。这种成熟与分量,是画家精纯的笔墨技艺的沉淀。

我曾经注意和品鉴过一些中国的写意花鸟画,我也曾思考过现在那些比较时髦的创作现象,那些既无传统又抛弃了自然法则的写意派画家,真的让人在拥有几千年国粹传承的中国画面前一头雾水,过于想出新猎奇和追逐功利的想法,让现在的画坛痛心疾首。有些人心浮气躁、满面张狂,不读史书,不练文笔。那么,能在阳光中安安静静地坐下来,类似两位黄老师者,又是多么可贵的文化力量啊!

"平淡真实,与人为善,因心造境,画画不辍。"这正是两位黄老师的人品、画品的真实写照,是他们追求的理想境界。

08

雨中访画家

甲午春日，雨水绵绵，闲坐书斋，听雨声淅沥，吟起南朝丘迟的名句："暮春三月，江南草长，杂花生树，群莺乱飞……"爱煞这意境。从儿时起，我便对大自然的山山水水、花花草草生出无限敬意。无论参天大树，抑或卑微小草，都是生命的传奇。

想起画家孙喜明先生，此时是否在画山、画水、画花、画草……于是撑一把小伞，在这个雨天叩响了先生墨缘斋的大门。

孙喜明先生正聚精会神地伏案挥毫，画面上映现的山水画，或沉雄、或婉约、或粗犷、或细腻，色块和线条在无声地流淌，向人们叙说山川的故事。

孙喜明先生的山水画胎息于宋元，以历代大家为用，其艺与日臻善。我们衡量一件山水画作品的好坏，或欣赏一件山水画作品，首先不在于它像或不像，而在于山水画作品的主题，或者说山水画作品中所辐射出的某种观念、某种思想、某种情绪。孙喜明先生的山水画，非大山非大石，主要表现对家乡山水的一种眷念。一山碎石，一片山河，无不蕴含其浓浓的情思。他将自己的人生信念和审美追求一并融入他的彩墨世界，于空谷幽泉中令观者感受到那份久违的清新和远离尘嚣的宁静。冥冥之中，仿佛天籁。

孙喜明先生的人物画，画面中人物造型洗练，用笔精到，恰到好处，增一笔嫌多，少一笔不足。有的地方密不透风，有的地方疏可走马，有的地方促急浓烈，有的地方简约古淡，其浓墨处五色丰润不呆滞，其淡墨处神采飞扬有精神。

欣赏孙喜明先生的花鸟画，需要丝丝缕缕地品，有时可以咂咂有声，有时也可以像品茗那样。渐渐地，你会觉得，浓浓的生活味道就轻轻浅浅地盈溢着泛出来，牡丹、荷花、梅兰竹菊等一一展现眼前，让你的思绪悠幽而留恋地在这些景物上飘忽着、萦绕着，微醺、浅醉，犹如渐次进入王维或李清照诗词那样的境界。

认识孙喜明先生这么多年，不知先生创作这么多的油画作品。先生的油画以鲜花、蓝天、云朵、飞鸟、奔马、人物等为意象，组合成旋律荡漾、音符流淌、宁静典雅的图像。在平面的画布上营造近于浮雕般的二维半空间，用以建立一种新的艺术文本。空灵、幽远、简洁、典雅，色彩以相对独立的自由性表达着独特的内心感受，大面积的色块构成与点、线的穿插中流动着一种深沉宁静的美感。

孙先生是一位寄情于画作的画家。对他的画作不是看，而是要用心读。读他的画，仿佛在读他走过的路、读过的书、遇过的人。他的画寄托了他全部的思想性情和情感归宿。其间，倾听山鸣花语，犹如在探寻生命的本质。此刻，吾用墨彩抒写缤纷，畅想春的诗意。

告别孙先生，走出墨缘斋，已是满天星辰。远处爆竹声声，烟花阵阵。在新的一年，祝愿孙先生又将画山画水画出一番新天地！

09

浮华褪尽，人比烟花寂寞

——闲思张爱玲

总是想用自己的心灵去感受一下民国传奇女子张爱玲，可是，我们之间隔着山、隔着水、隔着岁月。

她是青花瓷上的浓淡烟花，是曲调里的抑扬顿挫，点点滴滴都是才情，清冷的幽光，暗藏一生辗转几多忧伤。她终其一生，横空出世地来，旁若无人地活着，听天由命地走着，寂寞落魄中离世。她就是民国奇女子——张爱玲。

"生命是一袭华美的袍，爬满了虱子。"这是张爱玲的名言。这句话也概括了她的一生。她是一个善于将生活艺术化的享乐主义者，又是一个对生活充满悲剧感的人。她悲天悯人世事洞见，芸芸众生，可笑背后的是可怜。因为她终其一生也没有自己的家。

张爱玲在二十世纪四十年代的上海大红大紫。然而，几十年后，她在美国深居简出，过着与世隔绝的生活。一直有人说，只有张爱玲才可以同时承受灿烂夺目的喧闹与极度的孤寂。

1920 年 9 月 30 日，张爱玲出生在上海公共租界西区麦根路一幢没落贵族的府第。他的父母是一对人人称羡的金童玉女，有钱有闲，有儿有女，有汽车，有司机，有佣人，有丫头。张爱玲和弟弟还有专属的保姆。那时她的日子看似非常美好。但是张爱玲的父亲花天酒地一步步堕落下去，受过五四运动和新文化影响的母亲黄素琼无法忍受丈夫的作风，离家出国留学，以示抗议。后来，父亲再婚，后母进门。1937年，十七岁的张爱玲向父亲提出出国留学的想法，遭到后母无数次的责打和父亲的毒打。父亲曾经把张爱玲关在一间空房子里，有巡警看管。张爱玲得了严重的病，差点儿死了。她想如果她死了，就在院子里埋了，也不会有人知道。

在禁闭中，她每天听着嗡嗡的日本飞机，希望有个炸弹掉在自己的家，就和他们死在一起也愿意。1938年，张爱玲终于逃离了这个曾经显赫的家，逃到母亲的家。

这样的成长之路，让张爱玲的性格中充满了矛盾和抑郁。父母一桩不幸的婚姻，没有人受益，每个人都受了伤，而最大的受害者便是子女。在这样阴沉冷酷的环境里，张爱玲对这个世界充满了恐惧和怀疑，连思考的角度也是悲伤的。

二十世纪四十年代，年仅二十一岁的张爱玲在上海大红大紫，许多赞美她的文章相继问世。

年轻的时候，我们总想一夜成名。每一个人的成功，都是以无比寂寞的勤奋为前提，要么是汗，要么是血，要么是泪，要么是大把大把的青春好时光。大多数杰出人物都有一个共同的特质，那就是全身心地投入自己的工作中。即使是三岁能吟"商女不知亡国恨"，七岁熟读《红楼梦》，少年时便开始写章回小说的天才张爱玲，也需要有足够长的时间成长、成熟。

张爱玲的童年是不幸的，而张爱玲的婚姻更是不幸。她一生爱上的都是年长的男人。二十四岁时她喜欢三十八岁的胡兰成，三十六岁时她喜欢六十五岁的赖雅。她是爱上一个男人，更是爱上一种情感，爱情对她来说是一种光华向上的智慧。

读张爱玲的小说，浓烈的繁华下是化不开的苍凉，怎样刻骨的爱恨才会讲述得入木三分？付出笔墨的故事用情太深，隐藏的是作者自己溃烂的心情。父爱对于张爱玲来说，是终其一生都无法治愈的病，心情是张爱玲自己难念的经。她在乱世中经历了父亲的家、母亲的家、胡兰成的家，但都不是自己的家。

在她华丽的一生中始终想求一个家而不得。正如她小说里写的，长的是磨难，短的是人生。

1955 年，张爱玲到了美国。她既自尊又软弱，无法融入美国这个现代化的社会。她的生活越来越封闭，最后把自己关起来。在生命的最后二十年，张爱玲呈现出越来越显著的心理疾病。她对人越发冷淡，生活日益封闭，家具随买随扔。她其实是以这种方式来摆脱内心的空虚。在洛杉矶的最后二十三年里，为了躲避，她在各地旅馆辗转流连，随身只带几个塑料袋。1995 年 9 月 8 日，张爱玲谢世于美国洛杉矶寓所。一个曾经无限风光的生命，用一种最凄凉的方式凋谢。

张爱玲的性格中有一种真正的冷。她的一生是既辉煌又寂寞，既精彩又冷清的煊赫悲凉。

张爱玲的一生，有流光溢彩，有华衣美裳，却浮华落尽，红尘泯灭。历史早已经吹散了属于她的一切，我依然无法揣摩她的内涵。而今独处一隅，偶尔的闲言，偶尔的震撼，都是我们之间无法更改的缘分吧。

10

时光从秋飞到冬

初秋的日光，落在桌面上，时光是柔软的。人们把心事摊开，放在阳光下晾晒，手中握住的就好像是一把金子的光芒。

有些季节是沉默与低调的，有些季节却是明媚与闪亮的。秋天，是温柔的。

在这个温柔的秋天，我想买两支红蜡烛，一些水果和做饭的食材，一定要买爱人最爱吃的榴梿，在如水的月光下和她共进晚餐，那份像要滴出来的柔情，会在树叶的缝隙间洒落，会在指尖的光阴里停留。

于是，我走进超市，购买了自己需要的东西。

归途中，下起淅沥的秋雨，没有拿雨具的我随便拐进了一家艺术展览馆。

趁着下雨，热爱艺术的我，就在展览馆里，随意地欣赏起来。

手里拎的东西妨碍我看展览，因为近视，又没戴眼镜，所以每件艺术品都需要挤到近处去欣赏。我随手便把自己的包和买的东西放在展厅的一个展柜上。后来雨停了，我又稀里糊涂地向家里走去。

进了家门才想起来，我买的东西呢？

"哦！瞧我这记性，我把包和东西忘在展览馆了！"我急忙返回展览厅。

我的包和那堆东西已经获得了艺术展览作品大奖！并且用一个玻璃罩子罩上了。

"我们找了您很长时间，可怎么也找不到您。正想着怎么联系您呢。"展览馆负责人对我说，"您怎么不在这件艺术作品上标明自己的名字呢？"

"可是……它并不是什么艺术品，而是一些乱七八糟的食物，我准备和爱人共进晚餐……"紧接着，展览厅爆发出一阵哄堂大笑。

"您是一位具有幽默感的伟大艺术家！"一位评委说。

"从他温文尔雅的气质中就可以看出来。"另一位评委补充道。

"瞧这蜡烛和石榴托住竹笋的方式，安排得多么精心……"

"您简直就是一位艺术天才！"一位评委说。

"你看看榴梿微微侧向一边的造型，多么巧妙！我似乎都能闻到榴梿那特殊的迷人味道了……"

"我觉得即使高明的艺术家也很难达到这一步！"

"我认为，获得大奖是这把香蕉放在底部，托住整个作品的缘故。"一位评委说。

"今天所有的展品在它面前都是既苍白又渺小的。"

"艺术来源于生活，今天我信了。"

"诸位，请听我解释……"我苍白的解释此时已经不重要了。

就这样，稀里糊涂地被评上艺术大奖，稀里糊涂地领了奖金，稀里糊涂地就成了艺术大师。

我本是一位谦卑懦弱之人，可一不小心成了名人，一时采访、新闻媒体、直播、抖音……纷至沓来。

时光从秋飞到冬。

冬天来了，冷风飕飕。我依旧躲在风雪里，读几本闲书，画几笔闲画。

一位颇有名气的批评家站起来说："他的创作灵感已经完全枯竭了，剩下的只是一堆枯燥无味的破烂。"

"他三岁时曾经抢夺过邻居小孩的拨浪鼓。"一个小报记者说。

"他上小学时曾经往马路上吐痰，自小品行就有问题。"一位"艺术大师"说。

"他碰到熟人不打招呼，太清高了。"我的左邻右舍接着说。

"他上班时用单位电脑炒股。"曾经吹捧过我的同事说。

"他曾经把公家的复印纸带回家。"

"就是他，看到路边自行车倒了都不扶。道德缺失呀！"

"前天喝酒，他剩下半碗米饭，糟蹋粮食呀！"酒友气愤地说。

"他儿子昨晚两点才回家，查查他干啥违法事了。"其他人指指点点，人们开始还小声附和着，后来声音越来越大，霎时引起天地共鸣。

天冷极了。转眼，下雪了，雪花纷纷扬扬地从天上飞下来，大地一会儿就白茫茫一片，遮天蔽日，冬天的肃杀尽在。

"诸位，请听我解释，请听我……"我苍白的解释此时已经不重要了……

众人的唾液已经把我淹没，我瞬间变成冰人，直直倒在地上，如妖的雪花把我掩盖，很快隔开了，把人世间所有的所有的一切……

11

争渡，争渡，惊起一滩鸥鹭

周末，阳光真好，直辣辣地射向湖面。湖中荷叶田田，粉荷竞开。

我和友人一起坐充气游艇在西湖游玩。突然一股强风袭来，一下子把充气游艇掀翻，冥冥之中，一股神秘的力量吸引着我一点点地向南漂去……

醒来一看，湖面波光粼粼，我稳稳地趴在一片硕大的荷叶上。

一叶小舟漂荡其间，舟上坐着一位美丽的女子。

微风吹来，吹起帷帽。我定眼一瞧，竟是宋朝大名鼎鼎的女神李清照。她发现了我，立刻把小舟靠向荷叶，伸出手把我拉到小船上。

我从没想到会以这样的方式遇见李清照。

微风轻轻吹过，荷叶上长梗的荷花微微弯腰，翠鸟懒懒地飞来飞去，就在这样富有诗意的画卷中，我见到了偶像李清照。

她见我身穿奇装异服，好奇地问："你不是本地人？"我不敢说话，她要是知道我是来自千年后的现代人，不知道会有何感想？

我微笑着答道："我叫李薄荷，在这个世上再无亲人！"我只身一人冥冥之中来到这里，真的是再无亲人，我如实告知。"你喊我小荷就是。"

她轻轻一笑说："我们都姓李，是一家子，你就当我义妹，喊我阿姐，可好？"我受宠若惊，轻唤阿姐。

我们如知己相逢，从天谈到地，从南谈到北，从古谈到今。

不知不觉，天色渐晚，红彤彤的云霞漾在湖面。我们划着小船向岸边靠近，一不小心惊起在芦苇中休息的一滩鸥鹭，展翅欲飞，我们相视一笑。

阿姐站在小船上吟道："常记溪亭日暮，沉醉不知归路。兴尽晚回舟，误入藕花深处。争渡，争渡，惊起一滩鸥鹭。"

我轻轻敲击着节拍，附和着这首千古流传的佳作。

再见阿姐时，北宋已亡，阿姐身处逃亡之路。我作为历史的见证者，欲助她，却无奈历史的车轮滚滚向前，我只能不停地告诉她要多加小心。她眼中含泪，轻声应道："生当作人杰，死亦为鬼雄。"

阿姐坚定地说："我虽是位女子，也要保家卫国。"阿姐倾诉着她的抱负和壮志。

我看向阿姐，此时的她是那么坚定与勇敢。

时光到了 1133 年，这是我最后一次见到阿姐。外面雪花飞舞如蝶，她静静地躺在牢狱中已三天。见我来，憔悴的脸上尽力扯出一个笑容。

"阿姐！"我轻唤一声，立刻哽咽无言。

我轻轻地扶阿姐坐下。交谈中，她诉说了丈夫赵明诚在北宋灭亡后的第二年便病逝了。1132 年，整天疲于奔命、居无定所的生活，让李清照陷入了精神和物质的双重压力。就在这个时候，李清照的生命中出现了另一个男人——张汝舟。

张汝舟虽是进士出身，官阶却不高，不断托媒婆前去求亲。李清照再嫁给了张汝舟。可张汝舟看上的根本就不是阿姐本人，而是传闻中她拥有的"巨额财宝"，特别是那些珍贵的古玩字画。

在战乱年代，李清照的古玩字画丢的丢、毁的毁，已所剩无几。意识到发财梦落空的张汝舟，立即原形毕露，开始对阿姐拳脚相加。他比任何人都希望妻子快点儿死去，好霸占她所剩无几的珍宝古玩。

然而，李清照毕竟出身名门、见过世面。她宁愿选择离婚，也不会让张汝舟的阴谋得逞。

可在宋代，女子想要离婚并不是那么容易的事。大宋《刑统》规定："妻告夫，虽属实，仍须徒刑二年。"也就是说，妻子想要离婚，必须在丈夫犯有过错的前提下，而且不管结果怎样，都要先坐两年的牢！

比起生不如死的婚姻，李清照更不惧坐牢。而且她已掌握了张汝舟犯罪的证据——张汝舟为了获得"进士出身"，早年曾在科考中作弊。

最后，李清照得以从这段婚姻中脱身，同时，她也失去了自由，被投进了大狱。

我看向阿姐，此刻狱中的她如同窗外残雪，憔悴不堪，容颜不再，却仍隐隐流露出坚韧和不屈。

外面雪花飞舞如蝶，她脸上难得地浮起笑，吟道："年年雪里，常插梅花醉。挼尽梅花无好意，赢得满衣清泪。"

我不觉和了下四句："今年海角天涯，萧萧两鬓生华。看取晚来风势，故应难看梅花。"

我悄悄告诉阿姐，再过六日，会有故交旧友、翰林学士綦崇礼等联名保释，就会出狱。

门外的狱卒轻轻地叩门，我知道探视阿姐的时间已超，无奈中，只好轻轻地把她放下。

我噙泪、掩面疾步而去，出牢狱向东走一里，向南折，下河，有一小船在等候，我将坐船而去。

想起数年前，我和李清照划着小船向岸边靠近，一不小心，惊起在芦苇丛中休息的一滩鸥鹭。彼时，美丽的阿姐高声吟道："争渡，争渡，惊起一滩鸥鹭。"

12

走向春天

在这孕育着美好憧憬的隆冬时节，《紫云山》迎来了它可喜可贺的十周年华诞。

十年前，在领导的重视关怀下，在社会各界人士的大力支持下，襄城县唯一的纯文艺期刊《紫云山》诞生了。这对于襄城所有的文学创作者及文艺爱好者来说，无疑是一件喜事，一件载入襄城史册的大事。

十年来，《紫云山》杂志出版了四十余期，印刷了四万余册，发表小说、散文、诗歌等二千二百余篇。《紫云山》用宽容、大气的胸怀迎来了一批又一批满怀梦想的作者，他们在这里抒写心灵的感动，把襄城县精彩的瞬间定格在记忆深处。她像一棵幼苗穿破坚硬的泥土，努力地舒展自己的筋骨，似一朵鲜花含着微笑，自信地绽放属于自己的英姿。

十年间，《紫云山》成就了十名省级作协会员，出版了一百余本文艺专著，影响了成千上万的读者，无论他们身在何处，在人生的某一个时刻，或许会悠然记起在《紫云山》"临风把卷，陶然忘我"的少年情怀，也许会深深地感念这片曾经滋养了他们精神世界的茵茵绿地！

中原五千多年的文明史使襄城有着丰富的文化底蕴，在这块人杰地灵、物华天宝的热土上，不仅古迹遍地，胜景无数，而且帝王将相、圣贤名士、文人骚客也炯炯莅临，代代才俊英杰于此层出不穷。

而作为襄城文艺家相互交流、对外展示的文艺平台,《紫云山》是传承、弘扬、发掘襄城文化的前沿,更是广大艺术家及文艺爱好者心灵的栖所。在这里,你可心性傲岸,亦可忧思缠绵;可大江豪放,亦可小桥人家。每个人幽微的心灵变化,都是一朵精彩绽放的花蕊;我们收获的吉光片羽,都记录着一段灼灼其华的人生梦想。

　　但无论世事怎样变迁,《紫云山》都是打造人性之真、追求艺术之境的心灵家园。她有不同风格的栏目,《小说天地》呼啸而来的热烈,融化着汝河,把古城岁月的风尘沉淀;《校园清风》带来一缕温馨,在清澈的心底泛起《汝河诗韵》的涟漪;《艺苑奇葩》唱响生命的神韵,向四方传播而去;《散苑撷英》使襄城大地的草萌芽,山变绿,鸟儿欢歌笑语,一抹朝阳绘就无限春光,让襄城人民在憧憬之中展开了腾飞的理想和希望。

　　《紫云山》文章合为时而著,将"坚持与时代同步伐""坚持以人民为中心""坚持以精品奉献人民""坚持用明德引领风尚"。用中国语言解读中国实践,用中国笔墨写好中国故事。虽立足本地,但绝不狭隘。它将面向全国,广采玑珠。既有本地艺术家的最新力作,也有域外名家的精心打造;既有现实主义的冷峻笔触,也有先锋艺术的前沿追求;既有成熟的珠玉,也有雏燕的呢喃……

　　愿《紫云山》这片茂林繁华、疏枝清影能让你赏心悦目,像天空一样高远,像大山一样厚重,像草木一样葳蕤。文学的星空广阔而无垠,愿更多的作家都能在《紫云山》自由翱翔,搏击长空,于云卷云舒之中,让灵魂之花以文艺的名义,从今冬出发,走进明年的春光,走向生机盎然的文艺春天。

13

感悟成长

（一）

在这个以红叶为诗、秋风为歌、尧山为说、清河为文，四处弥漫着文化气息的秋天，我聆听到了乔叶老师、孟宪明老师、刘向东老师、李春雷老师、王剑冰老师和田耳老师的精彩讲座。各位专家大师用精湛的专业知识、风趣幽默的语言以及谦和的君子之风，给在座的作家们带来一场文学的盛宴，使我收获颇多。

之前，虽然出版过两本小册子，但对于文学，我仍然是一个门外人。我本来要开《为荷而来》的个人画展，恰好听到奔流文学院的召唤，就推掉这些凡间俗事，前来赴文学女神之约。

乔叶老师给我们推荐那么多的好书，从书目可以看出，她有相当好的文学鉴赏和文学眼光，视野非常开阔，省去了我们一般人找书的时间。从这里可以看出，奔流文学院的所有老师们在编排课程时，是多么用心良苦。

孟宪明老师的讲座《文学是什么？》给予我们的不仅仅是写作的经验，更重要的是给我们思想和灵魂所带来的强烈的撞击和关于对文学的共鸣。刘向东老师关于诗歌的讲座带给我们诗歌的想象与美好，还有诗歌在批判之中的发展，让我们感受到诗歌的灵动与力量，美好与奥妙，并为此怦然心动，受益良多。

实话说，在听到李春雷老师的关于报告文学的讲座之前，我对报告文学知之甚少。听了李老师的讲座，才知道报告文学有小说的框架，散文的语言和诗歌的思维。

我认真阅读王剑冰老师的书。他的书，一是具有形式之美，二是有文字之美。他以自己敏锐的眼光，用水墨一般的文字，把祖国山川河流之美，细细地描摹出来，读来真是一种享受。

在这里，我要感谢此次作家班的主持人、报告文学大家郑旺盛老师。郑老师用睿智如诗的语言，幽默风趣的话语拉近了我们之间的距离，使在座的作家们静坐细听后对他油然而生敬意。

还有在幕后默默无闻的奔流文学院的会务组的所有老师们。感谢你们！在文学的路上，有多少份执着，就有多少星光灿烂。有多少的追求，就有多少的梦想被放飞。

祝愿所有作家们都能写出真正的好书。

（二）

2020 年 10 月 8 日，那是一个注定在我人生中熠熠生辉的日子，在鲁山的尧山风景区，我怀揣着激动与憧憬，首次参加了奔流文学院作家研修班第十三期，自此与"奔流"展开了一场深情的相拥。

中秋的尧山，天气虽微凉，却丝毫挡不住那如诗如画的月色之美。我与一群志同道合的文友，在温泉里感受着温暖与惬意，在尧山下领略着大自然的雄浑壮丽，在小河里倾听着流水的欢歌，在墨子故里探寻着历史的深邃底蕴。每一个瞬间，我们都用相机将那美好的夜景永远定格，那高悬的月亮恰如悠悠的路灯，勾勒出远处山坳的起伏，而我的文学之梦，就在这无尽的夜色中如繁花般蔓延开来，热烈而绚烂。

彼时的我，平日里更多时间用在绘画上，写作仅仅是业余爱好，也不过是一名市作协会员。然而，自从踏入奔流文学院的那一刻起，一切都发生了翻天覆地的变化。我接连参加了第十四期鄢陵、第十八期驻马店和第二十期郑州的作家培训，并且笃定地告诉自己，以后我将同《奔流》共成长，一直奔流下去，永不停歇。

在《奔流》的文学影响下，我出版了人生中的第一部作品集《麦香》。这本倾注了我心血与汗水的作品，激励着我更加坚定地在文学道路上前行。也正是在《奔流》的助力下，我于2020年成长为省级作协会员，并于2024年春天，被选为县作协主席。

回首往昔，是《奔流》助我实现了向文学的转型，是《奔流》给予了我无尽的文学滋养。犹记得第一次站在奔流文学院的发言席上，我内心满是忐忑与不安，然而奔流文学院的老师们却给予了我最温暖的鼓励："一切过往，皆为序章。"正是这简简单单的一句话，如同坚实的基石，坚定了我在文学道路上坚定前行的信心。

《奔流》的导师团队堪称大家云集。受邀而来的老师们如李佩甫、李炳银、柳建伟、李春蕾、王剑冰、乔叶等，皆是茅盾文学奖、鲁迅文学奖的获得者。他们不仅带来了精彩纷呈的文学讲座，课后还专门设置了师生互动环节，耐心地解答我们学员在创作中遇到的困惑与问题。在这里，我如饥似渴地汲取着知识的养分，不断地拓宽着自己的文学视野。

《奔流》很注重文学采风地点的选择，正所谓"行走河南，读懂中国"。这些年，我跟着奔流文学院的脚步，走过了河南诸多的山山水水，深切地领略到了中原大地那深远厚重的文化底蕴。每一处的风土人情、每一段的历史故事，都如同涓涓细流，汇聚成我文学创作的源泉。

"繁荣文学，培育新人"，这是《奔流》的办刊宗旨，而我深以为然，并且受益匪浅。《奔流》复刊十年来，恰是我向文学方面转型的黄金时光。能与《奔流》相遇，是我的文学缘分，我定会倍加珍惜。以广泛阅读，潜心创作，用自己的文字为《奔流》争光，为文学添彩。

感谢《奔流》，是你让我在文学的海洋中找到了属于自己的那片天地；感谢《奔流》，是你给予了我不断成长和进步的力量；感谢《奔流》，是你见证了我从一个懵懂的文学爱好者到如今小作家的蜕变。我将怀揣着这份感激之情，在文学的道路上继续坚定地走下去，用更多优秀的作品回报《奔流》的厚爱与期许。

让我们携手共进，在"奔流"的引领下，书写出更加绚丽多彩的文学篇章，让文学的光芒在这片古老而又充满生机的土地上绽放出更加耀眼的光彩！

14

那一日

那一日，我在电脑上敲完表格中最后一个数字，抬头一看钟表：晚上十点三十八，扶着桌子站起来，听到脊柱吱吱嘎嘎地响。

我走出单位门口，门卫大叔从抖音的欢笑声中抬起头，照例又说了一句："又加班到这么晚。"大门吱吱呀呀开了一条缝，我急忙挤出去，摇晃着走到车前。我很疲惫。

驾车回家的路上，我双手紧握方向盘，用力睁大眼睛，眼神仿佛要从厚厚的近视镜片中跳出来，紧盯路面。

我感到困意袭来，睁着眼就想睡着，于是赶紧念着"不能瞌睡，不能瞌睡"的警句。加大油门，提高车速。然而，总感觉眼皮越来越紧，车似乎越走越慢，越走越慢……

我拿着写好的文稿送到领导手里，她翘起兰花指，仰着因为做美容而过敏的、红斑满满的大脸说："呦！这个地方要改，这个？那个？喏！这处……跟你说多少遍了，结尾不要用句号，要用感叹号，要表达我们对工作的强烈感情和完成此项工作的强烈决心……"

晕乎乎的我，从领导办公室出来，猛然看到单位大楼下闪出一个小身影，擦了擦眼睛，紫色小上衣，黑色小裤，梳着两个像哪吒一样的发髻，这不是女儿吗？她不上课跑到这儿干啥？要知道，每天早上六点，我费力地叫醒熟睡的女儿，督促她抓紧时间起床吃饭，命令她六点四十必须结束全过程，然后出门，否则母女俩都要迟到。

老母亲在一边唠叨着，我边听边催女儿吃饭。母亲絮叨什么不重要，重要的是，我用手一捋头发又掉下来好多根，照这样的速度，要不了多长时间，非秃头不可。至于吃的什么饭菜？吃了多少？母亲说了什么？我一概不记得。

昨天晚上答应给女儿买的作业本，没有给。所以女儿没有做作业，老师认为女儿说谎，让女儿来找我，当初为了接送方便，把女儿送到这所和上班地方隔墙的小学就读。

老师就让她找我要作业，但是我上哪儿去帮女儿弄作业呢？

鬼知道昨天我回家的时间有多晚，女儿早已经睡着了。今天早上起来，就像打仗一样，根本没有做作业的时间，看着女儿，我很崩溃，急匆匆地拎着女儿的书包，把她送到学校，给老师道歉，并保证下次一定让女儿把作业写完，又急匆匆地往单位跑去。

刚走到单位，打开电脑修理文稿。突然，啪的一声，电脑就黑屏了。

正在这时，隔壁的王阿姨打来电话："丫头，快！你妈妈的血压又升高了，这次高到一百八十八了，你快回来吧！不不不，救护车已经来了，你直接到医院急诊科吧！"

我的心一阵阵紧促，慌得手抖了起来，心跳加速出不来气，立刻给远在外地的丈夫打电话，但是，没打通。

我慌忙开上车，往医院急诊科跑去，不好！迎面飞过来一辆车，马上要撞上去了，猛一打方向盘，"咚"的一声，车翻到沟里了。

血！殷红的血从左脚踝处和撑地的左手掌上流出，我挣扎着欲站立起来。我的腿砸在车下，已经动弹不了，围观的人们打了120，随着120、110的到来，我被围观的人们和医护人员七手八脚地拉到医院。

"骶骨骨折、椎体骨折压迫右腿神经。"伴随着机器的运转，我听到医生这么说。

"右腿要动手术！不然右腿会坏死，急需截肢！"我似乎听到锯子来回锯骨头的声音……

"咚咚！"一阵急促的敲车窗声把我从梦中惊醒，有警察大声喊："醒醒，醒醒！在马路上停车，不要命了！"

我的天呀！谁能想到我竟然在马路上睡着了，就趴在方向盘上，哈喇子滴在白色的裤子上。我浑身摸了摸，全身没有一点儿伤痛，确信是做了一场梦。这时已是半夜十二点，静音的手机上有二十八个未接来电，那一定是女儿和母亲的牵挂。还有无数条未读微信，微信较为杂乱——班主任老师：@所有人，请家长们明天下午放学后在教室开家长会。

办公室主任：@所有人，明天上午九点，在三楼会议室召开全体职工大会，不得无故缺席。

领导：讲话稿还需要再改改，今晚十二点前发我。

医生：明天上午八点准时检查肺部 CT。

同事：明天早上七点准时在单位门口集合，去乡下扶贫。

姑姑：上次说借钱的事，明天中午去你家拿。

…………

我匆匆瞟了一眼微信，就见警察随即从车窗口递过来酒精检测器："嗨，吹吹，酒驾了吧？"

"我从来不喝酒，我太累了，我睡着了，还做了一场梦。"我支支吾吾、语无伦次地回答，还老老实实地吹了吹酒精检测仪。

警察看了看确实没有醉驾，就撕下一张罚单："违规了啊，马路上随意停车，下不为例，再犯吊销驾驶证。"警察警告着说。

"好的，下不为例！"我迷迷糊糊地接过罚款单。

"要不要帮你找个代驾？"警察不放心地说。

"不用不用，谢谢，谢谢！"我慌慌张张、愣愣怔怔地加了油门往家里赶。

警车像不放心的老母亲，远远地跟在后面，路上真静，仪表盘上显示离家还有二十三点五公里……

15

李先生

灵山秀水的襄城县，历来是人才辈出的地方。在县城西街文昌阁旁的一所大宅院里住着一位李先生。他是紫云李氏第十六世后人，家风渊源，国学深厚，上过私塾。李先生赶上了民国废私塾、兴新学的年代，政府安排他进一所完小当老师。

不管别人怎么喊老师，李先生还是先生，别人要是叫他老师，他是不答应的。有人在他背后喊："李老师，李老师。"他听见了，也装作没有听见，依旧夹着书本，不紧不慢地走他的路。

如果别人紧赶几步追上他，当着他的面叫他："李老师。"他停下脚步，会反过来问："谁是李老师？"他的疑问顿时会把人给问怔了。

李先生也不纠正，因为他是先生。他会自言自语地嘀咕一句："没有礼数。"

李先生所说的没有礼数是说对方没有礼貌，但李先生不说"礼貌"，他只说"礼数"。

在那个时代，有很多的举人、秀才或是准备去考举人和秀才的读书人，在大清亡后，跳井、跳河的，街面上突然多出来了很多的疯子、傻子。他们大都是读书人，十年寒窗所储备的科举之功，如同一条奔流的河流，瞬间被堤坝拦截住，无处留放。于是乎，有的会撕扯书本，有的会疯疯傻傻地满口"之乎者也"。

李先生只是闭门几天，到紫云书院给老祖先磕了几个响头，就默默地到政府安排的城关完小里教学了。

李先生的穿衣打扮非常奇怪，无冬历夏，他总是把很多衣服穿在身上。同事曾经掀开他的衣服大喊："你们快来看呀！"只见小衣服里面，还有一件衣服，再掀开，还有一件，再掀开还有一件，一共整整九层，于是完小的同事给他送个外号叫"九层衫"。

更为奇特的是，这九层衣服不是按长短宽窄搭配的，它们是呈不规则随意搭配，可能长的在里面，短的在最外面。

这么奇怪的穿衣风格，李先生一年四季不变。冬天寒流来袭时，外人会替他担心，是不是不保暖？夏天的时间外人会担心他会热着，但是李先生不这样认为。他认为，如果他不这样穿，他就不是李先生了，甚至走路都会不自在。李先生还有一个特点，就是那副平底圆近视镜，如同芝麻官的一对官帽翅，整天架在他的鼻梁上，还不时地左右晃动。

李先生到完小教书，校方考虑到他是本县名门望族的后人，对他很尊重，聘请他为名誉校长。他沉默不语，算是答应了。但是，对于学校里面推行的西方教育模式，含有数理化，他就不认同了，尤其是不接受新国文教育。

李先生抖搂着课本，愤愤不平地说："中华优秀传统文化，老祖宗留下来的瑰宝，优雅含蓄的国学之美消失殆尽，岂有此理，岂有此理乎？"

他当着好多同学和老师的面，把那白开水一样没有味道的新国文课本给撕个稀巴烂，并丢进粪池内。嘴里还念念有词地训斥道："误人子弟，误人子弟也。"像这样抵制的事情，李先生干了很多次。

李先生一贯我行我素，在完小给孩子们上课时，他不按新课本上的内容去教授学生，也不受课程表的约束。他想来上课，夹着课本就来了。他不想来，即使有他的课，他也不来。

李先生有饮茶喝小酒的习惯，平时，他总是和几个老友一起聚会。一日聚会，来者不乏达官政要，富豪显贵。酒过三巡，有所谓成功人士按捺不住内心膨胀的虚荣，说自己已官居高位，说自己身价过万，说自己开着洋车，说自己吃的是鱼翅，说自己喝的是咖啡……见先生不吭声，坐在先生右手的一位乡友用略带着嘲讽的口吻问先生："你有什么？"

先生不愠不火，不恼不怒地说："你有的我没有，我有的你没有。"

问者有点儿迷糊地问："说说看，你到底有什么？"

先生说："我无官无权无势无钱，但我一生喝遍天下酒，从来不掏半文钱。我有桃李遍天下。"

从此，李先生开始专心教书，提出了教学生带着走，就是现在的跟班走，教学大循环。他不接受别人教过的学生再转给他教。他说，那样转手来的学生如同一张白纸，被前任教师泼上杂墨，到他这儿就画不出好画了。

知识渊博的李先生所讲的课很受学生和家长的好评，甚至社会上的青年也有过来旁听的。有那么一段时间，校方看李先生来了，赶快把别的课停下，让给李先生去上课。

再后来，学校干脆不硬性地安排他的课，只等李先生来了，便组织全校学生们让他上大课，类似于今天的教授讲座，把全校学生集中在一起，请李先生谈古论今，大有先祖紫云书院讲学之风范。

时光荏苒，在李先生六十岁那年，桃李满天下，光荣退休。

退休后的李先生就没有什么事情可干，还是和茶友一起饮茶闲聊。

"张大锤昨晚走了……"有茶友惋惜道。

"王大仙也走了！最可惜的是王大仙给别人看了一辈子坟地，临到自己没地埋了……"李先生听到老伙计谈论到生和死，想起自己也会有死的一天，别人有儿有女还没地埋，自己孤身一人，先给自己考虑个身后事。

终于有一天，李先生跑到他们家的祖坟地，离县城十五里的宋李郭村小李庄。紫云李氏世代昌隆，人丁兴旺，单李公秀华这一支，他和原配王氏生四子：从尧、从舜、从禹、从汤。孙子：梦星、梦学、梦德、梦材、梦继、梦竹、梦连。曾孙：耀宗、辉宗、才宗、武宗、文宗、名宗、越宗。玄孙：荣科、捷科、会科、玉科、加科、君科、恩科、明科、超科、兴科、重科、发科等。高度近视的李先生一个一个坟墓地寻找，终于在父母坟墓的下方，哥哥坟头西边挖一个坑，堆个坟头，又立了一个写着自己名字的木牌，百年以后，打算埋葬在这里。

又过了一年，李先生又去把坟头平了。别人问起，李先生说："我本是了无牵挂之人，凭空多了这么个牵挂，终是无趣。"

一件心事了了，李先生又继续读书、画画、饮酒，在街上溜达。

又过了几年，李先生七十有二，就把他的族人和学生喊过来说："我已经活到了孔老夫子的年纪，可以走了。"

果然，就在那一年，小李庄到处飘荡着浓浓麦香的季节，李先生安详地走了。

16

不能忘记

大学毕业的我，被分配到襄城县民政局所属的福利院当院医，要跟一群老头儿和老太太在一起，日子一定平静如水。

我背着绿色的行李包，里面装的都是厚厚的医书，手里拿着派遣证明信。

我走到大门口，对门卫师傅说："我是新来的院医，这是我的派遣证明信。"

"信？"突然，一个老头从旁边斜插过来，大踏步走到我跟前，扑通一声跪下："兄弟，我对不起你，我没有把你的信送到你家里。"我一下子愣着了。

老头流着眼泪说："兄弟，我没有完成任务！你托我捎的信，没有给你送到，我找不到你家了，我找了四十年呀！我还是找不到你的家……"

我吓得心里咚咚直跳，赶紧跑到卫生室，把门关上。

事后才知道，这位老头叫李大山，无儿无女，一直在福利院住，政府每年给他发特殊的专项资金。他总是穿一身破破烂烂的军装，身上挂着两枚磨损得已经看不出字迹的勋章。

随着时间的推移，我对李大山的了解越来越深。

一日，天上飞来一架飞机，低空操作，在屋内就听到飞机轰隆隆的响声。

听到李大山喊："敌机来了！同志们！快卧倒！"说着李大山就快速地把一位正在院中晒太阳的老人按在了地上。我慌里慌张地跑过去，拉起扑在地下的两位老人，但是李大山的腿上已经蹭出了血。我赶紧把他搀扶到卫生室，细心地给他擦洗干净，涂上碘伏，在整个擦洗过程中，李大山身体坐直，没有喊一声疼。

我不禁询问道："你是一名军人吗？"

"我是对越自卫反击战上撤下的老兵。当时，战争激烈呀！我的兄弟们把命都留在战场上了……"

"你是哪里人？"

"我忘了……"

原来，老人忘了籍贯在哪里，襄城区、汝南县还是襄城县？1982年10月，政府把他安置在我们襄城县民政局福利院，因为我们院长也是一名复员军人。四十多年来，他一直是我们福利院独特的成员，我们一直把他当成手心的宝。

"快，李大山爬到了福利院的楼顶。"只见他一边喊着："同志们，冲啊！"一边往楼下扔土坷垃，好像自己在扔手榴弹，极其危险。

楼下有许多老头和老太太。我一边疏散老人，一边冲着李大山喊："不要往下扔，不要往下扔！"我喊破喉咙都无济于事。

这时，院长回来了，"啪"的一声，冲着李大山行了个军礼："李大山同志，我是一连连长王大锤。"

李大山立刻回礼："王连长，李大山向你报到。"标准的军礼，满头白发，破烂的军装，在三楼楼顶是那么鲜艳。

"李大山同志，敌人已经打跑，战斗已经结束。"

"我们胜利了？"李大山问。

"是的，我们胜利了，我命令你，从哪里来，还回哪里去！"李大山立刻咧开大嘴笑了笑，迈着军步昂首挺胸地向一楼自己的卧室走去。哎，我们都长出一口气。我的眼中充满了泪水，再看院长及众人，眼中也都是泪水盈盈。抬眼望去，太阳灿烂地挂在天上，花儿正红，草儿正绿，世间一切如此美好。

事后才知，李大山今年七十多岁。在 1979 年 3 月 16 日战争结束后，老人就患上了严重的战争创伤后遗症。平时安静平和，每每听到警报声、飞机声、枪炮声等，老人就会引发过激性行为。

身处和平年代，品味岁月静好，让我们遥望西南，那年硝烟声处，祭奠英烈。

17

同一首歌

爷爷年事已高，岁月的沧桑早已模糊了他对自己年龄的记忆。多年以前，他就自称已是百岁老人。

他只记得 1937 年 7 月的一天，他的父母正在为他庆祝十八岁的生日，一枚突如其来的炮弹炸过来，家在刹那间化为乌有，父母亲人都在那场灾难中丧生，徒留他孤身一人。从此，怀着满腔的悲愤与对侵略者的仇恨，他毅然投身于抗日战争的洪流之中。

如今，爷爷的生命即将走到尽头。他将孙子唤至床前交代说，待他离世之后，希望把自己的骨灰放置在那个令他魂牵梦绕、永生难忘的小巷之中。那里有他的亲人、战友、兄弟姐妹和他熟悉的音乐、鲜艳的国旗及行了一辈子的军礼。

孙子怀着崇敬与悲痛的心情来到了这个小巷。这里，曾经是他们家族的祖宅，而如今，已成为"七七事变"革命烈士纪念馆。踏入这片充满历史厚重感的地方，那熟悉的旋律缓缓响起，正是爷爷生前最爱吟唱的曲调。

他来到了一个栽着两棵柏树的小院，在摆放着茶具的小桌子旁边，坐着一位须发皆白的老人。他恭敬地走上前去，轻声问道："老爷爷，这个音乐是您放的吗？"

老人淡淡地说："是房子里的人。"

"我可以进去看看吗?"他小心地问道。

老人说道:"可以,但不要打扰他们。"

他怀着敬畏之心走进了房间,却发现里面空无一人。然而,一股浓烈的气息扑面而来。那是鲜艳的红色,充满着热血与激情的颜色。房间里的小供桌上摆放着酒和酒杯,还有一个小本子。

他环顾四周,那熟悉的音乐旋律萦绕在耳边,让他不由自主地想起爷爷曾经讲述的那些故事,那些故事中的人们仿佛就在眼前。音乐声中,他轻轻翻开小本子,然后从口袋里掏出几张已经发黄的纸张。纸张上不同的笔迹,却写着相同的名字,这些名字背后是一个个鲜活的生命,是一段段可歌可泣的英雄事迹。他怀着崇敬之心,深深地鞠躬,敬上一杯酒,随后做出爷爷曾经教过的手势。

接着,他小心翼翼地将爷爷的骨灰,按照心中的敬意,缓缓地放在那一排名字之后。

就在这时,奇异的景象出现了,他看到那些名字仿佛化作了一个个有血有肉的人。他们迈着坚定的步伐走了出来,眼神中充满着激昂的斗志。他们似乎在热烈地商量着什么,那股为了正义、为了国家而奋勇向前的决心弥漫在空气中。

紧接着,他们又唱起了雄壮的歌曲,那歌声如同雷鸣般响彻整个房间。然而,最后的画面却是那么悲壮,他们全倒在了血泊之中。为了国家、为了民族,他们奉献出了自己宝贵的生命。

孙子的眼中噙满了泪水。他将发黄的纸张放回小本子中,恍惚间,他看到刚刚离世的爷爷就在这里,正和那些英雄一起合唱。

最后,孙子缓缓走出房间,来到老人面前。他给老人敬了一杯茶。老人接过茶,轻声说道:"国家没有忘记,放下了就好。"

孙子心中感慨万千,对老人说:"我能拍两张照片留作纪念吗?"

老人缓缓摇了摇头,说道:"他们不希望有人打扰。"

说完，老人缓缓站了起来，和孙子同时对着房间做出了刚才的手势。那一刻，孙子感觉自己的心与那激昂的旋律产生了强烈的共鸣。他心中默默说道："我会常来看你们，但不会打扰你们。"

走到门口时，他看到一个个身影在大门里面向他热情地打招呼告别，其中就有他的爷爷。他们面带微笑，做着同样的手势，口中唱着那雄壮的歌："起来！不愿做奴隶的人们……"

18

敲门声

深秋的紫云山，一片宁静。

此刻，山下的小李庄响起敲门声。

男孩初次听老汉敲门，是一种缓慢有规律的脆响：咯咯——嗒，咯咯——嗒！敲几下，他就坐在门旁石碌上喘气。气喘匀了，再敲。

男孩还注意到，这家朱红大铁门，油漆剥落，一片片像是一只只聆听的耳朵。石碌就横在大门左侧的树荫里。或许它曾在生产队碾麦脱豆，如今闲置一旁，被风雨冲刷得丁丁净净，只和垂柳、枯叶厮磨。

男孩也曾在石碌上歇脚。坐在上面，他能感到太阳的温暖。摸到石碌光滑有暗纹的曲面，心里竟升腾起一股莫名的美好。

又见老汉敲门，无果。男孩趋向前，清了清嗓说："老爷爷，别敲了，这家闭门多年。我家就在隔壁，晓得的。"

老汉从衣襟上取下巴掌大小的一片树叶，双手不停摩挲着说："就是没人，我才敲门。"男孩瞪大了双眼，直愣愣地看着老汉说："这是咋说的？"

老汉屁股朝石碌一端靠了靠，用衣袖掸了掸露出的大半截石碌曲面说："孩子过来坐！"

男孩礼貌地道声谢谢，然后坐下。他享受着自己均匀的呼吸，耐心地等着。

老汉的讲述把男孩带到了硝烟弥漫的 1943 年。

1943 年是世界反法西斯战争关键的一年。这一年，日本在太平洋上节节败退，海上交通运输线被美军切断，这对于日本来说是一个很大的打击。海上失利后，日寇决定打通中国大陆交通线，因而在 1944 年发动了规模庞大的豫湘桂战役。到 1944 年秋天，日寇发动了黔南事变，荔波、三都、丹寨、独山等县城相继沦陷，这是日寇首次进入贵州境内。

1944 年 11 月，日寇一部两千余人从广西进入荔波茂兰，在黎明关与中国守军交火，开启了贵州省本土抗战的第一枪。国军九十七军一百九十九师五百八十七团在团长周国仲的带领下，全部投入一线与日军血战，中国守军与日寇鏖战三天两夜。

我们连刚在荔波县与日军血战后，已伤亡惨重，全连有大部分的战士都受了不同程度的伤，我的右腿也被炸伤。我们经过一个小镇，有一位卖散酒的老乡从散酒坛子里舀出一小坛子酒，让我们喝。我们连长摆着手说这酒不能喝，那人就急起来："咋不能喝？你嫌俺家的酒不好？俺家酿的酒一点儿不比茅台镇的差，不信你尝尝！"

他一把掀开坛子盖儿，浓郁的香味顿时飘出来了，很快弥漫了整条街道。

"我们家祖传酿酒，虽是散酒，却是正宗的好酒，只是我们家穷，没包装，都卖给穷人。"

"你就收下吧！喝点儿酒，身上有劲，打仗有胆！"
连长犹豫了一下，就收下了这一小坛子酒。

自从连里有了这一小坛酒，这可就成了全连人的心病，尤其是那些来部队前喜欢喝两口的，大伙儿都想着，连长什么时候能一声令下，让大家伙解解馋。连长却总是装作榆木疙瘩不开窍，要不就是一句话："莫急嘛，这点儿酒怎么够分？等打胜了仗，让你们痛痛快快喝个够，一醉方休。"

于是大家伙儿就盼望着，盼望着能够等这场战争胜利了，可以喝到此酒。

可是二十七日下午，日寇绕道从周国仲团的背后发起进攻。腹背受敌，接总部命令，我们连被迫边战边撤，那么谁留下战斗呢？

我们被包围在了一个叫黎明关的地方。就是这家有朱红大铁门的地方。房子的两侧为悬崖峭壁，仅有羊肠小道通行，地势险要。这个大宅子用石块砌成，修建有长五十米的石关墙，有多个垛口、炮位和机关枪阵地。

连长让人把所有的武器弹药都摆在地上，步枪、驳壳枪、手榴弹，还有几把已经翻卷着白刃的大砍刀。在明晃晃的油灯下，他们一个个冷峻沉默，身上似乎背负着无限的重量。

连长把那一小坛酒从口袋里掏出来："愿意参加敢死队，留下来战斗的，每人喝一口酒。"连长朝着人群喊道。

死一般的短暂沉寂之后，很快，人群中数道目光交叉，有几个人几乎同时站了出来，空气像凝固一样。我望着他们，眼泪突然忍不住就掉了下来，一股热血猛烈地往上涌，"算我一个，算我一个。"大家都知道报名留下来意味着什么，但是，现场却没有一个人退缩。

"好了，已经够了，再多，酒都不够分了。"连长拿起散酒，首先喝了一口又说："算我一个，怎么着？这么好的酒，我得尝尝。"

没有喝到酒的战士都眼含热泪，看着二十名兄弟把酒全喝完，只剩下一个小酒坛子。我含泪把这个小酒坛子揣在怀里。

在连长带领的敢死队的保护下，我们这些老弱病残的兵随着大部队向后方撤去，揪心地听着前面传来的机枪声和喊杀声，凌晨山谷的空气中浓烈的酒香混杂着更浓烈的血腥味。

这场黎明关阻击战，打破了日军三路会师都匀，进而攻占贵阳、威慑陪都重庆的战略企图，在贵州的抗战历史中具有重要的地位。

后来，我们的队伍扛着枪，怀着悲痛与期待，历经艰险辗转到了延安，在那里我们连被重新整编，而那留下来的二十人永远地留在了那里，包括我的连长。喏，这里就是连长的老家……

中华人民共和国成立后，我申请到这里工作，后来离休，每天经过这里，到小河边的槐树林练太极。

男孩似有所悟地点点头，仍面露微笑盯着老汉。老汉摸了摸下巴硬硬的花白胡子茬，沉痛地说："我每天来敲敲门，就是告诉连长，我们不会忘记……"

19

不能吹响的军号

我的父亲是一名军人，因公去世已经三十余年。

都说世上一切都是过眼烟云，随风而逝。可父亲离开我许多年了，和他相处的往事仍然历历在目，清晰如昨。每到父亲周年或听到有人提起或者喊到父亲，就泪光闪闪，心隐隐作痛。我的悲伤早已痛彻心扉，思念总在风里雨里不停地游荡、飘摇……

不到两岁，我就随着父亲在部队生活。

父亲因公去世后，留下的遗物很少，除了一个洗得发白的挎包，上面印着"为人民服务"五个红色的大字和一把浅黄色的梳子等物品，还有一把军号。遵从父亲的愿望，军号连同他当兵时的照片随他一起安葬。

曾经，这把军号是父亲的心爱之物。他用红绸子一层层精心地包裹着，放在一个精致的手提箱里。夜深人静时，会拿出来摸摸、看看、瞧瞧，凝思不语，再小心翼翼地放在箱子里锁上密码锁。

年幼的我很好奇，千方百计地用各种"秘密武器"想把父亲的军号拿出来，从来没有成功，反遭到父亲严厉的批评。

一天，父亲随部队去边境地区拉练，回来后又一次拿出小军号，给好奇的我讲了一个故事。

父亲的讲述把我带入了枪林弹雨、喊杀冲天的战争场景。

那是 1962 年 10 月，中国和印度之间因边界问题发生了一场战争。中方前线指挥官是张国华将军，主帅是时任国防部长的林彪元帅。中方参战部队是原四野部队，我父亲在其中的某部服役。

印度方面的王牌军也很有来头，就是曾在 1860 年随英军入侵北京并参加过火烧圆明园的部队，主帅尼赫鲁声称要再次打进北京。

战争初期，我军边打边退，诱敌深入。印度军队的前线指挥官考尔，以为自己军队太强了，更加嚣张狂妄，更加肆无忌惮。林彪元帅下了命令，要不惜一切代价把这一支部队从地球上抹掉。

作战前，父亲所在的五五师一六三团听到了师长王玉昆、政委徐兆基揭露当年八国联军在中国的种种罪行，父亲和他的战友们对印军的恨深入骨髓，斗志昂扬地纷纷请战。

战斗分工，父亲是司号手。战斗中军号一响，我军犹如猛虎下山，以风卷残云之势，打得印军毫无还手之力。父亲所在的部队将印军的部分主力牢牢地控制在事先计划好的口袋地区。

我方只花了不到三天的时间，就将这支盲目自信的印度王牌军连同其他入境的印军予以消灭。这场战争也被外军称之为"小刀切黄油"。失去了王牌部队的印军丢盔弃甲好像无头苍蝇，印度举国震惊，人心惶惶，往日的嚣张气焰一扫而空。

后来查询有关资料得知，在这场战斗中，中国迂回歼灭印军三个旅（第七旅、第六十二旅、炮兵第四旅），击溃印军三个旅（第一百一十二旅、第四十八旅、第六十五旅），击毙印方四千八百八十五人，俘虏印军三千九百六十八人。中国部队阵亡七百二十二人，其中军官八十二名，士兵六百四十名，父亲的亲密战友张学振、田元玉、陈清义、卫锡成、关长友、赵德龙等十一位勇士也在这场战争中牺牲。

"爸爸，这把军号还能吹响吗？"我好奇地问父亲。

"能！"

"既然能吹响，你吹一个冲锋号，好吗？"

"不行！"父亲斩钉截铁地说。

"为什么？我想听嘛！"我撒娇地摇晃着父亲。

"冲锋号是战斗的号声，不能吹！"父亲没有了刚才回忆往事时的激动，神情突然黯淡下来。

"孩子，你知道吗？号声即军令！军号一响，你知道会有多少军人倒下吗？会有多少孩子没有亲人吗？我期盼着世界上再无军号吹起。"父亲说完，突然声音哽咽，黯然落下泪来。

"战争给我们带来了无家可归的儿童，战争给我们带来了妻离子散、家破人亡的生活，战争给我们带来了苦难与硝烟，战争给我们带来了痛苦和恐惧……战争给我们带来的痛苦与伤害是永无止境的。既然战争给我们带来这么多的伤害，那就让战争停止吧！将来我若去世，就将这把小号和我一起埋葬，希望一同埋葬的还有战争，让世界上仅存和平！"作为军人的父亲哽咽着说。

此刻，山不语，水不语，人不语，花不语，草不语，连空气也凝固不语。

我只看到父亲表面的风光，体会不出他内心的忧伤；我只看到他眼里的温情与严厉，感悟不到他所经历的艰辛和沧桑。

多年后父亲因公去世，按他所愿，这把不能吹响的军号和父亲葬在一起，但愿世界以后再没有军号响起。

如今，父亲已孑然远行三十余载。世事多变，足以让山岳化作沧海。唯有月如水时，唯有风乍起时，唯有天欲雪时，我才会在人潮人海中，想起一生热爱和平的父亲，已经去了比远方更远的地方，那里和他相伴的还有在中印边境自卫反击战中长眠的七百二十二名烈士和一支不能吹响的军号。

20

爷爷

在县城向北十二华里的地方，有我的家乡小李庄。

小李庄的人都姓李，来自紫云李氏家族。

据紫云李氏家谱记载，元朝天历年间，山东东昌府的李世祖（字仲和），落户到襄城，立家创业，繁衍子嗣。李世祖生子李觉（字克政），娶妻陈氏，李觉生李昂、李福、李谨三子，李谨成年后，返回山东老家，现在襄城李氏子孙都是福祖、昂祖后人。李昂娶妻向氏，生七子，李敏排行老三。李敏幼时即聪慧好学，闻名乡里。景泰五年（1454年），李敏进士及第，后建紫云书院，揭开了李氏家族辉煌的序幕。

紫云李氏，自李敏起到我这一辈已是第二十一代了。紫云李氏家族秉承好的家风家训，忠厚为根，文采以隆，诗书传家，为襄城名门，世代簪缨，人才辈出。李敏生李钺、李镠。李福长门李傚，傚生定，定生如山，如山生李继业，继业生李端彦，端彦生李光里，光里生李来章⋯⋯我的爷爷是第十九世传人。

提起爷爷，看，夕阳的霞光将爷爷的身影定格，宛如一座石雕，那高大硬朗的身躯，让我想起奶奶不再说的先前。

先前，爷爷正当壮年，是小李庄的骄傲。

早上，天刚麻麻亮，啪的一声脆响，打破了庄里的寂静，顿时庄上热闹起来，开门的声音，狗叫的声音，水井上辘轳转动的声音，小孩儿的哭闹声……爷爷已套好马车，高大的身躯站在马车上，啪的一声甩了个脆生生的鞭花，鞭上的大红缨，在空中划了个美丽的弧线，又轻轻地别在腰后。爷爷那鞭子特讲究，用两年生桑木，青黄蓝紫布条细细地缠了，上面挂个大红缨，煞是好看。加上爷爷甩得一手好鞭花，魁梧的身材往那儿一站，一抬手，啪的一声脆响，"驾，吁呵！"驾车的马扬起蹄子，马铃铛铛——碾了一路的热闹。

"李大哥，送货哩？"

"王家嫂子起早，要捎的花布咱忘不了。"

"李大叔，一手好鞭花哪！"

"没啥说哩，咱这一鞭子打下去，十里八里的蹚将（方言，表示土匪）不死也得打个激灵。"

爷爷是赶大车的好把式，每回出去，少则十天八天，多则一两个月准回来。爷爷回来后，便是庄上的热闹日子。有问爷爷要捎带的东西、捎带的口信，还有让爷爷讲新鲜事的，有说爷爷发财要摆水酒的等，爷爷总是笑东应西。可这一回，一个月过去了，两个月、三个月、半年过去了，爷爷还没有回来。和爷爷做伴的石头回来了才知道，原来爷爷走到半路让日本人抓了丁，被逼给他们拉粮食。爷爷的马车拉的麦子，其中一袋麦子烂了个口，黄灿灿的麦子从袋子烂口处流出来撒在路上。爷爷心疼麦子就停下车来，想把麦子袋收拾一下。结果，日本人用枪柄狠狠地向爷爷身上砸去，顿时爷爷背上鲜血直流。日本人还叫嚣着："还想跑？"爷爷把仇恨记在心里，赶紧拉起马车向前赶路。许多年老体弱的马车夫累得和牲口一起倒下就再也没有爬起来。爷爷和几个壮丁一合计，夜里一把火，把日本人的粮垛和营房点着，趁乱跑了。

石头直接回来了，爷爷为了让众人逃脱，绕道去了别处，生死不明。

日子一天天挨了过去。新年到了，贫苦人平日里少油寡盐的，到了过年还是想把年过得热乎点儿。一年是一年，今年是今年，明年是明年，这是不能含糊的。一生能有多少年？这年要过得好，过得遂心如意，来年的日子都是舒畅的，家道也都是兴旺的。所以，一进入腊月，庄上就热闹了。村里的老少爷们挤出一点钱买一张大红纸，让叔父写上春联，喜气洋洋地贴在门上。于是全村家家户户都洋溢着春的颜色和春的味道。天意爷爷的秋千架已经支好，孩子们在秋千上荡来荡去。庄上的竹马社开始演练了，孩子们踩着高跷在村子里走来走去。"勒住马来站山坡，你的兄长我的哥……"这些有关三国的唱词在村子里飘来飘去。

小李庄很穷，但穷人有穷人的活法。逢年过节买不起鞭炮，爷爷就领人到河坡上甩鞭，长鞭一甩，在寂静空旷的夜里回声很大，脆生生漫过村庄直铺天边，从四面八方传来回声，滚滚滔滔，凝成千百年过大年的气势。

今年爷爷的鞭花声没有响起。爷爷不知哪里去了。

大年三十熬年疙瘩求福贵，一家人围坐在牲口屋。大伯早早地把盆火拢着了，从李家老坟柏树上砍的干柏枝燃得"噼里啪啦"地响，红红的火焰映照着每个人的脸。深冬的夜晚很冷，是那种很彻底的寒意。虽然烤着火，但是感觉背后是一种虚空的凉。这种凉无法抵御，它沿着脖颈到达脊背，又得寸进尺地弥漫到全身。大年三十，一年的日子终于到了尽头。但一家人出奇地静，像一颗石头子掉进了深水里，连一点儿回声也没有。轻轻地不知谁先响起了抽泣声，随之，引起了一家子的共鸣。

"啪——啪！"鞭声？是爷爷的鞭声！爷爷回来了。寒冬腊月的天，爷爷身上只剩下破红衣服、红鞭子和满身的血疤，手里拿着鞭子，鞭子上的大红缨子仍旧红艳艳的。踮着小脚的奶和伯、爹、叔等全家老少哭着、喊着跑过去。

"嘻，甭哭！咱不是好好的。来，让俺再给你们甩个鞭花！"

"啪——啪！"鞭声清脆而有韵味。

不知何时下雪了，只见天地间下着细小而密集的雪花，并且越下越大，越下越密，好像散花仙子向人间播撒花儿，传达着春天的祝福。

"干冬湿年下，明年定是个好年成！"九十八岁的爷爷捋着白胡子，仰起头看着天，一脸平静。

21

韩大胡子

1947 年 12 月 12 日黄昏，陈、谢兵团之九纵司令秦基伟率部第一次解放襄城。解放军进驻襄城后，立即开仓放粮，救济贫民。从 12 月 16 日到 22 日，共分粮百余万斤。农民、中小学师生、居民等普遍分到粮食，全襄城的百姓都欢天喜地，鞭炮齐鸣。

18 日早上，天刚麻麻亮。我奶奶手脚麻利地收拾好，抱着三岁的父亲急匆匆赶往县城。

到县城临时政府处，正好碰见县武装大队的吴存义大队长。

"大兄弟，俺想打听个人。"奶奶看到二十岁左右的吴大队长急忙问道。

"谁呀？"

"张晓初。"

"跟我来。"吴存义同志一边笑着，一边热情地想帮奶奶抱着孩子。谁知奶奶狠狠地瞪了他一眼，一闪身拒绝了，弄得他丈二和尚摸不着头脑，心想：这个大嫂真怪，我看她抱孩子很累，替她抱一会儿孩子，就惹她不高兴了。但是吴存义同志还是很热情地领着她见到了张晓初同志。

由于襄城原来的旧县长廉明伦逃走前搞破坏，临时政府百废待兴，张晓初书记很忙。奶奶一直等到屋子里只剩下自己，才脱下孩子的棉衣，在棉衣的夹角和腋窝处抠出来缝在里面的五块银圆，亲手交给了张晓初同志。

这五块银圆的来历，还得从 1944 年 5 月说起。

1944 年 5 月 1 日，日军混编第三十七、六十二师团各一部进入襄城颍桥。国民党守军第二十四师的五十八团官兵奋起抵抗，与敌激战一昼夜后，因孤军无援而溃退。日军继续向南进犯，企图消灭驻守在库庄乡冀庄一带的国军，受到抗日部队的顽强阻击，但是守卫部队没有抵抗住疯狂日军的侵略，五月三日，日军混成第七旅团占领襄城。

老百姓听说"老日"来了，大人小孩儿都惊慌失措，家家户户背上衣物，抱着孩子，牵着牛羊，纷纷往西山逃去。

我奶奶刚生完我父亲正坐月子。爷爷说："老日来了，咱们的家是守不住了，全家老小现在就跟我往西跑。"

"俺刚生孩子才三天，跑也是死，不跑也是死，我不走。"奶奶抱着孩子哭道。

"那可是烧杀抢掠、坏事做绝的老日！遇见他们，你还能活吗？"爷爷悲痛地说。

"横竖都是死，我死也要死在家里，我不走！"奶奶倔强地拿起剪刀。

最终，爷爷带着曾祖母、伯父和几个姑姑向西逃去。家中只剩下脸上抹了锅底灰的奶奶在家里坐月子。

县城沦陷后，国民党守军从本县各地撤退。五月三日晚，连长韩大胡子带领残余部队沿县城向北撤退到我们村。我家里有很多房子都空着，韩大胡子安排士兵们住下后，到了奶奶的房间里。

吓得哆哆嗦嗦的奶奶拿着剪刀对进门的韩大胡子说："不要过来，再往前走，我就杀死儿子再自杀。"

"大嫂，别怕！你仔细看看，我是韩大胡子，刚从县城里撤下来，伤兵太多，在你家住一晚上，不打扰你。"韩大胡子和颜悦色地说。

奶奶这才放下剪刀，紧紧抱着孩子。韩大胡子从贴身的内衣兜里掏出五块银圆说："大嫂，咱部队就剩这几块银圆了，先存放在你这儿。我要是能活着回来，就过来拿走。我要回不来，你就找个合适的时候，把银圆交给县城的张晓初同志。"

奶奶战战兢兢地把银圆包好放在包孩子的被褥里面。"这孩子命大，将来长大了，也让他当兵保家卫国。"韩大胡子慈爱地看着孩子对奶奶说道。一语成谶，不到参军的年龄，奶奶就把父亲送到部队，父亲在部队经历大大小小的跟土匪之间的战斗和中印边境自卫反击战，成长为优秀的战士，这是后话。

天刚亮，只听到砰砰的枪响声向村子方向打来。"不好！他们追来了！"韩大胡子一边紧急集合，一边喊："大嫂，快抱着孩子，带上所有吃的东西，躲到红薯窖里。"他急忙安顿好奶奶，然后带着伤兵向西跑去。

凶残的日本骑兵闯进家中"乒乒乓乓"一顿打砸，没有找到一个活人，骂骂咧咧地向西去追韩连长。

"啪啪啪……嗒嗒嗒……"后面响起了一阵突兀的枪声，还有急促的马蹄声。

"后面有一百多个鬼子骑兵追过来了，鬼子骑兵还装备了机枪和小炮，我们火力太差，肯定坚持不了太久。"通信兵气喘吁吁地报告。

韩大胡子眉头一皱，自己的二百多人，伤残者占一多半，基本装备除了步枪，还有几十颗手榴弹，怎么才能以最少的损失保住大部分的弟兄们？

撤退路上，他把周围地形看得一清二楚，马上带着严肃表情命令道："重伤病员继续向前，能拿动枪的同志们留下来阻击敌人，有枪的拿枪，没有枪的拿手榴弹，到我们刚路过的山梁去狙击敌军。"能留下的有二十多位战士。

小小山梁，只有几十米高，这样的地形，要完全挡住快速追来的日本骑兵是困难的。

从参加革命的那一天起，韩大胡子就做好了为国捐躯的准备。今天虽然敌强我弱，但是他仍然想拼尽全力把这一百多个鬼子骑兵消灭，这样可以掩护向西撤退的战士和逃往西山的百姓。

一番激战之后，韩大胡子手下二十多位兄弟只剩下七八个了，子弹打光了，手榴弹也没有了，对方又像红了眼的赌徒一样冲上来，怎么办？

"大胡子，怎么办？我们同他们拼了，杀死一个就值了，杀死两个就赚了。"兄弟们知道已经无路可走了。杀死这么多敌人，死也值了，没给中国人丢脸。

韩大胡子心想，就是死也要再拼几个。

"弟兄们，咱们的弹药已用尽。对方还有枪支弹药，冲是冲不出去，只有死路一条，拿起刀！拿住棍子和木棒，向他们头上砍去！"

经过近半个小时的铁血相搏，日本的骑兵大队伤亡惨重，而我方担当掩护的英雄们也全部壮烈牺牲，但为撤退的弟兄和百姓争取了宝贵的时间。

听完九十多岁的奶奶讲这个故事，我曾经提出疑问：我翻遍了襄城历史记载，有中共襄城县委书记张晓初同志和县武装大队大队长吴存义同志，为什么没有韩大胡子这位英雄的任何记载？我问奶奶是不是她记错了？奶奶却一口咬定："你别想着奶奶老糊涂了，就是韩大胡子。我听到他自己说，他是韩大胡子！"

我想，是不是韩大胡子，已经不重要了。在抗日战争中，无数的战士驱敌寇，杀鬼子，洒热血，抛头颅，不留名！生有光芒群众敬，死留正气人民仰。

谨以此文，献给为了建立新中国牺牲的无数抗日英雄！怀念抗日英雄们！

22

吴存义霍堰街剿匪记

位于许昌市襄城县东南的霍堰街，北靠百宁岗，南临沙汝河，隔河与舞阳县相望，是南来北往的交通要冲，在此必须经过摆渡才能过河。作为自古以来的大街面，霍堰街是个人杰地灵的地方。同时，在旧时代也是匪患严重的地方。

1948年，这里曾发生过一次激烈的剿匪反霸战斗。激烈的交战中，优秀共产党员吴存义就牺牲在霍堰街南的沙汝河。

1947年12月12日襄城解放，人民群众欢欣鼓舞，盼望过上安宁的生活。然反动势力狷獗，土匪横行，严重危害人民群众的生命财产安全，威胁着新生的人民民主政权。

"要尽快消灭襄城县境内的国民党残余势力、地主恶霸和土匪武装。"刚刚成立的中共襄城县委，接到了中共豫西地委的指示。

中共襄城县委迅速成立了剿匪反霸斗争指挥部，组织了两支武装队伍，准备围剿歼灭县域内的反动势力。一支队伍由中共襄城县委书记、县独立团政委李瑞堂带领，深入西南山区，全力以赴围剿山匪；另一支队伍，是从县武装大队和县公安局抽调的精壮队员组成的剿匪小分队，由襄城县武装大队大队长吴存义率领。队伍组建后，披星戴月在全县深入开展剿匪反霸斗争。

吴存义率部在剿匪反霸斗争中取得了节节胜利，给敌人带来了极大震撼。因此地主恶霸、土豪劣绅及国民党残渣余孽对吴存义是闻之胆战心惊，恨之咬牙切齿，他们想方设法要进行报复。

1948年6月，吴存义带领五名小分队队员和部分民兵到县城东南部的霍堰街收缴枪支弹药时，当地恶霸地主李国斌一面软磨硬抗拖延时间，一面暗中派人密报已逃离襄城县、藏匿在舞阳县境内的国民党原保安大队大队长刘凤吉。刘匪得到密报后欣喜若狂，当即带领一百多名残匪连夜窜到霍堰街，分散隐藏在霍堰街南院、杨家院、吕家院、刘家院和齐家院等地方。在恶霸李国斌和匪首刘凤吉的指示下，众匪徒将吴存义和队员们包围起来。当时敌众我寡，情况十分危急。但吴存义临危不惧，镇定自若，一面派队员尽快通知附近民兵前来支援，一面指挥队员带领群众转移。

"这是命令！快向渡口转移！"吴存义大声命令道，说着他冲出屋子，用双枪撂倒几个匪徒后，迅速打开一个口子，带领村民杀出了包围圈，转移到蒋湾村渡口附近。

"报告！没有发现崔二虎。"

"还有六位民兵也不见了。"在清点人员时，发现队员崔二虎和几位民兵尚未撤出来。

"全体同志隐藏待命。"说着，吴存义毫不犹豫地只身返回霍堰街，冲进敌人包围圈接应战友，全体战友最终被安全带出。

但是，匪徒仗着人多势众仍然穷追不舍。

"哈哈！小子们，活捉吴存义，重重有赏！"恶霸李国斌带领几十名残匪堵住了渡口。

"不好！快向东撤！我来掩护！"在横梁渡口，吴存义与恶霸李国斌正面遭遇。前有强敌，后有追兵，吴存义不幸中弹，身负重伤。但他仍然顽强地回击敌人，直到流尽最后一滴血。

吴存义壮烈牺牲后，惨无人道的残匪李国斌和刘凤吉狂笑着将他的遗体捆上大石头，坠入霍堰街南的沙汝河。

"为吴存义同志报仇！"县武装大队全体战士闻讯后，无不怒火中烧。襄城县武装大队迅速出击，一举摧毁李国斌的老巢。大恶霸李国斌拒不投降，被当场击毙。反动头目刘凤吉闻风丧胆逃往外地，他们的部下匪徒除一部分被击毙外，其余人员全部被抓获。1949年初，襄城县独立团在武汉将刘凤吉抓获，押回襄城公审后执行枪决。

党的好儿子吴存义是襄城县山头店村人，生于1926年10月。为了党的革命事业，为了新中国的成立，为了人民能过上幸福的生活，英勇地献出了年轻而宝贵的生命，时年仅二十二岁。

古老而饱经沧桑的汝河水，襄城千年的风霜与悠久的故事，在这条河里回旋、流淌。

汝河带着黄淮平原的雄浑与粗犷，载着八百里伏牛山之首山的秀美与灵气，流过周襄王的瓮城，淌过唐朝的文庙，跨过明朝的虹桥，流过明清的古道，穿过英雄吴存义战斗过的霍堰街渡口，浩浩荡荡，一路向东奔腾。

如今汝河还是那条汝河，渡口还是那个渡口，只是我们的英雄吴存义长眠这里，让我们记住他吧！

23

又是一年秋风起

那年九月，秋风乍起。

大学毕业的张文化怀着喜悦和兴奋，走进研究所报到。偏居一隅的研究所，满院菊花怒放。仰望天空，一些奔跑的流云，放眼远眺，山高水长，秋风拂过耳旁，送来瓜果香。张文化在秋天的风中遐想，上了这么多年学，走了那么远的山路，总算有了单位，看到了希望。

怀揣梦想的张文化，想搞一个科研项目，需要极大的一笔资金。当他把熬尽心血所写的研究材料交给所长的时候，所长接过材料，看了看，说："好，好，好，我们认真地研究研究。"所长的这一研究，就没有了下文。

张文化心里很郁闷。这个研究要是做成了，不知道会给所里带来多少的财富和贡献。不过，要是失败，也会带来一些经济的损失，谁愿意扛起这个责任呢？开始的时候，张文化还会在心里有所怨责，慢慢地，心冷了，也就失去了热情。这件事情，成了，他所得不多；不成，也没有多大的损失。总之，成也好，败也罢，那是大家的事情，自己是无能为力的。

所以，年轻的张文化就在心里暗下决心：等我当了所长，就算拼着所长不当，也要好好地把这件事情做成。

张文化努力工作，认真做人，为自己奠定基础，就为实现心里美好的愿望。

功夫不负有心人。通过一番努力，在老所长退休之后，张文化顺利当上了所长。当上所长的张文化一忙起来，就忘记了自己的研究，不过他的研究，现在就算想做，也跟在别人的后面，再做起来，已经成为沿袭别人的而已，没有丝毫的意义了。只是事实证明，他研究的方向是对的。可，那又有什么用呢？

于是，在国际上给这个科研项目颁奖的实况通过电视直播时，已当上所长的张文化支开妻子和女儿，一个人悄悄地坐在电视前。看到自己曾经想研究的项目如今被别国的科学家研究，并获得国际大奖，他泪流满面，在空荡荡的房间里竟轻轻抽泣起来。如果别人看见了一定会说，一个大老爷们怎么这么矫情。可是，又有谁知道这里面的辛酸和故事呢？哭完以后，他打开抽屉，从里面拿出十几年前的那份极其重要的研究材料。现在这些研究材料早就变成了一文不值的废纸，他把所有的研究材料和当年辛苦研究的数据放进粉碎机里，打得粉碎。同时打得粉碎的还有自己的热心和梦想！有些事情，有些东西，只有这样，才是最好的纪念，花泥往事，散了就散了。

第二天，张文化又照常上班，虽然稍显疲惫。

"张所长，昨晚的颁奖典礼让我激动不已。我这两年来日夜无眠地研究一个项目，您看，这是我的构思和材料。"迎面走来的是所里新分的博士宋大伟。

张文化仿佛看到了年轻的自己。他把自己关在办公室，用了两天的时间认真仔细地阅读了大伟送来的科研材料，不断叫好，太好了！这个研究方向正是现在国际上争论不休的话题，出了成果一定可以叫响。激动不已的他拍着宋大伟的肩膀说："年轻人，好好干，有想法！走！咱们先向唐副市长汇报！"

张文化领着宋大伟找到分管工作的唐副市长。唐副市长笑呵呵地听完汇报，说："年轻人有想法很好，不过这事要研究研究！"再没有下文，半年的时间，俩人都不知找了各级领导多少次，皆被"研究研究"打发了回来。

事后多方打听原因，市长说过，城市建设需要钱，教育投资需要钱，民生扶贫需要钱。这科研不能顶吃不能顶喝，这不是没事找事嘛。听到市长和秘书的转述，张文化无奈地向后转，漫无目地走在大街上。

又是一年秋风起，带着寒意袭来的冷空气，卷起漫漫黄尘，凋谢的叶儿随它漫天飞舞一片片如蝶，如精灵，在天空中久久飘零，不肯落下。好一会儿，它安静地躺在地上，孤独地诉说悲寂。一切都是那么安静，一如此时张文化的心境，如《汉宫秋月》般无奈和惆怅。

尽管，他也知道这个研究非常重要，但巧妇难为无米之炊，自己找不来，也要不来。那能怎么办？他拍拍宋大伟的肩膀，鼓励说："大伟，你很有干劲，精神可嘉。说实在话，我们所里的研究经费极其有限，目前情况下，根本不允许我们搞这个项目。不过，我还会向上级领导部门反映，尽量争取搞到资金，让这个项目上马。"

这些话，张文化自己都知道是多么的苍白无力，但除了安慰，张文化都不知道应该说什么好。

宋大伟感动地点头，说："谢谢所长，我会继续努力的。"

望着宋大伟离去的背影，张文化叹流年，吟沧桑，有些惆怅，有些迷茫，有些自责，又有些泪眼迷蒙……

秋风吹起，寂静的研究所素描菊淡，清香袭婉，守望着凝练的深秋。天蓝蓝，遮出疏影间张文化飘零的衣衫，秋风吹老了他的灿烂。张文化想：这辈子无奈给了岁月，妥协给了生活，梦想却不能放下。

耳旁响起了党中央指示："科技是国之利器，国家赖之以强，企业赖之以赢，人民生活赖之以好。中国要强，中国人民生活要好，必须有强大科技。"推进科技创新，必须破除体制机制障碍。

在首个"全国科技工作者日"来临之际，张文化迎着秋风，踏着落叶，拿着科研材料又一次迈着坚定的步伐向市委走去。

24

种波罗蜜

年年岁岁花相似，岁岁年年"事"不同。己亥末，庚子春，因为病毒肆虐，家家户户只能"宅"在家里。往年这个时候，浩宇的爸爸早就在海南种波罗蜜了。二三月份正是波罗蜜开花的季节，需要将一些长得孱弱的花朵去掉，让健康的果实得到更多养分，才能结出又大又甜的波罗蜜。

一想起波罗蜜满地粉嫩的花，浩宇爸爸就恨不得插上翅膀立刻飞到海南。可是现在他走不了，生命跟生活相比，还是生命更重要，至于海南的果树只能任其自生自灭了。

于是，浩宇爸爸就利用手机视频和朋友们划拳喝酒。妈妈每天都在研究美食，朋友圈里发的美食如炸汤圆、炸怪味豆、做面包等都试一遍。这几天妈妈在研究竖扫帚、竖剪刀、竖擀面杖等家里一切可以竖起来的东西。妈妈每成功竖起一个物品，必然高声惊叫，然后拍照"晒"在朋友圈。妹妹才几个月大，每天都在睡觉，爸爸的划拳喝酒声和妈妈的惊喜声，似乎对她不起作用。

一天，妈妈看到朋友圈有人组团买水果，免费送到家里。她买了很多水果，其中还有浩宇爱吃的波罗蜜。爸爸和妈妈都吃腻了波罗蜜，这么多的波罗蜜够浩宇幸福地吃上一段时间了。

在小区的院子中央，有各家各户放的花盆。每到春天，各色花儿红的、粉的、紫的、黄的等姹紫嫣红，争相开放。

浩宇每次吃完波罗蜜，就悄悄地戴上口罩下楼，把波罗蜜核埋在装满土的花盆里。起先，妈妈并不在意，每次进门就忙着给他消毒。时间久了便问："你怎么老把波罗蜜核埋在花盆里？"

"我想种出波罗蜜来。"他头都不抬。

"可波罗蜜是南方水果，在北方是不会发芽的。你这样是种不出来的。"妈妈一边给他喷酒精洗手一边说。

"波罗蜜是热带经济水果作物，只能在热带地区种植，对空气的温度和湿度要求苛刻。在咱北方这地方，寒冷天气多，气温低空气干燥，是不能栽培的。我是种波罗蜜的高手，要是能在北方种，我就不去南方，在咱老家的地里就能种了。"爸爸说。

"我知道。"

"那你干吗还这样？"妈妈很好奇。

"波罗蜜非得在南方才能种吗？ 我想试试在北方种能不能发芽。"

"我想创造奇迹。"孩子抬起头，眼里充满了希望。

浩宇精心地为他种下的波罗蜜浇水，然后就蹲在花盆前发呆，眼中尽是希望。至于爸爸叫他，他理也不理。显然，他沉浸在他的希望里。

浩宇的爸爸几天后才发现他的古怪。这天，家里食盐用完了，超市就在小区内，戴上口罩就可以去买。爸爸叫浩宇去买食盐，连叫了几声，没人应，出去一看，发现他蹲在花盆前又在发呆。父亲说："你蹲在这里干什么？ 叫你几声都听不见，你心到哪儿去了？ 买盐去！"说着，便递钱给了孩子。

过了很久，浩宇还没把盐买回来，爸爸慌了，忙走出去。一出门，就见孩子又蹲在花盆前，手里捏着给他的钱。

浩宇的父亲生气了，过去一把扯着他的手，呵斥道："你怎么搞的，叫你买盐，你还待在这里？ 给你说多少遍了，咱这里的气候种波罗蜜是不会发芽的！"浩宇的心思还在花盆里。

波罗蜜核栽进去已经一个月了，还没发芽。孩子有些失望。

他说："我在想，这波罗蜜怎么不发芽？"

他爸爸听了，更气了，大声呵斥道："以前就跟你说过，你这样没用，你真是犟驴！要是南方的水果能在北方成活，我也不用去南方了。"一想起不能出门挣大钱，浩宇爸爸火气一下子爆发了，随手打了孩子一巴掌，并顺手拿起花盆，摔了个粉碎。

浩宇看着满地的泥土与碎片，哭了。

浩宇毕竟还小，他在沉默了几天后又恢复了以往的活泼。病毒慢慢被控制住了，孩子们可以戴着口罩在院内玩。浩宇的爸爸终于办了健康证，又去海南种波罗蜜了。

天气越来越暖和，小区的花开了，浩宇看见安琪吃完波罗蜜后也把果核埋在花盆里，急忙走过去，对女孩说："你怎么老把波罗蜜核埋在花盆里？"

"我想种出波罗蜜来。"

"可波罗蜜是南方水果，在北方是不会发芽的。你这样是种不出来的！"

"我知道。"

"那你干吗还这样？"

"波罗蜜非得在南方才能种吗？我想试试在北方种能不能发芽。"

"我想创造奇迹。"女孩抬起头，眼里充满了希望。

浩宇说："真的，你这样做没用。我以前也这样做过，没有用的。我爸爸就是种波罗蜜的高手，他又去南方种波罗蜜了。"

"种下去要每天浇水，你知道吗？我爸说的，要尝试了才知道结果。"

浩宇点点头，张开嘴，还再想说些什么，但什么也没说就跑回屋子。

一段时间后，安琪的花盆里居然长出嫩嫩的毛茸茸的小苗来。小女孩开心极了，她戴着粉红色的口罩兴奋地把院子里的小孩都叫去看，也叫了浩宇，但浩宇没去，他在一群孩子围着花盆看时，一个人躲在一边流泪。

妈妈看见浩宇流泪，走过去说："你怎么在这里哭？"

浩宇说:"安琪的波罗蜜能发芽,是她的爸爸用保温薄膜覆在上面,我看见她爸爸天天晚上把花盆搬到楼上,晚上还用东西盖在上面保温,第二天天暖和了才搬下来。"

浩宇又说:"安琪的爸爸真好!"说着,他又呜咽着哭了起来。

25

红石祭

襄城县山头店乡的红石湾村紧挨着首山。

首山岩石属沉积岩类中之红砂岩，岩石通体发红。虽同属伏牛山系，首山与其邻近的姊妹山如令武山、焦赞孟良山等只有数里之遥，但所产石材的颜色却迥然不同。这也是首山的特异之处，它属于全国山脉中为数不多的红石山之一。

一沾上腊月，红石湾的风就带着冰刀子，一下一下，剜得人全身生疼生疼。

每天中午，年迈的孙二颤颤巍巍地走到院墙边，躺在那张早已摆好的摇椅上晒太阳。背风的院墙，阳光真好！他抬头看见首山，山上多红石。看着满山的红石，他想起了半个世纪之前……

靠山吃山，村里的老少爷们儿都上山打凿红石，然后由石匠精雕细琢成石臼、石磙、石碑、石磨、碾盘、石狮子等。红石湾村的孙大和孙二兄弟俩自小就上山采石，有时也驾着小船顺汝河，山南海北地运石头或凿好的石件。

山路蜿蜒，路径不宽，两边青草、野花、树木高高低低，错落有致。草丛里蟋蟀歌唱，随着风儿变换着节奏，时长时短。

帅气的孙大随手捡上几块石头，一双巧手三五下就雕刻成狗儿、兔儿等，递给路边玩耍的小孩儿，把他们逗得乐呵呵的，大哥长、大哥短地叫个不停。

那时的大哥真年轻啊，孙二斜躺在椅子上，抬起满是青筋的手摸摸自己的白发。

"孙大呢，大哥去哪儿了？"孙二最近老犯迷糊，把这个人的事儿按在那个人身上，又把那个人换成这个人，尽是狼腿拉在狗腿上的混乱。

"爷爷，您又迷糊了，大爷早走了。"孙女脆生生地说。

"你大爷睡了。哦！睡了就睡了，别喊他。"孙二知道自己也快要睡了。

"给我用红石棺，我要睡红石棺。"孙二这句嘱托说了不下一百遍。全村老少都知道，他百年后要睡在传统的红石棺里。

孙二一闭上眼睛，湍急的汝河水就滚入脑海，原本浑浊的眼神会突然变得光亮起来。那年的事儿，他一直忘不了。

那是 1943 年冬天，孙大、孙二兄弟俩上山采石头。他们知道一个秘密山洞，有一大堆红石头守卫着一个隘口似的地方，再过去一点，看到草地和花朵。那儿，山把荒芜渲染成了春天，把严峻换成娇艳；那儿，山守护着孤独的残余希望和寂静的最后藏身处。兄弟俩经常在这个山洞里休息。

"大哥，那边有个人！"孙二看见山洞里躺着一个人，胡子拉碴，面容消瘦，长衫褴褛碎成布条，上面血迹斑斑，旁边有一个背包露出几本书，像个教书先生。

"还活着？"孙大用手一探，还有气息。兄弟俩赶紧把干粮放在红石上，用小红石捣成粉末，和着泉水喂那个人。

原来是地下党李年装扮成教书先生，从南阳准备穿越襄城把情报送到开封。刚刚路过叶县时被日本兵打伤，又不敢暴露身份，挣扎着跑到山洞里。

知道了事情的经过，兄弟二人忧心如焚。现在外面夜色如墨，炮声不断，怎样才能把李年安全送到开封呢？

日本人把整个汝河都封锁了，每个村庄都建了碉堡，村口、桥头、岸上密布。想蒙混过关，已无可能，只能渡河。

兄弟俩把李年藏在船的甲板下，上面装上石头，顺着汝河一路向东，绕过县城，通过小路就能到达开封。

载着石头的小船，成功地躲过了哨兵的眼线。突然一个炸弹飞过来，大哥迅速地推开了孙二，他自己则倒在石头上。鲜红的血染红了满船的石头。

"大哥！"孙二忙接过船桨，但声响引起了对岸哨兵的注意，顿时枪声响成一片。

后来又怎么把李年送到安全的地方呢？孙二又想不起来了，只记得满眼的红石，红啊！那是用大哥的鲜血染红的。

那条船呢？船被枪打出了一个大洞，是大哥挣扎着脱下棉裤把洞口堵起来。汝河的风真大，带着冰刀子，一下一下，剜得人全身生疼生疼。送走了地下党李年，船没了，红石没了，大哥也没了，连一点儿血肉也没有留下，都渗到红石里，满山的红石就是大哥呀！孙二闭上眼睛陷入了回忆，浑浊的泪水从眼眶里流出……

今年自己九十多岁，活够了，大哥的福寿都折到了自己身上。

后来，那个地下党李年来接自己去开封享福。先生已经是开封五八〇一八部队什么师的大领导了。他怎么能离开这红石湾呢？怎么能离开这满山的红石呢？那是用大哥的鲜血染红的，要不咋那么红呢？

孙二斜躺着，一边晒着太阳，一边远望首山。这边的山石像一位久经沧桑的老人安详地躺在那里，那是大哥！那边的山像锋利的尖刀，一刀一刀雕刻着岁月。再远点儿的山就像含苞欲放的莲花……

闲散的心境，一如人生慢慢地把岁月怀念。静静如水，淡淡如山。

山上的红石真多，方的、圆的、长的、短的、大的、小的，横七竖八地各处散着。在红石间有些小潭清澈见底，看上去有空明之感。

太阳一照，红石闪闪，坚硬的身躯随处可见，那不平的棱角，显示沧桑的轮回，不屈不挠，在尘世，独显张扬。

26

红石磨

红石湾紧挨着首山，山上多红石。红石中富含有益于人体的微量元素，因此是制作食用器具的绝好材料。

因为首山有了这难得的红石，石山周围几十个村落中就有了无数祖祖辈辈靠采石、锻石为生的石匠。他们首先在首山岩体上，按岩石的纹理剥离下或大或小或厚或薄或方或圆的石坯，将其运下山来，交给锻凿石匠。石匠以石之大小形状，将其锻凿成不同的物什。大一些的凿成喂食牛马等牲畜草料的石槽，碾轧谷米的石碾、石盘、石磨，舂谷的石臼、石杵。

襄城县所产红石制品，不仅供本地居民使用，而且销往周边省份。乾隆五年修编的《古氾城志》记载："（襄城）物产无特异者，故不录。独烟、蒜、石器有名声，流通千百里外，与他地差别耳。"当时，襄城汝河水运和陆地运输都十分便利，首山红石制品被运销外地，成为古襄城的一张名片，也是襄城无数石匠养家糊口的救命石。

红石湾村东头的老孙家，每天中午，年迈的孙二就颤颤巍巍地走到院墙边儿，躺在早已摆好的摇椅上晒太阳。背风的院墙，燕儿声声，阳光真好！抬头看见首山，山上长红石。靠山吃山，村里的老少爷们儿都上山凿红石。然后由石匠精雕细琢成石臼、石磙、石磨、石碾、石碗、石碟、石落子等。

暖洋洋的太阳照在孙二身上，往事就滚入脑海。孙二浑浊的眼神突然变得光亮起来，年迈的他想起老伴，姜芳呢？芳儿在哪里？芳儿已经睡着了。孙二知道自己也该走了，已经九十多岁了，该和老伴儿团圆了。

记忆中，事情要从1940年说起。

红石湾在燕鸣声中醒来，炊烟袅袅，各家各院的红石磨就开始不紧不慢地旋转起来。山村的红石磨，在农村生活中作用很大，谁家有一盘大红石磨，就是财富的象征。可以磨米、麦、豆、花椒、辣椒、韭花，还能磨豆浆。

相传红石磨是鲁班发明的。据说他发明了木工用的锯子、刨子、曲尺等。当他看到人们吃面粉，都是把麦、米、豆等放在红石臼里，再用石杵一下一下地捣。用这种方法费时费力，捣出来的米粉有粗有细，而且一次捣的量很少。鲁班就想出造红石磨这种用力少、收效大的方法。用两块有一定厚度的扁圆柱体的石头制成磨扇，下扇中间装一个短的立轴，上扇中间有一个相应的空套，两扇相合以后，上扇可以绕轴转动，两扇相对的一面，有一起一伏的磨齿。刻这个磨齿是盘磨中最精细的技术活，有专门的锻磨师傅。

农家一日三餐，干的、稀的都经过石磨。置办不起红石磨的人家，就得起大早借别人家的红石磨用。

红石湾村东头老孙家，老伴常年有病，家里置办不起红石磨。每天耍起五更，带着孙大、孙二两个儿子赶在磨主人用磨之前把一日三餐磨出来。老孙家两个儿子都是英俊强壮的小伙子。

去年，孙大已经成亲了。想起孙大的婚事，老孙嘴角就扬起笑，那可是娶到一个好姑娘。

1940年春，油菜花开满首山的日子，孙大借了一匹马，跟村里的人一起到山西贩卖小型红石磨，每匹马上用大袋子装十来个精致的小红石磨。刚踏上山西地界，就遇见了日本人，幸亏及时躲到路边客店才没有被枪杀。旅店夫妻俩很和善，膝下有一女，帮他们把马远远地藏在茂密的高粱秆围成的圈子里，把货和随身带的东西搬到了二楼住宿的屋里。忙到半夜，筋疲力尽的孙大他们刚要休息，就听到砰砰的枪响，接着客店的大门被踹开，骂骂咧咧进来五个日本人。店主夫妇赶紧迎上来。砰砰两枪，店主夫妇应声倒地。孙大和伙计们躲在楼上，看到店主夫妇惨死的一幕，眼珠子都红了。

孙大悄声对同伴说："咱们一共九个人，每人扛一袋红石磨，找个最佳的位置从上往下砸小鬼子，往头上砸，一盘红石磨砸死一个鬼子，要快要准！一定不给他们开枪的机会，只准成功不准失败！"伙计们都瞪着血红眼，握起拳头，悄悄把袋子的红石磨掏出来放在身边，找准位置，恰好五个日本人坐在院内桌子上吃东西喝酒，孙大小声说："一二三，砸！"

红石磨从楼上各个角落里精准地向鬼子头上砸去，可恶的鬼子还弄不清楚怎么回事，就一个个命丧黄泉。

孙大他们把死去的日本人拖到围马的高粱秆里，挖坑把鬼子埋起来，又用高粱秆压密实，天已经亮了。

几个人又把旅店夫妇埋葬了，家里只剩下一个姑娘。

这红石湾的红石磨质地细，活儿干得巧，在山西很受欢迎，但兵荒马乱的，人们只顾着活命，红石磨卖不上价，几个人心急想回家，就低价处理了。

孙大和马队走的时候，姑娘背个包袱跟孙大说："我要跟你走！我要嫁给你！"

"那不行，我必须回家跟父母商量，如果同意的话，明年我就来接你。"孙大说着就翻身上马。

"等到明年？你不来，我怎么办？我怕！"姑娘眼泪汪汪地揪着马尾巴不放。

"孙大，你走不走？不走？我们不等你了！"同行的人已经飞马离开。孙大一狠心举起马鞭子"啪"的一声，马飞快地跑起来。等到马停了，他扭头一看，惊呆了，原来姑娘拽着马尾巴跟着自己跑。

孙大翻身下马，什么话也不用说了，把满身伤痕的姑娘抱到马上，马铃叮当回了红石湾。

现在还剩下孙二的婚事没有着落。孙二性格腼腆，成了老孙的一块心病。

正巧碰见同村的媒婆说:"老孙呀,早上起来,我听喜鹊喳喳叫,就知道喜事来了。这不,我给你家二小子物色了一个好姑娘,明天来相亲,家里得好好收拾收拾。"

老孙千恩万谢后回家张罗。借了东家的方桌,借了西家的酒壶,借了南院的牛,又借了北院的羊。老孙家一天都沉浸在忙碌和喜悦中。

两个年轻人见了面。姑娘叫姜芳,比孙二小两岁,见了人高马大的孙二,心里很欢喜。孙二对身材高挑,眉清目秀,扎着麻花辫儿的姑娘是越看越耐看,一百个愿意,站在一边傻笑。姜芳见他总盯着自己看,难为情地低下头,两手摆弄着辫梢儿。

姑娘走了,一家人如热锅上的蚂蚁一样,等待着媒婆的回话,结果女方家不愿意,姑娘已经跟一个残疾人定了亲。

孙二心里很郁闷,想不明白。

父亲说:"孩子啊,学门手艺吧!"

"我想拜师学锻磨。"孙二抱着头蹲在门槛上说。

红石磨在长时间使用后,两扇磨盘接触面的磨齿会磨损,致使上下磨盘与膛道的中间部分的距离会减小。此时需要对红石磨进行修整,称为锻磨。十里八乡有红石磨的人家,每年总是到别的地方请锻磨师傅。

老孙听了说:"学锻磨,我支持。这手艺精,锻磨师傅不轻易教,除非拿出很高的拜师金,可咱家穷啊! 出不起!"

孙二坚定地说:"我自有办法。"

后来,村里村外无论谁家请锻磨师傅,孙二就在不远不近的地方藏着偷偷观看。有时藏在树上,有时趴在墙头,有时猫在梁上。风吹日晒,吃尽苦头,受尽白眼。半年过去了,孙二将锻磨的一招一式记在心里。他从首山上采红石盘红石磨,刻苦练习,竟把锻磨技术学得八九不离十了。

春天来了,整个首山生机盎然。树木抽出新的枝条,长出嫩绿的叶子。山上到处开满了桃花、梨花、樱桃花以及各种颜色的野花,这儿一丛,那儿一簇，白的像雪，粉的像霞，红的似火。引来了蝴蝶翩翩起舞，引来了蜜蜂嘤嘤嗡嗡。山坡的油菜花开得金黄金黄，孙二告别家人，一根扁担挑起工具，去离家远点儿的村子揽活，他步行十来里，来到姜家村，进村就大声吆喝："锻磨！锻磨了！谁家盘红石磨嘞！"

村头一位大叔向他招手。大叔是个石匠，急着出门干活，很快谈妥价钱，大叔挑着工具走了。

孙二快步走进院子里，从屋里走出来一位扎麻花辫子的姑娘，两人一对脸都愣住了，几乎同时问道："是你？"

原来姜芳母亲嫌孙家穷，连盘红石磨都没有，非逼着姜芳嫁给富有但有残疾的张大强。姜芳甩了一下麻花辫，坚定地表达了死也不同意的决心。

"太好了！我家现在有红石磨了，我自己盘的！"孙二欣喜地跳起来。

人逢喜事精神爽，今天的孙二干活格外勤快麻利，姑娘坐在旁边择菜做饭。辣椒是浓郁的草香辣，茄子是津津的肉香味，大蒜是今年新掘的，黄瓜也是顶呱呱的甜脆。姑娘脸上始终挂着笑容，望着忙碌的孙二，心里满是对未来美好生活的憧憬。

经过半日敲打，两扇磨盘上，几十根槽子都达到了应有的深度。

院内的梧桐树，长了十几年，粗壮。枝叶密密匝匝，梳篦着阳光，地上洒着斑斑点点。麻雀叽叽喳喳，燕子飞来飞去，虽说是天气不热，可小心翼翼、精雕细琢干活的孙二忙得满头是汗。

姜芳悄悄地回屋，拿出珍藏的大红油纸。抚平毛糙的边，在凳面上用双掌压平，折起褶来，每个褶的宽度只要半厘米，褶子越多，扇风越凉快。一个褶子，折一下翻个个儿，再折个褶子，再翻个个儿，来来回回，折下去，翻上来，眼看一张纸就要到最上面了，这时，压缩褶子，从中间对折，最中间的两褶拿面糊粘住，粘得美观养眼！好了，展开，试着扇扇风，不错，大功告成！姜芳怀着喜悦而羞涩的心情拿起扇子静静地站在孙二后面，轻轻地扇起来。孙二回头相视一笑，低头干得更欢、更细心了。

此时不再用钢钎，改用钢板镶入锤头的深槽中，经过锤头，对每行磨齿轻轻地敲击，这是精细活。直到把每个磨齿都锻成向上的三角形，齿锋略呈圆度，才算完工。

　　"我妈快回来了。"站在身旁的姜芳说。谁知正专心致志干活的孙二听了，一紧张，手上用力不稳，一行磨齿上蹦出了一个不大的豁子。

　　这可怎么办？孙二头上冒了汗，姜芳他妈本就不同意这门亲事，这下会更不如意，赶紧走吧！孙二慌忙收拾工具，也没吃午饭，也没要工钱，不顾姜芳一再挽留，匆匆走了。

　　姜芳依依不舍地追到村头，早不见孙二的踪影。姜芳不明白孙二为啥走得这么急、这么慌。

　　孙二大踏步地走出姜家村，心里别提多郁闷，本想做个漂亮活儿，让姜芳家人看看，结果一紧张就弄砸了。

　　罢！罢！罢！我去远方干活吧！孙二从此就孤身在外，行走乡间，白天拼命干活，工钱随便给，晚上就打个地铺凑合着住。只是夜深人静时，孙二就想父母，想家，想姑娘，可始终没有勇气去姜家认错。

　　一晃一年过去了，孙二已经是远近闻名的盘磨匠，无论什么样的红石到他手里，活儿都会让主人满意。

　　一天，孙二在郏县锻磨，主家端来了饭锅，揭开盖子，一股麦香味夺鼻而入。毫不夸张地说，这种麦香勾人心魄、摄人心魂。离家一年在外闯荡的孙二，闻着麦香竟是这样醇洌、深邃，拨动着心弦，不自觉地增加了许多乡愁。麦香是那拉着线圈放飞风筝的人，线断了，风筝绞在了树杈上，随后狂风呼啸而来，你漂泊着，寻觅着，降落着，"缺月挂疏桐，漏断人初静"，麦香笼上心头。孙二想起姜芳家里的饭锅，会架上一个铁箅子，其上盛放馒头，待碎麦仁快熬到出油，馒头也全软和了。

　　这顿饭吃得孙二泪水模糊双眼。他收拾行李回家，却不知不觉走到了姜家村。

远远地看到村头柳树下站着一位扎麻花辫的姑娘，是姜芳。

"我有空就站这儿望望，看你来了没有，没想到真的盼到你。"姑娘娇羞地说，双眼噙满了泪水。

"你父母同意了？"孙二挠着头说。

"同意了，父母知道你是远近闻名的盘磨师傅。"

孙二激动地跳起来，一时竟不知道怎么表达，拉着姜芳就向红石湾跑去。

山路蜿蜒，不宽的路径，两边青草、野花、树木，高高低低，错落有致。那青葱的草儿，或齐膝，或只跟脚面高度一样。草丛里，有蟋蟀和蛐蛐的奏乐声，它们变换着节奏，时长时短。不知在哪棵树上的什么鸟儿，不甘寂寞，嘹亮的鸟鸣破空而来，似乎想与蟋蟀和蛐蛐们一争高低。孙二随手取几块小红石，片刻工夫把它们凿成兔儿、狗儿，随手递给路边玩耍的小孩子们，把他们逗得乐呵呵的，"哥哥，哥哥"的叫声就不绝于耳，并飞快地向孙二家跑着报信去，一边跑一边欢呼着："二哥哥回来了，还带着二嫂嫂！"

孙二加快了脚步向家里赶去，间或摘到几棵野葡萄，小心地放进姜芳嘴里，满口生津。

孙二抬起头，远望首山下，只是一座村庄，牵着又一座村庄。一处花木掩映的房子，一群和草木一样葳蕤生长的儿女，便是一个乡村的整个世界，足以在其中安放下一生的光阴。

27

教师节获画作感怀

处暑过后，炎热渐退，凉风微至，秋季姗姗而来。

白居易写道："离离暑云散，袅袅凉风起。"诗人的早秋感怀，还在暑中。一岁四季，各有风华。今日处暑节气恰逢教师节，在这样安静美好的日子，我悄悄地度过自己的第三十个教师节，没有人知道一名老教师的心里在期盼着什么。

就在此时，我收到了弟子——画家杨帆从北京画家村寄来的画作。这份礼物，无疑是我收到的最为珍贵的教师节贺礼。

我一遍遍地展开，一遍遍地观看，悬挂于客厅显眼位置，又一次次地取下藏于画匣之中，如此反复，难以想象。没有当过教师的人，是很难理解我此时异乎寻常的"矫情"。

感动之余，我不禁想起《荀子·劝学》中的名句："青，取之于蓝，而青于蓝。"韩愈在《师说》中亦云："是故弟子不必不如师，师不必贤于弟子，闻道有先后，术业有专攻，如是而已。"弟子的成长与进步，恰似青出于蓝而胜于蓝，令人倍感欣慰。

杨帆，河南襄城人，毕业于长春师范大学，教育学学士学位，结业于清华大学中国画高研班，师从刘平老师、著名军旅画家张禾、著名画家马顺先等。凭借自身的不懈努力与天赋才情，如今的他已是河南省美术家协会会员，同时担任宝庐美术馆副馆长一职。

"春风如信，吹开百花。花开有期，如期而至。"每一朵花儿都在属于自己的时节里绽放，灼灼其华，将世间装点得五彩斑斓。我至今清晰地记得初学画画时的杨帆，小小的身影在角落的画桌前，手中的画笔仿佛有着神奇的魔力。他的眼神专注而坚定，仿佛整个世界都与他无关，只有五彩的颜料和洁白的画纸。

杨帆家有一片颍川兰苑。他时常在园里面对父亲精心种植的花草植物作画。画淡雅的兰花，那高洁的姿态，清幽的芬芳，在他的笔下流淌而出；画翠绿的竹子，那挺拔的身躯，坚韧的精神，在他的笔下熠熠生辉。他儒雅随和地站在园中，手中的画笔仿佛有了生命。

他专注地凝视着每一朵花、每一片叶，仿佛要将它们的模样刻在心底。夏日的午后，阳光透过窗户洒在他的脸上，他却浑然不觉，依然认真地涂抹着色彩。汗水顺着他的脸颊滑落，他也顾不上擦拭，只是紧紧地盯着画纸，生怕错过任何一个细节。那专注的神情，那执着的态度，让人不禁为之动容。这跟他师从张禾有关，张禾是张道兴的儿子，均为军旅画家，张道兴曾任中国美协副主席。他们都特别重视写生。

后来，杨帆师从张禾、马顺先大师，特别是师从马老师后，逐渐领悟到艺术的真谛。

我时时关注杨帆和他父母的朋友圈，常常能见到他的花鸟画作。我会在每一幅画的下面写下评论，虽不是精品但胜在真心。杨帆的花鸟画作仿佛是大自然的一扇窗，让我们得以窥见鲜活的生命与绚烂的色彩。他笔下的花鸟，形态各异，栩栩如生，每一根羽毛、每一片花瓣都仿佛被赋予了生命的灵动。他不追求华丽的修饰，而是以扎实的功底和细腻的笔触，将花鸟的神韵展现得淋漓尽致。

在杨帆的作品中，尤为注重一种单纯却不失丰富层次的情感表达。画花容易画叶难，许是颍川兰苑的花草感染了他，杨帆在叶子的描绘上展现出非凡的技艺。他笔下的叶子，浓墨之处恰似深沉的墨韵，彰显出厚重的质感；而淡墨之处则仿若透明的薄纱，空灵剔透。在色彩的运用上，他能够精准地把握色调的浓淡变化，做到"色到意到"，画面浑然天成。

杨帆在早期便注重对塑型能力的培养，他数次前往西双版纳，深入原始森林，通过大量的写生与练习，不断提升自己对物体形态的精准把握能力。

在杨帆众多的画作中，我尤喜他那具有生命力的 S 形构图。S 形构图，作为中国画构图的一种重要形式，在道家哲学中，"道法自然"是其核心理念，强调万物皆由自然而生，顺应自然方能达至和谐之境。S 形构图也体现了中国古代哲学中的阴阳对立统一思想。在太极图中，S 形曲线将黑白两色巧妙分割，象征着阴阳两极的相互依存与转化。在中国画构图中，S 形构图同样通过其曲折变化的线条，将画面中的各个元素有机地联系在一起，形成了一种既对立又统一的和谐关系，展现了宇宙间万物相生相克、相辅相成的哲学思想。杨帆的画作《春消息》《繁花似锦》《惠风和畅》等都将这种构图方式运用自如。

笔墨认知是中国画区别于其他画种的基本特征。墨分五色，想用一支毛笔把墨的"焦浓重淡清"表现出来，不下深功夫是不行的。杨帆深知笔墨的重要性，深入研究传统笔墨技法，从历代名家作品中汲取养分。在用笔方面，他不粘不滞，线条流畅自然；不狂不野，彰显出沉稳大气。画面中的笔墨仿佛拥有生命，节节呼吸，处处洋溢着鲜活的意味，给人以儒雅、舒适的审美享受。

而文化认知，更是中国画的灵魂所在。杨帆广泛涉猎中国传统文化经典，深入研究诗词、书法、哲学等领域，将丰富的文化内涵融入绘画创作之中。

观赏杨帆的画作，无须借助 DeepSeek 进行解说，只需观者以一颗纯粹之心直面画作本身。"人生若只如初见"，当你与画作对视的这一特定时间与空间里，你已与画作相互交融。

在如今的画坛，众多风格各异的画家如繁星般闪耀。然而，我们仍迫切地需要实力派花鸟画家。

花鸟画最忌画粉、画娇、画弱、画软。三十岁正青春的杨帆，路还很长，愿他不当画匠当大师，把紫禁城的黄昏揉进赭石，让碑林断碣的呜咽淌进砚墨。既然这双手接了毛笔五千年的战栗，就该明白庄子所说："吾生也有涯，而知也无涯。"学画的道阻且长，那幅《寒江钓雪图》的蓑衣上凝的不是墨，是呵气成霜的年岁啊。

　　我很赞赏"用你喜欢的方式度过一生"这句话，现把这句话送给弟子杨帆。这句话出自当年明月的《明朝那些事儿》。在这部书的最后一章，作者写了徐霞客，在满朝文武争权夺利时，他却坐在黄山绝顶，听了一整天的大雪融化声。想杨帆定不畏艰难，守住初心，替未能落笔的苍生，把春花秋月、岁月年轮画出来。

　　中国画博大精深，盼望杨帆去研究八大山人的鸟为何翻着白眼，徐渭的葡萄藤可曾攀住过月亮，画残荷听雨的骨相，画黄山雨后折断的松虬，画襄城古城墙上层层剥落的尘土——那些比绢帛更吃得住光阴的糙纸，才是华夏的肌肤纹理啊！

　　今日处暑，恰逢教师节，收到弟子杨帆书画，特以此文记之。

03

时令流转

01

立春

立春，是二十四节气之首。

古籍《群芳谱》对立春的解释为："立，始建也。春气始而建立也。"自秦代以来，中国就一直以立春作为春季的开始。

立春之后，风从东方来。古人云："东方为春，春者，万物之所出也。"在那生生不息的春风中，一年四季的序幕从此开启。阳和启蛰，品物皆春。

立春，宛如一位温婉的使者，悄然降临在大地的怀抱。当第一缕春风轻拂过山川河流，当第一声春雷唤醒沉睡的万物，春天画卷便缓缓展开……

立春时，古时的天子会"迎春于东郊"。东汉蔡邕的《章句》中写道："迎春者，礼昊天句芒之神也。于东郊，就其位也。"《后汉书·祭祀中》中写道："立春之日，迎春于东郊，祭青帝句芒。车旗服饰皆青。"青帝句芒，就是迎春所祭之神，也叫芒神。它是中国古代民间神话中的木神、春神、东方之神，主管树木百草的萌发生长。

立春，是四季轮回中最深远、最丰润的节气，它蕴含着无尽的生命力和创造力。古人云："一年之计在于春。"在这充满希望的季节里，人们怀揣着对未来的憧憬，开始新的耕耘和播种。

如今的立春时节，已无烦琐习俗。田间地头，农民们辛勤地劳作着，播下希望的种子，期待着秋天的丰收。城市里，人们也纷纷走出家门，去感受春天的气息，享受这难得的闲暇时光。公园里，姹紫嫣红，百花争艳，五彩斑斓的花朵构成了一幅美丽的画卷。人们漫步在花丛中，欣赏着这美丽的景色，脸上洋溢着幸福的笑容。

而此时，蜗居小城的人们最合适到北汝河国家湿地公园走走，观看冰封的河流渐渐解冻，倾听潺潺的流水声奏响了春天的乐章。冰层下的鱼儿欢快地游动着，仿佛在为这新生的季节欢呼雀跃；岸边的柳树仿佛一夜之间冒出了嫩绿的新芽，细长的柳枝在微风中轻轻摇曳，宛如少女柔软的发丝，带着迷人的清新气息。田野里，沉睡了一冬的土地渐渐苏醒，泥土中散发着阵阵芬芳，孕育着无限的生机与希望。

在汝水虹桥的旁边，有几块平整的红石，村庄的女子用来洗衣、淘菜，棒槌敲衣服的声音平平仄仄，响在柳荫下。勤劳的丈夫早早牵牛拉耙下地干活，婆婆端着针线筐在房前屋后做针线活，缝缝补补串起来就是生活。

在喧嚣的尘世中，我们常常忙碌于琐碎的事务，忘记了去感受大自然的美好。而立春的到来，让我们停下脚步，静下心来，去聆听大自然的声音，去感受生命的律动。在这个充满希望和生机的季节里，让我们携手共进，迎接新的挑战和机遇．

正如立春所寓意的那样，我们也要像春天一样充满生机与活力，勇敢地面对生活中的一切困难和挑战。让我们珍惜这个美好的季节，用心去感受生活的美好和丰富。

02

雨水

节气更迭，周而复始，过了立春，雨水便如约而至。

《月令七十二候集解》中说："正月中，天一生水。春始属木，然生木者必水也，故立春后继之于水。且东风既解冻，则散而为雨矣。"

雨水是二十四节气中的第二位姑娘。单看外形，湿漉漉的文字，浑身上下挂满了水珠，让人想起"天街小雨润如酥"的意境。

她是一位善解人意的女子，从唐朝起，就遵从时令，从天街出发，当春潜入夜，润如酥，细无声，一如朱自清笔下的"像牛毛""像细丝"。细、密、绵、软，唯有这些汉字才能形容雨水这个节气，才配得上她，才对得住她。

正月茵陈二月蒿，三月只能当柴烧。正月，茵陈刚刚崭露头角，鲜嫩多汁，此时正是它药用价值最高、口感最佳的时期；到了二月，茵陈逐渐长大，模样有了变化，就被人们称作"蒿"，其药用价值和口感都有所下降；而三月以后，茵陈已经完全成熟，变得又老又硬，只能砍下来当柴烧了。雨水时节的茵陈已经出来了，长势喜人。

荠菜嫩得要命，齐刷刷地钻出头来，嫩黄中带点红，煞是娇嫩。我在野外的田边挖呀挖，根本挖不完。

挖茵陈和荠菜，收获的不仅是野菜，更是春天的馈赠。在这个过程中，我们亲近自然，感受着泥土的芬芳，呼吸着清新的空气，让身心得到了极大的放松。每一次弯腰，每一次挖掘，都是与大自然的亲密接触，都是对春天的拥抱。

雨水在二十四节气中是最低调的姑娘。她悄悄地来，悄悄地走，轻轻地，一点儿声响都听不到。不像立春，是寒冬中嘎巴脆响的冰裂声；惊蛰是轰隆隆的春雷声，是万物生长声势浩大的鞭炮声；春分在昼短夜长与昼长夜短的爱恨情仇中纠结徘徊。至于清明，滴滴答答的清明雨和追忆先祖的哀思，让人不得不迎合着，而迎合就少了天趣。

只有雨水，润物而不湿物。

春节待客的瓜子儿还剩许多，约二三文友在雨水这天嗑着瓜子儿，边看天看景边聊"哪吒"电影，感叹着"我命由我不由天"的哪吒，"人心中的成见是一座大山"的申公豹，最后把心态调成石矶娘娘，慢悠悠地走。而街上绝对没有一把戴望舒《雨巷》里的油纸伞，因为雨水的雨是润物细无声的。

雨水是二十四节气中最有才华的姑娘。

一千多年前的诗圣杜甫，春夜逢雨，满心欢喜地写下："好雨知时节，当春乃发生。随风潜入夜，润物细无声。"让我们再读杜甫的《水槛遣心》："细雨鱼儿出，微风燕子斜。"在杜甫眼里，那是一场及时的好雨，因为它带来了万物复苏。

听我说起雨，闺蜜就急急地说，还有孟浩然的《春晓》："春眠不觉晓，处处闻啼鸟。夜来风雨声，花落知多少。"

我笑了，孟浩然笔下的这场雨，一定是在惊蛰之后下的。因为这时间花已经开了，雨水在春风的挟持下吹打无数花朵，以致它们凋落成泥化尘，让人产生春深几许的感觉。

那韦应物"春潮带雨晚来急，野渡无人舟自横"里的这场雨呢？那就更不是描写雨水这天的雨了，因为春雨伴着春潮，春潮携着春雨，一片乌压压的气势，催得野舟打旋自横。这时的雨已近立夏了。

后来，南唐后主李煜，望着淅沥的春雨，内心充满亡国愁绪，梦见无限江山，却早已变了容颜！"帘外雨潺潺，春意阑珊。罗衾不耐五更寒，梦里不知身是客，一晌贪欢。独自莫凭栏，无限江山，别时容易见时难，流水落花春去也，天上人间。"那一场雨，虽是春雨于李煜，大概是流水落花，天上人间的一场雨。

经雨水滋润过的大地是清香的。走在土地上，捧起一把泥土嗅一下，细细的清香在鼻子下跳舞，犹如我们摘花时花的抖颤，折柳时柳的泪滴。

闻着泥土的清香，脑海中浮现起电影《乱世佳人》，影片中的斯嘉丽在早春回到纳塔尔庄园，此时的斯嘉丽已走向中年，人生万般滋味，都已尝过。她不再是那个穿着最代表生命力的绿色衣裙的桀骜的姑娘。

在蒙蒙细雨中，她跪在纳塔尔庄园的土地上，终于理解了父亲说过的："土地是世界上唯一值得你去为之工作，为之战斗，为之牺牲的东西，因为它是唯一永恒的东西。"我想雨水这个时节，世间之苦即使排山倒海，也不能让她退缩分毫。

此刻，我也拥抱着雨水，和她说话，告诉她"春天来了，一切都会好起来"的消息。雨水让我一冬不得开心颜的委屈消散，开心接受生命带来的缤纷。明天又将是充满希望的一天，等待雨水中摇曳的春日景象或朵朵抒情，去注释一句唐诗或者宋词。

今日雨水。零星春雨，润物细无声。

惊蛰

今日惊蛰，时光悄然流转至这充满生机与活力的节气。

"微雨众卉新，一雷惊蛰始。"当这充满诗意的语句映入眼帘，惊蛰就宛如一位身披神秘光辉、手持希望魔杖的神奇使者，轻轻却又坚定地揭开了二月仲春那层朦胧而神秘的面纱。

古往今来，惊蛰常常被人们誉为"二月节"。这一充满诗意的称谓，宛如一颗璀璨的文化明珠，镶嵌在历史的长河之中，它无疑是仲春二月盛大开场的鲜明标志。

"惊蛰"二字，似一幅简洁而生动的画卷，精妙绝伦地展现出生物对季节变换那敏锐而独特的反应。

当惊蛰时节迈着轻盈的脚步来临，春之气息就像被点燃的火焰一般蓬勃萌动。那震耳欲聋的春雷，犹如大自然敲响的雄浑战鼓，开始在广袤的天地间轰鸣。这雷鸣声，是大自然奏响的激昂乐章，充满着无尽的力量和原始的活力。

如果惊动的只是地面以上，而没有达到地面以下，地下世界的动物依旧在沉睡，那就不是真正的"惊蛰"。

我曾经好奇地将耳朵紧贴在地面上，聆听到地下世界的声音，"咚咚咚"是人的脚步声，"嗒嗒嗒"是马奔跑的声音，"窸窸窣窣"是昆虫振翅飞行的声音。

我听到了植物发芽拔尖的动静，听到了传说中地下精灵和小矮人的闹腾。

万物都欣欣然张开了眼，真正的惊蛰来了。

走在河边，偶遇一位年轻的母亲，穿着时尚的带着春天气息的厚裙子，带着同样穿裙装的女儿，沿着草地，一路走一路在寻找。

阳光在她们的厚裙上、发梢上跳舞。一闪一闪亮晶晶的是母亲绾成发髻上的钻石发夹。

我好奇了，问："孩子，找什么呢？"

"我们在找小虫子呢。"小女孩抢先答道。她的母亲微笑着不说话。

"小虫子？"我有些惊讶。

"我们幼儿园老师布置的作业，让我们寻找惊蛰的小虫子！"小女孩见我一脸迷惑，她有些得意了，响亮地告诉我。

哦，这真有意思。我心动了，忍不住也在草丛里寻开了，西瓜虫出来了没？小瓢虫出来了没？甲壳虫出来了没？小蚂蚁算不算呢？想那位老师真有颗美好的心，我替这个孩子感到幸运和幸福。

同时，也想起了我的童年。

很小的时候，我就学会了独处，我喜欢这种感觉，独处是一个人的狂欢。母亲和姐姐们，她们该忙活的忙活，该上学的上学，陪伴我的始终是蚂蚁、蚂蚱、黑母鸡、大黄狗等天地间的精灵。在阡陌、草丛、竹林，在堂屋、墙角、墙根儿、地坪，都能看到它们轻盈的身影。

有时候，我会一个人呆呆地看蚂蚁大军迁移的队伍，想象的斑点瞬息万变。在想象的王国中，我正在指挥一支威风凛凛的蚂蚁或蜘蛛军队，跨过河流，攀越高山，正攻克一个个险峻的要塞，一路所向披靡，攻无不克，战无不胜。

清晨，我总会发半天的呆，棉被面上的或牡丹或月菊的花纹，墙上的或三角或长方形的斑点，挂在梁上的或破或新的蜘蛛网，都能激起我无穷的幻想。

母亲就大声地责骂着督促我赶紧起床，她显然体验不到我的快乐。直到母亲挥舞着笤帚，一把掀开被子，勒令我马上起床，否则就会有暴打一顿的危险时，我只好怏怏地爬起来，一切回归现实，告别想象的王国，告别已经惊醒的或蛰伏于地下或洞穴中越冬的小动物们。

《月令七十二候集解》中有言："二月节……万物出乎震，震为雷，故曰惊蛰，是蛰虫惊而出走矣。"然而，从科学的角度深入探究，昆虫类的小精灵们并非单纯地被隆隆的雷声所唤醒。事实上，那温暖拂面的春光，如同母亲温柔的手，逐渐将它们从漫长的冬眠中解脱出来。这春光，是由那逐渐变长的白昼、逐渐升高的气温以及日益充沛的阳光共同编织而成的温暖怀抱。

惊蛰的到来，就像是一把神奇的钥匙，打开了春天里更多美妙的大门。它不仅仅惊醒了那些可爱的昆虫，更像是奏响了一曲生命的交响乐。各种鸟儿仿佛听到了大自然的召唤，积蓄了一冬的话，有的说呢，纷纷用婉转的歌声与清脆的啼鸣加入这场盛大的音乐盛宴。它们的歌声，或悠扬婉转，如同山间潺潺流淌的清泉；或清脆嘹亮，恰似那破晓时分的第一声鸡鸣。路遇一位老婆婆站在迎春花的下面，一动不动。见了我，她不好意思地笑了，先自说开了："听鸟叫呢，叫得真好听。"说完，也不管我答不答话，继续走她的路。我也继续走我的路，却因这春天的偶遇，独自微笑了很久。

于是乎，惊蛰三候依次呈现，"一候桃始华，二候仓庚鸣，三候鹰化为鸠"。这三候，不仅仅是简单的物候现象记录，更是大自然在惊蛰时节精心书写的生命密码。

"一候桃始华"，桃花的盛开，是春天最艳丽的色彩宣告。桃花那娇艳欲滴的花瓣，如同少女娇羞的脸庞，在枝头轻轻摇曳。它的盛开，标志着春天已经深入大地的怀抱，大地开始披上五彩斑斓的花衣。每一朵桃花，都是春天的使者，它们用自己的美丽向世界宣告着生机与希望的到来。在古代文化中，桃花也有着丰富的象征意义。它常常被视为爱情的象征，那盛开的桃花树下，似乎总是萦绕着浪漫的爱情故事。

"二候仓庚鸣"，仓庚，也就是黄鹂鸟。当它开始欢快地鸣叫时，春天的旋律变得更加丰富多样。在诗词中，黄鹂鸟也是常客。"两个黄鹂鸣翠柳，一行白鹭上青天"这样的诗句，生动地描绘出了黄鹂鸟在春天里的活泼姿态。

"三候鹰化为鸠"，这一候虽然在现代科学看来更多是古人的一种观察误解，但它也蕴含着古人对自然变化的独特理解。从鹰到鸠的转变，无论是象征意义上还是古人眼中的实际现象，都体现了春天里万物变化的神奇与多样性。它反映出在惊蛰这个特殊的时节，大自然在进行着一场悄无声息却又波澜壮阔的生命更迭。

惊蛰春雷响，世间万物皆呈现出一派兴旺繁荣之景。在田野里，沉睡了一冬的土地开始苏醒。农民们迎着春风，开始了新一年的耕种。

在山林间，树木也焕发出新的生机。原本光秃秃的树枝开始吐出嫩绿的新芽，这些新芽就像是春天的眼睛，好奇地张望着这个世界。松鼠在树林间欢快地跳跃着，寻找着春天里新长出的坚果。各种野花也在树林的角落里悄悄绽放，为山林增添了一份自然而野性的美。

在河流湖泊中，冰面已经消融，清澈的河水欢快地流淌着。鱼儿在水中自由自在地游动，它们时而跃出水面，溅起一串串晶莹的水花，似乎在庆祝春天的到来。河边的垂柳依依，那柔软的柳枝如同绿色的丝带，随风飘舞，倒映在河水中，构成了一幅绝美的春日画卷。

惊蛰，不仅仅是一个节气，更是一种激励，一种引领我们奋发向前的力量源泉。

惊蛰这个节气，还蕴含着深厚的文化底蕴。在中国传统文化中，节气不仅仅是时间的划分，更是一种生活的智慧和哲学的体现。惊蛰的习俗也是丰富多彩的，这些习俗反映了古人对自然的敬畏和对生活的热爱。在一些地方，惊蛰时有打小人的习俗。人们用小小的纸人象征着生活中的小人或者厄运，然后用鞋子或者其他物品拍打纸人，寓意着驱赶小人，迎来好运。这种习俗虽然带有一定的迷信色彩，但从深层次来看，它反映了人们对美好生活的向往和对负面因素的排斥。它是一种心理上的慰藉，让人们在面对生活中的不确定因素时，有一种积极应对的方式。

还有一些地方，惊蛰时会有吃梨的习俗。梨，谐音"离"，有远离疾病、远离灾祸的寓意。在惊蛰这个万物复苏但也容易滋生疾病的时节，吃梨不仅仅是一种饮食文化，更是一种对健康的祈愿。这体现了古人在生活中注重养生、顺应自然的智慧。

　　惊蛰也是诗人们灵感的源泉，无数的诗篇描绘了惊蛰的景象和感受。除了前面提到的"微雨众卉新，一雷惊蛰始"，还有很多精彩的诗句。这些诗句通过对惊蛰的描写，表达了诗人对大自然的热爱、对生命的赞美以及对时光流转的感慨。诗人们用他们敏锐的观察力和细腻的情感，捕捉到了惊蛰时节的独特魅力，将其转化为不朽的诗篇，流传至今。

　　惊蛰时节，它体现了一种阴阳平衡、动静相生的理念。蛰虫的蛰伏是静，春雷的惊醒是动；冬天的沉睡是阴，春天的苏醒是阳。这种动静、阴阳的转换，是大自然的规律，也是世间万物运行的法则。

　　惊蛰，这个充满生机与希望的节气，我们无论是在繁忙的都市生活中，还是在宁静的乡村田园里，它的力量都能够渗透到我们的心灵深处，让我们的内心充满阳光和希望。

04

春分

春分，作为二十四节气中的第四个节气，承载着深厚的自然与人文和谐的内涵。在古籍《春秋繁露》中，对其有着精准的阐释："春分者，阴阳相半也，故昼夜均而寒暑平。"这寥寥数语，道尽了春分时节天地间阴阳平衡、昼夜均等、寒暑平和的精妙特质。

（一）初春晨韵

春分时节，故乡的汝河从沉睡中缓缓苏醒。晨雾似轻纱，笼罩河面，河水在雾气中泛着粼粼银光，宛如一条隐匿于梦幻之中的银带。我伫立在汝水虹桥老渡口的青石阶上，周遭静谧无声，唯有对岸杏花簌簌飘落的声音，仿佛是春天在轻轻地摇曳。

河东街口，摆渡人老古用竹篙轻轻一点，船头破开河水，泛起层层涟漪。这动静惊醒了正在梳妆的春分，为宁静的清晨增添了一抹灵动的气息。

北汝河湿地公园里，河滩上的毛毛芽草刚刚抽出新芽，嫩黄的色泽恰似雏鸟的绒毛，柔软而娇嫩。几只羊儿悠然自得地走过浅滩，羊蹄印里蓄满了晨光镶嵌在大地上。对岸的麦田里，麦苗顶着晶莹的露珠，奋力推开湿漉漉的天光，展现出蓬勃的生命力。老柳树吐出米粒大的芽苞，土地经过一冬的蛰伏，积蓄了无尽的气力，此刻正从每一个毛孔里散发着温热的气息。

微风拂过，麦浪翻滚，涌向天边，仿佛一幅流动的田园画卷。

（二）"咬春"遗风

打扮时尚的妇人们挎着筐或者干脆拎个塑料袋，穿梭在树林间，专挑朝南的枝条采摘。她们深知，春分正午采的嫩芽最具功效，能祛火明目。筐里满载着新掐的茵陈、荠荠菜、香椿芽、枸杞子苗等，叶尖上还沾着昨夜的露珠，鲜嫩欲滴。

春分吃春菜，这一习俗传承至今。茵陈有着明目清心的功效，仿佛能将整个春天的灵气汇聚于舌尖，嚼碎后咽下。李家婶子将去年晒的榆钱掺进黄米面，蒸笼里升腾起青白雾气，混合着柴火的香气，弥漫在矮墙内外。

春分吃榆钱饭，这是老辈传下的讲究，寓意着将富余的"钱"都吃进肚里。村学里的先生则说，这是"咬春"遗风的延续。古时春分要嚼萝卜吃青菜，如今平原上榆树众多，榆钱便成了应景的吃食。

（三）彩蛋缤纷

拐进河东街，青砖墙根处，钻出星星点点开着蓝色小花的婆婆纳草，尤为惹人喜爱。

娃娃们举着染红的熟鸡蛋满街跑，蛋壳上歪歪扭扭地画着笑脸。春分"竖蛋"这一传统习俗，如今已成为孩子们最期盼的节令游戏。日头爬到杨树梢时，李家奶奶正在院里晒黄豆。在她这儿，春分"竖蛋"的旧俗演变成了给孙儿们染彩蛋。茜草根煮出的绯红、槐米染就的鹅黄、靛蓝布头泡出的青碧色，将鸡蛋装点得五彩斑斓。八岁的铁蛋握不住鸡蛋，染得满手斑斓，恰似把彩虹揉碎了抹在掌心。

老奶奶眯眼望着门楣，那儿悬着去年秋收留下的红辣椒串，与晾晒的春衫一同在微风中轻轻摇晃，洋溢着浓浓的生活气息。

（四）农忙序曲

河堤上的野杏开得正艳，古老汉蹲在虬曲的树根旁卷烟，烟丝里掺了晒干的槐花，散发着独特的香气。他说起汝河的往昔，古时它叫女水，河底时隐时现的汝水虹桥，相传是明代一女子用首山红石修建。河两岸遍植桃树，每逢春汛，落花能铺满三十里水路。如今，老桃树仅存几棵，那深深的年轮里，还藏着摆渡船缆绳的印记。

正午时分，日头爬上柳梢，麦田里热闹起来。农谚云"春分有雨是丰年"，然而今年雨水迟迟未到。王老汉蹲在地头，攥了把土在手里搓了又搓，喃喃自语："再等三天，该浇返青水了。"他脸上的皱纹里嵌着去岁的麦壳，而新生的麦苗却在他洞穿世事的眼中肆意疯长，那是对丰收的期盼。

河湾处传来阵阵歌声，他们跟着手机吼着当下流行的歌，而我却怀念老辈传下的《劝耕调》："二月里来龙抬头，二犁二耙不能休……"悠长的歌声惊起芦苇丛里的白鹭，它们扑棱棱飞起，翅膀尖掠过水面，点开一圈圈如年轮般的涟漪，奏响了一曲农忙的序曲。

（五）汝水暮归

日头偏西，我跟着采茵陈的妇人前往河汊。浅水处漂着新发的浮萍，形似碧玉雕成的元宝，小巧玲珑。孩童举着长柄细筛捞蝌蚪，黑豆似的幼蛙在筛底欢快地蹦跳。忽然，有人指着河心高呼："看！鱼！"但见银鳞闪烁处，去年沉下的柳条鱼梁浮出水面，缠着水草与螺壳，成为鱼虾早春的温暖巢穴。

暮色如潮水般漫过汝河，渡口的老柏树上飞来成群雨燕。它们绕着古树盘旋，捡尽晚霞的金线，衔去修补旧巢。

我和文友在汝河边走，身后传来悠长的笛声。吹笛人坐在岸边，曲调如一条柔软的绸带，轻轻系住正在苏醒的万物。古驿道边的野樱突然绽开一朵，紧接着满树花苞都绽放开来，仿佛在回应着春分的召唤。

对岸的桃林忽地飞起一群麻雀，扑棱棱掠过水面，翅尖沾了夕阳的金粉，为这春分的傍晚增添了一抹灵动的色彩。

暮色笼罩着的小院，晒了一天的棉被正被主妇们拍打收起。杨树枝条在风中划出浑圆的弧度，朦胧的树影映在清真寺的灰瓦上，寺里传来阿訇的唱经声。这座清真寺原是明代前期兵部尚书、襄城人许廓的家祠，后经回民群众集资购买后，于清顺治十三年（1656 年）改建为寺。

透过清真寺的灰瓦，依稀可见，令襄城父老自豪的"襄半朝"的影子，他们是首倡"一条鞭法"赋税改革的户部尚书李敏；反腐惩贪的刑部尚书辛自修；勤勉政事的工部尚书姚继可，还有古起先、古起都、世家宝、许廓共七位尚书。古老的襄城，确实人杰地灵。

不知谁家先点起了灯，零零星星的暖黄灯光次第亮起。更夫老铁敲着梆子走过石板路，那沙哑的调子融进夜色："春分哪——昼夜均——"我们在河边掬水洗脸，月亮正从首山后头缓缓爬上来。水面碎银荡漾，恍惚间映出白天的热闹场景：竖起的彩蛋在青石板上打转，岸边的野杏花承接着香火，新翻的墒垄蒸腾着地气。

春分这一节气，最为公允无私。它精准地给昼与夜平分了十二时辰，清晰地为枯与荣划出分明的界线。同时，它又将那些古老的风俗、农人的殷切期盼，都酿成了汝河两岸醉人的春酒，让人沉醉在这美好的时光里，感受着岁月的流转与生命的律动。

05

清明雨上

"清明时节雨纷纷，路上行人欲断魂。"

又是一年清明至，那如丝如缕的细雨，仿佛是天地间为这个特殊的日子洒下的泪滴。在这蒙蒙烟雨中，我踏上了寻根问祖的路途，去往那承载着家族记忆与思念的故乡。

沿着蜿蜒的小路前行，脚下是湿润的泥土，散发着清新的气息。路边的小草在细雨中愈发嫩绿，像是在向人们诉说着生命的顽强与坚韧。远处的山峦笼罩在一层薄雾之中，若隐若现，宛如一幅淡雅的水墨画。

走进熟悉的村落，熟悉的老屋。

老屋的墙壁已有些斑驳，仿佛在诉说着岁月的沧桑。推开那扇略显陈旧的门，陈旧却温暖的气息扑面而来。堂屋里，供奉着祖先的牌位，那是我们对先辈们的敬仰与追思。

我静静地站在那里，思绪飘飞，想起祖辈们曾经在这里生活的点点滴滴。他们的勤劳、善良和坚韧，如同这细雨一般，滋润着我们的心灵。他们为了家族的繁衍和发展，付出了无数的汗水与努力。如今，他们虽已离去，但他们不畏艰难的精神却永远留了下来，激励着我们不断前行。

走出老屋，来到田间地头。那一片片金黄的油菜花在细雨中摇曳生姿，仿佛是金色的地毯。

田埂上，嫩绿的麦苗在微风中轻轻点头，无声地向人们展示着春天的生机与活力。

远处有几位农民正弯腰劳作着。他们的身影在雨雾中显得有些模糊，却又那么高大。他们用自己的双手耕耘着这片土地，收获着希望与幸福。

清明的雨，还在淅淅沥沥地下着。我漫步在这蒙蒙细雨之中，感受着大自然的宁静与美好。心中的那份思念与感慨，也随着这细雨渐渐弥漫开来。

清明，不仅仅是一个节日，更是一种情感的寄托，一种对过去的缅怀，一种对未来的期许。

在清明的雨中，我仿佛看到了先辈们的笑容，重新听到了他们的教诲。他们犹如永不熄灭的明灯，照亮着我们前行的道路。雨渐渐停歇，阳光透过云层洒下。这一刻，我们更加珍惜这来之不易的幸福生活，决心传承先辈们的优良传统，努力拼搏，为了美好的未来而奋斗。

带着满满的收获与感悟，我依依不舍地离开了故乡。回首望去，那老屋、那田野，依旧在那清明的烟雨中，散发着独特的魅力。我知道，这份记忆，这份情感，将永远留在我的心中，伴随着我走过人生的每一个阶段。

06

谷雨

谷雨，作为春天的最后一个节气，其名中之"雨"固然承载着春日的浪漫与欢乐，然而，真正赋予谷雨独特春意的，却是"谷"。若失去了"谷"，谷雨这一节气也就失去了其灵魂所在。《群芳谱》中这样解释谷雨节气的由来："谷雨，谷得雨而生也。"谷雨时节，适中的气温和充足的雨量，为谷类农作物的生长提供了适时的温度和水分，使之迅速生长。这个节气，因此成了收获期望的象征。

在谷雨这个特别的日子里，我和姐妹漫步在北汝河国家湿地公园。我们目睹了花朵以离枝的方式悄然谢幕，小果实在欢欣鼓舞中走上前台，即便在风雨中，也难掩它们的喜悦之情。紫藤花已经化作蝴蝶飘散，海棠则将花蜜托付给了勤劳的蜜蜂，杏树的嫩叶开始守护着那些青涩的小杏果。竟然还能看到月季、蔷薇、槐花、泡桐，以及婆婆丁花、酢浆草花、蒲公英花等各色小花，在争先恐后地传递着春天的消息。

姐妹指着旁边的一棵树大呼起来："这儿竟然有棵苦楝树。"苦楝树的枝头上满是小小的淡紫色的花苞，在空中默默绽放，似乎因此有股淡淡的青苦或者怨春的忧伤。树下的石竹换了绿色的衣裳，再过几天，淡紫色的石竹花就开了，而我钟爱的淡紫色将举目皆是。

我们继续走着，看到野豌豆藤在碎石后面攀爬满了篱笆，一串串蓝紫色的花把藤蔓遮盖得严严实实。这样的景色让人忍不住驻足欣赏，春天的气息在这些细节中展现无遗。

驻足远眺，汝河南岸的泡桐花，粉紫色的小喇叭一样的花管，在风中吟唱着思乡的诗句。看，那大片大片的泡桐花，开成了雾，堆成了烟，空气中也弥漫着蜜香。花簇一串连着一串，宛如瀑布般洒向碧波荡漾的汝河，美得像童话。

抬头仰望，一串串紫色的风铃在微风的吹拂下若隐若现，摇曳生姿。仿佛听到了一曲曲清新悦耳的歌声，空气中弥漫着清香四溢的紫色槐花香气，瞬间唤起了关于槐花的童年美好回忆，以及记忆中母亲用槐花制作的各式美味佳肴……这一串串紫色的花朵也令人联想到古诗，正如白居易所描述的槐花情景："薄暮宅门前，槐花深一寸。"嗅着这缕幽雅的芬芳，一种清凉、纯净且充满浪漫诗意的情感开始在心中弥漫。

这是一份怎样的心情啊？我想，应该是对生活的热爱，在每一个花期到来的时候，去用心欣赏每一种花开，体会它们的美，体会它们的笑，和它们一起用花开花落的一幕幕记录美好，寄托情怀，给自己也植下香甜的魂。

水面上有鸟掠过，张扬的头上如戴胜冠，尾巴轻盈，让我一眼认出是戴胜鸟。戴胜鸟是北汝河湿地中比较常见的鸟，在唐朝诗人白居易《春村》中有："二月村园暖，桑间戴胜飞"，戴胜那忽上忽下宛如蝴蝶般的飞行方式确实容易引起人的注意。再有北宋诗人欧阳修《啼鸟》："陂田绕郭白水满，戴胜谷谷催春耕。""谷谷"为拟声词，描述了戴胜鸟独特的叫声。在古代，每年三四月份戴胜在农田里啄来啄去，就像在提醒农人播种的时候到了。远处，还传来清脆的不知名的鸟叫声。

谷雨时节，勤劳的农民早就把农田种得满满当当。豌豆开着花，小麦抽出了穗子，西瓜发了芽开了花结出一个个的小西瓜，就连田埂也因为有了野草变得更加松软。

谷雨，春天的最后一个节气，有着吟不尽的春雨缠绵，道不完的春花烂漫。它红了樱桃，又绿了芭蕉，饮醉了整个人间四月天。

07

谷雨时节

　　在襄城县北部广袤的土地上，王洛岗南坡下，有一个宛如世外桃源般的小村庄，名叫"水牛耿"。

　　这个小小的村庄，是大自然精心雕琢的瑰宝。虽地处偏僻，却有着独特的韵味。它宛如一颗镶嵌在大地之上的明珠，散发着宁静而迷人的光芒。

　　这里是十里铺、库庄和王洛三个乡镇的交界处，独特的地理位置让它兼具了三地的风情，也因此享有"襄城小江南"的美誉。

　　王洛岗上的雨水如灵动的音符，汇聚成潺潺的溪流，沿着山坡缓缓流淌。那雨水仿佛有着神奇的魔力，在这片土地上创造出一个个独特的景象。就如同村东的那条清澈小河，河水如同一块碧绿的翡翠，波光粼粼，倒映着天空和岸边的景物。河中生活着一群群活泼的鸭、鹅，它们在水中嬉戏玩耍，时而潜入水底，时而露出脑袋，欢快的叫声在空气中回荡。还有不知名的水鸟宛如灵动的精灵，在水面上翩翩起舞，为这宁静的小河增添了一抹灵动的色彩。

　　水牛耿，这个名字仿佛就是为这片土地量身定制的。

　　听老一辈讲，曾经，这里真的是水牛的天堂，成群的黑紫色或酱红色的水牛在这片土地上悠然自得地生活着。它们的双角粗大弯曲，犹如两把锋利的宝剑，彰显着它们的威武与力量；四肢健壮有力，仿佛蕴含着无尽的能量，每一步都扎实而有力；眼睛炯炯有神，仿佛能洞察世间万物，透露出一种沉稳而温和的气息。这些水牛性情温顺，与村民们相处得十分融洽，是村民们生活中不可或缺的伙伴。

而这片土地也同样慷慨地给予了村民们丰厚的回报。这里水源丰富，气候适宜，非常适合种植谷物。

真的是一方水土养一方人，与襄城县其他地方普遍种植小麦不同，村庄盛产的是优质的谷子。

一片片金黄的谷田，在阳光的照耀下闪烁着耀眼的光芒，仿佛是大地母亲赐予的金色宝藏。村民们家家户户都饲养着水牛，并用这些水牛辛勤地耕耘着土地，种植着谷子。他们用自己的双手，创造着属于自己的美好生活。

村里的人大多姓谷，仿佛这是一种冥冥之中的注定，他们与谷子有着不解之缘。

而在这个村庄里，有一个温柔贤惠的姑娘，她叫谷雨。谷雨初中毕业后便辍学在家，开始帮着家里做活。她勤劳善良，无论是养鸡鸭、割草，还是进灶做饭、下地干活，都得心应手。她就像是家里的小太阳，给家人带来了无尽的温暖和力量。

去年的谷雨时节，是谷雨人生中一个重要的时刻。她出嫁到了村东头的满仓家，两人的姻缘被乡亲们誉为天作之合。

春节过后，按照农村的风俗，丈夫满仓在初六那天外出打工，留下谷雨一人在家。起初，她还觉得有些孤单，但她并没有因此而气馁。她时常走到田间，看着那些绿油油的禾苗，心中便充满了希望。她知道，自己要照顾好家里的一切，等待着丈夫的归来。

然而，命运的转折总是来得如此突然。一天，谷雨接到了一个急促的电话，电话那头传来的消息犹如晴天霹雳，让她瞬间陷入了绝望。丈夫在工厂工作时不幸被机器绞伤了右手，失去了几个手指，正在被送回家的途中。听到这个消息，谷雨心如刀绞，泪水不由自主地滴落在新生的谷苗上。她知道，丈夫的手伤得很重,虽然经过医院的救治,但已经错过了断指再接的最佳时机。

丈夫到家了。看到日思夜想的亲人受伤的模样,公婆兄妹都围坐着哭泣,整个家庭被阴霾笼罩。大家的心都碎了,不知道该如何面对这突如其来的打击。

正当一家人陷入绝望之时,村里的驻村第一书记带来了一个好消息:县里将支持成立水牛耿谷子合作社和水牛养殖基地,并提供资金和政策扶持。这就像是黑暗中的一道曙光,让谷雨看到了一线希望。她深知,这是一个改变他们家庭命运的机会,她不能错过。

谷雨心想,总得有人坚守这片土地,不能让所有人都去外地打工。如果再像她丈夫这样受伤,那该怎么办呢?她下定决心,要利用这片肥沃的土地,种上夏谷子、中草药和果树,发展养殖业,让水牛谷真正名副其实。她开始四处奔波,联系相关部门,争取资金和技术支持。她还邀请了一些农业专家来村里指导,传授种植养殖的技术和经验。

在谷雨的努力下,村庄开始悄悄地变化。昔日一些荒芜的土地上,如今种满了绿油油的夏谷子,它们在微风中轻轻摇曳,仿佛在向人们诉说着丰收的喜悦。中草药的种植也逐渐兴起,那一片片紫色的丹参、白色的白术,宛如一幅美丽的画卷,点缀着这片土地。

水牛的养殖也逐渐走上了正轨。谷雨带领着村民们精心饲养着水牛,让它们在这片土地上自由地奔跑、嬉戏着成长。水牛们仿佛也感受到了主人的关爱,它们的精神状态越来越好,产奶量也不断提高。

随着时间的推移,水牛耿村民们的日子越来越好过。谷子丰收了,中草药也获得了不错的收益,果树也开始结出累累硕果。村里的年轻人纷纷回到了家乡,加入到了种植养殖的队伍中。他们看到了家乡的变化,也看到了自己的未来。

谷雨抬头望向天空,发现天空竟是如此蔚蓝。她相信,只要大家齐心协力,努力奋斗,他们家一定会好起来的,水牛耿也一定能够重现往日的繁荣。

她仿佛看到了未来的美好景象，那是一片充满希望的土地，一片充满生机的土地。

在这个谷雨时节，水牛耿的故事还在继续，像是一首悠扬的旋律，在岁月的长河中回荡着，诉说着这片土地的坚韧与希望。而谷雨，这位坚强的姑娘，也将继续带领着村民们，在这片土地上书写着属于他们的传奇……

08

立夏

春日荼蘼，绿树成荫，挥别谷雨，迎来立夏。

立夏是二十四节气中的第七个节气，立夏的到来，标志着天地万物由生到长的转折，由此进入了一个辉煌的时刻。

今日立夏，我和姐妹一起漫步山野，看着阳光下的作物从谷雨的斑斑驳驳开始走向夏天的丰满灿烂。

"门外无人问落花，绿阴冉冉遍天涯。"这个时候虽然春天过罢，花儿照旧恣意开放，还依着农事的秩序次第开着。

石榴花色彩艳丽，满树繁花鲜红似火；文竹花则紫得含蓄，星星点点洒落花枝。无论枝条的粗细长短，飞状花序总是那么整齐地展开在同一水平线上，彰显出自然的规范美。麦子的花更是小巧琐碎，白中带黄的色彩在麦穗表面微微显露。虽然卑微得几乎难以察觉，麦花却始终坚韧地绽放，且以一种庄重的姿态展现其存在。

我一直喜欢泰戈尔《飞鸟集》中的"生如夏花"。

泰戈尔说："我相信自己生来如同璀璨的夏日之花，不凋不败，妖冶如火。"人到中年，生命如夏花般兀自繁华，年年岁岁花相似，岁岁年年人不同。

倚着岁月的门楣，把昔日芽色的时光细细采撷，徐徐沏入滚烫的日子，氤氲升腾着沉沉浮浮的荣辱兴衰，缱绻飘浮着起起落落的悲欢离合。然后，把沧桑细细咀嚼，把悲欢慢慢沉淀，就这样轻轻告诉自己：生命太短，没有时间留给遗憾。若脚下不是终点，请一直微笑向前……

生如夏花，枯荣随缘，遇合尽兴，旖旎于烟雨红尘，缱绻于人间烟火。优雅凝香在稍纵即逝的时光深处，灿烂绽放在光阴似箭的岁月枝头，遗世而独立，恬淡且美丽。

生如夏花，倾尽一生执念，静守方寸馨香，绽放一世芬芳。如林清玄所言："不管时间是多么短暂，都要把一切的生命用来开放，如果盛放的时刻是美的，凋落时尽管无声，也会留下美的痕迹。"

生如夏花，守着一段岁月，把花朵开放的速度变慢，让每一天都从花蕊里穿过。

生如夏花，不求永存不朽，唯愿尽情绽放，在清浅的时光里，活成自己喜欢的模样。

我们随意步行，没有目的，沿着山路，一边欣赏着沿途风景，一边听着朴树的歌《生如夏花》："惊鸿一般短暂／如夏花一样绚烂／我是这耀眼的瞬间／是划过天边的刹那火焰。"

听着想着，我们任由思绪信马由缰，聊到了那年立夏，说到了因果循环，谈到了凤凰涅槃。看看眼前夏天才开的石榴花，是不是因为错过春风而饱受浓烈夏阳所以表达得匆促或者悲壮？

这样想来，空气中的芬芳竟有着穿透岁月的凄美！

再看着麦子在这个时候都抽上了麦穗，如同抱住自己酝酿了近半年的诗歌，每一个字都被风雨吹洗得干干净净，一排排地等待检阅。从《诗经》到汉赋，到唐诗宋词，到明清词话，麦子们就这样走来，或饱或秕，关乎着农事和民情，关乎着饥饱和哭笑……我们笑着、说着、闹着，用手揉搓着青麦，吹一吹仰头倒进嘴里，慢慢嚼着、回味着……

麦子，是让我敏感的心灵流泪的植物。

过了立夏，就是小满。小满是个有禅意和哲理的节气，能让你产生有关做人的思考。小满小满，将满未满。

我不大喜欢小满，"小满"似乎是一种结果，我知道一生当中，纵然努力，却没有结过多少果，我也不想面对现实生活中东南西北风送给我的一个个烂果。

我还是喜欢立夏的"生如夏花之灿烂"，这是一个能放飞自我的日子，没有那么多的道道坎坎，像一只自由自在的鸟，飞吧飞吧！向更广阔的天空飞翔。

当飞翔的翅膀感到疲惫，我们便轻轻地蹲下身子，用一种深情的目光凝视着身下支撑着万物的大地。这片土地，是由无数粒土壤构成，她们是我们的母亲。尽管她们在宇宙中显得如此微小，却同时展现出无比的坚韧与厚重。

一树芳华，在岁月的枝头，摇曳着风情万种的成熟魅力，恰如人到中年，热烈而真挚，饱满且丰沛，在时光的长廊，奔涌着炽热而淳朴的情怀，蓬勃着敦厚的生命力量。

09

小满

七十三岁的老满，儿孙满堂，大儿子、儿媳是教师，二儿子、儿媳是干部，小儿子是工程师，连最小的孙子都上了大学，重孙子、孙女也已上了幼儿园。

在乡下有句俗语："七十三、八十四，阎王不请自己去。"身体欠佳的老满觉得自己的大限将至，回想起来一生就像做了一场梦，这一梦就是几十年，而梦里常有那个叫小梦后来叫老梦的女人的影子。

老满最喜欢的节气是小满，因为他是小满那天出生的。为此，母亲没少挨奶奶的埋怨，因为小满过后就是收麦，那时候的收麦、种秋靠人工，累死人。一家人都起早贪黑，可是母亲却在坐月子，不但自己干不了活儿，还得有人照顾。母亲在满腹委屈中给他起了个小满的名字。

后来，长大读书的小满才知道，小满是个很有诗意的节气，小满小满，麦粒欲满。更让人高兴的是小满在小满节气当天，迎娶了小梦当媳妇儿。别看小满个子不高，黑不溜秋的，但是娶了一个身材高挑的大美女。

小梦结过婚，婚后半年下大雨，英俊潇洒的丈夫一时大意掉到红薯窖里摔晕了，等发现的时候已经死了。婆家让小梦把新房腾出来给老二娶媳妇儿，无奈的小梦在仓促中就被娘家哥嫂做主，把她嫁给了小满。

新婚的第三天，趁回门的间隙，小梦就跑了。婆家、娘家慌张着齐上阵，在汝河城南的小百货铺里找到小梦后，就把她五花大绑带回李家村。从此，夫妻俩就在"跑"和"找"这两个动词的反复交替中度过了四年多。在此期间，小梦生下了第一个男孩，后又生下了两个男孩。第三个孩子刚过百天，她就跟外地货郎又跑了。这次小满纵然又是贴告示，又是登报纸，但再也找不到小梦了。

随后的岁月里，小满一个人带三个孩子，又当爹又当妈。小梦隔三岔五地会趁夜色潜回村，扔下给孩子们的衣服礼物后，继续跑路。村里的老少爷们见了都对小满说，以后逮住小梦就往死里打，看她还跑不跑。没见过这么狠心的娘，留下三个娃，真是难为小满了。

"你还叫人家小满？该叫老满了，你看把人拖累的。"

不管别人怎么说，小满的日子总是要过的，现在该叫老满了。

老满只喜欢小满时节，不喜欢其他节气。

他喜欢一个人在地里干活，别人都是一遍一遍地锄草。他说，草也有命，也得长，不能锄去。他说锄草心疼，他能听见草在哭，一汪一汪的眼泪。他到红薯地里锄草，挥两下锄，做个样子。作为一种仪式，他对红薯苗说，勾勾秧给你搭凉棚，刺脚芽给你挠痒痒，喇叭花给你唱大戏，多美吧你！你得好好儿长，可不能娇气了，人家草长你也长，不能光叫你长，不叫人家草长。他说得一本正经，村里人都说他痴了。

日子像地里的庄稼一样疯长，一年到底有多长？你看惊蛰、春分、清明、谷雨、立夏、小满……过了大暑，就是立秋。

到了立秋，天气开始转凉。虫子们叫冷的声音密密实实，特别是夜间，一声声表达着对时令的敏感，让你心头一惊一凉。

就在这样的晚上，小梦现在应该叫老梦了。老梦带着一个包袱，又偷偷藏在邻居家的麦秸堆里，这次她被庄上的人发现了，大家七手八脚把她吊在街头的大柳树上。

小李庄街口粗壮的柳树干上，吊着一个花白头发、高个子的女人，她因屡次抛夫离子而遭村人记恨。

村主任把一个沾上盐水的皮鞭交给老满。老满拿着皮鞭一鞭子下去，老梦的衣服就破碎了，布条迎风飘舞，但老梦始终一言不发。

一直闹到深夜，围观的人们才呼儿唤女地散去。

老满立刻给老梦解开了绳子，把她放下来说："留下来，别跑了，咱三个娃都长大了。"

"他瘫了，还有两个娃，小，我舍不了！"老梦哭着把一个包袱扔给老满，看到包袱中老梦给三个孩子做的鞋和衣服，这个黑黝黝的汉子无声的泪珠融在夜色中。

"你走吧！以后不要再回来了。"老满扔掉鞭子，看着老梦拖着伤腿一瘸一拐地消失在夜幕中。

第二天，看热闹的人们聚到柳树下，柳树上什么也没有了，就像昨晚上做了一场梦。

仅仅一个晚上，老满就满头白发、胡子拉碴。第二天领着三个孩子下地收玉米。别人问他："老梦呢？又跑了？"

老满佝偻着身子拉着车。

立秋了，满眼的金黄，铺天盖地的谷子，黄灿灿的玉米，庄稼人看了就觉喜人。可是在二十四节气当中，老满还是对小满这个节气情有独钟。小满小满，将满未满，就像昨晚老梦拖着伤腿走时，丢过来的一句话：小满，下辈子我……

一阵秋风把老梦的话吹散，老梦说的是什么？对老满来说，已经不重要了……

10

芒种

芒种一词最早出现在《周礼·地官》中："泽草所生，种之芒种。"意思是说，只要能长草的田，都可以种麦子，芒种泛指长着芒刺的各种谷物。

元代吴澄的《月令七十二候集解》说："五月节，谓有芒之种谷可稼种矣。"从主要粮食作物来看，是有芒的麦子该收了，有芒的稻子该种了。所以芒种时节是"亦稼亦穑"，又得收，又要种。

在二十四节气中，我最喜欢的节气就是芒种，因为可以看到直挺挺地指向天空的麦子。那一穗穗的麦了，粒粒都是扛举我成长的根基，但我又害怕写芒种，怕我浅显的文字表达不了我对汝河两岸麦子的敬意。

麦子是最有母性的庄稼，它是最应该骄傲的。经过的寒露、霜降、立冬一直到芒种，数一数麦子一生经历了十七个节气近十个月的孕育，麦子是最应该成为母亲的。

草木春秋，荣枯天定，人的孕期也是十个月，物候与人事是相近的啊！

去年寒露前，在学校的一个小角落里，一片不大的地被我和孩子们用小锄一点点地翻耕，孩子们用粉嫩的小手撒麦粒，然后一点点地掩埋。

"老师，麦子什么时候发芽？"

"什么时候可以长出麦穗？"

"什么时候可以吃到大馍馍？"

"快了，你们回去睡一觉，麦子就发芽了。"

"你们长到跟葡萄树一样高的时候，麦子就成熟了。"这些话语仿佛就在耳旁，一年就在孩子们的盼望当中过去了。正如大地上一茬又一茬的麦子，存续着新的希望，孩子们也正在拔节似地成长。

在伴我走过一年风雨的麦地前站定，没有风，麦香却四溢，是一种干燥的、热辣辣的、无遮挡地直往你鼻子里钻的那种香，铺天盖地和麦子们一样黄灿灿地飘向远方。县诗词学会的朱天恩老师说，他以前不知道麦子有香气，读了我的文章《麦香》后，就挑了一个晚上，月亮照着，然后站在麦子前，他真的闻到了麦香。

我想麦香是萦绕在身边的，飘荡在空中的，只有和大地有感情的人，只有对麦子有依恋的人，才能闻到香味。

期盼了一年的孩子们，终于盼来了芒种收麦的日子。

小小的校园立刻热闹起来。连"吃杯茶"也急了，不停地督促着："割麦种豆，割麦种豆。"

孩子们齐动手，收麦、运麦、捻麦、扬场、装袋。收麦的过程一样也不少，大家用剪子把一穗穗的麦子剪下，装在小推车里，有人推，有人拉。在麦场里，孩子们骑着三轮车，用旧轮胎、锤子、石头砸，把能想到的方法都用上，经过一天的劳作，今年的麦子收获了一麻袋。

一大袋麦子，多么大的喜悦。我想起小时候，每当收麦子时，不解人情的布谷鸟不消停地叫："布谷——布谷——布谷布谷——"烦躁不安的人们情绪糟透了，又听到布谷鸟叫，自然联想、引申到"不够，不够，还是不够"。气得人们拾起地上的土坷垃抛向树梢，受到惊吓的布谷鸟才仓皇飞向远方。

千百年来，麦子是根。

可如今，我们"日出而作，日入而息"的传统劳作规律被急切地抛弃甚至遗忘，如春种、夏耕、秋收、冬藏等农事活动，离我们越来越远。但是，二十四节气是我们传统农业大国的根，也可以说是我们的魂。作为炎黄子孙，作为华夏儿女，作为农业大国，我们怎能忘记，怎敢忘记？

芒种忙种，忙着种，忙着收。在收过麦子的土地上，趁墒种上玉米、豆子、萝卜、白菜等。花生是一定要种上的。我喜欢看花生蓬勃地生长，开出淡黄的小花儿，然后在地下一嘟噜一嘟噜地结出大大小小的花生，给你带来希望和惊喜。

如果有土地，还要种一些棉花，白生生的一层一层地开着，把白色的阳光、白色的云朵都吸收过来，形成最洁白、最温暖的花，可劲儿地开。

等麦子颗粒归仓，紫云山附近村庄的人们迎来了暂时的闲暇。女人们取出麦秆，摘去后根，留下长梢，浸之以浆水软化漂白，捞出、沥去水分，拇指与食指配合，双手翻飞，以掐之动作，编织成麦秆辫子。依葫芦画瓢盘到可以当扇面大小，然后取一节约尺把长的手指宽的厚柱片，从上到下用刀刨刮光滑，再用刀将柱片一端以宽度方向劈成两片，其深度为扇子半径为准，这样夹住扇面后，留下用手捏住的柱片，另一端用针线将竹片和扇面固定，一把扇子就算完成了。

我时常想起孩提时的一首童谣："扇子有风，拿在手中，有人来借，不中不中，若是朋友，等到秋冬。"

可以想象，伴随着芒种而来的暑热，有女子轻摇草扇，为儿女扇风驱蚊。丈夫呼喊，随即把扇子在裤裙上一插，轻轻松松、麻麻利利地洗衣做饭。这情景该是多么惬意啊！

11

大暑

今天是 2024 年 7 月 22 日，大暑。

大暑是二十四节气之一，夏季最后一个节气。

《月令七十二候集解》说："暑，热也，就热之中分为大小，月初为小，月中为大，今则热气犹大也。"

与小暑一样，大暑也是反映夏季炎热程度的节令。

大暑，是一年中最热的时节，仿佛是大自然奏响的一曲热烈激昂的乐章。

当太阳高悬天际，毫无保留地释放着炽热的光芒，大地仿佛变成了一个巨大的烤箱，世间万物都在这酷热中微微战栗。平日里生机勃勃的花草树木，此刻也都垂下了头，似是在默默地承受着这如火的热情。只有蝉儿在枝头不知疲倦地嘶鸣着，那一声声嘹亮的叫声，仿佛是在为这酷热呐喊助威。

大暑的夜晚，却有着别样的风情。闷热的空气中偶尔会吹来一缕微风，带着丝丝的凉意，让人在酷热中感受到了一丝慰藉。人们纷纷走出家门，来到广场、街道上，享受这难得的清凉时光。老人们摇着蒲扇，讲述着过去的故事。孩子们则在一旁嬉戏玩耍，他们的笑声在夜空中飘扬，与星光共舞。远处的池塘里，荷花在夜色的映衬下显得尤为娇艳，那粉色的花瓣在微风的吹拂下轻轻摇曳，宛如在夜色中翩翩起舞的少女。月光如水，洒落在波光粼粼的水面上，营造出一幅如梦如幻的美丽画卷。

大暑，除了是一年中极热的时节，也是人们品尝各种解暑美食的好时光。老城明清古街，各种清凉解暑的小吃琳琅满目。那一碗碗冰镇的绿豆汤，绿豆熬得软糯香甜，汤汁清凉爽口，喝上一口，顿时让人感觉心旷神怡；还有那甜甜的西瓜，切开后，红色的瓜瓤让人垂涎欲滴，咬上一口，甜汁四溢，滋润着人们的心田；至于胡辣汤、油茶等地道小吃，更是让古街增添了几分独特的风情。这些美食，不仅满足了人们的味蕾，更是在这酷热中给人们带来了一份惬意和满足。

　　大暑，虽然酷热难耐，却也有着独特的魅力。它让我们更加深刻地体会到了大自然的力量和生命的坚韧。在这酷热的节气里，我们学会了忍耐和坚持，也学会了珍惜那来之不易的清凉和美好。它让我们懂得，生活就像这大暑的天气，有酷热也有清凉，有困难也有希望。只要我们保持一颗积极向上的心，就能够在这酷热的季节里，绽放出属于自己的光彩。

　　大暑时节，也是农忙的时候。农民伯伯顶着烈日，在田间辛勤地劳作着。汗水湿透了他们的衣衫，但他们的脸上却洋溢着丰收的喜悦。

　　我想起了唐朝的布袋和尚，一次看到农夫种田后，随口念出了一首插秧诗："手捏青苗种福田，低头便见水中天。六根清净方成稻，后退原来是向前。"

　　诗中含义，一个是说农夫低头反而看见"天"的做法，更接近于道。还有一个含义，是让人不争、清静。

　　这正是许多人夏天所需要的。

　　炎炎夏日容易使人烦躁，而烦躁时忍着情绪去做事，往往都做不好。夏夜乘凉时，偶尔会听到吵架的声音，女人的哭诉在夜气里飘散，那嘶哑的声音悠长而悲伤，间或夹杂着小孩子的哭声。乡村的夜晚像一片单薄的叶子，在风里不安地摇晃。夜露附在竹凉席上，似乎也如眼泪般咸涩了，陆续有各家各户的女人们不约而同地往吵架的方向去，苦口婆心地劝大人哄孩子，间或陪着落几滴同情的泪水。哭声渐渐低下去了，随之是一阵哽咽，吵架的是夫妻，抑或是婆媳。

第二天，见他们，女人依旧在水里淘米、洗菜，棒槌敲衣服的声音平平仄仄，响在柳荫下。丈夫早早牵牛拉耙下地干活，婆婆端着针线筐在房前屋后做针线活，缝缝补补串起来就是生活。活着是天下第一等大事，庄稼、孩子都等着喂养，所有的怨愤与泪水都可以默然消散，像蚌默默含下的沙砾。

大暑时光恰似人到盛年，生命与事业的成长均达到巅峰。人们经历了春的朝气，少了浮躁。人们深知，只有经过辛勤的耕耘，才能迎来秋天的硕果累累。在这个酷热的节气里，他们用自己的汗水和努力，诠释着劳动的价值和意义。

此时我不由感叹往昔父亲在世时说的那句"大暑不割禾，一天少一箩"的教诲，再想起他在四十年前的大暑去了比远方还遥远的远方，不觉泪光闪闪。

低头佯装洗脸，掬一捧凉水洗面，迎风梳理，见两鬓偶有白发时，想年少不知苦滋味，中年尝遍百般味时，方知"苦"的真妙用，懂得生命与事业的精彩，其实全在捡拾"苦"的收获。

故世间人物，莫不发愤于"苦"，才能得尝苦尽甘来的真滋味。

古人诚不欺我，大暑天气最热，然心应最凉。

12

立秋

当夏日的最后一丝燥热渐渐隐去,当秋风悄然拂过大地,立秋,这位温婉的使者,带着季节的更迭与生命的韵律,轻轻地降临了。

立秋,仿佛是大自然为世间奏响的一曲悠扬的乐章。它不像春天那般生机勃勃,充满希望的萌动;也不似夏天那般热烈奔放,肆意挥洒着热情的火焰。立秋,带着一种沉静与内敛,一种对过往的沉淀和对未来的期许。

站在立秋的门槛上,抬眼望去,天空湛蓝如宝石,云朵洁白如棉絮,悠悠地飘荡着,似是在诉说着岁月的故事。远处的山峦,轮廓渐渐分明,染上了一层淡淡的金黄,那是秋天赋予它们的独特色彩。田野里,庄稼们仿佛也感知到了立秋的气息,微微低垂着头,像是在感恩大地的滋养。金黄的稻穗在微风中轻轻摇曳,沙沙作响,仿佛是大自然弹奏出的丰收之歌。

立秋的风,带着丝丝凉意,轻轻地抚摸着人们的脸庞。它不再是夏日里那股闷热的气息,而是一种清爽宜人的感觉。走在街头巷尾,人们纷纷换上了轻薄的衣衫,感受着立秋带来的惬意。孩子们在公园里欢快地奔跑嬉戏,追逐着秋风,笑声回荡在空气中,为这寂静的秋天增添了一抹灵动的色彩。

立秋,也是一个思念的季节。古人云:"一叶落而知天下秋。"那一片片飘落的树叶,仿佛是时光的使者,带着人们对过去的回忆和对远方亲人的思念。在这个季节里,人们会格外怀念那些曾经一起度过的美好时光,怀念那些已经远去的身影。或许，我们会在某个寂静的夜晚，望着窗外的明月，默默地祈祷着远方的亲人一切安好。

立秋，更是一个孕育希望的季节。它既预示着丰收即将到来，也意味着新的生命和新的开始。在这凉爽的秋日里，我们可以静下心来，思考人生的方向，规划未来的道路。我们可以播种下希望的种子，用辛勤的汗水去浇灌，期待着在来年收获满满的喜悦。

立秋，就像一位睿智的长者，静静地站在时光的渡口，看着世间的万物在岁月的流转中不断变化。它用它的温柔与宁静，抚慰着人们的心灵，让我们在这纷繁复杂的世界中找到一份内心的宁静与安宁。让我们怀揣着对秋天的热爱与期待，迎接这充满诗意与希望的季节，在立秋的怀抱中，书写属于我们自己的精彩篇章吧。

13

立秋山行

立秋，带着一份别样的情愫，我再次踏入了那充满神秘与诗意的紫云山。

友人自深圳慕名而来，知道著名的紫云山是我的老家，便相约一起上山游玩。我和友人沿着蜿蜒的山路缓缓而上，初秋的微风轻轻拂过面庞，带着些许凉意，让人倍感惬意。阳光透过树叶的缝隙洒下，形成一片片斑驳的光影，仿佛在诉说着岁月的故事。

我们抵达了紫云书院。那古朴的建筑静静地矗立在山间，仿佛一位历经沧桑的智者，默默见证着时光的流转。书院的大门紧闭着，却能让人想象到昔日学子们在这里孜孜不倦求学的场景。我静静地伫立在门前，思绪万千。

祭拜先祖李敏，心中涌起一股庄严而肃穆的情感。紫云李氏家族，历经了七百年的变迁。他们的故事如同这山间的云雾，缥缈而又真实。在漫长的岁月里，他们或许经历过辉煌与荣耀，也或许遭遇过挫折与困境，但始终坚守着自己的信念和传承。他们的血脉在这片土地上延续，他们的精神在这里生根发芽。

想象着先祖们在这片土地上辛勤耕耘的模样，想象着他们为了家族的繁荣而努力拼搏的场景。他们的智慧和勇气，他们的勤劳和善良，都成了家族的宝贵财富，也激励着后人不断前行。在这立秋的时节，我仿佛与先祖们进行了一场跨越时空的对话，感受到了那份深深的家族情怀。

我们站在书院的高处，大声向远方呼喊着："额呵呵！"大山四周回荡着"额呵呵！"我们俯瞰着山下的美景，思绪也随之飘荡。

　　立秋的紫云山，宁静而又神秘。这里的一草一木，一砖一瓦，都蕴含着无尽的故事和情感。

　　这片土地见证了家族的兴衰变迁，也承载了无数人的梦想和希望。如今我们和先辈虽然生活在不同的时代，但那份对家族的眷恋和对传统文化的传承，却是永恒不变的。

14

处暑

处暑，于二十四节气之中，堪称独特的存在。"处"的汉字构造本意，是停留，是居住，又衍生出停止、消退、隐而未显等意思。"处暑"，既可以理解为炎热的停滞与弥留，也可以理解为炎热开始渐渐地消退。弥漫在空气里的，依然是暑热。

鲁迅先生说："汉字有三美，意美以感心，音美以感耳，形美以感目。"一个汉字就是一个意象。处暑，这古色古香、矫若惊龙、音形义俱全的汉字模块，排列组合在一起，就是一首抑扬顿挫、耐人寻味的诗歌。它以独特的魅力舒展妖娆多姿的形象，妙笔生出一篇篇岁稔年丰、穰穰满家的绮丽骈文。

有趣的是：处字的繁体写作"處"，取象于虎之盘踞。虽时令已入秋，然暑热未消，故人们以"秋老虎"形容这段时期的炎热。

一个"暑"字前面加个"处"字，可见古人的足智多谋和奇思妙想，使本不相干的两个字，鬼斧神工连缀成词。其构词的匠心独具，用词的精准鲜活，蕴意的隽永秀逸，令人拍案叫绝。

今日处暑，一年一度，时令走向秋天。诚如古人云："处暑无三日，新凉直万金。"处暑之际，恰似大自然在喧嚣夏日后，营造出的一段静谧时光。草木陪我度过人间，这个夏天的人间。

汝河两岸暑气渐消，天空湛蓝澄澈，纯净高远。阳光褪去炽热，带着丝丝温柔暖意，倾洒大地，恰是"秋云飘逸暑光残，日暖风和意自闲"的写照，为即将来临的秋天埋下伏笔。

透过办公室的窗，我能看到汝河岸边的树，伏案写作，累了，就站起来舒展一下老腰，与树做个交流。与树对视多年，觉得树像个包容的朋友。鸟儿喜欢藏进去，以此为大舞台——唱歌、求偶、呼朋引伴，麻雀、喜鹊、老鸹、啄木鸟、布谷等知名的和不知名的鸟喜欢藏在树叶里。麻雀虽小，叽叽喳喳地喜欢开会并且开起来没完没了，一本正经地唱着冗长的句子像处暑的温度，让人昏昏沉沉地入睡。布谷鸟喜欢独唱，哪怕现在已是处暑，早过了布谷的时节。"笃笃——笃笃——"是啄木鸟在不知疲倦地工作，把树挠得要大笑出来。鸟儿一大早就开始唱歌，这么多年，我每天听着鸟的歌声写作，却一直没有打扰过它们。估计它们也奇怪这个方房子里坐着的人，好奇怪！天天趴在桌子上，写什么呢？只见她写了撕、撕了写的却没有收获。

再往远望，汝河南岸，田间庄稼历经夏日磨砺，此时渐趋成熟。稻谷低垂，以谦逊之态，诠释着丰收的喜悦，正所谓"稻花香里说丰年"。玉米棒子有序排列，彰显着生命的力量与秩序。金黄麦浪随风起伏，似在为处暑的到来欣然起舞，诉说着土地的慷慨。

汝河边芦苇在处暑微风中轻轻摇曳，白色芦花纷纷扬扬飘落，恰似古人所云"芦花飘雪满船头"，为秋天增添了几分淡雅与诗意。这些芦苇陪了我整整一年，从去年的处暑开始，我眼见着她们一年来的荣枯。

河边垂柳不再是夏日的郁郁葱葱，叶片微黄，在风中摆动，尽显"袅袅兮秋风，洞庭波兮木叶下"的韵味，似在向过往行人传达季节的更迭。

处暑的夜晚，宁静祥和。繁星点缀于深邃的夜空，"天阶夜色凉如水，卧看牵牛织女星"，宛如无数双眼睛注视着世间万物。月光如水银般倾洒，给大地披上银白之装，整个世界沉浸在诗意氛围中，让人心绪渐趋平静。

此时，人们生活亦有微妙变化。田间劳作渐少，人们着手筹备秋收。老人坐于门口，摇着蒲扇，讲述往昔故事，那声音似岁月回响。孩童于院中嬉戏，追逐萤火虫，笑声弥漫，为夜晚增添生机活力。

处暑，是夏之终章，秋之开篇。它让我们领略自然的神奇变幻，于喧嚣尘世寻得内心宁静。此时，不妨放慢脚步，静赏自然之美，聆听生命之声。

处暑，如同一首悠扬的诗篇，在时光长河中缓缓流淌。它以静谧与美好，绘就一幅秋天的绝美画卷，让我们在岁月流转中，永远铭记这个特殊的时节。

感叹人如汝河边的芦苇，累了就枯萎几天，不用一直开花发芽。

细思，芦苇在不同的季节里，有着不同的状态。它们有时蓬勃生长，在风中展现出坚韧的身姿；有时又会在寒冬中枯萎，进入一段休憩的时光。人也应该如此，适时地休憩，不必时刻都保持着蓬勃的状态。在忙碌的生活中，给自己留出一些时间，去沉淀、去思考、去调整。就像处暑时节，夏日热烈之后，迎来了宁静的秋天。

每一个节气都是有灵性的，它就像我们的莫逆之交，数千年来信守约定永恒不变。每当节令一到，它就迫不及待，从季节和岁月的深处如约而来。今日处暑，让我们也静下心来，在汝河两岸走走。

15

白露

白露者，节气之中最富诗意者也。

古人有云："蒹葭苍苍，白露为霜。"瞧那蒹葭，苍苍然于秋风之中摇曳，婀娜之姿芦花胜雪，轻盈飘舞，与莹润的露珠相照，恰似一幅绝美的秋之画卷徐徐展开。

我伫立汝河畔，眺望那片浩渺苍茫的芦苇荡，心间油然而生对自然大美之敬畏与叹赏。

此时此刻，仿若穿越千年岁月，得以与古人同感白露时节那幽谧而悠远的意境。

在这个深秋的日子，我遇到一女娃，名曰白露。

白露降生于贫苦的山乡农家，双亲皆为质朴的农人，以耕种薄田聊以为生。然生活虽艰，却未磨灭白露心中的梦想。自幼，她便渴盼走出大山，去探寻山外的大千世界。

白露甚是勤勉好学。每日，她皆会早早起身，背着书包行于崎岖的山路之上，前往数里之外的学堂。山路险峻难行，天气亦变幻无常，然白露从未萌生出放弃之念。

白露在大学毕业之际面临重要抉择。她既可留在繁华都市，追逐个人事业与梦想，亦能回归大山，成为一名山村教师，助力更多孩子走出大山。一番思忖之后，白露决意归乡任教。此抉择看似平凡，实则蕴含着她对家乡的深情厚谊，以及对教育事业的热爱与担当，犹如"落红不是无情物，化作春泥更护花"般无私奉献。

白露归返故乡，来到紫云山下破旧的山村学校。校内条件甚是艰苦，教室简陋，教学设备匮乏，然白露未被此等困难吓退。她八方奔走，筹集资金，竭力改善教学条件。她还亲手制作教学用具，为孩子们带来更多的知识与欢乐。

白露的教学方法独具匠心，她注重培养孩子们的兴趣与创造力。她常引领孩子们去领略自然之美，观山川草木之盛，感天地造化之奇，恰似古人的"仁者乐山，智者乐水"。她亦组织各类课外活动，使孩子们于愉悦中求知。孩子们皆对白露老师敬爱有加，视其如长姐，在她身上感受到无尽的温暖与关爱。

今日白露时节，白露引领孩子们来到汝河畔，望着那片苍茫的芦苇荡，感悟自然之美。

听到白露为孩子们讲述古人的诗词，使他们领会白露时节的文化意蕴。我问："你回到家乡当教师，后悔吗？"

汝河畔蓬断草枯，有几枝挺拔不屈的苇秆，在渲染着冬天的苍凉和残酷。残存芦花四处飘散，去寻找生命的起点。芦苇丛中，传来清脆而坚定的回声"不——后——悔"。

16

寒露

《月令七十二候集解》中说："九月节，露气寒冷，将凝结也。"关于寒露，史书中记载："斗指寒甲为寒露，斯时露寒而冷，将欲凝结，故名寒露。"

在这个携着凉意与诗意的寒露节气，似一幅淡雅水墨画的闺蜜，放下繁重的工作，陪我漫步汝河湿地，感受物候变化。难为她二十四节气记得比我清，我总是在她给我发节气美图后，才后知后觉地想起又一个节气来到了，该到汝河岸边走走了。

每一个节气都是有灵性的，它就像我的莫逆之交，数千年来信守约定永恒不变。每当节令一到，它便从容不迫地从季节和岁月的深处如约而来。

北方的寒露性急，稍稍小憩便急慌慌地往前赶，误将秋令当冬时，像奔赴一场千载难逢的狂欢，又像草草完成一项无关紧要的作业。

今年寒露来得更急，仿佛一场迫不及待的约会。一夜之间，汝河两岸大片芦苇像是被时令之笔轻点，齐刷刷白了头。此刻，银白的芦苇穗浸在奶白色的雾气里，远看仿若皎洁月光揉碎洒落人间，如梦似幻。朦胧的雾气如薄纱，笼罩一切，为世间添了几分神秘。

这片芦苇伴随了我整整一年，轮回了二十四个节气。

我和闺蜜每个节气都会去芦苇丛。春天，蒌蒿满地芦芽短。芦苇便在一片萧瑟里，在四周鸟语花香的呼唤下，绽放着生命的翠绿，尽情摇曳着凝重的墨色，尽兴地展示着它那天姿般的野性。

夏天，一池芦苇就像华居里摆设了一副古董，与汝河北岸鳞次栉比的高楼、修剪得精致而规范的花木植被一起，共同渲染了襄城的传统与现代交杂的和谐共生。

我最喜寒露后的芦苇，静静地站在水汀，可以东倒西歪，不拘气性，累了就枯萎几天，不用一直开花发芽。闺蜜说像极了我此刻的心态。

《昆虫记》里写道："当我面对池塘，凝视着它的时候，我可从来都不觉得厌倦。在这个绿色的小小世界里，不知道会有多少忙碌的小生命生生不息。"今日寒露，我们静静地轻拂着尚显稚嫩的苇穗，就像抚摸一颗柔软的心，舒服而熨帖，思想也慢慢变得澄澈透明。

忽然，一阵竹篙点水的清响穿透雾霭。我们放眼望去，苇荡深处一叶扁舟缓缓摇出，轻盈飘逸，在芦苇的簇拥下悠悠而来。船头整齐堆着新割的芦花，在微风中轻摇，展示着秋天的丰硕。

撑船的是一位老人，头戴陈旧却古朴的竹笠，露出被河水常年浸泡成古铜色的小臂，小臂上青筋微凸，那是岁月的印记，记录着他在河面的无数日夜。小船靠近，我看清老人腰间悬着的葫芦，撑篙时葫芦轻晃，发出细碎水声，为宁静清晨增添灵动气息。

"古伯？"我轻声试探。声音飘荡在空气中，带着一丝小心翼翼。船头老汉缓缓抬头，眼角皱纹堆成菊瓣，藏着岁月的温柔与沧桑。

"李老师？"他带着浓浓乡土气的声音亲切温暖。话音未落，竹篙抵住岸边青苔，惊起几只黑水鸡，它们轻快飞起，清脆鸟鸣打破河面寂静。刹那间，对岸杨树林里似被施了魔法，千百片金叶子腾起，在晨光中如翩翩起舞的蝴蝶，为寒露增添色彩与生机。

汝河里的黑水鸡，也是不错的观察对象。我领略过它们的"狡诈"，因为我从来没有数清过它们的数量，总是刚数过，它们就钻进水里，等露出水面，已是几百米远，让你分不清到底数过还是没数过。

古伯是一个有故事的人。此刻他手握镰刀，边走边削去挡路的枯枝，刀刃擦过芦苇秆发出沙沙声，如大自然提前落下的秋雨，诗意在空气中弥漫。

老人转头微笑着说："你们来得正好，后坡的霜菊今早全开了。"我们沿着蜿蜒小路来到菊田。菊田静卧在河湾北面的山坳，如世外桃源。晨雾凝成薄纱，温柔覆盖。走进菊田，白菊如羞涩少女，在薄纱后若隐若现。

我蹲下帮老人采菊，发现这些菊花清瘦，花瓣细长柔软，末端染着淡紫晕，如天边云霞，超凡脱俗。"当年从紫云山移来的野菊，我和孩子他妈侍弄了十年才养成，可惜呀！再也见不到人了。"老人边采花边轻声说，声音里满是对过去的怀念。

"你妻子吗？"我问。

"是呀！走十几年了，早走早享福！"老人说着曾经的点滴。

老人拿出陈旧古朴的陶罐，去年收藏的菊花香混着山泉的清冽感扑面而来，香气浓郁淡雅，弥漫红石屋。"这是用霜降后的野菊蜜腌的。"老人微笑着拿起木勺搅动茶汤，菊瓣在琥珀色的水中如沉睡仙子般舒展腰肢。"她走那年的寒露，这罐蜜刚好酿成。"老人眼神闪过一丝忧伤，触动我的心弦。

日影西斜，天边橙红绚丽。我们起身告辞。老人往我布袋里塞了包新焙菊茶，这野菊的香气是寒露最珍贵的礼物。

对岸芦苇扬起白首，芦花籽乘风如自由鸟儿掠过河面，有些落进衣帽带来惊喜，更多飘向灌木丛和树林，寻找归宿。

寒露，不仅是自然节气，更是情感凝聚。一如闺蜜对我的不离不弃，又如古伯对妻子深情的思念。

晨雾如纱，在汝河水面悄然游动。我们静立于渡口的青石板上，脚下青石板被岁月打磨得光滑温润，无声诉说着往昔，俯身细数叶片上的露珠在晨光中闪烁迷离。

17

霜降

"秋霜渐重渐凝寒，篱畔菊花半灿黄。霜降此来无多日，何处枫叶一统红。"时光匆匆，这一首诗既彰显了时节的悄然更替，亦点明了秋天的落幕。

在我的记忆里，仿佛夏天转瞬即逝，霜降便悄然而至，秋意就这般在不知不觉中消散，着短袖戏水的情景仿若就在昨日。

然而凛冽的寒气无情地提醒着人们，秋天已然远去，冬天即将来临。

这是秋意的终结，我钟情秋天的霜。秋天最值得赏的还有那霜降的景。

历经了夏日的酷热，草木都由绿转黄，再从枝头飘落，至霜降之时，　株草多半的叶子都凋零了，还不时地在你的身旁飘落几片。扑面的秋风萧萧地拂过，这会让叶子落在你的肩头、腰间、腿上，甚至会扑在你的面颊。捡一片叶子，或许还带着些许的绿韵，如果哪一片叶子依旧翠绿，我便会视之为奇迹，因为红色是这个季节的主宰。叶子上有的地方还有几个小虫啃噬的孔，可见，历经了一季的风吹日晒，是它歇息的时候了。

"叶落归根"，确乎如此。叶子落在大地，再悄然消逝，这是自然法则，永难更改，徒留下养分，只为新生命做准备。秋末冬初，百花凋零，夏日繁花似锦的模样成了回忆与期盼。秋风中傲立的桂花也倦了，层层叠叠的花瓣早已低垂了身姿，变为暗褐色。枫叶尚未泛红，这一日世间嗅不到花香的芬芳。孤寂的银杏是这一日里的唯一景致，再无法装点、烘托绚烂的花朵。

清冷的清晨，秃了枝的杨柳为氛围增添了几分寒意，万物皆渐渐沉睡。霜降的阳光，亦是别具一格：它不像春日那般温暖宜人，也不像夏日那般炽热灼人，更不像秋日那般温和惬意，而是那种透着凉意的光，即便晴空万里，可秋风瑟瑟，刚聚拢在身上的温热气儿风一吹便消散殆尽。

18

立冬

"细雨生寒未有霜，庭前木叶半青黄。小春此去无多日，何处梅花一绽香。"宋代诗人仇远用一首诗表明了时间的飞速流逝，也点明了冬天的到来。

光阴似箭，日月如梭。在我的印象中，似乎夏天刚过，立冬就来了。秋天就这么在懵懵懂懂中过去了，穿短袖玩水的样子似乎就在昨天。可是寒冷的天气在无情地提醒人们，冬天已经来临。

"冻笔新诗懒写，寒炉美酒时温。醉看墨花月白，恍疑雪满前村。"唐代诗人李白的《立冬》尽显他的浪漫主义个性，读来不由令人口舌生香。初冬之日，天气寒冷，懒得动笔写新诗，唯寄兴于寒炉中的美酒。醉后观之，一片大雪覆盖了整个村庄。细读李白这首诗，字字读来，而后掩卷而思，顿觉美妙不已。秋收之后初冬之时，万物寂静，恐怕唯有寒冷的冬季才能有如此令人羡慕的闲情逸致吧。

别人会问我为什么喜欢立冬，我会说："这是冬天的开始，我喜欢冬天的雪。"这样的回答或许有些单纯，可我还认为，冬天最值得看的还有立冬的景。

经历了秋天的风霜，树叶都由绿变黄，再从树上落下来。到立冬的时候，一棵树一半的叶子都落下来了，还时不时地在你的眼前落下几片。扑面的寒风瑟瑟地吹来，这会使叶子落到你的头上、身上、脚上，甚至还会扑在你的脸上。拾一片叶子，或许还带着极细的绿边，如果哪一片叶子还是绿的，我便会认为这是一个奇迹，因为黄色是这个世界的主宰。叶子上有的地方还有几个蚂蚁咬过的洞，可见，经历了一年的风吹雨打，是它休息的时候了。"落叶归根"，不错的，叶子落在地上，再消失，这是自然规律，永远无法改变，徒留下营养，只为下一代做准备。

秋末冬初，百花凋零，春天百花齐放的样子成了记忆和盼望。秋风中挺立的菊花也倦了，重重叠叠的花瓣早已弯下了身子，变成了暗黄色，梅花也未开放。这一天世界中看不到花香的气息，孤单的青松是这一天里的唯一色彩，再不能点缀、映衬美丽的花儿。

凄清的早晨，秃了顶的梧桐给气氛增添了些冰冷，万物都渐渐睡去。

立冬的阳光与众不同。它不像春天那么沁人心脾，也不像夏天那样酷热难耐，更不像秋天那样凉爽舒服，而是那种带着寒意的光，虽然万里无云，可寒风瑟瑟，刚聚在身上的暖和气儿被风一吹就没了。在前后几天，人们身上的衣服也渐渐增多，冬的凉意，也随之增多。

19

小雪

"北风卷地白草折，胡天八月即飞雪。"岁月的车轮悄然转动，古人用这句诗精准地勾勒出时节的更迭，仿若冥冥中也预示着小雪节气的悄然而至。

"闲窗漏永，月冷霜华堕。悄悄下帘幕，残灯火。"宋代词人柳永笔下冬夜宛如一幅淡雅的水墨画，散发着婉约的美感，每读一次都仿若置身于那如梦如幻的意境之中，令人心醉神迷。在小雪的时节里，长夜漫漫，月光幽幽地洒向大地，遥远而清冷。边塞的管乐声在霜华漫天的夜里哀婉地奏响，那声音像是诉说着无尽的思念与哀愁。

想起小雪，就忆起一段难以忘怀的往事。

在我儿时，有一个叫小雪的女孩，她是我最亲密的玩伴。那时候的我们，天真无邪，每天都在村子里无忧无虑地玩耍。一次下雪天，小雪的爸爸出门劳作还未归来，她便自告奋勇地要去喊爸爸回家吃饭。雪纷纷扬扬地下着，整个世界都被白色覆盖，她那小小的身影在雪地里蹦蹦跳跳地走着。然而，意外就在不经意间发生了。村子里的红薯窖在雪的掩盖下难以被察觉，小雪一不小心就掉进了红薯窖里。等大人们发现的时候，一切都已经晚了。从那以后，每到雪花飘起的时候，我总会不由自主地想起她，想起她那纯真的笑脸，心中便充满了无尽的怀念。

经历了秋日的霜露洗礼，树叶像是被大自然的巧手染上了颜色，渐渐由绿变黄，而后如同一只只蝴蝶，悠悠地飘落大地。到了小雪的时候，树上的叶子已经所剩无几，只剩下寥寥几片还在寒风中顽强地坚守着。秋末冬初，曾经繁花似锦的春天只能留存于记忆之中，成为一种美好的期盼。

我在院中种下的一片菊花，在秋风中顽强地挺立着，此刻也已尽显疲态，层层叠叠的花瓣早已不再娇艳，变得低垂暗黄。

清冷的清晨，光秃秃的树干像是一个个孤独的守望者，静静地伫立在那里，更增添了几分寒意。整个世界仿佛都被寒冷所笼罩，万物都在渐渐沉睡，像是在等待着春天的唤醒。

小雪时节的阳光别具一格。它没有春日阳光的温暖和煦，那种温暖就像母亲的手轻轻抚摸着脸庞；也不像夏日阳光的炽热难耐，那炽热如同燃烧的火焰；更不像秋日阳光的温和宜人，那温和宛如一杯恰到好处的暖茶。小雪的阳光带着丝丝清冷，尽管天空晴空万里，可是那凛冽的寒风却如同锋利的刀刃，刚刚聚拢在身上的些许暖意，被风一吹便消失得无影无踪。在小雪前后的几日里，人们身上的衣物逐渐加厚，冬的寒意就像潮水一般，一点一点地加重，逐渐将人们紧紧包裹。

这便是我家乡的小雪，它承载着我的回忆、思念与对自然的感悟，每一个细节都深深地印刻在我的心中。

20

大雪

悄然起风时，雪已纷扬而落。

在恍然之间，这个冬天已然行至大雪节气，而这一年，也即将步入尾声。

《月令七十二候集解》有言："大者，盛也。至此而雪盛矣。"

大雪，作为冬季的第三个节气，乃是仲冬的开端。它象征着冬意渐浓，寒意深深侵入每一寸空气之中。

此时，手捧一杯暖茶，思绪不由自主地飘向那匆匆而过的一年。这一年，我们记住了什么，又忘却了哪些？在这大雪纷飞的时刻，脑海中又浮现出了谁的面容呢？

古人云："小雪封地，大雪封河。"北方的大雪时节，千里冰封，万里雪飘，那是一种雄浑壮阔的美；而南方，亦有雪花轻舞，漫天银白，恰似一幅淡雅的水墨画。入眼之处，仿若琼花碎玉洒落人间，万物皆被银装素裹，宛如仙境。

雪，有着《诗经》的大雅之美，如"昔我往矣，杨柳依依；今我来思，雨雪霏霏"，那是一种古朴而深沉的韵味；它有着《楚辞》的浪漫气息，就像那在天地间肆意挥洒才情的楚地诗人，赋予雪以无尽的诗意与幻想；它有着唐诗的磅礴气势，李白笔下的"燕山雪花大如席，片片吹落轩辕台"，尽显大唐气象的豪迈与壮阔；还有宋词的婉约与豪放，柳永词中的"雅欢幽会，良辰可惜虚抛掷。每追念、狂踪旧迹。长祗恁、愁闷朝夕。凭谁去、花衢觅。细说此中端的。道向我、转觉厌厌，役梦劳魂苦相忆。须知最有，风前月下，心事始终难得"是雪下隐藏的细腻情思，苏轼的"人生到处知何似，应似飞鸿踏雪泥"则充满了对人生的豁达思考。

雪，就像一位文化的使者，承载着千年的诗意。

在大雪纷飞的日子里，最惬意的莫过于温一壶清茶，邀三五好友相聚。大家围坐在一起，闲聊着家常，一同欣赏那漫天飞舞的雪花。

冬，宛如一位身着素衣的仙子降临人间，没有了往昔的姹紫嫣红，却只用简单的白色，勾勒出一幅纯净洁白的画卷。这幅画纯洁而通透，轻盈又自然，它以独特的美震撼着我们的心灵。

往昔的烦忧，哪怕是那积压千年的夙愿，都在一场雪的覆盖下被倾覆，而后，内心便释然了。一场雪，对于我们而言，是一个冬天里盛大的惊喜。值得庆幸的是，这个冬天，雪如期而至。

每当下雪的时候，我总会想起四十年前的那场大雪。

那个时候特别爱下雪，一刮北风，雪就跟着来了。雪喜欢我们的村子，雪像个大棉被，总是把村子盖得严严实实。然后就让年跟过来，让火红火红的炮仗惊天动地跟过来，让欢天喜地的罗刹跟过来。

雪总是把我引到地里去，无边无际的雪把天也连在了一起。我发出一声喊，喊声就变成了雪花回到我张开的口中。我发出更大的喊声，就有更大的雪花回到我的口中。我快乐地笑着，咳嗽着，让寒冷浸透我的棉袄，然后就滚打在雪中。

一只狗在雪地里跟着我。狗的肚子紧擦着雪，四条腿带起了一片雪花。狗喘的气比我还大。

一团火焰慢慢燃烧起来了，一坡的荒草被我点燃。火和草似乎并未接触，草就兴高采烈地"噼噼啪啪"响，一会儿就响到坡那边去了。

那时，我还是一个年幼的女孩。我热爱阅读，《红楼梦》中那复杂的家族兴衰、细腻的人物情感，《射雕英雄传》里郭靖的侠义之心、黄蓉的聪慧机灵，

《平凡的世界》中普通人在大时代下的奋斗与挣扎，这些都深深吸引着我。然而，我的班主任却认为我看这些小说耽误了学习。老师没收了我的小说书，并且向母亲告状。

那个周末，我回到家中，母亲得知我的成绩后十分生气。

母亲特别敬畏文字，但凡写了字的纸，都要先拿给我们看，再做处理。即使是写了字的废纸，也不会轻易扔掉，一张一张保存，生怕弄污。

母亲总是不厌其烦地叮嘱我："要发奋读书，将来要握笔杆子，将来要出人头地。"

家中全靠母亲一人照顾操持，很是辛苦。她认为所有课外书都是闲书，会耽误学习。她把她认为的闲书统统没收，悄悄藏在家中各个不起眼的角落，甚至连报纸她也觉得不读最好。

听了老师的话，母亲把我成绩下降归罪于看了闲书。当她提及学习成绩的时候，又说起早逝的父亲，絮絮叨叨地哭诉起来。那种感觉，比暴打我一顿还要难受。

于是，在那个大雪纷飞的周末晚上，我心中充满了委屈和不甘，愤然离家摸黑往学校走去。

外面是白茫茫的一片雪地，我根本分不清哪里是路，哪里是沟。一路上，我屡次掉进雪坑之中，每一次都艰难地爬起来，继续朝着学校的方向赶去。冰冷的雪花打在脸上，却更加坚定了我爬也要爬到学校的决心。

我记得校门卫看到我时惊讶的表情。

如今雪染倾城，冬来无恙。暖阳待雪，灯火可亲。愿你我待凛冬离去，雪融草青之时，相信一定会有新的美好延续下去，如同这飞舞的雪花。

21

冬至

2023 年 12 月 22 日 11 时 27 分，迎来冬至节气。

这一天，太阳直射南回归线，北半球昼最短，夜最长。

冬至是古代一个非常重要的节日，有"冬至大如年"之说。我们的祖先也总是从这一天开始"数九"，记录冬至到来年春分的气候变化。"数九"数的是希望，心中装着对春的期盼，不疾不徐，日日数到暖，静候春日来。

冬至，是一个充满温情的节气。

在我的记忆中，每到冬至，外婆总会早早地开始忙碌起来。她会精心挑选最新鲜的食材做饺子馅，再擀出一张张薄如蝉翼的饺子皮，然后熟练地将馅料包进皮里，捏出一个个精致的饺子。那娴熟的动作，仿佛是在创作一件艺术品，让人不禁为之赞叹。

我总是喜欢静静地坐在一旁，看着外婆忙碌的身影，心中充满了温暖和幸福。

外婆会不时地转过头来，对我微笑着说："筱娃，快来包扁食，冬至吃扁食，不会冻耳朵（外婆习惯把饺子称扁食）。"

我会立刻站起身来，跑到外婆身边，拿起一张饺子皮，学着外婆的样子开始包起来。虽然我包的饺子形状各异，有的像胖嘟嘟的小猪，有的像弯弯的月牙，但外婆却总是会鼓励我，说："看！我的孩子，包的扁食最耐看。"

在那个物资匮乏的年代，冬至的饺子对于我们来说，不仅仅是一种美食，更是一种团聚的象征。每到冬至，外婆总会把亲朋好友都邀请到家里来，一起包饺子、吃饺子。大家围坐在桌子旁，一边包着饺子，一边说着笑着，那温馨的场面，至今仍深深地印在我的脑海中。

然而，随着时间的流逝，外婆渐渐地老去，身体也越来越差。在那个冬至，外婆已经无法再亲自包饺子了。她躺在床上，看着我们忙碌的身影，眼中闪烁着泪花。我走到外婆的床边，轻轻地握住她的手，说："外婆，您别难过，我们会好好包扁食的，您就放心吧。"

外婆点了点头，微笑着说："小娃，记住，冬至吃扁食不冻耳朵。"

外婆已经去世好多年，但她的这句话却一直萦绕在我的耳边，让我感受到她对我的深深关爱。

如今，每当冬至来临，我都会想起外婆，想起她那温暖的笑容和熟练包饺子的动作。我会按照外婆的方法，精心挑选食材，擀出饺子皮，包出一个个美味的饺子。在品尝着饺子的同时，我也仿佛感受到了外婆的存在，她的爱就像那饺子一样，温暖着我的心。

时光荏苒，人半旧，心半旧，物半旧，月半旧，花半旧，风半旧。在旧时光里偶尔翻出一点旧时的雨，甚至一朵旧时的花，一幅旧时的墨迹，一段旧时的心情，有莫名的感动，也有丝丝的温暖。

正如苏轼所说："人间有味是清欢。"

故乡的冬至，是一种情感的寄托，一种对生活的热爱，一种对旧时光的回味。

22

小寒时节，静守流年

"小寒连大吕，欢鹊垒新巢。"当岁月的指针悄然指向小寒，意味着一年中最寒冷的日子开始到来，却也蕴含着无尽的宁静与淡泊。

小寒，如一位深藏不露的智者，默默地守护着世间的万物。在这个时节，大地仿佛被一层厚厚的棉被所覆盖，万物都在沉睡中积蓄着力量。田野里，麦苗静静地卧在雪被之下，宛如一个个沉睡的孩子，等待着春天的唤醒。树枝上，偶有几只麻雀"叽叽喳喳"地飞过，它们或许是在寻找着食物，又或许是在感叹这寒冷的天气。

古人云："小寒时处二三九，天寒地冻冷到抖。"的确，小寒的寒冷是刺骨的，那凛冽的寒风仿佛能穿透人的骨髓。然而，正是这种寒冷，让人们更加珍惜温暖的时光。在冬日的暖阳下，老人们坐在门口，晒着太阳，聊着家常，那脸上的笑容如同一朵盛开的菊花，散发着淡淡的清香。孩子们则在雪地里奔跑嬉戏，他们的笑声在空气中回荡，仿佛是一首欢快的乐章，驱散了寒冷的气息。

小寒也是一个充满故事的时节。相传，在古代，每逢小寒时节，人们都会举行一些祭祀活动，以祈求来年的丰收和平安。这些祭祀活动不仅是对自然的敬畏，更是人们内心深处对美好生活的向往。在祭祀的过程中，人们会点燃香火，献上祭品，然后静静地祈祷着。那袅袅的香火，仿佛是人们心中的希望之火，在寒冷的冬日里燃烧着。

在小寒的夜晚，月光如水，洒在大地上，仿佛是一层银色的轻纱。此时，人们往往会静下心来，感受着大自然的呼吸。那静谧的夜晚，没有城市的喧嚣，没有世俗的纷扰，只有大自然的声音。蟋蟀藏于洞穴过冬，青蛙在池塘里冬眠，它们用自己的方式诉说着对生命的热爱。在这个时候，人们也会想起自己的人生，反思自己的过去，展望自己的未来。那一份宁静与淡泊，仿佛是一剂良药，能够治愈人们心灵的创伤，让人们重新找回内心的平静。

"梅花香自苦寒来。"小寒时节，正是梅花盛开的季节。那一朵朵鲜艳的梅花，在寒冷的风中傲然挺立，散发着淡淡的清香。梅花不畏严寒，独自绽放，它用自己的生命诠释了坚韧不拔的精神。在这个世界上，有多少人能够像梅花一样，在困境中坚守自己的信念，不被外界的压力所打败呢？梅花告诉我们，只要心中有信念，就一定能够战胜困难，迎来美好的明天。

小寒时节，让我们放下心中的浮躁，静守流年。在这寒冷的冬日里，感受大自然的力量，品味生命的真谛。让我们像梅花一样，在困境中坚守自己的信念，不被外界的压力所打败。相信在不久的将来，春天一定会如期而至，万物复苏，生机勃勃。那时，我们将迎来一个新的开始，一个充满希望的未来。

23

大寒

"小寒大寒，冷成冰团。"大寒，是二十四节气中的最后一个节气，亦是一年中最为寒冷的时节。此刻，天地仿佛被一层厚厚的冰壳所包裹，万物皆在沉睡，唯有静谧的气息在岁月的长河中缓缓流淌。

"爆竹声中一岁除，春风送暖入屠苏。"大寒，意味着旧岁的终结，新岁的伊始。在这严寒的冬日，人们经历着一场心灵的洗礼，褪去尘世的喧嚣与浮躁，回归内心的宁静与淡泊。

儿时，每逢大寒，母亲总会早早地起身，为一家人准备早饭。热气腾腾的稀饭放入几个饺子，吃点儿稠的喝点儿稀的，全身暖洋洋的，蕴含着母亲无尽的温暖与爱意，驱散了整个冬日的严寒。

吃罢早饭，母亲就带我们兄妹到麦地拔草。大寒时节，此时小麦处于越冬期间，根据母亲麦田管理的土方法，这是一个进行麦田除草的适当时机。除草可以帮助减少杂草与小麦之间的竞争，有助于小麦的生长。

在麦地里，野燕麦和小麦苗相似，细长的叶、白皙的茎、蓬松的根，绿的叶比麦苗浅，长得比麦苗娇嫩，却比麦苗蹿得快。最初我常常分不清，哪个是野燕麦草？哪个是麦苗？母亲仔细地教我辨认，并且告诉我，燕麦长在麦地里，把小麦苗害苦了，有它在，附近的麦苗难得存活。所以得把这些害人的野草拔出来，麦苗才能长得好，麦子才能丰收，老百姓才能高兴。时光荏苒，几十年过去，我时刻记着母亲说过的话。不让野燕麦长在心田，那里是长麦子的地方。

在我看来，大寒不仅仅是一个节气，更是一种生活态度。在这严寒的冬日里，我们需要学会坚守内心的宁静，不被外界的喧嚣所干扰。正如古人所说："不以物喜，不以己悲。"只有保持一颗淡泊的心，才能在纷繁复杂的世界中找到真正的自我。

记得有一次，我在大雪纷飞的日子里独自漫步在乡间小道上。四周一片寂静，只有那雪花飘落的声音在耳边回响。我静静地站在那里，感受着大自然的力量，心中涌起一股莫名的感动。那一刻，我仿佛明白了什么是真正的宁静，什么是真正的淡泊。

在大寒的日子里，大自然也呈现出一番别样的景象。那光秃秃的树枝上，挂满了晶莹剔透的冰挂，仿佛是大自然精心雕琢的艺术品。远处的山峦，被一层厚厚的白雪所覆盖，宛如一幅水墨画卷。在这寂静的世界里，一切都显得那么纯洁、那么美好。

相传，大寒这一天，是天地间阴阳交泰的时刻。在这一天，阴气渐退，阳气渐生，万物开始孕育新的生机。而在民间，人们也会通过各种方式来迎接这一时刻的到来。有的人家会在门上贴上春联，有的人家会在院子里点燃篝火，还有的人家会在餐桌上摆上丰盛的美食，以祈求来年的丰收与平安。

"红岩上红梅开，千里冰霜脚下踩。"在大寒的时节里，梅花傲然绽放，成了冬日里一道亮丽的风景线。孟浩然写过一首打油诗："数九寒天雪花飘，大雪纷飞似鹅毛。浩然不辞风霜苦，踏雪寻梅乐逍遥。"梅花，既能披荆斩棘，也能繁花似锦。它不仅惊艳了我们的眼眸，而且幽香的气味让身心清爽、振奋。独享这段清欢，好一个自在！其实，梅花亦是春的第一位使者，提醒着我们当下虽是严冬，但春意已在冰雪中悄然酝酿。那鲜红的花朵，在白雪的映衬下显得格外娇艳欲滴，在严寒中坚守着自己的信念。

"天地有大美而不言，四时有明法而不议。"在大寒的岁月里，我们要学会用心去感受大自然的美好，用灵魂去领悟生命的真谛。让我们在这寂静的冬日里，静下心来，聆听内心的声音，寻找那份属于自己的宁静与淡泊。

　　大寒，是岁月深处的静谧与坚守。在这严寒的时节里，让我们一起沐浴在大自然的怀抱中，感受着生命的轮回与延续。

04

乡村麦事

01

麦场

夏天的风带着麦穗的香气，吹过金黄的麦田，熟透的麦子在阳光下摇曳。

"豹子哥，今年麦子长得真好！"狗子站在田埂上，望着这片金黄的海洋，忍不住感叹。两人正在交谈，一台联合收割机轰隆隆地开了过来。现代机械快速穿梭在麦田里，一会儿工夫，就收割了一大片。"瞧这效率，真是时代进步了！"豹子感慨道。

狗子看着眼前的景象，陷入了回忆："豹子哥，你还记得以前咱们一起手工收割的日子吗？那时候虽然累，但大家都在一起，有说有笑，热闹极了。"豹子点了点头："是啊，那时候的农村，真是热闹啊！"

豹子笑了笑接着说："现在机器收割方便多了，哪像以前，大家都得挽起袖子来手工收割。简直累死人！"说着豹子看了看空荡荡的右袖，想起了几十年前的麦田。

三十多年前的夏天，西南风如炽热的火焰，吹过山前山后的广袤麦海，将天地烤得一片金黄。

麦天的脚步，已在不远处悄然临近。

"村前村后，割麦种豆。"鸟儿的啼鸣，在屋前屋后一遍遍响起，仿佛是时光的催促，让人们心中隐隐有些发慌。

是啊，要收麦了！村里的男女老少，行色便比往常匆忙了许多，仿佛即将成熟的麦子，在他们心中点燃了一把急切的火。

庄稼人盼着开镰割麦，那盼的，是一种对丰收的希望，是一种能让人心潮澎湃、激动得难以入眠的期待。

人浮在那微微起伏的金色麦浪之上，一把把薅满沉甸甸的麦穗拉到跟前，那麦秆上还残留着些许的水分，被蓄满力量的锋利镰刃轻轻一拉，便发出那悦耳的"嚓——嚓——"声。这情景，这声音，是如此的诗意，仿佛比得上人类所能创造出的最美妙的音乐，最具想象力的诗篇。它意味着，农家院里很快就能碾出麦仁，磨出麦粥，烧出麦汁，蒸出碎麦饭，烙出那发面油饼，家家都将飘出那浓浓的新麦清香。

荷子站在用石头垒成的山墙上，眼前是一片又一片整齐的麦地，宛如金色的沙丘一直伸向天际，又仿佛从天际拥抱着她。

她惬意地听着飞舞的镰刀与熟了穗的麦子之间的一句句对话，心中满是对这片土地的热爱与眷恋。

哥哥豹子种地从不吝啬肥料，所以自家的麦子长得格外好，麦浪挤挤抗抗的，仿佛都要把脚给挤下去了。

熟悉的山坳里，金黄色的麦浪在微风中前仰后合，仿佛在诉说着岁月的故事。微风拂过，那麦粒都鼓凸到麦壳外的麦穗上，簌簌作响，似乎随时都要掉出来。俗话说："十成熟，两成丢。"妹妹荷子的心，仿佛被那叉开的麦芒扎疼了，毕竟这是用他们的汗水种出来的，若是不及时收割，就要减产了。

看着太阳缓缓升起来，山里的沟沟峁峁都浮起了淡蓝色的晨岚，麦香在空气中肆意流溢，仿佛是大自然对勤劳的人们的馈赠。

荷子迈着轻快的脚步向家走去，心中满是对即将到来的麦收的期待。

"快！豹子哥，快！"狗子慌慌张张地跑着，直着嗓子大喊。

"叫魂哩！"竹帘子被重重地甩了一下，无趣地荡来荡去，从里面钻出一尊"黑塔"。豹子长得敦敦实实的，头上一顶草帽不是平平地扣在头上，而是贴在右边扣住半个脑袋，歪得有些出格，左边露出泛着青光的头皮，在晨光中格外扎眼。

"豹子哥，村外……村外，不，是麦场里来了两样东西，不知是啥玩意儿？"

"嗯！"豹子拉开步子走了出去，圈里的肥猪被惊得哼了几声。荷子赶紧跑进灶房端下"咕咕嘟嘟"的猪食，放上小锅，又往灶里塞了把柴火，也跟着往麦场里去了。

麦场在村南紧挨村庄的麦地边上，说起这个麦场，那可是很费工夫的。人们会精心选择一个晴朗的日子，每家每户都去盘碾麦场。先把这片地里的庄稼连根拔起，把土刨起来，用榔头把大的土坷垃起出来，再泼上适量的水，趁着那潮湿的气息，用石碾子来回碾压。有时候天气过于潮湿，大家就会在自家炕洞里掏些草灰出来，派一个人跟在碾子后面，拿着簸箕，专门负责撒灰，以防止那湿泥沾在碾子上。这时候，有人背土填坑，有人驾牛碾场，有人洒水润土，有人撒灰辅助，而更多的人则用铁锹、锄头铲草平整。忙碌了一两天的时间，一个宽宽敞敞的打麦场便出现在了眼前。

不管先前这里是如何的杂草丛生，或是腐草成堆破败不堪，经过一番修整，造出来的打麦场便平平展展的，走在上面，比在干净的院落里散步还要舒服。

如今，麦场已经收拾得十二分平整了，场里早已围满了人。见豹子来了，大家自觉地闪开了一条道。

"伙计，干啥哩？"

"割麦、打麦的，快着哩！"

豹子见那两台机器红得扎眼，扬威似的望着这暴热的天，他知道这玩意，在省里开会时见过，而庄上的人却都不知道。他抬头望了望那麦田，自己的十来亩麦子，虽然承包了地，但干收麦子的活还是得下真力气的。如今用上了现代化的东西，既快又省劲儿，可毕竟要把村里的麦子都收下来，这可不是一笔小数目啊。

"咋说哩？"豹子十指交叉在胸前，边旋转着手腕边问。

"这机器便宜着哩，一亩只要五块钱。"

"这……"豹子犹豫着，心中仿佛有两个声音在争论用不用的问题。

"师傅，这机器我们使。"荷子不知什么时候来了，见哥哥犹豫，赶忙插话。

"使啥啊！回家去。"

"哥，用吧，省力省时的，山外边都用这个。"

"懂啥，回去。"

听着兄妹俩的争吵，干活的人不由自主地站在了荷子的后面，开始给这个山沟沟里唯一的大学生帮腔了。

"要不试试吧！"有人想出了折中的主意。

"麦田活儿多着呢，能省点儿劲儿就省点儿吧！"那是乞求的语气。

…………

"行！试试再说吧。"豹子终于下定了决心。

话音刚落，那台打麦机便迫不及待地响了起来。

豹子抱起一抱麦子塞了进去，麦秸顺前面出口扬起来，麦粒从下侧流淌出来。连着几抱下来，效果令人满意。

豹子又抱起一大捆，准备作为结束，不料在使劲往里按时，把胳膊带了进去。他意识到不妙，正想往回抽，只听"咔嚓"一声，胳膊生生地折了，露出白惨惨的断骨。

一声惊呼之后，机器慢慢停止了旋转。人们围了上来，鼻子酸酸的，风一吹，两条凉虫虫慢慢地在脸上爬着，嗅得出空气中飘来带着血腥味的麦香。

麦收时节，张扬着夏日的猛烈和热辣，说出的话都是热浪。人们嫌弃机器打出的麦秸粗糙，要再碾一碾才好喂牲口，顺便溜出少许遗留在里面的麦粒、麦壳、麦余子。

"翻场了！"碾场的男人一声吆喝，场边树下的女人放下针线，男人们搁下扑克牌，掐了烟，随手把烟夹在耳朵后，拿起铁叉走进麦场，将碾压过的麦子翻弄一遍。如此翻弄四五次，那粗糙的麦秸变得柔软发白。一声"起场了"，麦场再一次热闹了起来。男女老少涌进麦场，有拿铁叉叉麦草的，有拿扫把净场的，也有拿木锨归拢麦壳和麦粒的。

纵然送到医院，豹子的胳膊到底没有保住。出院后的豹子悠闲地在麦场上走来走去，空荡荡的右袖筒在风中飞扬，如在风中扯着的旗子，那是他用烧酒消了毒的断臂。

四周到处弥漫着的，是用他们的血汗换来的浓浓的麦香，那是岁月的味道，是生命的气息。

在那麦场的岁月里，每一个细节都深深烙印在人们的心中。

金黄的麦浪，忙碌的身影，机器的轰鸣声，断臂的疼痛，都成了人们记忆中不可磨灭的一部分。

如今，岁月流转，麦场已不再是人们生活的中心，但那麦香却永远留在了人们的心底，成了一种永恒的情感寄托。

每当夏日来临，麦场的记忆便会如潮水般涌上心头，让人们感受到生命的坚韧与美好。

02

晒麦

不知咋了，就在一低头一抬头的瞬间，荷子突然就想起了家乡的麦子。

想起麦子，自然就想起"吃杯茶"的召唤声和布谷鸟"芒种前后，割麦种豆"的提醒声；想起了遥远的村庄，紫云山下金黄色的麦浪——那是麦的海洋。好久没有走进麦田亲近麦子了！十年了，连想念都快染成金黄色了。从种子到麦穗，麦子的一生离不开阳光，这金黄的色泽，是否源于阳光的沐浴？齐整整的麦子，高举起生命的针芒，一直向上——直指天空。荷子喜欢这种向上的力量。

于是，荷子就想回家。

荷子独自走在宽敞的马路上，路边麦子已经收割完，地里黑乎乎的，是焚烧过的麦秸，也是无辜受牵连被烧死的杨树，偶尔过来一辆面包车，上面粘着"谁烧罚谁"的大红字。麦田里，多是妇女和两鬓斑白的老人，甚至有年过八旬者尚在淌汗操锄。拆解"老"字，宛如刀剑入土，威力顿失，无力便为老。人到暮年，余力渐失，老态龙钟仍在栉风沐雨。是儿女不孝吗？中青年男子哪里去了？噢，原来他们都奔向四方各处务工去了。他们去上海开面馆、奔青藏修公路、串沿海搞建筑、上南疆摘棉花⋯⋯为了挣钱养家，不惜离妻别子，背井离乡，耍手艺，卖苦力。短者一年一归，长者数载不回，因此庄上只剩下年迈的父母和幼小的子女。

荷子早就跟哥和娘说，让他们跟自己去城里过，但娘和哥不同意，说是上面要建设新农村，眼看就要搬到社区里住了。虽然说，哪里的黄土不都养人，但娘就是舍不了紫云山的几道沟坎。

村头的十字路口是晒麦的最佳选择。于是这路口就成了宝贝，有人用石头、砖头摆成各种各样的图形：圆圈、三角或人的名字等。从前碾麦场、翻麦场、起麦场的热闹情景已成美好回忆，机械化耕作使人的惰性得到淋漓尽致的放纵并放肆地蔓延，但麦子还是要人力去晒的。公路两边是摊开的麦子和石头、木棒什么的，把路中心分隔成一小块一小块的。车行在上面如人赤脚走在山路上，小心翼翼地慢慢挪动。不小心压了麦子或装麦的袋子，就会招来"没长眼啊""好好的粮食就碾在上面呀"之类的责骂声。

豹子顾不上吃早饭，将麦子拉到村东公路——昨天就来占好了地方，并把装麦的叉子放上面。到那里一看，自己做记号的叉子在路沟里躺着呢，倒是狗子开着的小卡车在那儿倒麦，还没摊开。

见此情景，豹子的火腾地就起来，三步并作两步到狗子眼前责问："在这里晒麦，也不问问我就倒？"狗子抹把淋漓的汗大声地说："你的地盘？公家的路才是公路，谁用算谁，难道写着你的名？"

"老子说是我的就是我的！"

"就不挪！你吃了俺！"狗子乜斜着眼偷偷地瞅着豹子。

听到争吵声，马上围过来一群妇女。男人们不在家，她们的日子特无聊，看人吵架简直是休闲娱乐。

看到围了一圈的人，豹子的声音像炸雷一样："滚！老子的地盘！"吼声和愤恨一起涌出。

"哼！走着瞧！老子叫几个人来劈了你！"狗子说着向后退着，但声音已经很低，人们几乎听不清他在嘟囔什么。

要说狗子早已不是昔日邋邋温驯的狗子，这些年给留守妇女干活，钱挣得不少。要是其他人在这里霸道，早挨揍了，但豹子他就不敢也不忍心惹。

不晒了！今天狗子有些理亏，底气不足的他还是气鼓鼓地收麦子腾地方。他看看蓝瓦瓦的天和毒毒的日头，愤愤地开车往家里走。小卡车一步步喘息着，慢腾腾地躲避着石头和迎面来的车辆。

"就这？也不对着干几下，没看头！"

"俺想着会打起来。"

…………

几个妇女正在说笑，看见荷子过来了，立刻转移话题。

"哟！大妹子回来了！"

"妹子是放假了？"

看热闹的女人们给荷子打了个招呼，小声嘀咕着、说笑着，一哄而散。

豹子仰起头看着天，天上除了老日头，什么也没有，但他知道不抬头的话，那两条凉虫虫就流下来了。

把一袋袋的麦子扔到马路上，然后又一袋袋地倒在路上。荷子看到哥哥用独臂发狠地干活，想去帮他，但被豹子粗横地阻止了，他就不让妹妹和娘帮忙。

这天的太阳出奇的毒，毒得连豹子这样铁打的汉子也不敢赤脚在柏油路面上走了，风也不知躲到了什么地方，因此，空气也就出奇的闷。终于忙完了，豹子踩在麦子上有点儿滑，脚面粘着一层密麻麻的麦粒，似乎公路是麦子和沥青混合做的。摊开麦子后，豹子很得意，抬起头四周望了望，看到晒麦的人都坐在树荫下抹汗，仰脖子灌矿泉水的响声很大，或者"啧啧"地吮着冰糕。豹子往地下吐了两口唾沫，拿起草帽，回家睡觉。劳累使他腰酸腿疼，睡意袭来，不一会儿就进入了梦乡。

麦子摊好了，荷子见没事可干，就对着娘说："娘，我到沟上遛遛！"

荷子站在三道沟（汇合处）的上面，但见眼前有一条弯弯曲曲的山涧，山涧内长满了知名的不知名的野花，绚丽多彩的花把山涧装扮得分外妖娆。天上的紫云与涧中的花相互映照，融为一体，简直成了紫色的海洋。相传老子在归云洞、芙蓉洞修治国家和救世之道，经过十年的艰难困苦，根据卧牛山的清清细流经过千万年的冲刷形成三道山沟的自然规律，延伸开去，演绎成天地之间人与万物的天、地、人三道。人道中，根据自己的人生经历，演绎成治国、救世、养生三道，并精辟地概括为"道生一，一生二，二生三，三生万物"，老子最终成为我国古代杰出的思想家。

"六月的天，娃娃的脸，说变就变。"时间不长，东边的乌云就压过来了，天空变得黑沉沉的，好像是一块巨大的黑布把天遮住，四周一下变得天昏地暗。荷子一看，要下雨了，赶紧回家喊哥。电光一闪，一把银光闪闪的剑从乌云上直劈而下，天地之间忽然亮如白昼。轰隆隆，一阵巨响随着闪电传来了，那声音如同万马奔腾那般浑厚。接着，暴雨倾盆而下，雨帘落到地面变成了朵朵水花，跳起舞来，然后又变成了许多小水圈。大地、房屋被打得啪啪直响。路上的雨水夹裹着麦粒汩汩地流进路沟，刚堆起的麦子也像融化的冰山一样，被雨水分解消释。豹子娘趴到路边试图挡下水流中的麦子，风雨声里传出娘绝望的哭声："麦子！俺的麦子呀！"那可是一年的念想呀！任凭娘和豹子喊破天，暴雨依旧卷着路上的麦子急速地打着旋儿流向河沟。

夏天的雨说来就来，说停就停。　会儿，口头又出来了，路面除了细小的水流和湿漉漉的石头和树枝，干干净净的什么都没有。荷子的心也和路面一样，潮湿又空洞，痛丝丝的感觉涌上来，脸辣辣的，不知是雨水还是泪水。

荷子抬起头，看见狗子正悠闲地走在一尘不染的马路上，唱着"春风吹得人心醉，从省里，从省里回来我常倒霉……"末了还加了一句："可惜呀！我狗子就是不倒霉！"

豹子无语，荷子无语，娘亦无语。

夏风拂动，麦香远远飘来，缕缕入脾。这熟悉的麦香中，散发着泥土和阳光的气息，还掺杂着蕴藏在岁月中的人情世故。

搂麦

五月里，麦子黄，大麦小麦都上场。

仿佛昨天还绿油油地散发着青草气息的麦子，一夜间就黄了，黄得壮美，黄得苍茫。

粗壮的麦秸秆上挑着蓬乍乍的穗头，熟得那么欢畅，那么深沉，像一串串金色的汗珠，汇集成无边的金色海洋。天是那么蓝，地是那么黄。白云在远处飘飘荡荡，周围的一切静悄悄，只有风儿轻轻地诉说，只有树叶窃窃私语，只有鸟儿悠闲地在飞来飞去，天与地、人与大自然和谐地融合在一起。浓浓的麦香四处溢来……

细看麦粒一颗颗的，像小珠子一样镶嵌在麦穗上，还长着长长的麦芒。你如果拿一穗麦子放在手上搓一搓，放到嘴里嚼一嚼，满嘴都是甘甜的麦香，无论是谁心中都会涌起一份收获的欲望和惊喜。老农站在自家地边手捻着麦粒，从一头看向另一头，心中合计着该有多少收成。

天刚微微亮，大人便把小孩儿都叫醒，手里拿着镰刀、麻绳，驾着马车，直向麦田。

人们拿着镰刀，或下蹲或弯腰，一镰一镰地收割丰收的果实。大家争分夺秒地抢收，甚至顾不上擦一擦脸上的汗水。紧张的劳动使人腰酸腿痛，却掩饰不住喜悦的心情。

人们把割好的麦子用车拉到打麦场上。那时的村路上全是拉麦的车子，一辆拉麦车通常是两个人，大人拉车掌握方向，车上或者车后跟着一个小孩，时刻注意是否有麦子落在地上。

大宗的小麦都拉走了，麦地还零零碎碎地剩下一点儿小麦秸秆和麦穗，勤快的女人们就用竹搂子或竹耙子去搂麦，有的干脆用手捡，争取做到颗粒归仓。

这不，棒子媳妇儿和杆子媳妇儿都拿着搂子和耙子，要将各自地里剩下的麦子搂起来。

那年的麦天，风真妖，西南风一股接着一股地刮，偶尔还会打个旋儿调转个方向，弄得麦秆四处飞。

第一阵西南风刮起，卷起杆子家的一些麦子刮向棒子家的地里，很快就和棒子家的麦子混在一起。杆子媳妇儿是一个淳朴女子，穿着一身朴素的白底蓝碎花的小褂，一条白色的布裤子，一头乌黑浓密的头发轻巧而简单地盘在头上，两鬓的碎发随意地拢在脑后。她抬头看看天，风又不刮了，无可奈何地摇摇头，又弯下腰低着头捡起麦穗放在篮子里。

过了一会儿，又一股西南风刮过，卷起杆子家的麦子乂刮向棒子家的麦地里。杆子媳妇儿站起来望望四周，看着麦子很快跟棒子家的麦子混在一起，她心里暗道："这风真成妖了！"

快中午时，又一股强劲的西南风刮过来。卷起杆子媳妇儿搂好的一小堆麦子向棒子家的麦田里刮。

杆子媳妇儿再也忍不住了，拿起搂耙伸到棒子家麦地里，往自己家的地里搂麦子。

"哎！哎！干啥嘞？看清楚了，这是谁家的地？"棒子媳妇儿掐着腰着急地说。

杆子媳妇儿高声道："你没有看见刮西南风吗？你地里全是我家的麦子。"

棒子媳妇儿把巴掌拍得脆响吼道："你家的麦子？写着你的名了？还是标

着你的姓？你喊它，它应不？"

杆子媳妇儿也拍着巴掌喊："没见过你这样不要脸的，大风刮过去就是你家的？"

"你要脸？你要脸！你能管住老天爷，让它改改风向吗？"棒子媳妇儿一蹦三尺高。

"你……你……"杆子媳妇儿气急了。

两个女人，你一句我一句地对骂。一会儿由对骂就升级为在麦田里推搡起来了。

前来听吵架的人们一看两个女人打起来了，立刻有人往南场里通知双方的男人。

杆子正在南场里扬场。扬场是个技术活，通常都是由种田的好把式来干。扬场时，杆子头戴草帽，双手握住木锨，铲起一锨，迎着风头，将铲起的麦子向空中扬成抛物线形，麦籽重，落在近处，麦糠轻，被风一吹，飘到远处。扬一会儿，旁边的人用扫帚把与麦籽连在一起的麦糠掠一掠，使麦籽和麦糠泾渭分明。再把扬好的麦子，装麻袋入仓。

此刻风停了，杆子正坐在树下喝茶小憩。他把夹在耳朵后的烟拿出来，留恋地闻一闻，然后点上狠狠地吸上一口，然后，看风、测向，又开始扬场。黄澄澄的麦粒如珍珠一般落到扫干净的空地上，草屑、麦壳随风飞到了另一边。

赶来报信的人远远地喊道："杆子，快！你媳妇儿被人打了。"杆子一听急了，拎住木锨就往麦地里跑。

也有人飞快地去喊棒子，棒子是垛麦垛的高手。割完麦子后，把没有麦粒的麦秸秆垛成麦秸垛，要知道垛出一个既稳定又漂亮的麦秸垛，也是需要技术含量的。好的麦秸垛必须是有棱有角，规规矩矩的。棒子垛的麦秸垛是小李庄的一道风景，煞是漂亮。当时，麦秸秆不是用来喂牛，就是用来烧火做饭。棒子垛的麦秸垛瓷实，拽麦秸能把手拉得生疼生疼，也只是拽出来一小把。好大一个麦秸垛，拽到最后都站立不倒的，一定是棒子的麦秸垛。

此时棒子正在垛麦秸垛，听到"棒子，棒子！你媳妇儿被人打了"的喊声，立刻从麦秸垛上跳下来，往麦地里跑去。

两个男人一见面没有说上两句，就打了起来。几个照面之后，杆子瞅准机会用木锨狠劲拍在棒子的背上。

只听"哎哟"一声，棒子倒在地上不省人事。杆子看见一锨拍"死"了棒子，也吓傻了，抱着头蹲在地下。

"打死人了，打死人了。"人们惊呼着。小李庄的村支书急匆匆地赶过来，一摸棒子还有气儿，立刻喊三五个壮汉把棒子抬到马车上往医院里送。

麦田里站着的父老乡亲，看看抱着头蹲在地上吓傻的杆子，赶紧把自己口袋里仅有的角角分分的钱都掏出来，塞到支书手里——去医院得花钱，关键是还不知道能不能保住棒子的命。

五月阳光如练，在一望无际的土地上到处是金黄的麦子，麦子随风摇曳出扑鼻的芳香。这种麦香带来的希望让人兴奋、让人疯狂、让人流泪。

人们鼻子酸酸的，心软的女人任凭泪水慢慢地在脸上爬着。空气凝固了。麦收时节，风很少说话，说出的话都是热浪，张扬着夏日的猛烈和热辣。

传来的消息使人心情沉重，棒子在医院里诊疗的结果是脊椎 L3、L4 骨折并且伤到脊髓神经，估计这一辈子都站不起来了，只能躺在床上。

几天以后，凄厉的警笛声在村里响起，杆子因为故意伤害罪被关进去了，据说被判了五年。

那么结实的两个汉子，就在这个麦天，因为一股西南风，为一些零星的麦子，差点儿把命撂下。

乡亲们闻到浓浓的麦香里增添了一股又涩又苦的味道。

一晃几年过去，杆子被释放出来。

又是一年麦黄时，大片大片金黄的麦田，和着五月的风，在空气中氤氲生香。

麦黄一时，收割一晌。现代机器代替了人力，联合收割机意气昂扬地在麦田里跑上几个来回，就吐出丰盈饱满的麦粒。以前戴着草帽，顶着毒日头，挥汗如雨的时代已经成了历史。时代变了，一切都在迅速改变。麦子滋养着人们的生命，人们见证着世间的各种变数。就如同眼前的杆子，恁壮实的汉子，几年时间就瘦得不成样子，身子摇摇晃晃的，由媳妇儿和儿子搀着他艰难地回家。

"我要亲自登门给棒子兄弟道歉，这几年来我没睡过一个好觉。临死前，总得把心里的包袱卸下。"杆子说。

他们来到棒子家，棒子媳妇儿在门口傻坐着。原来明媚姣好的脸被风吹得粗糙，像没有油的陶瓷，嘴唇干得起了皮，衣服也是灰不溜秋的。整天伺候躺在床上的丈夫，她已经麻木了。岁月的苦难一下下凿去了她曾经的光华，剩下的只有黯淡和沧桑。

棒子媳妇儿看见杆子一家走过来，转身进屋，"啪"的一声把门从里面关上。

杆子由媳妇儿扶着来到麦田里。一阵西南风刮来，又把地里剩下的一点儿麦子刮来刮去。杆子媳妇儿蹲下身捂着脸"呜呜"地哭了起来，风吹乱了她花白的头发，常年积累下的风霜在她的脸上留下深刻的痕迹。

她哭着说："你看现在地里落这么多麦子，终于没有人再为它争抢了。"

远处传来一阵嬉闹声，他们回头一看，是一群孩子在麦田边玩耍，脸上洋溢着纯真的笑容。

"看，他们笑得多开心。"杆子对妻子说。现在的农村发展了，他们终于不再为捡几颗麦穗而奔波。孩子们会朝着更好的方向发展。

杆子抱着头蹲在地上，仿佛又回到了那年麦天，浓浓的麦香四处溢来……

麦地套瓜

　　襄城县有句俗话流传至今："双楼宋的苹果、鲁堂的梨，小李庄的麦地里啃西瓜皮。"麦地里套西瓜，宛如一场大自然与人类智慧的巧妙邂逅，成了小李庄世代传承的传统种植方式。

　　夏日的骄阳似火，仿佛要将大地烤焦。然而，在这炎热的季节里，却有着孩子们最喜爱的冒险——偷西瓜。

　　歪瓜裂枣，谁见谁咬。

　　那是孩子们对未知的好奇，对刺激的追寻，仿佛在偷瓜的瞬间，便能体验到别样的快乐。

　　炎炎夏日里，小李庄的孩子们总会寻找着各种机会去偷瓜。

　　看瓜者纵然精明，偶尔也会擒获几个光屁股的小屁孩儿，但在这个村子里，大家都姓李，一家有事满村帮忙，论辈分说不定还该叫这些孩子一声叔呢。

　　于是，"叔叔"被抓时，也只是坐在地上，一手抹着眼泪，一手搂着几个狗头大的西瓜蛋子，那模样，既让人觉得好笑，又透着一丝无奈。而另一个瓜农则会大笑道："恁叔就摘这俩瓜，你还能把恁叔吃了！"

　　"侄子"们仿佛瞬间被点化，对"叔叔"说："你摘的你吃掉。"然后取出瓜刀，把瓜一切两半，每半再切个"米"字，那模样，宛如一朵花朵在地上绽放。"叔叔"欢天喜地地啃上一口，却苦着脸再也不肯吃第二口。这般场景，仿佛是乡村生活中独有的一幕，充满了童真与趣味。

　　然而，"叔叔"的顽劣在"奶奶"面前，却显得微不足道。每当"奶奶"出现，那场面可就更加难缠了。"侄子"们无可奈何，只好去旁边搜寻半晌，摘下一颗红瓤喷香的瓜，递给脸上一道泪痕一道泥巴的"叔叔"，虎着脸大声喝道："走吧！下次再来摘瓜，看我放狗咬你！"旁边的瓜农也会开始揭"侄子"的短："小孩儿，别搭理他！他小时候还偷过恁家的瓜呢！"这些话语，仿佛是乡村生活中的调味剂，让平淡的日子多了几分烟火气。

　　家家瓜田里都搭着一个瓜棚，说是看瓜，其实里面大多是老头子和老婆婆。他们不过是装装样子，一旦"贼"来了，照样毫无办法。然而，这些瓜棚却仿佛是乡村生活中的一道独特风景，在烈日下默默地守护着那一片片西瓜地。

　　这天晚上，一轮皓月如银盘般悬挂在夜空，皎洁明朗如同白昼。六七个孩子捉迷藏玩腻了，几个人开始嘀咕着干点儿什么。

　　"咱们去荷子家地里偷瓜吧！那儿只有荷子妈在瓜地里看瓜。"

　　"荷子爸在部队里当兵，可威风了！"

　　"有枪没？"

　　"当然有！当兵的怎么会没枪？"说着，他们便一起钻进了一条沟，消失在了黑暗中。

　　不大一会儿，他们便弯腰蹑脚地穿行在密密实实的小麦地里，轻轻地穿过一块辣椒地，蹚过一块豌豆地，在田垄上一阵急行军，又钻进了另一块麦地。

　　麦子在微风中轻轻晃动，仿佛在为这些孩子的冒险而欢呼。

　　终于，他们露出了一溜儿六七个小脑袋，对面便是一大片西瓜地。月光下的瓜田墨绿如海，罩着一层如光似雾的面纱，远远的四面都是深黑如墙的麦子，微风拂过，沙沙作响，仿佛在诉说着乡村的故事。

　　不知道是谁家的瓜棚，收音机里正放着相声，声音放得山响，收音机里的观众和收音机外的听众都"哧哧"地笑着。

趴在沟沿上的几个小脑袋，听着听着居然也有一个"哧哧"笑出声，那个脑袋马上被拍了一下，只笑出了半截儿，剩下半截儿只好憋在肚子里咕噜咕噜响。

明晃晃的大月亮，连鬼都能照出个影子来，这群孩子恨得牙根痒痒。

相声讲完了，又开始唱戏，从"辕门外三声炮"，唱到"当官不为民作主，不如回家卖红薯"，等又唱"咱两个在学校整整三年"时，终于一个孩子羞羞答答地说想回家。

一时，悲观失败的情绪像一群讨厌的蚊子，在这几个"骨干游击队员"耳边嗡嗡飞舞。

"队长"不胜其烦，压低嗓门儿吼："让他走！以后谁也不准和他玩儿！"如同被掐住了脖子，抽搭声噎了回去，哭鼻子的孩子立刻闭上了嘴巴。

潜伏的阵地又安静下来，唯有对面的麦子彼此交头接耳，时时窃窃私语。

等到"队长"迷迷瞪瞪地醒过来，月亮早已西斜，一片云彩飘过来，阴影落在瓜地里。

"队长"赶紧一个一个地推醒"队员"，他要年龄小的、跑得慢的留下来，自己和"队副"爬过沟去，匍匐进了瓜田，每人就近摸个大些的西瓜，弯腰抱着，溜下沟放下瓜，重新返回小麦地。

月亮陷进厚云里，模模糊糊剩个轮廓，风吹青纱哗哗作响，"队长"和"队副"仿佛融入了这黑色海洋般的瓜田里。

瓜棚如一座炮楼，隐约可见。"队长"和"队副"二人一前一后，顺着田埂越爬越接近瓜棚。两人每爬一步，都要停一下，听听动静，然后再爬。一阵风刮过来，在各种叶子的翻动声中，两人听到一个不是秧苗青纱发出的声音——似乎是人声！赶紧停下动作，把身体紧贴地面。两人有些纳闷儿：荷子爷爷劳累一天，哪能现在还不睡呢？两人都觉得是自己疑神疑鬼听错了，继续一点一点往前爬，终于无限接近了瓜棚——只有几米远了。

但这一次两个孩子趴在地上，因为他们终于相信了自己的耳朵：确实是有人在说话！两个孩子屏住呼吸，紧贴地皮，一动不敢动，心脏怦怦地跳，撞得喉咙眼儿疼。他们分辨出声音不是荷子爷爷的，而是根青叔和根青婶，俩人正不时地叹气。

"队长"的手往旁边一摸，刚平复下来的心脏又咚咚急跳——"瓜王"就在手边！"队长"压住狂喜暗赞："好大的个儿！"把手顺着西瓜往后摸，一把抓住瓜蒂。只要一扭，"瓜王"便可到手！

就在此时，忽听根青婶叹了一声说："唉！荷子爸，年纪轻轻的咋就走了？"

听不见根青叔说话，顺地垄飘来一阵旱烟味。

"队长"抓住瓜蒂的手不由一松。良久，就听见烟袋锅梆梆梆磕在床腿上，根青叔说："听说是因公牺牲，可惜了，苦了家里四个娃娃，还有两位老人。"

"今天上头来人了，荷子妈听了当时就昏迷不醒，送医院了。"

"我看，有些瓜也八九成熟了，明天咱帮她家摘些去卖，换几个钱，去医院给荷子妈，看病需要钱。"根青婶又是一声叹息，"这一家有老有少的，以后日子怎么过……"风中传来吧嗒吧嗒的抽烟声和阵阵旱烟味。

"队长"慢慢抽回手，和根子掉过头来，蛇一般爬出瓜田，回到沟里。"队员"们莫名其妙地看着"队长"和狗子把西瓜送回瓜田。

"队长"抹了一把眼泪，压低嗓子说："回去！"四周静静的，只有浓浓的麦香飘荡。

夜幕中，两口子目送着那些孩子远去，心想：偷瓜的孩子已经长大，他们是农村的未来，他们会带来新的希望，让这片土地重新焕发生机。

在这片麦田套瓜的土地上，孩子们的童年充满了无尽的秘密与温情。

偷瓜的冒险，瓜田里的对话，夜晚的静谧与思考，都仿佛是一幅幅乡村生活的画卷，深深地印在人们的心中，成了永恒的记忆。

05

麦青麦黄

紫云山下，有一个小小的小李庄，庄里的人家不多，都过着宁静而质朴的生活。

如今，手机的普及程度令人惊叹，几乎人人都有一部。可我们家的超市里，却长久地保留着一部年代久远，仿佛承载着岁月的痕迹的公用电话。哥哥多次提议要把它停机，可母亲坚决不同意。我敢肯定，这部电话就是母亲为李奶奶特意保留的。

李奶奶眼睛失明，她隔三岔五就会来我家的超市里打公用电话。

每次看到李奶奶拿起听筒，熟练地拨着号码，然后自信地开口讲话，那神情让久打不通的人都心生嫉妒。而且，每一次她打电话都只说三句话，讲三件小事，却总能让人感动不已。

记得第一回，她对着电话说道："喂，麦根，你寄来的药我天天吃呢，我的身子骨好着哩！你不用惦记，往后别往家里寄药了，老费钱。家里麦子，你根青叔、狗子伯都帮咱种下了，你就别操心了……"说完，便轻轻地挂上了电话。我觉得她似乎还有很多话没说完，果然，四天后她又来了。

"你咋又往家寄那么多吃的、用的。别寄了，老费钱。电视上说，你那里又下大雪了，你可得穿好棉鞋，别让脚冰着。咱家的麦子青着哩，长得可欢。你豹子叔帮咱追了两次肥，麦花她们几个丫头还帮咱薅了草……"电话再次挂断，那声音仿佛还在空气中回荡，久久不散。我觉得母亲在李奶奶打电话时，总在身旁忙前忙后。

第三回的时候，她的动作多了几个细节。从兜里小心翼翼地拿出几张照片，那是她儿子麦根的，然后轻轻拿起听筒，看着照片的眼神中充满了柔情。

"喂！麦根，咱家的麦子扬花了，抽穗了，过些日子，就吃到新麦了。听你狗子叔说，麦秆上长虫了，不过，你放心，老少爷们都帮咱，咱不知道是谁帮咱打过药了。平时，没少帮咱，咱可得记着街坊邻居的情，你回来了，一家一家谢谢恩……"等她离开后，我忍不住重复按下她拨的那几个号码，电话那头却传来"对不起，您拨的是空号"的声音。

后来，母亲沉重地告诉我，全村人都知道李奶奶的儿子在对越自卫反击战中牺牲了，为了不让她伤心，就一直瞒着她。

"喂，麦根，咱家的麦子黄了，你好吃葱花油馍，你啥时候回来啊？咱烙烙馍卷豆腐片给你吃……"李奶奶的电话照旧打着。

麦子黄了，那是一年中最忙碌的季节。粮仓里有几十袋麦子，遇见什么事都不会慌张，面缸里若是见了底儿，做人的底气也就泄尽了。

村里人对麦子的感情是复杂的，爱得深沉。

村民们在收完自己的麦子后，不约而同地都想起了李奶奶的麦子。

清晨醒来，当第一缕阳光洒在大地上，李奶奶的麦地里就已经出现了弯腰割麦的村民。他们用自己的善良默默地劳作着，为李奶奶分担着那份思念与悲伤。

麦香弥漫在整个小李庄，是村民们对李奶奶的祝福，是对她儿子的缅怀。每一粒麦子都承载着一份情感，一份对生命的敬畏，一份对亲情的坚守。

而那部老旧的座机电话，依然静静地立在超市里，仿佛是一个见证者，见证着麦青麦黄，见证着小李庄的变迁，见证着村民们之间那份深厚的情谊。

06

棠麦

正是麦黄的季节，荷子回到了家乡。

放眼望去，一大片一大片金黄的麦子，笔直的秸秆上挑着蓬乍乍的穗头，熟得那么欢畅、深沉，像一串串金色的水晶，无垠的麦田像无边的金色的海。无论从哪个方向望去，麦子在天地间算不上高个儿，但谁也不弯下笔挺的腰。它们你携着我，我扶着你，像柔韧的屏，惬意地牵动着微风；像神奇的毯，一直铺进无边的白云，展入山巅的红霞。在小李庄的人心里，麦子就是小李庄的精魂！

荷子走在麦田边，绕了一圈又一圈。她闻到了麦子那高贵不凡的气息——那是一种新鲜的、青春的、沁人心脾的香气，真真切切是从麦子的灵魂里散发出来的。荷子翕动鼻翼，深深地吸一口，感到全身通泰，神清气爽。

荷子此行是为娘要搬家的事。

小李庄的老少爷们，欢天喜地搬新家、放鞭炮、奏音乐。社区广场里响起了领导的讲话："各位来宾、朋友们，大家好！在这个充满朝气、麦香四溢的季节里，我们怀着无比喜悦的心情在这里举行新型社区乔迁仪式。作为祖祖辈辈面朝黄土背朝天的农民，无时无刻不羡慕城里人的生活，无时无刻不盼望自己也能住进宽敞明亮的楼房。今天，我们的梦想终于实现了……"

荷子娘已经去新家看了无数次。新家在二楼，明亮的大厅里摆放着三组沙发，南面是带"福"字的百叶窗，大厅中央吊着一盏银色的水晶灯。温馨的卧室里摆着一张大床，宽大的写字台上放着精致的台灯，金黄色的窗帘像电视里的皇宫一样富贵。衣柜的推拉门，上面有翠绿的小山、蓝色的天空和黄灿灿的麦田，还有一条清澈的小溪环绕着碧绿的村庄。真是一幅美丽的画卷！孩子们新买了冰箱、热水器、排油烟机等家电。新房周围环境也不错，一出门就是公路，过去一条公路就是清凌凌的河水，路旁绿化很好，沿着这条河流漫步，一阵微风拂过，清新的空气漫过心田，觉得是那么的甘甜。站在大堤上视野更开阔，远处的山山水水，座座高楼尽收眼底。荷子娘想起了老村的环境就是脏、乱、差。道路难走，污水难排，垃圾成堆，住着真难受，老太太今儿真高兴，七八十岁了，还能住上和城里人一样的房子，这辈子也知足了！

荷子看着院里的一切景物，树木、柴垛、鸡窝，还有猪棚，相看两不厌，那一个个日子，一个个回忆，就在这人与景物的注视中逝去了。唉！人和动物一样，搬家会有些不适应，会有些兴奋，对新环境的好奇，对老宅的留恋，换了回家的路线，甚至要换换脑子和思路。家是灵魂、思想和身体的庇护所，一个家是被日积月累的人的气息所滋养活的。越搬越好是搬家的理由，房子大了，住楼房了，环境优美，有山有水，空气新鲜，其实搬家的感觉挺好，少不了丢掉一些旧东西，加进一些新内容。

荷子需要备一些发面厚馍，宴请自己认为要好的亲朋来"燎锅底"。娘交代一定要邀请县里、乡里的领导来"燎锅底"。哥哥在新房外先放一挂鞭炮，荷子娘左手拿米桶、右手拿壶油把"青龙菩萨"引进去，再放一挂更大一点儿的鞭炮，拿出一些瓜果点心，邀请四邻来做客、观赏。

社区广场上正在开展太阳能热水器优惠活动，广电局免费送机顶盒的来了，电业局的电工们来了，好多商家也来了……他们在社区的街道、广场甚至家中，搭起了各自的舞台，为村民开展服务。

县里乡里的领导们戴着草帽，帮乡亲们装家具。荷子家的东西装得差不多了，破布衬烂套子，堆得满院子的狼藉，想起今天是在老屋的最后一天，荷子心里不免一阵伤感。

"收麦子，高价收麦子了！"农村经常有商贩用机动车在乡下收点儿粮食交到面粉厂或者粮库，从中赚一点儿利润。搬进这么漂亮的楼房，谁还费那劲把麦子弄上楼？因此，收麦子的生意特别好。

"婶子，你祭的是一千斤。老哥，你祭了二千三百斤。"日子好了，家家户户的麦子都吃不完，往往陈麦还没吃完，新麦就下来了。麦贩手忙脚乱地收着麦。

"娘，把咱家的麦子也祭了吧！"荷子说。

"不祭，搬到楼上去！"娘态度坚决地说。

荷子娘坚决不祭麦子，要往楼上搬。荷子劝不听，哥哥和领导劝也不听。看到娘不祭麦，哥哥急得团团转。哥好歹是村一级干部，这些年，他什么时候这么闹心过？没有。在小李庄，没有让他感到棘手的事情，更没有他办不了的事儿。今天当着这么多领导的面，自己没法下台呀！

"娘，今儿的麦子一定要祭，楼上收拾得干干净净的，哪有地方放麦子？再说了，新麦马上就下来了。"哥哥尽力劝导。

娘斩钉截铁："找说不祭就是不祭。你想想你爹死的那年……"

荷子想起爹死的时候，荷子只有九岁，娘才三十八岁。爹一撒手走了，埋完了爹，悲伤、疲惫，娘儿几个和衣歪在床上，思虑着以后的日子该怎么过。

突然，"咣——咣——"地响起了敲钟声，接着有人大喊："麦垛着火了，南场里麦秸垛着火了！"娘几个端着盆，拎着桶随着人群就往南场上跑。南场上火光一片，荷子一边跑一边哭，爷爷拎着桶，奶奶迈着小脚也来了，庄上男人们把机器下到井里抽水向麦垛上浇水。娘端着盆，一盆一盆地往麦垛上泼，孩子们也求别人救救自己家的麦垛。要知道，自己家的麦子一遍还没碾呢，因为爹去世了，麦子割下来就垛起来了。大火肆意地飘舞着，风成了它最好的帮凶，狰狞而邪恶的火光映红了整片天空，麦垛里的麦子劈里啪啦地响，噎人的味道想把人呛晕。

"孩子们，走，回家！"娘一咬牙说。

"不救了，娘？"望着熊熊大火，孩子们迷惑地望着娘。这麦秸垛可是一家人一年的念想，没了麦子，一年吃什么？

"不救了，麦子金贵，俺的孩子和老人更金贵！"

"走！回家。明儿还得读书呢，说啥也不能耽误明儿上学！"

那个冬天和春天，一家人是怎么熬过来的？在那段日子，荷子认识很多种野菜，像灰灰菜、马齿苋、苦菜、折耳根棵、香椿、荠菜、蒲公英、沟沟秧、猪毛菜、槐花、车前草苗、榆钱等。荷子都不敢回忆，泪水早盈满了眼眶。这种困苦是人间最难忍受又必须忍受的。不过，这样的时光也锻炼了人的意志。放下吧，一切都过去了。荷子一下子理解了母亲不籴麦子的理由，没有麦子的日子太苦了，成袋成袋的麦子存在家里，心里不慌。

娘说："土地是爹，麦子是娘。咱祖祖辈辈生活在黄土地上，脚挨着黄土地站得稳，接住地气心里踏实，麦子养育了咱祖祖辈辈老老小小。今儿咱要离开咱的爹，再不能卖了咱的娘，你们都甭说了，俺不籴。"

"就是天塌下来，地陷进去，俺也不籴麦子。对，不籴！你们不搬俺搬！"说着老太太就去拉麦袋子。

"老少爷们，我们帮老人家把麦子搬上楼吧？"

"对，搬上楼！"老少爷们、乡里、县里的领导，连小孩子都加入了搬麦子的行动，大家你一袋我一袋，不知是谁在提醒：

"大家抬起来慢慢放下，别堆坏了袋子。"

"小心砸住脚啊！"

…………

看到大伙热火朝天地搬麦子，荷子没事干，抹了把眼泪，一个人悄悄地往社区外走去。

又到了割麦子的时候了。阳光下的麦地非常美，每一片麦叶上都铺了一层金黄，整个麦地看上去就像平静而波澜不惊的湖面。有小虫子附在麦叶上

"咯吱吱"地吟唱，忽地一阵微风拂来，到处弥漫着诱人的麦香！荷子心想：虽然现在的农村和过去大不相同，但无论如何变化，这片土地、这些人，都是她最深的情结。

随着时间的推移，农村也在慢慢变化。但片片麦田还会周而复始地变得金黄。村里那些孩子已经长大，他们有的继续留在农村，有的则选择了城市生活。但无论他们身在何处，这片土地、这片麦田，都是他们心中永远的牵挂。

07

麦田逐兔

"山前山后，割麦种豆……"布谷鸟的叫声把豹子从深沉的睡梦中唤醒。又到了焦麦炸豆的季节，紫云山下的小李庄到处飘荡着麦子的香气。豹子闻着麦香，一时有些恍惚。

他沉浸在醉人的麦香中，微闭双眼，想把萦绕在耳畔、鼻尖和皮肤上的复杂奥妙，在心里再盘桓一番。但在一片更迫近的麻雀的蓬勃叫声中彻底清醒。

他跳起来，环顾院里院外，不见妻子、儿子的身影。豹子的睡眠一向浅，基本不用定闹钟，身体形成的生物钟自然会提醒他。但今天，本想早点儿下到麦地里，却睡过了头。

他一边急急忙忙地洗刷收拾，一边想：妻子和儿子应该早到田地里了吧！

豹子赶到地头，见一辆收割机已经开进麦田深处。收割机的后面，麦秸归麦秸，麦粒归麦粒；麦秸直接粉碎，麦粒直接装袋，码在机器后仓，真是干净利索。

豹子看见，他的妻子谷子此时正站在田埂那棵老榆树下瞭望。四周田园景致真像一幅优美的田园画。

田野的景象使豹子感到宽慰。他站在田垄上，把外面的广大世界和自己拥有几亩麦田的小小村庄，思索了一回。

那些用镰刀收割、挥汗如雨的情景不见了。用上机器，省人力、省时间，机器解放了人们。很多时间，从繁重的农活中解放出来的豹子待在家里成了闲人。他外表安静，内心却翻江倒海。

豹子想起三十多年前，因为割麦机丢失了自己的一条胳膊。

豹子望着空荡荡的袖筒，心里一阵阵难过。这时候，他看到田野里站着他的儿子豆子和女朋友甜甜。一想起儿子，豹子脸上就笑成一朵花。儿子大学毕业后，在省城注册了一个名叫"麦香"的文化旅游网站，把乡村里手工制作的各种手艺，放在网上出售。

儿子说，未来每个拥有物产和手艺的人既可以是买方，同时又是卖方。

因为家里收麦子，儿子就回来帮忙。儿子的女朋友趁着端午节放假，也来到乡下，说要回归田园，看一下农村的旧居，寻找乡愁。

昨天晚上，吃罢饭后，儿子说："爸爸，我和甜甜明天要去田野体验割麦子。"

"现在谁还割麦子？都用机器了。"豹子笑哈哈地说。

"豆他爸，把镰刀给孩子找找，让甜甜去体验一下嘛！"妻子笑吟吟地说。

豹子只好翻东倒西找镰刀，好不容易找到两把，已经生锈得不成样子。他在磨刀石上噌噌磨了半天，终于见到一点儿光亮。豹子把镰刀给豆子时，千嘱咐万叮咛，当心手指，别碰破了腿脚等。

甜甜打扮得哪像割麦的？鞋跟儿实在太高，到麦地里，脚下一扭一歪，走不了几步，就丢掉手里的镰刀，只在收割机收割过的地方，做出各种夸张姿势和麦子合影留念，慌忙美颜后发朋友圈秀"割麦"照。

儿子还能一小把一小把地割麦子。割过的麦茬，似乎比三十年前收割机收割过的麦茬还要高。豹子想，以前这样的农民是不合格的。这一代人，哪怕他们户籍还是农民，但他们不会种庄稼，也不依靠从土地里刨食这一条路了。

"呀！快看！兔子！"突然听到甜甜带着喜悦的惊呼声。

豹子、谷子和豆子都一齐跑过去，一只黄褐色的野兔自甜甜的脚下蹿出，豆子仗着腿脚麻利，在麦地里像猎犬一般跳跃着去追兔子。但是这只兔子在吓甜甜一大跳后，一溜烟儿蹿进旁边一小块没有割的麦田里。

豹子对逮兔子非常有经验，立刻就展开分工合作。豆子站对面，豹子、谷子和甜甜迂回包抄呈扇形地把兔子朝豆子那个方向赶，边赶边诈唬："吆！吆！吆喝！"并用棍子"搂草"（四处乱打麦秆草木之类）。打草惊兔，聪明的野兔糊涂一时，果然上当一跃而起，往看似无人的地方狂奔而去。豆子眼疾手快，手已经抓住兔子的毛。可稍不留神，兔子却紧贴地面，闪电一般往公路上跑去。

一辆小型带斗卡车缓缓而来。

"收麦，谁粜麦了！"汽车的喇叭声不断地吆喝着，是狗子籴麦子的声音。

现在就是省事，收割机在田里把麦子收了之后，直接让麦贩子拉走了，连家都不进。因此，狗子贩卖麦子的生意出奇地好。

野兔刚逃到公路上，卡车的大灯立刻打开。在强光照射下，兔子视野中只剩下一片亮光。此时卡车猛加速赶到，野兔惊慌失措，驾车人猛地刹车，在副驾驶乘坐的狗子身手利落地跳出来，动作迅速地抓起兔子耳朵就拎了起来。

"抓住了？抓住兔子了！"追赶兔子的豆子和甜甜急忙喊起来。

狗子拎着兔子钻进车里，在喇叭"收麦了，粜麦了"的吆喝声中向前开去。

"兔子，兔子，我的兔子……"甜甜焦急地大声喊着。

望着狗子绝尘而去的卡车，豹子无奈地摇了摇头。自从那年晒麦闹得不愉快，他与狗子这几年都别别扭扭。要是其他人，豹子还能靦着老脸把兔子要过来。狗子，他都不想搭理。

"要什么兔子？回去！回去！"豹子气哼哼地走了。

"别要了。撂地里逮兔子，谁逮着是谁的。逮走兔子那人是狗子，与你爸不对劲儿。要不回来！"谷子安慰甜甜说。

甜甜望着绝尘而去的卡车，难过地流下眼泪。

"不要了，甜甜，亏你还上过大学。一兔走，百人追之；积兔于市，过而不顾，非不欲兔，分定不可争也。老家人常说，兔子头上有蒸馍，谁抢着，就是谁的。这只兔子既然已经被狗子叔抓到，就是他的。来，咱们闻闻麦香，我最喜欢麦子的香味。"豆子说着，拉着哭鼻子的甜甜去闻麦香。

虽然道理大家都懂，可是一家人闹腾半天，眼看着到手的兔子被别人逮走，心里还是不舒服。

第一次闻着熟悉的麦香中夹杂了一股伤心难过的味道。

到了晚上，一家人看电视的看电视，玩手机的玩手机。屋子里静极了。

屋外突然响起一阵急促的敲门声，一家人打开院门一看，狗子提着一个笼子，笼子里不就是那只野兔吗？

豹子看到狗子把兔子送过来，眼里一热："狗子兄弟，坐，坐！""不坐了。今儿在公路上逮住的兔子，后来才知道，侄媳妇儿想要。这不，就送来了！"狗子拘谨地搓着手说。

站在门口的甜甜见状，惊喜地叫了一声："啊！兔子！"立刻飞奔过去，接着笼子玩去了。

"我记着你小子可是最爱吃兔子肉的。"豹子笑哈哈地说。

"豹子哥，以前咱都是缺吃少喝，才逮兔子吃，现在谁还缺那几两油水呢？如今的人恨不得把肚子里的油水往外刮一刮。"狗子笑哈哈地说着，用劲儿拍着自己高高挺起的将军肚。

一句话引得院子里的人哈哈大笑，这开心的笑声和着山区到处弥漫着诱人的麦香，久久回荡在整个紫云山，浓浓的麦香里又加上了神清气爽的甘甜味。

08

麦苗绿化

在广袤的平原之上，传统意义上的农民们，仿佛渐渐演变成了一群流动的、迁徙的身影，宛如一个个背着土地行走的人。他们或孤身一人，或携家带口，或三五成群，在时代大变革的汹涌潮流中，被无情地裹挟着，朝着东、西、南、北各个方向奔突而去。这一奔突，便从各个方面悄然改变了他们那曾经习以为常的旧有生活方式。

他们过的是一种独特的生活，一人带着一家，一家带动一族，一族影响一村，以村为群体单位，先在茫茫世间漂泊不定，而后才寻觅到安身立命之所，宛如在进行着一场"复制、印染式"的生活历程。这种生活，仿佛是将根硬生生地从熟悉的土地中拔出，其中蕴含着深深的疼痛，却又交织着对未来的憧憬。在那茫茫人海之中，这仿佛是一种前路茫茫、毫无方向，身后亦无退路可寻的漂泊人生。

就拿小李庄的麦禾来说吧，早年他就毅然离开了乡村，来到了繁华的城市，凭借着自己的努力与智慧，当上了大老板。他所从事的，是那城市绿化的项目，日子过得滋润而又惬意。

如今，他让跟随他在城里搞绿化的乡亲们把麦苗都进行修剪，只留下一寸长的麦苗。此刻，麦苗正处于拔节的关键时期，离灌浆成熟还远着呢，可这样的举动，岂不是在糟蹋麦子？岂不是坏了良心？一时间，众乡亲的心中都涌起了阵阵疑惑和不安,纷纷在心底犯起了嘀咕。

便有人忍不住询问麦禾,这究竟是要干什么?麦禾慵懒地靠在椅子上,嘴角微微上扬,缓缓地答道:"我早就跟你们说过了,在这城里的绿地上种麦子,其目的并不是收获沉甸甸的麦子,更不是为了所谓的收成,而是要营造出一片绿色的风景。你们懂吗?城里人追求的,就是那一抹独特的绿色风景!"

麦花听后,心中带着一股气儿,质问道:"那绿色的风景能当粮食吃吗?我们撒下了这么多的麦种,却不让它们长出麦穗,这简直就是浪费!这到底是什么道理?我实在是想不通。"

麦禾轻轻叹了口气,耐心地解释道:"没错,城里的许多事情,确实让人难以理解。你们要明白,倘若麦子长出了麦穗,我们就无法拿到那份应得的工钱了。我们的任务,就是进行绿化工作,用这一片片绿油油的麦苗去装点和美化城市。用麦苗来搞绿化,相较于进口那些昂贵的草皮,成本要低得多。这就是其中的道理。"

麦花似有所悟,说道:"我明白了,这就是你所说的不用让麦子长出麦穗!原来,根本就不让麦子正常生长出麦穗呀!"

麦禾脸上露出了一丝得意的笑容,说道:"明白了就好,人家都赶紧去干活吧。等麦苗长大了,就把它锄掉,然后再撒上麦种,继续种出新的麦苗。就这样,一茬接一茬,要记住,我们要的就是满眼绿油油的麦苗,那才是我们的希望所在。"

乡亲们相互对视了一眼,会意地笑了起来,那笑容中却透露出一丝怪异。麦花忍不住说道:"看来,我们这是把麦子当作草来种植了呀。麦子虽小,可一旦开花,就会结出麦子,而麦子是我们老百姓的口粮啊。如今,竟然要把麦子当作草来养护!麦禾,我不想干了,我要回家。"

麦禾微微皱了皱眉,说道:"也好,不想在城里种麦子的,可以离开,来去自由。等你们想回来的时候,我依然欢迎!毕竟,城里总是需要有人来种出这美丽的风景的。"

有几个人听了麦花的话，也跟着她一块离开了。然而，没过几天，却又有两个人悄悄地摸了回来。他们满脸兴奋地告诉麦禾，他们从老家带来了一种退化的麦种。这种麦种只长麦苗，不会长出麦穗。

麦禾听后，不禁哈哈大笑起来。或许，撒下这样的麦种，乡亲们的心才能真正安定下来吧。

于是，麦禾带领着大家开始播种那些已经退化的麦种。麦花最终没有回来，他也并未放在心上。不久之后，他就彻底将麦花遗忘在了脑后，仿佛那个曾经与他青梅竹马的女孩从未存在过一般。

麦禾渐渐成了在城里种麦子的专业户。他的名声越来越大，好多地方都争相邀请他去种麦。每当他望着城里那一片片绿油油的麦苗，心中总会涌起一股莫名的满足感。他总是乐呵呵地想着：到底什么时候才能去到下一个城市，继续种出这美丽的麦苗呢？

在这城市的角落里，麦苗们仿佛成了一道独特的风景线。它们虽然失去了结出麦穗的机会，却以另一种方式，为城市增添了一抹生机与活力。它们就像是一群默默奉献的使者，用自己的绿色，诠释着农民们在城市中的另一种生存方式。

而那些跟随麦禾一起在城里种麦的乡亲们，他们的心中也有着自己的纠结与无奈。一方面，他们对传统的农耕生活有着深深的眷恋，对那即将被浪费的麦子感到痛心；另一方面，他们又不得不面对现实，为了生活，为了那份工钱，不得不继续着这看似荒诞的种麦之旅。

然而，正是在这城市与乡村的交织之中，在这麦苗与生存的碰撞之下，我们看到了一种别样的人生百态。麦苗们在城市的钢筋水泥之间顽强地生长着，它们用自己的绿色，诉说着农民们的坚韧与不屈；而农民们则在这城市的舞台上，演绎着属于自己的传奇故事，他们用自己的双手，创造着一个个绿色的奇迹。

这是一片充满生机的绿色的土地。

麦子之约

  岁月如书，一页页翻过。一辈辈收麦的人们，经历了人力、畜力、半机械化、机械一体化的一步步演变。然而，麦子的生命轮回不会变，民以食为天的根本不会变，麦香依然如故。不论走到哪里，位于紫云山深处的小李庄的人们都不会忘记自己的根在哪里；麦香既飘过城乡，也飘过大家怀旧的心田。

  麦香萦绕的小李庄，这里承载着无数麦田与麦场的故事。

  古老村落，在端午这个传统的节日里，弥漫着一种别样的氛围。麦禾和麦花，一对青梅竹马的恋人，几年前因为一场误会而分道扬镳。当了老板的麦禾，执着于在城里种麦子当作绿色景观，赚了钱的他吸引了众多的目光，身边不免围上了莺莺燕燕。

  起初，麦花看着麦禾渐渐迷失在那些纷扰之中，心中的失望与痛苦如潮水般涌来。最后一气之下离开了麦禾，远走广州去追寻自己的梦想。

  时光荏苒，转眼几年过去了。端午节，麦禾和麦花不约而同地回到了阔别已久的小李庄。当他们再次踏入这片熟悉的土地时，往昔的记忆如潮水般涌上心头。麦禾望着那一片片金黄的麦田，心中感慨万千，他后悔自己当初没有好好珍惜麦花的真心。麦花走在乡间的小路上，看着那熟悉的风景，眼中闪烁着泪光，她也后悔自己当初的冲动离去。

  他们在村庄的老槐树下相遇，四目相对的瞬间，仿佛时间都静止了。麦禾的眼里满是愧疚与思念，麦花的心中则交织着痛苦与眷恋。麦禾缓缓地走上前去，轻轻地握住麦花的手，那熟悉的举动让麦花的心中一阵颤抖。

"麦花，这些年你过得还好吗？我真的很后悔当初让你离开。"麦禾的声音有些颤抖。

麦花看着麦禾，眼中闪过一丝复杂的情绪，她轻轻地说道："我也后悔，我不该那么轻易地就丢下我们的感情。"

他们坐在老槐树下，开始诉说着这些年来各自的经历。麦禾讲述了自己在城市里的奋斗与挫折，麦花则诉说了在广州打拼的艰辛与成长。他们发现，无论经历了多少风雨，彼此在心中的位置始终未曾改变。

夜晚，繁星闪烁，月光如水般洒在大地上。麦禾和麦花漫步在田间小路上，手牵着手，仿佛又回到了那段曾经无忧无虑的时光。他们彼此倾诉着心中的爱意，承诺要重新开始，珍惜彼此。

然而，现实的种种阻碍却如影随形。麦禾在城市里的事业刚刚有了起色，面临着诸多的选择和压力；麦花在广州也有了自己的事业根基，她不愿轻易放弃。他们陷入了深深的矛盾与挣扎之中，不知道该如何抉择才能真正拥有彼此。

乡下的夜是静谧的，麦禾和麦花的心中却难以平静，充满了无奈与痛苦。他们知道，爱情的道路从来都不是一帆风顺的，需要他们共同去努力，去克服重重困难。他们决定，无论未来遇到什么，都要坚定地走下去，守护住这份来之不易的爱情，让它在岁月的长河中绽放出更加绚烂的光芒。

小李庄，温馨的故乡，见证了麦禾和麦花的重逢与爱情的波折。他们的故事，如同那古老的传说一般，将在这片弥漫着麦香的土地上流传下去，成为人们心中的美好回忆。

10

麦花

奶奶已九十多岁高龄，每日踮着小脚仍要到地里去转一转。奶奶是去看麦子开花了没有吧。

"麦子还会开花？我怎么从未见过呢？"我满心好奇又十分纳闷。在记忆中搜索少年时代与麦田打交道的场景，竟没有麦子开花的丝毫印记。

奶奶说道："麦子开花称作扬花，在抽穗之后便开始扬花了。我十四岁，就是在麦子扬花时嫁给你爷爷的。麦子开花先从麦穗中间开放，接着是上面，最后才轮到下边。它的花期极短。"

经奶奶这么一说，我想起来了。麦穗上那些细碎如粉末的东西，可不就是麦花嘛。它们没有花瓣，实在不像普通意义上的花朵。麦芒尖锐，却从不隐藏，那股真诚劲儿，恰似盛夏炽热的阳光。我喜爱麦芒，或许是因为自己的性格中也流淌着执着与倔强吧。大多数人知晓麦芒，却对麦花知之甚少。农家孩子在麦田边长大，自然知晓更多关于麦子的故事。

麦子的花期短暂，仅仅两三天便结束了。麦花有白色的，也有浅黄色的。第一天全是黄色，第二天黄白相间，到了第三天就都变成白色了。这些都是我儿时在麦田边玩耍时的发现。后来上学读书才明白，那些黄色和白色其实并非花朵本身的颜色，而是花药的颜色。待到花粉释放完毕，花药就都会变成白色。小麦的花开得低调而含蓄，与锋芒毕露的麦芒形成了鲜明的对照。同一种作物，竟能同时展现出热烈奔放与温婉娇羞两种截然不同的特质，实在是难能可贵。麦花的神韵，恐怕只有那些与麦田相伴相守的人才能领略吧。

初夏时节，正是麦子开花的时候。在一个风和日丽的早晨，我特意站在城外的河堤上，只为来看一次麦子开花。我漫步于田间小道，徜徉在田埂地头，满眼都是如毯子般的新绿。蹲下身子，与小麦近距离对视，只见齐刷刷、长势茁壮的麦穗上，半悬半黏地附着一些细碎如粉末的东西。微风轻轻拂过，它们小心翼翼、颤颤巍巍地附着在麦穗上，随着麦秆在碧波里摇曳。这些浅黄嫩绿、摇摇欲坠的星星点点，原来就是麦子开花啊。麦子开的花真不像花，实在是太小了。然而，这不像花的麦花，开得却也洋洋洒洒。风吹麦浪时，它们围绕着麦穗，像是在跳舞，似黏非黏，若尘若仙。

初夏的田野充满生机。星罗棋布的麦田，宛如一块块碧绿的毯子。明亮的阳光温柔地洒落在一垄又一垄的麦子上，微风轻拂，麦浪涌动，空气中弥漫着清淡的青草味儿，那丝丝缕缕、飘飘渺渺的清香钻进鼻孔，这或许就是麦花的味道吧。这时，传来一声声急切的云雀鸣叫。我仰头寻觅记忆中那熟悉的声音，在蓝色的天空下，看到两只小小的云雀嘶叫着，时而飞远，时而飞近。我知道附近必定有它们的鸟巢，这个季节正是云雀育雏之时，或许在荆条根下，又或许在麦垄深处，一定有它们的幼雏。我这个不速之客，打扰了它们的清幽，给它们带来了不安与威胁。它们夸张地嘶叫着，这是它们保护孩子唯一的方式。

我回到河堤上，四周都是蔓延开来的碧绿，蝴蝶在风中翩翩起舞，麦田在阳光里轻轻摇曳。我深深地嗅一口麦花的清香，倾听麦子拔节的声音，眺望阡陌间整齐划一的麦浪，回味麦花那质朴而又喜悦的神韵。这不仅仅是清丽、恬淡且充满生机的田园风光，更是庄稼人充满烟火气的盼头啊。不远处，一朵蒲公英的种子正在四处飘散，我就如同那被吹进城里的一枚蒲公英种子，曾经也是麦花的伙伴。

回到家中，我对奶奶说："诗里说'苔花如米小，也学牡丹开'。麦子开花可比苔花还要小呢。"奶奶回应道："牡丹花大却没有香气，麦花虽小却能结麦子。"我望着眼前已到耄耋之年、愈发瘦小的奶奶，突然觉得她就像一株麦子。她的一生就像麦花一样，虽然渺小，却养育着儿孙成长，照看出一个五世同堂、八十多口人的大家庭，这大概就是平凡人生的意义所在吧。

又到微风轻拂河岸、麦花飘香的季节，九十八岁的奶奶无病而终。

在悲伤之余，我又看到麦花飘扬。这麦香，惊艳了谁的时光？又打湿了谁的眼眶？

古诗云："春种一粒粟，秋收万颗子。"一朵麦花便是一颗果实的前身，其牺牲精神不言而喻。这麦花像极了奶奶一样的母辈祖先，正是这种无私的奉献精神，让这些毫不起眼的麦花打动了无数人的心灵。

我不禁对这养育人类生命的庄稼肃然起敬。

一粒麦子，就像是一部关于生命的厚重史诗。它从伴着秋霜秋雨入土扎根开始，便遭遇寒潮的侵蚀、严冬的摧残，而后又逢春重生，迎来如今这短暂的花期，直至不久后的成熟。这一路走来，可谓饱经坎坷，受尽磨难。然而，即便在风雪载途的酷寒里，亦还在艳阳炙烤的暑热中，它始终默默潜藏、沉淀，以不屈不挠的抗争和成长书写着最美的诗行。也许，正是拥有这样的胸怀与担当，它才能顺应自然的风雨变幻，唱响生命最富有价值的赞歌。

《麦田的守望者》一书中，霍尔顿说："我希望有一天，我住在一个悬崖边，悬崖下面是大海，悬崖上面是一片碧绿的麦田。每天都有小孩子在那里玩耍。我会站在麦田边上守望，不让小孩子们摔下悬崖。"在我心中，质朴无华是麦田最直白的内涵，是人性最初的本源，闪耀着真善美的光芒。这片麦田是我们赖以生存的家园，是先辈们一粒一粒播撒下的今天和未来。而这轻盈柔弱的麦花，浸满了先辈们敬畏的汗滴。那些布满老茧的手捧着麦粒的时候，把麦花轻轻地放在掌心里，带着贪婪又宠溺的神情端详，那庄重而温柔的神情，是只有亲手种植、一粒一粒收割的先辈们才会有的。他们视若生命般的呵护，从播种的那一刻起就已深植于泥土之中。在先辈们的心里，故乡肥沃的土地孕育的不仅仅是一家人的口粮，也是孩子书包里的课本、眼睛里的窗外世界。

《小王子》里，当小狐狸被问道："现在你什么都没有了吧？"小狐狸会回答："不，我还有麦田的颜色，所以我什么也不怕。"在小狐狸的心里，拥有了麦田的颜色就拥有了一切，听起来是如此诗意。连小狐狸都知道，这麦田的颜色便是生命的底色。

小小的麦花，它承载的已不只是农作物这一单一的身份，更像是生命的密码，延续着一代又一代人的生命与根脉。

在这个麦花飞扬的季节，怀念奶奶，致敬在黄土地上辛勤耕耘的先祖。

拔麦根

麦收时节，广袤的田野之上，焚烧秸秆所形成的"狼烟"常常在禁烧的严防死守下偷偷地肆意升腾。那番景象宛如一幅幅熊熊燃烧的画卷，炽热而浓烈，深深地镌刻在人们的记忆深处。

回溯至二十世纪七八十年代，那时的耕地广袤无垠，较之于如今更为辽阔，人口却比现在稀少许多。即便如此，粮食却依旧匮乏，甚至连柴草都难以满足日常之需。

每逢夏收之际，人们便纷纷涌向那刚刚收割完麦子的田野，去拔取麦根，将其当作生火煮饭的燃料。

麦根，乃是麦子收割之后遗留在田地中的根系。在那个艰苦的年代，对于人们而言，麦根无疑是不可或缺的珍宝。

而在这夏收的田野里，我、伯父与麦根之间的故事，也就此拉开了帷幕。

那时候的孩子们都是很懂事的，尽管年纪尚幼，但对家中的困窘状况却有着深切的体会。每到星期天，抑或是上学前、放学后的闲暇时光，我们总会带上网包和草夹子，与小伙伴们结伴下田拔麦根。那时节，男女劳力们皆全身心地投入到紧张的麦子抢收农事之中，于是，拔麦根这一劳作便自然而然地成了老人和孩子们的任务。

我熟练地用手紧紧攥住那露出泥土仅寸许长的麦秆，然后鼓足全身的力气，试图将扎根于泥土深处的麦根拔起。这看似轻而易举的动作，实则颇具难度。手必须紧紧握住麦秆，稍有不慎，在用力拉扯之时，手就会顺着麦秆滑动，进而手指或者手掌便会被麦秆割破，鲜血直流。我的手上，早已布满了大大小小、新旧交错的伤口，那是我在与麦根"较量"过程中留下的痕迹，每一道伤口都是生活给予我的磨砺印记。

随着拔麦根的时间渐渐拉长，我的手开始酸痛难忍，仿佛每一根手指都在发出抗议。我在右手上戴上一只破旧的手套，便继续咬牙坚持着。因为我们心中深知，家中是需要这些麦根生火做饭的。

我和伯父一同在田里拔麦根，配合得极为默契。

伯父一边拔着麦根，一边向我讲述着往昔的故事。那些故事里，满是粮食短缺时的艰难困苦，生活压迫下的举步维艰。我静静地聆听着，心中仿若有一股无形的力量在悄然涌动，那是对生活艰辛的深刻认知，也是对家庭责任的初步觉醒。

然而，因为父亲的去世，家中生活陷入困境。

某一日在和伯父拔麦根时，我却突然说："我不想继续上学了，我打算留在家中养猪。"

伯父闻听此言，顿时发起了火。他一把抓起地上的麦根，狠狠地朝着我砸来，同时大声呵斥道："你糊涂呀！读书，那可是正事。咱老李家，祖祖辈辈都是读书人。你个小妮子，就这样说不上就不上了！看我不砸断你的腿！"我被伯父这突如其来的举动吓得一哆嗦，眼中闪过一丝委屈与不甘。

自那以后，我便陷入了深深的矛盾泥沼之中。一方面渴望着能够帮助家里减轻负担，另一方面却又不舍得放弃自己心中的梦想。在经历了一番激烈而痛苦的思想挣扎之后，最终决定重新拿起书本，复读一年，立志要考上大学。

那年秋天开学的时候，麦子从一粒种子出发，破土成为一棵青翠的麦苗，我也把自己关在教室里熬夜苦读。为了实现自己的梦想，我开始拼命地学习。每日清晨，我总是早早地起床，迎着第一缕曙光，背诵课文，做练习题。夜幕降临，我依然在昏黄的灯光下埋头复习，直至深夜。麦子经历了数九寒天冰雪的拷打，到参加高考的那几天，也正好交出了一年的收成。

五月间，麦子的穗儿头开始发胀，接着穗儿的青翠渐渐消退，向泥土的颜色靠拢。人们给麦子浇最后一次水，这是擂响了冲刺的战鼓。归仓时，麦粒的饱满还是干瘪，就看这一次能否喝饱。

终于，一年的时光匆匆而过，我迎来了高考。

我怀揣着紧张与期待，步伐略显沉重地走进考场。考试结束之后，我满心忐忑地等待着成绩的公布，那是一种对未知结果的恐惧与对梦想的热切期盼相互交织的复杂情绪。

当我得知自己考上大学的那一刻，激动的泪水瞬间夺眶而出。我像一只欢快的小鹿，迫不及待地跑回家中，将这个令人振奋的好消息告诉了伯父。

伯父听后，眼中闪烁着晶莹的泪花，那是欣慰与自豪的泪水。他声音微微颤抖地说道："妮子，我去卖麦子，得给你弄学费。"

麦子不仅仅是粮食，它喂养嘴巴和胃的同时还兼具了货币属性。在缺食少穿的早些年，它可以换物，也可以换命、换前程。粮仓里有几十袋麦子，遇见什么事都不会慌张，面缸里若是见了底儿，做人的底气也就泄尽了。

村里人对麦子的感情是复杂的，爱得深沉。

我觉得自己就是一袋麦子，那么多的麦子，一粒一粒供养我生命，一袋一袋地将我托举，让我摸到了大学的门槛。

在一个宁静的夜晚，我独自站在田野之中，望着那一片金黄的麦浪，心中感慨万千。我想起了自己小时候和伯父一起拔麦根的岁月，那些岁月虽然艰苦，却让我学会了坚持和奋斗。我知道，自己的人生之所以能够如此顺遂，都是因为那段岁月的磨砺。

而我的村庄也迅速发生了变化，农田可以自由流转了，很多村民把田地租给外来的生意人。外来者头脑灵活，不再种麦子。他们种药材、桃树、樱桃、草莓等经济作物，也追赶起直播带货的风潮；还有人建起了中药材加工厂、艾绒厂、采摘园、特色养殖园、网红民宿等，到处都是热火朝天的景象，唯独不再种麦子。

村民们将双脚从田地里拔了出来，抖一抖身上的尘土草屑，扛起行囊，走向远方的大城市。有的在深圳的电子厂做流水线，拼死拼活，在他身上，我看到了家乡麦子在烈日下努力拔节抽穗的样子。有的去送外卖，有时候十几个外卖员同抢一笔单子，收入却并不可观。我想到了小时候拔麦根时，光脚在麦茬上奔跑的痛感。

我家的农田是十年前的秋天租出去的，之后母亲再也没有谈起过麦子的长势。我们一家人也正式与农业生产告别了，再也没有像父辈一般的麦子一粒一粒地供养我生命，再也没有像父辈一般的麦子一代代地将我用力托举。我变成了城市里一粒孤独的麦子，扎根太浅，很容易就被生活的重压压弯了脊背。每当遇到用钱的时候，伯父就习惯性地往粮仓方向看了看，这时候他就发出了一声叹息，我们再也没有麦子可卖了，我们已经失去了麦子做靠山。

村庄的爷爷辈们——豹子和狗子在慢慢老去，但他们依然每天来到麦田边，看着这片土地，心中充满了感慨和希望。在城市化巨大洪流的挟裹下，乡村正在凋敝，传统意义上的乡村已经不存在了。豹子爷爷对狗子爷爷说："晚上九点钟，我围着咱大村子转了一圈，只碰上了一条狗，它很孤独地望着我。我觉得，我也是一只看家的老狗！"

狗子爷爷哈哈地大笑起来："孩子们都外出讨生活了，庄上就剩咱们几条老狗了。"

但是我想说，人是麦子，是麦子就会生出锋芒，是麦子就该拥有对着太阳揭竿而起的力量。一颗麦子，穷其一生，也不过是把自己的起点，从地面抬高了一尺，但正是一辈又一辈人，有了这一尺接一尺、一次接一次的脚踏实地的努力，方才联结、堆积起高耸入云的希望。

后　记

自 2020 年出版第一本书《麦香》，就一直准备着出这本书。

四年的光阴如白驹过隙，在笔下化作了《高桥映月》这本散文集。

回首过往，这些文字仿佛是心灵的足迹，深深浅浅地印在我记忆的浅海上。

年少时，心中满是婉约词的哀愁，敏感而多思，而中年之后，抒情的烟云渐渐散去，生活的琐碎与沉重让忧郁和惆怅都暂时被制止。我们开始学会沉默，却也在这沉默中，领略到了生命别有一番的飞扬和开阔。

就像李白那句"闲与仙人扫落花"，对于旷达人而言，即使身处落红狼藉的境地，也能洒脱自在，将烦恼轻轻拂去。

这本散文集里，有我对故乡的深情描绘。故乡的麦田，那一片片金黄的海洋，承载着我童年的记忆和对家乡的眷恋。

我喜欢写麦子，淡淡的麦香一直萦绕在脑海。

我的小说、散文和诗歌里屡次写到麦子，不仅因为它是哺育我长大的重要粮食，更重要的是它承载了我童年、青年太多的回忆。

那些快乐的、忧伤的、酸甜和苦辣的往事，竟都像麦子一样密密麻麻，沉沉甸甸，一粒一粒的麦子、一袋一袋的麦子堆积成一座又一座的小山，托举着我成长，那是黄土地里一辈一辈我的列祖列宗。

每个人都在追寻自己的归属感，归属感实际上是一种生命的依赖。海德格尔说："故乡处于大地的中央。"这句话含义深刻。在我的家乡汝河两岸、紫云山和小李庄，我能感受到这种安静的、深沉的大地气息。

这是一部与我的生命、生活息息相关的散文集子。在这本书里，我写了我的故乡写意、日光倾城、时令流转和乡村麦事，可以说是我的血脉姻缘，心灵深处的长久的追随，或者说是一种与生俱来的家国情怀。

我用文字记录下了故乡的一草一木、一砖一瓦，试图留住那份永恒的乡愁，并阐释人从生死、到故乡、到未来等方面的思索。

这本书里，还有我对汝河两岸深深的眷恋和倾诉，有我与这片土地上岁月、自然和人文的深情对话。二十四节气，这些古老的时间密码，在汝河的波光粼粼与两岸的田野山川间，演绎着天地间的奇妙韵律。每一个节气都承载着襄城悠久的历史文化。比如，清明时节汝河两岸的祭扫习俗，蕴含着对先人的追思和孝道传承；芒种时节的农事活动，反映了襄城作为农业大县深厚的农耕文化底蕴。这些物候变化与文化传统相互交织，构成了襄城独特的地域文化景观。

我试图用文字捕捉这些稍纵即逝的瞬间，将它们凝固成永恒的记忆，让读者透过我的笔触，领略汝河两岸独特的风光与深厚的文化底蕴。

希望它能成为一座桥梁，带领读者走进汝河两岸的世界，感受物候变化，领略大自然的神奇与生命的律动。也希望它能唤起人们对故乡的思念，对传统文化的热爱，让那些渐渐远去的记忆，在文字中得以传承与延续。

但我深知，我的文字水平终究是有限的，无法完全展现家乡的全貌和那份深厚的情感。写作的过程，就像是一局残棋，我们在其中不断地探索、尝试，试图找到最完美的布局。然而，有时候，我们来不及完成，就不得不结束。就像欧阳修晚年仍坚持修改年轻时的文章一样，不为先生嗔，却怕后生笑。如果我的书被别人阅读了，让别人笑了，也是一种收获。

读庄子，我们懂得了残缺也可以很美。只有庄子，能够将残缺描绘得如此淋漓尽致。古人对残、对苦、对拙的审美领悟，源于老庄，又旁通于禅理。在他们的眼中，残缺并非失败，而是一种独特的美，一种蕴含着深刻哲理的存在。

然而，正是这些缺憾，让我领悟到了写作的意义和价值。它不仅仅是记录生活的工具，更是一种对心灵的探索和对世界的感悟。

仓促成文，不揣浅陋，以见教于大方。只能在人半旧，心半旧，物半旧，月半旧，花半旧，风半旧时，偶尔翻出一点旧时的雨，甚至一朵旧时的花，一幅旧时的墨迹，一段旧时的心情。阅之，有莫名的感动，有丝丝的温暖来忆后半生。

本书的付梓，要感谢许多人。感谢那些在田野间劳作，耐心给我讲述节气故事的乡亲们；感谢给予我专业指导和支持的专家学者；感谢出版社和责任编辑；感谢一直鼓励我、陪伴我走过这段创作历程的老师、同事、朋友和家人们。拜谢！

2024 年 10 月 10 日